Janine Boissard

Marie-Tempête

Roman

Les Éditions Retrouvées

Il y a trois sortes d'hommes, ceux qui vivent,
ceux qui meurent, et ceux qui vont sur la mer.
Platon.

Collection dirigée par Francesca Orlando-Trouvé

Les Éditions Retrouvées, 2017
avec l'autorisation des Éditions Robert Laffont

ISBN : 978-2-36559-182-9

Remerciements

Merci à l'amiral Michel Merveilleux du Vignaux, président de la Société nationale de sauvetage en mer.

À Maurice Yven, patron du canot tout temps *Amiral-Amman* de la station de sauvetage d'Audierne.

À Scarlette Le Corre, seul maître à bord de *Mon-Copain-Jean-Pierre*.

Ils m'ont, avec cœur et efficacité, guidée sur la mer.

Première partie

Le vent s'est levé sans avertir en fin d'après-midi, vent de suroît qui souffle en rafales, tord les vagues ; on dirait que la mer bout.

La pêche avait été quelconque : un peu de langoustine, quelques soles, du merluchon, et une belle araignée que Pierre avait rapportée pour dîner. Nous achevions de la déguster. Il a mis le nez au carreau : le ciel disparaissait sous les embruns.

« Probable qu'il passera un moment avant qu'on puisse sortir », a-t-il soupiré.

Il m'a adressé un clin d'œil :

« Qu'est-ce qui t'a bien pris, Marie, d'épouser un pêcheur ? »

Cela faisait dix-huit ans que la plaisanterie servait : une façon qu'il avait de vérifier que l'amour durait.

« Crois bien que je me le demande chaque jour, ai-je renchéri sur le même ton. Et en plus un "patron pêcheur", tous les soucis pour lui ! »

Ce soir-là, nous étions seuls à la maison ; les gosses, en vacances de la Toussaint, passaient la semaine chez mes parents, à la Roseraie, près du Guilvinec. Annaïs et Quentin, dix-huit et dix-sept ans..., je devrais arrêter de les appeler « les gosses ». Maman avait prévu de les emmener au cinéma à Quimper, sinon il y avait le magnétoscope et une belle collection de cassettes. Ils adoraient aller chez leurs grands-parents, Annaïs surtout.

C'était bon de dîner en tête à tête pour une fois et avec la mer à côté, même le silence parle : la mer, c'est du trésor caché.

Une bourrasque plus forte a fait trembler la maison.

« Demain, a décidé Pierre, je m'occuperai de l'étagère de ta fille. Comme ça, elle aura la surprise quand elle reviendra. »

Son regard bleu s'est étonné :

« Tous ces bouquins, quand même, on se demande ce qu'elle en fait !

— Elle les dévore. Ils lui racontent des histoires d'amour. »

Où des princes charmants enlevaient de belles jeunes filles aux yeux clairs et aux cheveux noirs, et les emmenaient le plus loin possible de la mer. Passionnée de lecture et de théâtre, il me semblait parfois qu'Annaïs rêvait sa vie. Depuis qu'elle devenait femme, on aurait dit qu'elle intimidait son père.

Le repas terminé, nous nous sommes installés au salon ; c'était Pierre qui avait baptisé ainsi ce que toutes les femmes ici appellent un « living », ou la « salle », tout simplement. Parce que chez mes parents on « passait au salon », il en avait voulu un pour moi. Et parce que enfant j'avais pris des leçons, il m'avait offert un piano pour notre premier anniversaire de mariage. Sans doute étais-je la seule femme de pêcheur à Kersaingilles et ses environs à pouvoir m'enorgueillir d'un salon avec moquette, mangé par un piano à queue. La cause de bien des jalousies !

« Si tu me jouais notre morceau ? » a demandé Pierre.

Il s'est calé dans le fauteuil à bascule que son père, lui aussi marin, avait rapporté de rives lointaines en vue d'une retraite dont un cancer l'avait privé, il a appuyé sa tête au coussin, il a fermé les yeux et il m'a attendue. Si un jour je voulais lui faire comprendre que l'amour n'était plus, ce serait tout simple : je n'aurais qu'à refuser d'interpréter « notre » morceau : la *Sonate au clair de lune*, de Beethoven. Comme chaque fois, la musique a fait gonfler ses paupières. Il y a porté discrètement son mouchoir et j'ai fait semblant de ne rien voir.

Je venais de plaquer le dernier accord lorsque le téléphone a sonné. J'y suis allée. C'était Jean-Yves, le patron du bateau de sauvetage de Kersaingilles, notre port. Un voilier se trouvait en difficulté du côté des Roches blanches. Certaines de ces roches sont creuses et, quand souffle le suroît, on les entend gronder. Il y a péril à s'en approcher. Jean-Yves attendait Pierre.

Il était déjà monté dans la chambre. Assis sur notre lit, il enfilait ses grosses chaussettes de mer. J'ai sorti son pull le plus chaud. Ma poitrine était lourde. On ne s'habitue pas ! Chaque alerte vous met la tempête au cœur. Comme Pierre levait son visage vers moi, j'ai remarqué que ses cheveux commençaient à grisonner sérieusement sur les tempes : décidément, ce soir, aucun détail ne m'échappait ! J'ai appuyé mes lèvres sur les petites boucles claires.

« Tu vois, tout bien réfléchi, pour le patron pêcheur, je ne regrette rien. »

Ses yeux ont brillé.

Avant de partir, il est repassé par le salon et il a replacé le fin tapis de soie brodée sur le clavier du piano. Un geste qu'il aimait à faire : il lui donnait l'impression d'être lui aussi un peu musicien. Et moi, chaque fois, voyant ses gros doigts abîmés sur « notre morceau », mon cœur fondait.

« Je l'aurais bien écoutée une seconde fois, ta sonate. Ce sera pour demain », a-t-il dit.

J'ai fait la vaisselle, rangé la cuisine et tout préparé pour mettre le café en route dès qu'il reviendrait, sans doute accompagné par d'autres braves trempés jusqu'aux os et claquant des dents. Lorsque Pierre me les ramenait à la maison, bien qu'ils sentent la peur et le gasoil, il me semblait que c'était une sorte d'hommage qu'il me rendait.

Elle craquait de tous côtés sous les assauts du vent, notre maison badigeonnée aux restants de peinture du bateau paternel. Demain, on retrouverait dans l'allée quelques ardoises éclatées. Ne parvenant pas à m'endormir, j'ai emprunté à Annaïs l'un de ses romans d'amour.

Il était plus de quatre heures du matin lorsque l'ouverture de la barrière m'a réveillée. De nombreux pas sur le gravier, mais aucune voix. On a frappé à la porte. Pierre aurait ouvert avec sa clé.

En première ligne se tenait son frère. On aurait pu le prendre pour un pêcheur s'il n'avait porté, épinglée à son pull, une petite croix argentée. Benoît, le recteur ; pour les jeunes et les touristes, « monsieur le curé ».

Ils sont allés directement à la cuisine afin de ne pas salir avec leurs bottes. Benoît a pris mes mains. Les autres regardaient ailleurs. Ils étaient venus me dire ce que tant de femmes par ici avaient entendu avant moi : la mer m'avait pris mon homme. Il était mort en héros.

* * *

« Tu vas gâcher ta vie ! »

C'est ce que m'avaient lancé mes parents en apprenant mon intention d'épouser Pierre Delaunay. J'avais dix-huit ans et j'étudiais le secrétariat pour travailler un jour à la conserverie que dirigeait mon père au Guilvinec : sardines, thon, maquereau. Cela ne m'enthousiasmait guère ! Moi, j'aimais le grand air, le sel sur mon visage, l'odeur de la marée, traquer le tourteau sous son rocher et plaquer sur mon piano des accords très romantiques en appuyant à fond sur la pédale forte.

Tomber amoureuse d'un pêcheur était, selon ma mère, la fin des haricots.

J'avais rencontré le mien un jour de grande marée où la mer était descendue si bas que l'on pouvait gagner à pied l'îlot aux coquillages, riche en surprises crépitantes sous le goémon. Le temps que je déguste quelques praires au goût de noisette, le flot avait repris l'îlot. Par bonheur pour mon butin et le pantalon neuf que j'étrennais imprudemment, la barque de Pierre croisait dans les parages. C'est tout simple, l'amour. Dans ses yeux azur, j'avais relu mes rêves de petite fille. Il avait trouvé dans les miens, dorés, affirmait-il, la chaleur qui manquait au cœur du petit garçon : moi, la crique, lui, le corsaire. Et comme jamais il n'aurait osé demander la main d'une fille de bourgeois, qui, en plus, jouait du piano, je m'étais chargée de la besogne. Son jeune frère Benoît, alors au séminaire, avait été notre témoin.

C'est lui, Benoît, le jour levé, qui a appelé mes parents et les a chargés d'avertir les enfants, chose qu'il ferait certainement mieux que moi qui, à chaque pas sur le gravier, chaque coup de sonnette, chaque appel, imaginais que c'était mon pêcheur puisque le corps n'avait pas été retrouvé.

Et ne lui devais-je pas cette seconde fois pour la *Sonate au clair de la lune ?*

Benoît était parti dire sa messe lorsque les enfants sont arrivés. La maison était pleine de marins, leurs femmes s'occupaient du café et proposaient des galettes ou du far. Annaïs a bousculé tout le monde et s'est jetée dans mes bras, me retirant le peu de forces qui me restaient. Depuis quelque temps, notre fille se montrait plutôt avare de sentiments ; il nous fallait la prendre par surprise pour pouvoir l'embrasser. Je lui ai dit : « Ton papa avait décidé de mettre l'étagère pour tes livres aujourd'hui », et cela n'a pas arrangé les choses.

Quentin était monté droit dans sa chambre. Je l'y ai rejoint. À plat ventre sur son lit, oreiller sur la tête, il cachait ses larmes comme un garçon de dix-sept ans qui essaie d'être un homme sans savoir encore qu'un homme peut se permettre de pleurer.

Je me suis assise près de lui et j'ai posé la main sur l'oreiller. Il n'y avait rien à dire : son père était mort des risques du métier, une lame l'avait emporté alors qu'il tentait de sauver un couple de plaisanciers pour qui l'océan était la grande récréation. On n'est pas marin si on n'est pas sauveteur, c'est pourquoi tous ceux qui prennent chaque jour la mer pour y gagner leur pain et celui de leur famille sont des héros.

Elle était sur tous les murs de cette chambre tapissée de photos de plongée, la mer. Car Quentin lui aussi convoitait ses trésors ; il rêvait d'être chasseur d'épaves. Au bout d'un moment, il s'est retourné.

« Sa barcasse, a-t-il grommelé, bien la peine de l'aimer autant ! Qu'est-ce qu'elle va devenir maintenant ? »

En bas, les hommes s'entassaient dans la cuisine, évitant le salon où mes parents m'attendaient : maman sur le canapé, Annaïs au creux de son épaule de dame replète et un peu trop fardée, papa près de la fenêtre, une tasse à la main, regardant la tempête qui ne désarmait pas, regardant sans doute mon avenir car il s'était toujours préoccupé de moi, bien que peu adroit à manifester sa tendresse.

Cela aurait fait drôle à Pierre de les voir là de si bonne heure, eux qui n'aimaient pas trop venir dans ce que maman appelait la « maisonnette » : celle où il était né et qu'il avait reçue en héritage. Et, au fond, cela nous arrangeait ! Pierre était raide comme un mât d'artimon quand nous les recevions. Lorsque nous allions chez eux à la Roseraie, ce n'était guère mieux. Mon pêcheur avait fini par comprendre que, m'aurait-il offert un piano de concert, mes parents ne l'auraient pas regardé d'un œil meilleur. Malgré son mètre quatre-vingt-sept, c'était lui qui n'était pas, et ne serait jamais, à la hauteur. Finalement, nous ne nous voyions que pour les fêtes inévitables.

À midi, les gens sont repartis chez eux. Quentin est descendu, le bonnet de marin de son père enfoncé jusqu'aux yeux. Benoît était revenu partager notre déjeuner. Ce recteur barbu, qui ressemblait aux images du Christ et n'avait que le mot « amour » à la bouche, mettait mes parents, catholiques pratiquants, au pied du mur de leur foi, ou plutôt de celle de leur enfance. Il y avait toujours une gêne lorsqu'ils se rencontraient car, bien que Benoît soit de la même modeste famille de pêcheurs que Pierre, avec le même grand-père vendeur de sable, à lui, en tant que prêtre, ils devaient le respect.

Il nous a parlé de leur enfance, leurs blagues innocentes, l'ardeur joyeuse que mettait Pierre dans tout ce qu'il entreprenait et cet amour inconditionnel qu'il avait déjà pour la mer. Quentin était suspendu à ses lèvres. Annaïs avait beau regarder ailleurs, je voyais s'inscrire en elle des paroles qui lui permettraient, peut-être, d'être un jour fière de son père. Mes parents restaient silencieux.

Tandis que je préparais le café, papa m'a rejointe à la cuisine. Il portait une élégante veste de sport et, bien entendu, une cravate. Maman affirme que c'est dans l'habit que l'on reconnaît les siens. Malgré ses soixante ans, il grisonnait à peine plus que Pierre. Il a posé la main sur mon épaule.

« Écoute, ma chérie, tu dois savoir que nous sommes là : nous t'aiderons à tout régler. »

Mon corps s'est cabré.

« Régler quoi, le cas de Pierre ?

— Pardonne-moi si je t'ai blessée, a-t-il soupiré, mais parfois on ne sait pas comment te prendre. »

« Pas avec des pincettes », reprochait maman à la petite fille.

Je me suis laissée aller contre la poitrine de mon père. Il sentait l'eau de toilette, l'homme de la ville, et aussi une sécurité que j'avais toujours refusée tout en y aspirant parfois ; comme maintenant.

« C'est trop tôt pour parler d'après, ai-je murmuré. Laisse-moi le temps de m'habituer à aujourd'hui. »

Puis il est quatre heures – et j'aimerais tant qu'ils partent tous afin de pouvoir donner libre cours à mes larmes – lorsque quelqu'un pousse la barrière. Un pas froisse le gravier, pas un pas de marin. On entend une toux, pas celle de Pierre. L'inconnu a une quarantaine d'années, le bras en écharpe, les traits creusés, une gueule de naufragé.

« Madame Delaunay ? »

Je me contente d'incliner la tête, je ne lui propose pas d'entrer ; j'ai compris.

D'une voix étouffée, il dit qu'il a appris pour mon mari, il dit « pardon », il dit « merci ». « Sans votre Pierre… » De quel droit l'appelle-t-il par son prénom ? Sa femme, encore sous le choc, a été gardée en observation à l'hôpital, c'est elle qui me l'envoie. Et comme je suis incapable de répondre – ne suis-je pas, moi aussi, sous le choc ? – il perd contenance, il désigne la « maisonnette » et demande s'il peut faire quelque chose. Ces arbres qui grelottent sous le vent, vous voyez, monsieur, Pierre avait l'intention de les tailler ; cette ardoise éparpillée sur le chemin, il l'aurait remplacée là-haut ; si vous n'étiez pas sorti hier sur votre voilier, il serait en train de poser l'étagère d'Annaïs.

Moi qui, il y a un instant, parlais à Quentin des risques du métier, le refus me submerge, la révolte.

Benoît nous sauve.

Nous avons regardé s'éloigner, sortir de notre vie, cet homme qui en avait à jamais changé le cours. J'ai remarqué que le recteur aussi tremblait ; cela ne l'a pas empêché de me faire la morale.

« Sais-tu, Marie, qu'il lui a fallu un sacré courage pour venir ? Un autre se serait contenté d'un coup de fil, ou d'une belle lettre avec un chèque. »

À ce propos, il s'est montré très généreux avec la caisse des sauveteurs.

Le corps de Pierre n'a pas été retrouvé, en un sens c'est mieux : on sait ici dans quel état la mer vous rend le pêcheur après qu'il a séjourné dans ses fonds. Mais, sans dépouille ni cercueil, sans mise en terre, comment faire son deuil ? J'ai rêvé que je fermais les yeux de Pierre et c'était un soulagement.

Une bénédiction a eu lieu à l'endroit où la lame l'avait emporté. Tous les copains avaient jeté l'ancre autour de la *Sonate*, notre bateau. Il y avait la *Joyeuse*, l'*Intrépide*, la *Sarcelle*, la *Diane*, la *Minerve*, l'*Amazone*, la *Pastourelle*. La mer était sans rides, calme, faux jeton, jamais on n'aurait pu imaginer. C'était la première fois que mes parents montaient à bord, même mon père qui pourtant fait commerce de poisson. La mère de Pierre, victime de la maladie d'Alzheimer, n'avait pu venir. Lorsque j'avais été lui rendre visite dans sa maison spécialisée, elle ne m'avait pas reconnue et, bien que je sois venue pour cela, je n'avais pas eu le cœur de lui dire que son aîné était mort. Quelque part au fond d'un esprit embrumé, il continuerait à vivre, ce serait mieux que rien.

Benoît a récité la prière pour les marins péris en mer, on a jeté des bouquets sur les flots, quelqu'un a joué de l'harmonica. Moi, c'était la *Sonate au clair de lune* que j'entendais, ces quelques notes inlassablement répétées comme la mer, ce « pourquoi » lancinant, résigné : pourquoi la vie ? pourquoi la mort ? Jusqu'à l'accord final qui sonnerait à jamais le glas dans les mers intérieures de mon cœur.

Sur le quai, les femmes m'attendaient, Colette, Denise, Marguerite, Annick, les autres. Je ne peux les appeler des « amies » quoique, durant toutes ces années, nous ayons vendu le poisson côte à côte et partagé de mêmes craintes, de mêmes espoirs. Seulement moi j'étais de Rennes, d'une famille sans pêcheurs, il y avait ce salon, cette moquette, ce piano, il y avait surtout que je savais en jouer.

Elles m'ont proposé leur aide. Un instant, il m'a semblé qu'en perdant Pierre j'avais enfin gagné mes galons d'épouse de marin et qu'elles m'acceptaient comme l'une d'elles. Un instant…

Dès le lendemain, la guerre a commencé.

★ ★ ★

En face de moi, M. Baudoin, une cinquantaine d'années, costume-cravate, cheveu lisse, lunettes.

Il s'est levé lorsque je suis entrée et m'a longuement serré la main.

« Quel drame, madame Delaunay ! Toutes mes condoléances. »

Il s'est enquis des enfants : s'intéresser à la famille fait-il partie du métier ?

« Je vais faire un tour au Guilvinec », annonçait Pierre, tout de frais vêtu, lorsqu'il allait voir son banquier.

Un jour, il m'avait demandé s'il ne serait pas mieux qu'il mette sa cravate.

« Tu veux te déguiser ? » avais-je protesté.

Le pull marin, le ciré et les bottes étaient pour moi le plus beau des uniformes ; il n'avait pas à en avoir honte.

Sa cravate... Combien M. Baudoin en a-t-il dans sa penderie ?

« Si je vous ai demandé de passer, c'est que nous avons un problème », dit-il.

Il pianote sur le clavier de l'ordinateur, des lignes blanches s'inscrivent dans le bleu. Quel problème ? L'assurance vie de Pierre lève l'hypothèque sur le bateau et celui-ci fait partie de la communauté de biens ; il m'appartient donc.

« M. Delaunay avait pris du retard pour payer les traites.

— Mais ce n'est pas possible !

— Hélas ! soupire l'homme. Et, comme vous vous en doutez, l'assurance ne couvre pas les quittances impayées.

— Elles se montent à combien ? »

La somme est énorme, accablante. Je ne comprends pas. Je m'efforce de faire bonne figure, mais ma voix est misérable lorsque je demande :

« Cela faisait longtemps ? »

À nouveau, le banquier consulte son ordinateur.

« Environ trois ans. Depuis cette époque, les paiements étaient plus qu'irréguliers.

— Mon mari vous avait-il dit pourquoi ?

— Il parlait de charges nouvelles. »

Chaque révélation m'enfonce un peu plus : je ne savais rien. Pourtant, c'était moi qui tenais les comptes de la pêche et m'occupais des finances de la maison. Pierre m'appelait son « ministre du budget ».

« Pensez-vous être en mesure de rembourser, madame Delaunay ?

— Mais comment voulez-vous ? »

Il garde un instant le silence, soupire :

« L'ennui est que les intérêts courent. »

Intérêts : mot qui va avec dettes. « Un marin sans dettes, cela n'existe pas », constatait Pierre. Il disait aussi que, contrairement au paysan, le travailleur de la mer laboure un terrain qui ne lui appartient pas. Il n'a que ses mains et un bateau qui vaut à lui seul le prix d'une douzaine de tracteurs et dont chaque jour qui passe mange un peu la valeur.

M. Baudoin se penche vers moi, l'œil éclairé : il vient d'avoir une idée.

« Peut-être que du côté de vos parents…

— Laissez mes parents en dehors de ça ! »

Sur le visage de maman, je lirai un « Nous te l'avions bien dit » insupportable. Papa reviendra à la charge avec sa proposition de travailler à la conserverie.

« Alors je ne vois guère qu'une solution, déplore le banquier. Vendre la *Sonate*.

— Ne l'appelez pas la *Sonate* ! »

Il sursaute. J'ai crié. Mais la *Sonate*, c'était notre rendez-vous secret, la fierté de Pierre, nous ! En parlant de la vendre, il bousille tout, il étouffe ce qui me reste de lumière.

« Pardonnez-moi si je vous ai blessée, madame. Croyez que je comprends. »

Il a éteint l'ordinateur et patiente, mains croisées sous le menton. Les risques du métier, pour lui, c'est de rencontrer le désespoir, monnaie courante par ici : les marins qui périssent en mer, ceux qui crèvent de ne plus pouvoir y partir, ceux dont on met le bateau, la vie, la passion, à la casse, moyennant « apurement du passif ». C'est ainsi que ça s'appelle.

Faudra-t-il apurer le passif de Pierre ?

Je me lève.

« Si vous voulez bien, laissez-moi réfléchir. Je vous appellerai.

— Pas trop longtemps », recommande-t-il.

Il m'accompagne jusqu'à la porte, et, alors qu'il me serre la main, il sourit pour la première fois.

« Et le piano ? Vous en jouez toujours ? Votre mari était si fier de vous ; il paraît que vous êtes une virtuose. »

Le port attendait ses pêcheurs. Partis ce matin alors qu'il faisait encore nuit, la tombée du jour allait nous les ramener. C'était un bassin en eau profonde qui avait été prospère au temps de la sardine. On la pêchait à présent au Portugal et au Maroc, et il ne restait plus à Kersaingilles qu'une petite dizaine de chalutiers. Dont la *Sonate*.

Quelle fête lors du lancement de notre bateau ! Tous les marins étaient venus, mi-heureux, mi-jaloux. Il me semble que M. Baudoin avait été convié lui aussi. Et Benoît bien sûr, avec son goupillon, qui n'en finissait pas de bénir : la coque, le chalut, la passerelle, le patron. Si le bateau part bien, il marchera bien.

Il était parti comme un prince.

J'ai garé la voiture au bout du quai. Les étroites maisons blanches coiffées de gris, le café Au Poisson Bleu, le bureau de poste, le coiffeur regardaient vers le large. Derrière, il y avait l'église et quelques commerces. C'était tout ; une image du passé où les touristes aimaient à venir flâner l'été.

À son anneau, la *Sonate* s'ennuyait aux côtés de l'*Amazone*. Tiens, elle n'était donc pas sortie, l'*Amazone*, aujourd'hui ? J'ai descendu l'échelle de fer et sauté sur le pont. Qui l'avait briqué comme ça, mon bateau ? Pas un bout de cordage, pas un coquillage ou une étoile de mer oubliés dans un coin. Un bateau en attente de partir, de servir.

Ou d'être vendu ?

Je me suis glissée sur la passerelle. Comme il était fier, Pierre, de son électronique : ordinateur, sondeur, radar, compas. Rien de tout cela sur le bateau de son père où, avec patience, avec passion, il m'avait peu à peu amarinée. Avant la naissance des enfants, que de fois étions-nous partis ensemble : au début, il m'appelait « moussaillon », plus tard, « capitaine ». Le poisson était abondant alors ; on gagnait bien.

Un bouquet de fleurs séchées était posé sur le siège. J'ai pris le gouvernail dans mes mains, j'ai pris les mains de Pierre : dans quel pétrin tu le laisses aujourd'hui, ton capitaine-ministre du budget ! Pourquoi ne m'as-tu parlé de rien ?

« Marie, que fais-tu là ? »

Abel, le « bosco », second sur la *Sonate*, vient d'apparaître à l'entrée de la passerelle.

« Tu vois, je suis venue me remettre dans l'ambiance. C'est toi, les fleurs ?

— C'est pas moi, c'est le matelot. »

Jeannot, le troisième homme d'équipage.

« On t'a dit qu'il s'était reclassé ? m'apprend Abel. Il a trouvé sur un hauturier. Il part bientôt. Il ose pas trop t'en parler.

— Il a tort. Je le sais bien qu'il ne peut pas rester sans travailler. »

Du dos de la manche, le bosco fait mine d'essuyer, sur une tablette, de la poussière qui n'existe pas, trop discret, ou timide, pour me demander ce que je vais faire du bateau, question que tout le port se pose depuis la disparition de Pierre, question à laquelle Jeannot a répondu en s'engageant ailleurs.

« Et toi, Abel, tu as des projets ?

— Moi ? »

Il a un rire fêlé.

« Qui voudra d'un vieux bonhomme à trois ans de la retraite ? De toute façon, naviguer sans Pierre, tu vois, je suis pas sûr que je pourrais. On était comme patron à deux. Mais ça fait triste de se retrouver en pâturage. »

Nous revenons sur le pont. Main en visière, Abel scrute l'horizon. Dans la lumière fatiguée du jour, la mer a les couleurs fortes d'un bon vin. Ne dit-on pas « la mer à boire » ?

« Ils ne devraient plus tarder maintenant ! » remarque le bosco.

D'ailleurs, le quai s'anime, les chariots ont été approchés pour recevoir les caisses de poisson. Sous la halle, petit hangar de fortune, on entend les voix des femmes. Elles préparent les étals, s'occupent de la glace, vérifient la balance. Je devrais être avec elles. Les clients ne vont pas tarder, mes habitués, mes restaurants. Plusieurs m'ont appelée pour me présenter leurs condoléances ; mais ce n'est pas parce qu'un chalutier ne sort plus que l'on raye le poisson de la carte. Ils s'approvisionnent chez les concurrents.

« Les voilà ! »

Au loin, sur la portée vierge, entre une ligne d'écume et une ligne d'oiseaux, les bateaux s'inscrivent les uns après les autres. On dirait qu'une seule et même vague hale le tout, que la mer se déroule pour nous ramener les pêcheurs tandis que monte, mêlé aux cris éperdus des mouettes et des cormorans, le grondement des moteurs.

Comme à chaque retour de pêche, les chalutiers font la course : le premier arrivé sera le premier à vendre son poisson. Les cinq coups du clocher saluent le futur vainqueur.

« Parions que ce sera la *Joyeuse* ! prédit Abel d'une voix enrouée. Feraient mieux de se méfier, les Kervélec, un jour, ils lui rompront les os. »

La *Joyeuse* doit bien avoir vingt ans, et tout le monde dit que Jean-Louis et Alain, les frères Kervélec, la mènent trop dur.

Les femmes apparaissent sur le quai, attendant le bateau de leur homme. J'aurais parié pour Pierre, je me serais faite belle pour lui, il chercherait tout de suite mes yeux, peut-être chuchoterait-il, tandis que je l'aiderais à décharger : « Dis donc, Marie, qu'est-ce qui t'a bien pris d'épouser un pêcheur ? »

Ce n'est pas la *Joyeuse* mais l'*Intrépide* qui arrive en premier. Le bosco a perdu. Il essuie furieusement ses lunettes. La petite bruine qui les a embuées et noie à présent ses yeux délavés, qui coule dans les ravines des joues, est-elle due au vent ?

Ce vent qui soudain enfle dans ma poitrine et me semble emporter ma vie, pédale forte.

« Et nous, Abel, dis, quand est-ce qu'on repart ?

* * *

« Finalement, un beau salaud, ton frère ! »

À peine si M. le recteur cille. Les mots plus hauts que les autres, les seuls à pouvoir exprimer le désespoir, il a l'habitude avec ses paroissiens. Il pose la main sur mon épaule.

« Tu sais, un salaud, on a tous l'occasion de l'être un jour ou l'autre. Qu'est-ce qui se passe, Marie ?

— Pierre s'est foutu de moi. Il ne payait plus les traites du bateau. Je comprends pourquoi il dormait mal ; il prétendait que c'était son dos. Bon dos, le dos ! Il ne me faisait plus confiance, c'est tout.

— Peut-être ne voulait-il pas t'inquiéter ? »

Bizarrement, Benoît semble soulagé. À quoi s'attendait-il ?

« Allez, je t'emmène au presbytère, je t'offre le café. »

Une chance que je l'aie trouvé dans notre petite église de rien du tout, lui qui en dessert une douzaine. Trop de pêcheurs et pas assez de capitaines pour la marée des âmes.

Je l'ai quasiment arraché à son confessionnal ; avant de quitter les lieux, il se tourne vers l'autel et fait un signe de croix, pas un étriqué, un jusqu'au nombril, jusqu'au cordon ombilical qui le lie, paraît-il, avec la Sainte Vierge. Moi, un recteur barbu, un curé qui a copié les yeux bleus de son aîné, ça n'a pas fini de me nouer le ventre.

Le « presbytère » est l'une des plus étroites maisons du port : une pièce à vivre en bas, une à manger et se laver en haut. Dans la première, une forme ronfle sur ce qui devait autrefois s'appeler un canapé et que Benoît a récupéré, ainsi que le reste du mobilier, dans une décharge. C'est de famille de chercher des trésors. Sur des étagères, une impressionnante collection de BD. Façon comme une autre d'attirer la jeunesse.

Je désigne le ronfleur :

« Qui est-ce ?

— Je ne sais pas. En tous les cas, un malheureux. »

Ce que je sais, moi, c'est qu'à force d'ignorer l'usage de la clé, un jour on retrouvera le recteur la gorge tranchée.

Nous montons dans la cuisine-salle d'eau. Il allume sous la cafetière.

« Comment ça se fait que Pierre ne remboursait plus ? Tu le savais, toi, qu'il avait des soucis d'argent ?

— Il ne m'en avait pas parlé, répond brièvement Benoît. Ne reste pas debout, assieds-toi donc. »

Je prends place sur un tabouret, devant la table. Mon beau-frère remplit deux bols et s'installe en face de moi. Tout juste si on n'a pas l'onglée chez lui : il n'a pas encore trouvé le chauffage dans ses décharges.

« Il y a une chose dont tu ne devras jamais douter, Marie : Pierre t'aimait ! Tu étais tout pour lui. Avec les enfants, bien sûr.

— Mais pourquoi tu me racontes ça ? Je le sais bien, qu'il nous aimait ! Raison de plus pour ne pas me cacher ses ennuis : quand on aime vraiment, on partage tout, non ? »

Benoît ne répond pas. En sait-il plus qu'il ne veut ou ne peut me dire ?

« Comment l'as-tu appris ?

— Le banquier, pardi ! Si je ne rembourse pas, la *Sonate* sera vendue.

— De toute façon, qu'est-ce que tu veux en faire, de ta *Sonate ?* »

Lui a le droit de lui donner son prénom : il l'a baptisée.

« Ce que je vais en faire ? Prendre la relève. Je pars en pêche. »

Là, il est estomaqué, le recteur. Il ferme à demi les yeux, se concentre. Tel que je le connais, il consulte là-haut avant de me donner son avis. Qu'en pensez-vous, Jésus-Marie-Joseph ?

« Ce sera difficile, répond tout ce beau monde.

— Pierre m'a appris à barrer, je connais la côte comme ma poche, la mer ne me fait pas peur, ni le travail.

— Ce n'est pas ça, dit Benoît. C'est les autres. Tu vas tous les avoir contre toi.

— On verra bien. »

On a vu.

Pour venir chez nous, il suffisait de lever le loquet de la barrière blanche, faire trois pas sur le gravier et frapper à la porte. Pour pénétrer à la Roseraie, il fallait sonner au portail, longer une allée bordée de massifs, sonner à nouveau : montrer patte blanche.

De pierre et de grès, tout près du Guilvinec, la maison de mes parents s'élevait sur trois étages. De ma chambre de jeune fille, sous le toit, je pouvais voir la mer au loin, comme une personne qui dansait dans sa robe bleue ou grise à volants blancs, une personne tantôt calme et tantôt furieuse, dont on disait qu'elle était notre mère à tous, qui avait les odeurs de l'amour, que les marins traitaient de salope tout en lui murmurant qu'ils ne pouvaient se passer d'elle.

J'avais dix ans lorsque nous nous étions installés à Kersaingilles où papa avait accepté de prendre la direction de la toute neuve conserverie. Maman avait beaucoup pleuré en quittant Rennes. Pour moi qui, contrairement à Annaïs, ne lisais que des romans d'aventures, il m'avait semblé que la vie commençait.

« Tu es complètement folle, ma fille. Folle et inconsciente, en plus ! »

C'est ce que maman vient de me lancer après que j'ai annoncé mon intention d'embarquer sur la *Sonate*. Papa me regarde avec stupeur. Je me suis invitée à déjeuner et j'ai attendu le dessert pour ne pas gâcher leur repas. Il me semble être repartie dix-huit ans en arrière, lorsque je leur avais parlé de Pierre : « Épouser un pêcheur, es-tu devenue folle ? »

« Décidément, tu ne changeras jamais ! »

Maman jette sa serviette sur son assiette et quitte la pièce.

« As-tu bien réfléchi, Marie ? » demande mon père.

Je me lève à mon tour et vais à la fenêtre pour me dispenser de mentir. Comme c'est beau, l'automne, dans sa tristesse : une mélodie de Schubert. Non, je n'ai pas « bien » réfléchi. La mer, un bateau, un homme qui pleurait d'être en pâturage m'ont dicté mon choix. Il m'a semblé n'en avoir pas d'autre.

« Ce n'est pas un métier de femme.

— J'en connais.

— Pas sur un douze mètres, qui demande un équipage.

— J'aurai Abel pour me guider. J'ai tenu la barre cent fois.

— Ce n'est pas ça, ma chérie, c'est dur, trop dur.

— Pas pour moi.

— "Moi"... "Moi"..., comme toujours, elle ne pense qu'à elle, gémit maman que nous rejoignons au salon où elle est tombée sur le canapé. Écoutez-la ! »

« Écoutez-la »... N'essayez pas de l'entendre. Ai-je jamais été entendue par ma mère ? Trop éloignée des rêves qu'elle formait pour ma personne. J'ai longtemps espéré la convaincre que suivre mon chemin n'était pas forcément une preuve d'égoïsme ; cette fois, c'est définitivement fichu et, bien que j'y sois résignée, une tristesse de petite fille m'étouffe.

« Et les enfants ? Qu'est-ce qu'ils en pensent, les enfants ? Leur as-tu seulement demandé leur avis ? Te voir partir en mer toute la journée, pour rentrer dans quel état, mon Dieu ! Tu crois que ça leur fera plaisir ? Annaïs…

— Ce n'est pas ton affaire, maman, c'est une affaire entre eux et moi. »

Et je sais bien ce qu'elle espérait, je l'ai deviné à certaines allusions d'Annaïs : je travaillerais à la conserverie, elle nous arrangerait, à la Roseraie, un appartement indépendant afin que nous puissions quitter la « maisonnette ». Tout juste si elle ne la considère pas comme insalubre.

À présent, elle fixe son mari, lui enjoignant d'intervenir, de prendre son parti. Il s'éclaircit la gorge.

« Ce qu'il ne faudrait pas, vois-tu, ma chérie, c'est qu'ils aient peur pour toi. Tu comprends, après ce qui est arrivé à leur père…

— Le bateau est sûr. Je ne prendrai aucun risque. »

Dans la voix de mon gentil papa, j'ai deviné que c'était lui qui avait peur.

Nous avons bu le café en silence. Le cœur me pesait. On peut avoir accepté sa différence, la revendiquer, et éprouver de la solitude. Vouloir à la fois le confort du moule et le vent de l'aventure, n'être pas à prendre avec des pincettes et chercher la tendresse des siens.

Au moment de nous quitter, maman s'est contentée d'effleurer mon front de ses lèvres soigneusement dessinées au crayon. Là encore… Je n'avais jamais consacré plus de quelques minutes au maquillage.

Ici, le vent se charge de vous rosir les joues ; avant que la pluie vous débarbouille.

« Je te raccompagne », a décidé papa.

Comme nous marchions entre les rosiers fraîchement taillés, il s'est à nouveau éclairci la voix.

« Tu ne fais pas ça pour une question de gros sous, au moins ? L'assurance joue bien pour le bateau ? Et il n'y avait pas d'hypothèque sur ta maison ? Veux-tu que nous allions voir ton banquier ensemble ?

— Surtout pas ! »

J'ai appelé M. Baudoin ce matin pour lui faire part de ma décision. Inutile de dire qu'elle ne l'a pas enchanté. Il a toutefois accepté d'étaler les dettes sur un an. Si, au terme, les traites n'étaient pas remboursées, la banque ferait jouer son droit de vente.

Étonné, papa a regardé ma fourgonnette.

« Tu n'es pas venue dans la voiture de Pierre ?

— Je l'ai mise en vente. Elle est bien cotée à l'argus et celle-là me suffit. »

La vente couvrirait les premières échéances, me permettrait de respirer. Papa a soupiré : j'avais bien des problèmes de gros sous ! Mais quelle veuve n'en a pas ?

« Si ma mémoire est bonne, lui ai-je rappelé, quand Pierre avait acheté sa voiture, vous aviez parlé de folie. Je vais réparer la folie.

— Tu es sûre que tu ne regretteras pas ?

— C'est Annaïs qui regrettera. »

Je suis parvenue à rire :

« Moi, tu sais, tant que j'ai un bateau ! Et n'oublie pas que Pierre m'appelait "capitaine".

— J'appelle bien parfois ta mère "patron" », a soupiré papa avec un regard vers la baie du salon.

Cela a été bon de se quitter sur un clin d'œil complice.

* * *

« Tous contre toi », a prédit Benoît.

Annaïs, je m'y attendais, mais pas avec cette virulence, si impitoyablement. Cela ne fait pas quinze jours que son père est parti…

« Puisque c'est comme ça, je m'installe à la Roseraie.

— Il n'en est pas question ; on ne changera rien à notre vie. »

Ma fille a un rire :

« Elle appelle ça ne rien changer ! On va avoir une mère pêcheur et tout va continuer comme avant !

— Une mère "patron pêcheur" », rectifie Quentin avec ironie.

De lui, j'avais espéré une réaction positive, au moins neutre. Du fauteuil à bascule de Pierre, dont il a fait sa propriété privée, il évite mon regard. Pourtant, ses premiers mots après le drame n'avaient-ils pas été pour la « barcasse » de son père ? Je m'occuperai de la barcasse.

« Pourquoi as-tu refusé de travailler à la conserverie, attaque de nouveau Annaïs.

— J'aime mieux pêcher que mettre le poisson en boîte.

— Tu l'aurais pas mis en boîte, tu aurais travaillé dans un bureau.

— J'aime mieux la mer que quatre murs. »

Elle hausse les épaules, exaspérée. Comme la vie est curieuse : à son âge, je rencontrais Pierre et me heurtais à maman pour les raisons contraires. Annaïs rêve de vivre en ville, elle aime les terrasses des cafés avec ses copains, le cinéma. Et surtout le théâtre. Elle fait partie de la troupe du lycée. Les planches, autres que celles qui vont sur la mer, son rêve ! Mais soyons juste : elle n'est pas pour autant frivole. L'an dernier, elle a eu une excellente note au bac de français. Le bac, parions qu'elle le décrochera cette année. « Elle en veut », disent ses professeurs. Puis-je lui reprocher de ne pas vouloir la même chose que moi ?

Elle est sortie en claquant la porte. Ma poitrine est bloquée. Je me tourne vers Quentin.

« C'est à cause d'Alexandre, grommelle-t-il.

— Alexandre ? »

Mon fils répugne à « cafter », mais il a envie de me consoler.

« Son copain. Son père est avocat, alors tu comprends…

— Une mère pêcheur, ça la fout mal, c'est ça ? »

Quentin acquiesce. Comme moi, il sait bien qu'Annaïs parle plus volontiers à ses amis de son grand-père directeur que de son père, et que c'est à la Roseraie qu'elle les invite, pas à la maisonnette. Je me suis toujours efforcée de l'accepter : à dix-huit ans, on est peu sûr de soi, on essaie de briller par les autres. C'est plutôt à maman, qui l'encourage dans cette voie, que j'en veux.

Quentin s'arrache de son fauteuil, me rejoint sur le canapé. Autant Annaïs est harmonieuse dans ses mouvements, autant lui est balourd, très grand comme Pierre mais sans en avoir encore l'épaisseur. Oh, mon Pierre !

« C'est à cause du fric que tu vas pêcher ? »

Mon cœur bondit : que sait-il ?

« Pourquoi tu me demandes ça ?

— Papa n'arrêtait pas de dire que tous les marins ont des dettes. »

« Papa »... Il a prononcé ce nom comme s'il allait revenir, qu'il était seulement parti en voyage. Lui non plus n'a pas fait son deuil. Le fera-t-il jamais vraiment ? Il vivait les yeux fixés sur son père, sans doute était-ce pour l'épater qu'il avait décidé de devenir plongeur et de remonter de plus beaux trésors, des vrais, lui !

« Je le fais pour garder la *Sonate*. Sinon, il faudra la vendre.

— Tu crois qu'il serait d'accord ?

— Je n'en sais rien. Peut-être bien que lui aussi me traiterait de folle, mais il y a une chose dont je suis sûre, c'est que si, de là-haut, il me voyait rentrer à la Roseraie comme si toutes ces années n'avaient pas compté, n'avaient été qu'une sorte de parenthèse, il serait très malheureux. »

La musique hurle chez Annaïs. Sa façon de me crier : « J'existe. » Moi, je le disais au piano. Je ne l'ai plus ouvert depuis un certain soir de tempête...

« Prends-moi avec toi, supplie soudain Quentin. Tu verras, je saurai. Tu ne regretteras pas. »

C'est donc ça ! Il accepte de me voir partir à condition de venir lui aussi. À son âge, cela faisait longtemps que son père était matelot.

Mon cœur se serre. Je vais le décevoir.

« Je ne peux pas, Quentin. Tu sais bien que Pierre voulait que tu ailles le plus loin possible à l'école. »

Il est entré l'an passé au lycée maritime du Guilvinec. Il y étudie, entre autres, la mécanique. Pierre rêvait pour lui de marine marchande. Il parlait d'officier mécanicien.

« Et si, moi, j'ai pas envie de continuer ?

— Tu le feras pour lui. »

Il me regarde avec rancune :

« Tu me considères comme un gamin. Tu ne me crois pas assez fort. »

Et soudain c'est trop, ça déborde. Moi, je n'ai pas envie que Pierre soit mort, je n'ai pas envie d'avoir tout le monde contre moi, froid dans le cœur, froid dans le lit. Je n'ai pas pu jeter un seul de ses vêtements, je porte ses chandails la nuit, ils sentent le sel, la mer, nous. Au fond, je ne suis plus tellement certaine d'avoir envie de vivre.

Quentin regarde avec détresse couler des larmes que, jusque-là, j'avais réussi à lui cacher. Il met son bras autour de moi, j'appuie ma tête à son épaule.

« Bien sûr que si, je te crois fort. La preuve ? Avec toi, je peux me permettre de pleurer. »

Dans le salon d'attente du médecin des gens de mer, plusieurs hommes patientaient, certains le cheveu encore humide de la douche. C'était ici que Pierre venait pour la visite obligatoire.

Me découvrant, le docteur m'a fait signe de le suivre sans attendre. J'ai montré ceux qui étaient là avant moi : je passerais à mon tour. J'avais emporté un livre mais ne parvenais pas à m'y plonger vraiment ; je sentais sur moi l'interrogation des marins : n'est-ce pas les gynécos que consultent les femmes ?

« Alors, qu'est-ce qui vous arrive, petite madame ? »

Je n'ai pas apprécié le « petite ». Je me suis présentée : la femme de Pierre Delaunay. Il avait appris sa mort par le journal :

« Désolé.

— J'ai décidé de prendre le relais sur le bateau. Je suis venue pour la visite. »

J'avais attaqué bille en tête, redoutant la réaction habituelle, prête à me défendre ; de toute façon, il ne pouvait refuser de m'examiner.

Il a relevé ses lunettes sur son front, puis il a sorti une fiche d'un tiroir.

« Allons-y ! On remplit ça et on voit si vous êtes apte pour le service. »

Foie, cœur, poumons, tout était bon. Je savais ma vue excellente. J'étais passée récemment chez le dentiste. Lorsque nous sommes revenus dans son bureau, il m'a adressé un clin d'œil malicieux.

« Sans trahir le secret médical, savez-vous que bien des gars qui viennent me trouver aimeraient être en aussi bon état que vous ? »

C'était le premier qui me faisait confiance. Inattendues, les larmes ont brûlé mes yeux ; avec lui, je pouvais me permettre de douter. J'ai demandé, d'une drôle de voix :

« Alors, vous pensez que je pourrai ?

— Pendant la dernière guerre, un peu partout les femmes ont dû prendre le relais des hommes. Elles ont réussi. Parfois, elles se sont même plutôt mieux débrouillées que nous. Quand on perd son mari, il me semble que cela ressemble un peu à la guerre, non ? »

Oui. Oh oui ! Un combat de chaque instant avec la douleur, la solitude, l'inconnu. La guerre y compris avec ceux que l'on aime le plus, sa fille par exemple. Et pas d'hôpital, de refuge. Seul le cœur saigne.

Le médecin s'est levé. Je serais bien restée encore un peu, moi. Et il aurait pu m'appeler tant qu'il aurait voulu « petite madame ». Arrivé à la porte, il a levé mon visage vers le sien.

« Promettez-moi une chose : protégez cette jolie peau. Ce serait dommage de l'abîmer. Et attention aussi aux mains. Si je me souviens bien, vous jouez du piano ? »

Une vague de tendresse m'a noyé le cœur. À qui Pierre ne s'en était-il pas vanté ? J'ai revu ses mains à lui, étendant le tapis de soie sur le clavier.

« J'avais un mari musicien », ai-je dit.

★ ★ ★

Assez de temps perdu comme ça, quinze jours, une folie ! J'ai mis Abel en demeure de nous trouver un matelot et je me suis chargée des clients. Une partie de la pêche était destinée à des restaurants fidèles à Pierre depuis des années, quelques poissonniers à l'intérieur des terres. J'ai empoigné mon téléphone et averti que, si le temps le permettait, la *Sonate* reprendrait la mer lundi ; je serais à mon étal à cinq heures. Je ne suis pas entrée dans les détails.

Nous fournissions aussi, en merlan, lieu et cabillaud, Trèfrais, une petite entreprise de produits surgelés ; c'était toujours moi qui apportais la marchandise. Je m'y suis rendue, j'ai bien fait !

Me voyant apparaître, le responsable des commandes n'a pu cacher son étonnement.

« On m'avait dit que la *Sonate* allait être vendue ! »

Mon cœur a bondi.

« Qui a bien pu vous raconter ça ? Il n'en a jamais été question.

— Vous savez ce que c'est, s'est-il rattrapé d'un air gêné, des bruits… Mais, bien sûr, nous vous attendrons lundi, madame Delaunay. »

Il n'a pas demandé qui remplacerait le patron.

Sur le chemin du retour, dans la fourgonnette malmenée par les rafales d'un vent glacé qui a empêché les bateaux de sortir, c'est la colère qui m'emplit. Qui a osé ? Quel « ami » de Pierre convoite-t-il sa place ? Cette guerre dont parlait le médecin, faut-il que nous nous la fassions aussi entre nous ?

Il y a un message sur le répondeur de la maison : le Capitaine. Il voudrait me parler et rappellera un peu plus tard.

En semi-retraite, patron de *l'Intrépide*, un dix-huit mètres qu'il partage avec ses fils, le Capitaine, prénom André, était le meilleur ami de Pierre. Son bras droit, perdu en mer d'Irlande, ne l'empêche pas de prendre la barre. Il a même appris à écrire de la main gauche.

Il a à me parler ? Moi aussi. Il n'est que cinq heures, je sais où le trouver, j'y vais.

Le Poisson Bleu, l'unique café de Kersaingilles, est plein. Lorsque les bateaux sont restés à quai, on est sûr, à cette heure-là, d'y rencontrer les pêcheurs. Jamais leurs femmes ne les accompagnent ; s'il y en a, ce sont celles des touristes. Elles demandent qui est le poisson bleu et rient lorsqu'on leur répond que c'est la sardine, sans se douter que ce petit poisson de rien a fait autrefois la fortune du port.

Dès la porte poussée, je les vois, au fond de la salle, penchés les uns vers les autres autour de deux tables rassemblées. Ils ne jouent pas à la belote ni aux dés. Ils discutent. Je reconnais les frères Kervélec : Jean-Louis et Alain, Loïk Labbé, d'autres. Et, comme j'approche, il me semble entendre le nom de mon bateau. Ils se taisent en me découvrant. Je me tourne vers le Capitaine.

« Il paraît que tu voulais me voir, André ?

— Ah, Marie ! Tu as eu mon message ? »

Il se lève :

« Allons plutôt chez toi, veux-tu ? »

J'approche une chaise de la table :

« Si on restait ici ? Il me semble que vous parliez de la *Sonate*, ça tombe bien, j'ai une question à vous poser. »

Elle me brûle les lèvres, cette question. Et le cœur aussi. Cela doit se sentir. Ils s'agitent sur leurs sièges, gênés.

« Comme tu voudras, Marie. Qu'est-ce que tu bois ?

— Un café. »

Personne ne parle tant que je ne suis pas servie. Loïk Labbé, jeune patron de la *Pastourelle*, a commandé une autre bière, une de trop si l'on compte les bouteilles vides devant lui. Depuis la mort tragique de son aîné, Antonin, alors qu'ils pêchaient ensemble, il boit plus que de raison. Pourquoi me regarde-t-il avec cette hostilité ?

« Alors, tu avais une question à poser, Marie ? me relance le Capitaine.

— Je viens de Trèfrais. Il paraît que la *Sonate* est à vendre. C'est drôle, je l'ignorais. »

L'indignation a cassé ma voix. Aux tables voisines, on se tait. L'œil du Capitaine fait le tour de la table.

« Ça vient pas de nous, crois-moi. Sûr qu'ils ont mal compris, à Trèfrais. Mais c'est justement de ça qu'on voulait te parler : on a quelqu'un d'intéressé par ton bateau, au Guilvinec. Quelqu'un qui restera ici si tu le lui vends. On n'a pas envie de la perdre, ta *Sonate*. On n'est déjà plus si nombreux !

— Il n'a jamais été question de la perdre, André. Abel a dû vous le dire : je prends la suite de Pierre. »

Bien sûr qu'Abel le leur a dit. Est-ce pour m'en empêcher qu'ils ont cherché un acquéreur ? Une chose certaine : ils ignorent pour les dettes. Ils parleraient plus prudemment d'une vente s'ils savaient.

« C'est pas un métier de femme, Marie. T'y arriveras jamais. »

Les mots de mon père.

« Je l'ai bien fait avec Pierre.

— Justement, il était là, ton Pierre ! C'était pas toi qui commandais.

— De toute façon, t'as pas le brevet pour patronner, intervient Jean-Louis, l'aîné des Kervélec, celui qui mène sa *Joyeuse* trop durement – sa femme aussi, à ce qu'il paraît.

— Le brevet, je l'aurai sans problème. Je me suis inscrite à la formation : une question de quelques semaines. Et j'ai déjà mon temps de navigation.

— Une femme patron d'un douze mètres, ça n'existe pas, déclare Alain, l'autre Kervélec, le jeune. Le Capitaine a raison, tu pourras pas. »

Les femmes ont leurs nerfs, leurs règles, leur fragilité. À elles, la maison, l'éducation des enfants, la vente, la comptabilité...

« Vous parlez comme mes parents ! »

Ils baissent le nez. Là, ça les ennuie d'être mis dans le même sac que ceux avec lesquels, nul ne l'ignore, Pierre ne s'était jamais entendu : être en quelque sorte contre lui. J'en rajoute.

« Eux aussi me poussent à vendre. Ils voudraient que je travaille dans un bureau ; au moins, je garderais les mains propres.

— Et avec quel équipage vous partirez ? »

C'est Loïk qui a parlé, ou plutôt aboyé ; son « vous » m'a paru méprisant.

« Abel continue avec moi. Il cherche un matelot. »

Loïk a un rire.

« Ça m'étonnerait qu'il le trouve : un qui acceptera de partir avec... madame la duchesse.

L'outrance me laisse sans voix. J'aurais presque envie de rire, moi aussi. N'oublions pas que certaines, après mon mariage avec Pierre, m'appelaient la « princesse » ; je croyais ça de la vieille histoire. Et qu'est-ce qui lui prend au jeune Labbé de m'attaquer comme ça ? Que lui ai-je fait ?

« Ta gueule, Loïk, ordonne le Capitaine. C'est pas le moment et tu le sais, oublie pas ce qu'on a dit. »

Loïk baisse le front mais continue à me regarder par en dessous avec des airs de taureau furieux. Pas le moment pour quoi ? Qu'est-ce qu'ils ont dit ? N'essayons pas de comprendre, il est ivre, c'est tout. Et ce n'est pas lui que je dois convaincre. Je me tourne à nouveau vers le Capitaine.

« Si vous êtes tous contre moi, c'est clair, je ne pourrai pas partir. »

La mer est trop dure. Au moins, quand on y est, il faut se tenir les coudes ; on a besoin de voir les autres, de les entendre, savoir qu'en cas de pépin ils rappliqueront. Quitte, une fois à terre, à vous tourner le dos.

« On n'est pas contre toi, Marie. On voulait juste te mettre en garde.

— Alors, laissez-moi tenter ma chance. »

Il prend son temps pour répondre, il fait durer le plaisir, consulte les autres du regard : la mer leur appartient.

« Si c'est vraiment ce que tu veux… »

Je l'embrasserais bien, le Capitaine. Mais il y en aurait pour parler de « réaction féminine ».

Abel a trouvé le matelot. Il s'appelle Noël Morvan, dix-huit ans. Son père, ingénieur, s'occupe d'algues alimentaires. Ils ont beaucoup navigué ensemble. Noël est prêt à embarquer tout de suite.

« Il sait qui sera le patron ? »

Le bosco toussote, l'air gêné.

« C'est peut-être bien pour ça qu'il est demandeur. Vois-tu, comme on dit aujourd'hui, il "provoque".

— Et la provocation, toi, ça te fait pas peur ?

— Si tu crois qu'on a le choix, Marie ! Tu veux qu'on parte lundi ou non ? Et puis c'est qu'un pauvre gosse finalement. »

La tête du gosse lui a brûlé l'an passé quand sa mère a fichu le camp avec un bel estivant, le plantant là avec son père. Il venait de réussir le bac et voulait se lancer dans l'informatique. Il a laissé tomber.

« Tu en sais des choses, Abel !

— C'est pas moi qui sais, c'est Louise. »

La femme de mon bosco.

« Eh bien, espérons qu'il ne se vengera pas sur nous, ai-je dit, un peu inquiète.

— C'est sur le monde entier qu'il voudrait se venger », a remarqué le bosco pour me rassurer.

Ainsi a été embauché Noël. Bravo, la maman ! Bien la peine de donner un prénom de fête à son gamin si c'est pour le larguer après.

Louise vendra à mon étal. Abel espère que ça lui changera les idées. Elle, le chagrin de n'avoir pas d'enfant la plonge régulièrement dans la déprime. Le monde est mal fait ! Nous avons épluché ensemble la liste de mes habitués. Il s'agira de bien les soigner.

Mes doigts courent sur le clavier du piano, mes yeux pleurent, la tempête est dans mon cœur. Pour toi, mon amour, demain je prends la mer.

* * *

Cinq heures trente, vent d'est, mer calme. Le port dort encore derrière ses volets clos, les lumières des lampadaires frémissent dans l'eau comme des torches, les équipes s'affairent en silence autour des bateaux.

La *Joyeuse*, vieille noix des frères Kervélec, a pris de l'avance. Elle trace déjà son sillon vers la passe. Récemment, on leur a proposé, contre dédommagement, de la mettre à la casse. Il paraît qu'on a entendu leur rire jusqu'à Bruxelles : est-ce aujourd'hui, alors que la dette est payée après tant d'années de galère, qu'ils vont signer la mort de leur chalutier ? De qui vous moquez-vous, messieurs les fonctionnaires ?

J'ai garé la fourgonnette à l'endroit habituel. Sur la *Pastourelle*, Loïk Labbé prépare ses casiers ; lui, c'est exclusivement la langoustine, et il part seul depuis la mort du frère aîné, Antonin. Son « madame la duchesse » tinte encore dans mes oreilles ; j'accélère le pas.

Plus loin, sur l'*Intrépide*, le Capitaine se redresse pour me saluer :

« Bonne chance quand même, Marie ! »

Je ris :

« Et pourquoi “quand même”, Capitaine ? »

Voilà la *Sonate*.

Mes deux hommes sont déjà au travail : Abel dans la cale, le nouveau matelot du côté des chaluts.

« Bonjour, Noël.

— Bonjour, madame Marie.

— Pas “madame” ! Marie tout court, s’il te plaît.

— Bonjour, Marie-tout-court. »

Nous donnera-t-il du fil à retordre comme le craint le bosco, tout en l’affirmant excellent marin ? Moi, il m’émeut, ce garçon qui cache sa fragilité sous un déguisement d’Indien : queue de cheval, bandana bariolé, breloques aux oreilles. Dix-huit ans ! Je vois Quentin et ne peux m’empêcher de penser à des détails : qui s’occupe de son linge à la maison depuis que la mère est partie repasser les chemises d’un autre ?

Je lève la grande bouteille de Coca-Cola.

« Tu vois, Noël, j’ai pensé à toi. Mon fils aussi biberonne aux bulles américaines. »

Miracle : aurait-il souri ?

L’électronique est en marche dans la passerelle. Sur la photo placée au-dessus du sondeur, Pierre me sourit ; lorsqu’il m’appelait « capitaine », s’il avait pu se douter… Continuer sur la *Sonate*, c’est un peu le garder en vie.

« C’est quand tu voudras, Marie. Nous, on est prêts.

— Pas tout à fait ! »

C’est Noël qui est intervenu :

« Faut fermer le cul du chalut, patron. »

Il y a du défi dans son regard : me mettrait-il à l'épreuve ? C'était bien au patron qu'il revenait de fermer le cul du chalut avec un nœud particulier avant que ce ne soit exécuté plus mécaniquement. Eh bien, allons-y ! Il ne dit plus rien, l'Indien, tandis que je montre mes talents : merci, Pierre, de m'avoir appris ça aussi.

Vérification de la barre, ouverture des vannes, préchauffage du moteur. Tous ces gestes, je les lui ai vu faire tant de fois qu'ils sont inscrits en moi. Inutile de confier au bosco que, cette nuit, je n'ai cessé de les répéter dans ma tête.

« C'est bon. On y va. »

Noël a largué les amarres, je dégage en arrière. Campé sur son *Intrépide*, le Capitaine surveille la manœuvre. Veut-il s'assurer que tout se passe bien pour moi avant de partir lui-même ? Nous nous éloignons du quai en douceur. Normalement, il est interdit de prendre la barre sans brevet, mais, lorsque j'ai proposé à Abel de lui laisser la conduite jusqu'à la passe, il n'a rien voulu entendre : « C'est pas moi le patron, Marie, c'est toi. » J'ai éprouvé un pincement au cœur : n'avait-il pas dit qu'avec Pierre ils étaient patron à deux ?

Seule alors, comme une grande, je navigue entre les lumières de la rade dans un bruit régulier de mer déchirée. Ce chemin, je le connais aussi bien que celui qui m'a menée de la maison au port ; je pourrais nommer chaque balise, chaque bouée, presque chaque rocher. Salut, le phare ! Sur l'ordinateur, cette flèche claire, en route vers la mer franche, c'est nous, c'est moi. Et comme nous franchissons la passe, que nous entrons en scène, ma poitrine se dilate. Lorsque je criais, parfois un peu trop fort : « J'irai ! », y croyais-je tout à fait ?

J'y suis.

« Fastoche », dirait Quentin.

Ce matin, il était déjà debout lorsque le réveil a sonné. Nous avons pris le petit déjeuner ensemble, lui ses céréales, moi mon café et mes tartines. Il ne disait rien. Je m'efforçais de cacher ma fébrilité. Si je l'avais montrée, il aurait demandé : « Emmène-moi. » Sans le connaître, il est jaloux de Noël. Ils ont presque le même âge, alors pourquoi pas lui ?

Qui parle du silence de la mer ? Bruit de vagues cognant le bateau, bruit du moteur, sifflements du vent, sans compter, dans la nuit, les premiers oiseaux. Avec, en prime, à la radio, les voix des marins qui se croisent et s'entrecroisent, parlant de pluie et de beau temps, des fêtes qui approchent, du réveillon. Toutes masculines, ces voix auxquelles je n'ose encore mêler la mienne.

« Ça va, Marie ? Pas trop froid ? »

Bonnet de laine au ras des lunettes, ciré au ras du menton, Abel passe le nez dans la passerelle. Pas froid, non ! Je porte en seconde peau le pull le plus épais de Pierre.

« Si tu nous faisais chauffer un peu de café ? »

Le bosco disparaît, direction cuisine. Nous en avons pour deux bonnes heures avant d'arriver sur la zone de pêche, à environ quinze milles de la côte. Nous serons juste à temps pour la langoustine : « Cette paresseuse », plaisantait Pierre.

Elle ne chasse qu'au lever du jour et au coucher du soleil et ne s'éloigne de son très long terrier – presque deux mètres – que de quelques centimètres. Paresseuse ou prudente ? Chasseuse chassée.

Revoilà Abel, jouant les équilibristes avec ses deux gobelets fumants. Nous sirotons en silence, l'œil sur la mer, sur la journée qui nous attend, taraudés par la même question : la pêche sera-t-elle bonne ? Ma première.

C'est le sondeur qui nous dira par ses couleurs si le poisson est là. « Mais rien ne remplace le flair du patron, affirmait Pierre. Il sait ce qui se passe sous le ventre de son bateau comme si c'était son propre ventre. »

Lorsqu'il parlait ainsi, j'avais envie qu'il me prenne dans ses bras : lui le soc, moi le sillon.

« La *Sonate*, t'es là ? »

Mon cœur bondit. J'empoigne le micro.

« Je suis là.

— Ici l'*Intrépide*, appelle si t'as besoin.

— Toi aussi, le Capitaine, appelle si t'as besoin et surtout n'hésite pas. »

Un bon gros rire roule dans la nuit. J'ai de la chaleur au cœur : les autres pêcheurs ont forcément entendu. Je viens d'être acceptée officiellement !

Déjà sept heures ! Le bosco a rejoint Noël sur le pont. À la maison, c'est maintenant Annaïs qui se lève, prépare ses affaires de classe, range sa chambre. Elle a très mal pris la mise en vente de la voiture. Le téléphone suspendu à ma gauche me nargue : il serait si facile de l'appeler pour lui souhaiter une bonne journée. Il ne faut pas. En pêche, Pierre le disait lui-même, on doit mettre la famille de côté.

Et puis la mer a changé de couleur, elle s'est faite précieuse. Le jour pointait. Nous allions tout doux à présent. Le nez sur le sondeur, je scrutais les couleurs : il s'agissait de bien viser. Les lumières des autres bateaux indiquaient que tous étaient en pêche. Tous sauf moi ! Je ne parvenais pas à me décider.

« Abel, regarde, ça te paraît comment ? »

Abel se penche une seconde sur l'écran où il me semble que les couleurs sont plus compactes et que le rouge domine, signe que la mer est habitée.

« C'est pas à moi de dire, Marie. Le patron, c'est toi. »

Seconde fois qu'il me le rappelle. La déception me noue la gorge. Qu'est-ce que j'avais espéré ? Que nous prendrions la responsabilité à deux ? « T'es fou de partir avec une femme ! » Combien de fois a-t-il dû l'entendre ! Le constate-t-il en me voyant incapable de décider ?

« Allez, on y va ! »

Je presse le bouton qui commande la descente du chalut. Abel a rejoint Noël à l'arrière pour vérifier la manœuvre. Feux de pêche, là-haut : vert en haut, blanc en bas. Zone communiquée à la terre. Les dés sont jetés.

Ne nous reste plus qu'à tirer trois bonnes heures à allure régulière, attendre, espérer. En regardant se lever le jour et s'iriser la mer sous la bruyante escorte des goélands.

Finalement, Marie, que fais-tu d'autre ce matin que lorsque, gamine, tu poussais un filet trop grand pour toi en espérant ramener quelques crevettes ? La crevette est devenue langoustine, et je pêche assise. Plus facile, en somme.

Aujourd'hui, j'ai pris la mer. Elle m'appartient.

⋆ ⋆ ⋆

La mer n'appartenait à personne, elle se riait des orgueilleux. Je n'avais pas su lire le sondeur, dans les mailles du chalut viré sur le pont, rien que de la misère : quelques langoustines, un peu de merlu, aucune prise honorable.

Abel fuyait mon regard, sur le visage de Noël se lisait une déception d'enfant, j'entendais mes clients : « Nous vous attendrons, madame Delaunay. » Ah, il serait glorieux, mon retour ! Moi… moi… moi… j'avais fait preuve de présomption.

« La *Sonate*, t'es là ? Ça a donné comment ? »

C'était la *Joyeuse* cette fois qui appelait : Alain Kervélec, le plus jeune des frères, le moins agressif. J'ai assuré ma voix.

« Pas fameux, mais on n'a pas dit notre dernier mot. Et vous ?

— Plutôt belle, la langoustine. Bonne chance ! »

Me la souhaitait-il vraiment bonne, la chance ? Alain qui m'avait fait remarquer qu'une femme, patron d'un douze mètres, cela n'existait pas !

Cela existerait.

Il disait, mon Pierre, que, si l'on faisait face à l'adversité, il ne fallait pas parler de défaite mais de victoire à venir ; le second trait de chalut devait être cette victoire. Cette fois, je n'avais pas droit à l'erreur : quitte à rentrer la dernière au port.

Mais il était déjà midi et le sondeur n'indiquait rien de plus que lorsque je m'étais laissé tromper par ses couleurs. La mer attendait, fermée sur son mystère, calme, à peine quelques plis, sauf là-bas où des oiseaux s'en donnaient à cœur joie, criant comme pas possible, plongeant comme pas permis.

Les oiseaux !

Mon cœur s'est mis à battre, n'étaient-ils pas plus nombreux à cet endroit où pourtant aucun bateau ne pêchait ? Et le bleu de la mer d'une autre couleur, plus profonde ?

« Abel, viens voir. »

Le bosco m'a rejointe en traînant les bottes.

« Regarde là-bas, tu ne vois rien ? »

Il a mis sa main en visière.

« Et qu'est-ce que je devrais voir, Marie ?

— Il y a un banc, j'en suis sûre, la mer frise, mais regarde donc ! »

Elle frisait, comme agitée par en dessous, comme habitée...

« C'est pas à moi de décider. »

La colère m'a saisie :

« Je me demande bien pourquoi t'es venu avec moi, Abel, si c'est pour me laisser tomber ! »

Nous avons filé le second chalut à l'endroit désigné par les oiseaux. Il a été ramené plein d'argent frétillant.

« L'*Intrépide*, t'es là ? Ça a marché pour toi ? »

Cette fois, c'était moi qui prenais les devants, tout encombrée par la joie.

« À peu près. Et toi, la *Sonate ?*

— Très bien. On rentre. »

Rejeter le mauvais à la mer, trier, éviscérer. Rire des jeunes goélands tachetés de gris qui viennent comme des missiles vous piquer le poisson jusqu'entre les bottes. Rire de les voir s'envoler lorsque Noël, furieux, se redresse et bat des ailes pour leur donner l'exemple. Mettre en caisse, arroser, arroser encore, laver le pont, terminer la journée.

Heureuse. Épuisée.

« Tu vois, Abel, finalement on y est arrivés. »

Un peu honteux, mon bosco, d'avoir si vite désespéré. Et moi, m'en voulant de ma réflexion tout à l'heure : sans lui, je ne serais jamais partie. Et il nous a trouvé Noël ! Mais, s'il acceptait de me prêter ses yeux au lieu d'essuyer constamment ses lunettes, ça m'arrangerait.

Il était deux heures lorsque nous avons déjeuné. En général, c'est le patron qui apporte le casse-croûte pour tout le monde. Afin de m'éviter ce travail supplémentaire, mes hommes avaient décidé de se nourrir eux-mêmes. Le bosco est allé en cuisine réchauffer le frichti mijoté par sa Louise, Louise qui devait se préparer à venir vendre à mon étal. Là aussi, il me dépannait, Abel. Sur le pont, Noël dévorait un immense sandwich. J'ai sorti mes salades et mon œuf dur. Mais la faim n'était pas au rendez-vous et c'est surtout mon visage que j'ai tartiné, de crème, en me souvenant d'un merveilleux docteur qui, lui, m'avait tout de suite fait confiance.

Sur l'ordinateur, j'ai pu voir les autres nous précéder. Le soleil baissait, le bleu de la mer se fatiguait lorsque nous sommes arrivés à la passe, bons derniers.

« On a raté la course, a regretté Noël.

— Ne sois pas trop gourmand. »

Finalement, on s'était plutôt bien débrouillés, inutile d'en rajouter, à vous l'honneur, messieurs ! Il suffirait à mon bonheur de pouvoir dire ce soir à

Quentin que, tout compte fait, son père m'aurait approuvée de prendre la relève.

Sur le quai, la petite foule habituelle se presse. On entend les voix des femmes faisant l'article. J'ai hâte de retrouver Louise à mon étal, de montrer mon poisson : vite, les caisses sur le chariot ! Noël tient à le pousser, pas peu fier de sa première sortie.

Mais où est-elle, Louise ? Qu'est devenu mon étal ? Sur celui-ci, tout un bric-à-brac de poubelles, ferraille, vieux cartons et autres saletés. À leur place habituelle, pimpantes dans leurs tabliers de couleur, les femmes m'ignorent. Noël s'est arrêté.

« Mais où on est, madame Marie ?

— Mais où on est, madame Marie ? »

Une mégère l'a répété et les rires fusent.

Les gens se tournent vers nous. Soudain, je me vois par leurs yeux, dans mon ciré et mes bottes, le visage luisant, le cheveu en berne. Trop pressée d'arriver, je n'ai pas pensé à me refaire femme.

Et ici c'est leur royaume. Leurs regards me disent qu'on ne peut à la fois pêcher et vendre. Les hommes sont retournés sur les bateaux qu'ils préparent pour demain. « T'es là, la *Sonate* ? » Ils ne viendront pas me défendre contre la méchanceté de leurs épouses : un brave peut se montrer lâche à la maison.

« Marie ! Mais, dis donc, c'est la pêche miraculeuse ? »

Benoît !

Il vient de surgir près de moi, ma balance sous le bras. Est-ce Louise qui l'a averti ? Elles ont dû lui en faire voir, à la pauvre Louise, les harpies ! Le recteur tourne vers elles son œil noir des jours de tempête en chaire. Les rires s'éteignent.

« Dégage-moi ça, petit ! »

Tandis que Noël libère ma place à grands gestes rageurs, Benoît fait le tour des vendeuses – « Vous permettez ? » –, empruntant un peu de glace à chacune pour mettre sous mes caisses. Après quoi, il retrousse ses manches et commence à faire l'article, sans négliger pour autant le sermon.

« Pas besoin de multiplier le poisson, il y en aura pour tous les mécréants. »

Tous ont été servis.

À l'heure habituelle, j'ai livré Trèfrais : lieu noir, merlan, lotte. Il était un peu plus de dix-neuf heures quand j'ai poussé la porte de la maison. Quentin regardait la télévision.

« Alors ?

— Ça a été. »

Il a quand même eu l'air content, du moins soulagé, mais il s'est bien gardé de poser d'autres questions. Ma poitrine était lourde de ce que j'avais projeté de lui dire.

« Annaïs est là ?

— Dans sa chambre. »

J'ai pris une douche avant de frapper à sa porte. Elle travaillait, ma petite, penchée sur ses cahiers. Tendresse et remords se mêlaient en moi, ils vont souvent de pair. Allais-je m'en vouloir de n'être pas la mère qu'Annaïs aurait souhaitée ?

J'ai demandé :

« Ta journée s'est bien passée ?

— Comme d'habitude. »

Et, sans lever le nez, elle a ajouté :

« J'ai eu un 16 en philo, la meilleure note.

— Je suis fière de toi, ma chérie. »

Pas très malin, comme réponse ! J'allais avoir droit à un « Ce n'est pas mon cas », ou autre remarque de même eau. J'ai tendu mon dos fatigué de pêcheuse.

Elle s'est retournée brusquement et m'a assassinée du regard.

« T'as vu l'heure, maman ? Quand est-ce qu'on dîne, j'ai faim, moi ! »

Finalement, une bonne surprise !

Sitôt la dernière bouchée avalée, je me suis traînée jusqu'à ma chambre : sept heures de sommeil avant la sonnerie du réveil. Le double ne m'aurait pas fait peur, on se demande pourquoi. Le temps d'appeler Pierre, j'ai sombré.

* * *

Ce matin, lorsque je me suis réveillée, mon corps réclamait. Il réclamait des caresses, l'amour. Pierre n'était plus là pour me les donner, mon cœur le savait, mon ventre ne voulait rien entendre.

Je n'avais pas eu d'autre amant que lui, je dis « amant » exprès car, en dix-huit ans de mariage, l'habitude ne s'était pas installée. J'éprouvais toujours le même plaisir lorsque ses mains rudes de pêcheur se faisaient délicates et précises pour préparer mon corps à le recevoir. Son plaisir à lui, disait-il, était de regarder mes doigts de pianiste jouer de son désir.

Presque un mois a passé depuis ma première pêche. J'ai appris à mieux lire le sondeur, à n'être plus paralysée par la peur de mal viser. Noël s'est enfin décidé à m'appeler par mon prénom ; j'éprouve une vraie tendresse pour lui, presque un sentiment maternel. À ne pas dire à Quentin.

Mon étal n'a plus été attaqué, mais les femmes me demeurent hostiles.

« Tu les gênes, explique Benoît. Tu as osé transgresser la règle : hommes en mer, femmes à terre. Qui sait si certaines ne t'envient pas ? Elles finiront par se lasser. »

Ma crainte est que Louise ne se lasse avant elles. Il me faudrait alors trouver quelqu'un pour la remplacer car, sur un point, elles ont raison : on ne peut pêcher et vendre. C'est trop d'heures à la tâche. Je me contente de livrer Trèfrais et de rentrer chez moi, laissant mes hommes remettre la *Sonate* en état pour le lendemain.

Je prends de préférence mes jours d'arrêt obligatoires le dimanche et le mercredi à cause des enfants, mais c'est le plus souvent la mer qui décide : il faut bien rattraper les jours où on ne sort pas.

Mon père m'a proposé de se charger des comptes du bateau. J'ai accepté sans lui parler des traites. Sur douze, cinq seront couvertes par la vente de la voiture. Les suivantes devront être prélevées sur le produit de la pêche : la totalité de mon salaire y passera. C'est pourquoi j'ai décidé de prendre un locataire.

L'annonce était placardée au lycée maritime du Guilvinec, le même lycée où Quentin apprend la mécanique et où je suis venue remplir les papiers pour mon stage de patron pêcheur, en début d'année prochaine. Un enseignant à ce lycée, Thibaut Vilmont, cherchait une chambre à louer. J'ai appelé aussitôt. Ce que je proposais a semblé lui convenir et nous avons pris rendez-vous.

Un prof de son lycée ? Quentin a accueilli la nouvelle avec méfiance.

« Qu'est-ce qu'il enseigne, maman ?

— Je ne le lui ai pas demandé.

— Est-ce qu'il regardera la télé ?

Le grand souci de mon fils, hélas : qu'on lui « vole » ses programmes. Difficile de limiter un garçon de cet âge. Surtout lorsque la fatigue vous pousse au lit sitôt le dîner avalé.

Bien entendu, Annaïs s'est indignée : un étranger à la maison, il ne nous manquait plus que ça.

Je regarde ma fille avec plus d'indulgence ; il me semble avoir compris la raison de son agressivité. Son père a disparu avant qu'elle ait eu le temps de l'accepter tel qu'il était : bon, brave, mais pêcheur.

« Il prendra les repas avec nous, le locataire ?

— Qu'est-ce que tu en penses ?

— Que si c'est oui, moi, je les prendrai dans ma chambre. »

Les enfants n'étaient pas encore rentrés du lycée lorsque Thibaut Vilmont a sonné à la maison. Pas trente ans, un grand sourire, une tenue à la fois sport et classique qu'aurait approuvée ma mère.

« Madame Delaunay ?

— C'est moi. »

À ses pieds, j'ai remarqué les deux gros sacs.

« Mais vous n'avez même pas vu la chambre !

— J'ai trop vu celle de l'hôtel, a-t-il expliqué en riant. Et la maison me plaît. »

La petite pièce que je lui offrais était au rez-de-chaussée et donnait sur la campagne. On y avait installé un lavabo lorsque le père de Pierre, atteint de son cancer, incapable de monter l'escalier, y avait élu domicile. Nous nous en servions comme bureau. J'avais transporté les dossiers et la machine à écrire dans ma chambre.

Elle a convenu au professeur, surtout la table, devant la fenêtre, où il se voyait déjà travailler, un œil sur la lande peuplée de genêts. Je lui ai montré la cuisine, juste à côté.

« Vous pourrez l'utiliser à votre guise. »

Je pensais à Annaïs ; loin de me douter que bientôt elle essaierait de retenir l'« étranger » à dîner.

Thibaut Vilmont ne m'a pas caché que la location n'était que provisoire : des amis lui cherchaient une maison à retaper dans la région.

Je l'ai invité à boire un café ; il me fallait lui parler des enfants. Il m'a écoutée raconter notre histoire ; comme le malheur tient en peu de mots ! Il n'a pas semblé étonné que j'aie pris la relève sur le bateau. Il a simplement demandé :

« Ce n'est pas trop dur ? »

Et à lui, comme au médecin qui m'avait donné le feu vert, j'ai pu répondre la vérité :

« C'est dur, mais je n'ai pas le choix et, en mer, je retrouve mon mari ; finalement, pour nous deux, la mer est une même personne. »

Lorsque je l'ai interrogé sur ce qu'il enseignait, il a eu un sourire.

« Le feu.

— Le feu ?

— J'apprends aux futurs officiers de sécurité à bord comment agir en cas d'incendie. »

Extincteurs, appareils respiratoires, recherche et traitement des victimes. Thibaut Vilmont, qui m'a demandé de l'appeler par son prénom, enseignait aussi l'informatique, mais cela l'amusait beaucoup moins.

« Quand j'étais gamin, on m'appelait "le pyromane", m'a-t-il raconté. Rien ne me paraissait plus excitant qu'une belle flambée et j'avais une fâcheuse tendance à abuser des allumettes ; c'est pourquoi j'ai préféré en faire mon métier. »

Soudain, il a ri. Le premier rire d'homme dans cette maison depuis que Pierre l'avait quittée. Il m'a semblé que les murs revivaient, les larmes me sont montées aux yeux.

« Je suis heureuse que la chambre vous plaise », ai-je dit.

Le hasard est un drôle de gaillard ! Il est plus de onze heures, ce même jour, et je dors profondément lorsque la sonnerie du téléphone me réveille. J'ai un appareil dans ma chambre et décroche aussitôt : les enfants dorment. Mon cœur cogne : un appel de nuit dans une maison de pêcheur, c'est la mer qui déferle.

« Marie, tu peux venir au bateau ? »

La voix du bosco ; il a déjà raccroché. Je m'habille en vitesse et saute dans la voiture. Alors que je roule vers le port, la sirène des pompiers retentit. J'ai peur.

Le quai est plein de monde, la voiture rouge vient de s'arrêter près de la *Sonate*, des hommes casqués en sortent, sautent sur le pont ; cela sent le bois brûlé. Abel se précipite vers moi.

« Le feu a pris dans la cuisine ; on l'a échappé belle ! »

Noël, qui dormait dans la petite pièce du dessous, sur la couchette de fortune, a heureusement été réveillé par l'odeur et il a pu sortir à temps pour donner l'alerte et commencer à éteindre les flammes ; elles seraient dues à la chute d'une lampe à alcool.

C'est ainsi que j'apprends que mon matelot a élu domicile sur mon bateau. Est-il la cause de l'incendie ? C'est la première pensée qui me vient. Le voilà, hirsute, le visage et les mains noircis.

« J'ai entendu quelqu'un marcher au-dessus de ma tête, affirme-t-il. La lampe était dans le placard, elle n'en est pas sortie toute seule ! Et voilà ce que j'ai trouvé sur le quai. »

Il me tend un briquet. Je le prends avec réticence : un modèle ancien, à étoupe. En moi, la vie s'est comme arrêtée : quelqu'un aurait mis le feu à la *Sonate*, voulu sa mort ? Qui me haïrait à ce point ?

Les pompiers sont revenus sur le quai. Le lieutenant me salue :

« Tout est en ordre, madame. Vous avez eu de la chance. »

Il m'entraîne à l'écart.

« Votre matelot assure avoir entendu des pas, dit-il plus bas. Je l'ai noté dans mon rapport. Est-ce que vous soupçonnez quelqu'un ? Dans ce cas, il faudra aller porter plainte à la gendarmerie. »

Instinctivement, mon regard s'est tourné vers la *Pastourelle*. Où est Loïk Labbé ? Il paraît qu'il dort à bord lorsqu'il a trop bu et que sa mère le met à la porte. Le briquet me brûle la main ; n'en ai-je pas vu un semblable au Poisson Bleu, près de son bock de bière, le jour où il m'a agressée ? Et comment se fait-il qu'il ne soit pas là ?

« Marie ! André vient de m'apprendre… »

C'est Benoît, accompagné du Capitaine. M. le recteur a visiblement été tiré du lit lui aussi, cheveux, barbe et vêtements en bataille. Le lieutenant des pompiers le salue respectueusement.

« Il pourrait s'agir d'un acte criminel. Je demandais à Mme Delaunay si elle voyait quelqu'un… »

Les nouveaux venus échangent un coup d'œil, je les sens en alerte.

« Il faut que je réfléchisse, dis-je. Je ne peux pas vous répondre comme ça. »

Benoît est soulagé, me semble-t-il. A-t-il pensé lui aussi à Loïk, craint que je n'accuse l'un de ses paroissiens ? Le prénom a failli passer mes lèvres, mais comment porter une accusation aussi grave avec si peu de preuves ? La lampe a pu tomber après que Noël s'en est servi ; ce genre de briquet se vend dans tous les bureaux de tabac.

Revoilà mon bosco, accompagné de Noël.

« On a tout vérifié, Marie. On voit pas pourquoi ça nous empêcherait de sortir demain.

— Je ne vois pas pourquoi non plus ! »

Je croise le regard de l'Indien : si c'est un acte criminel, ce sera notre réponse à l'incendiaire.

N'empêche que mes jambes flageolent en retournant vers la voiture. Ça me va bien de jouer les braves ! Si au moins Pierre était là. C'est parce que Pierre n'est pas là…

La maison dormait lorsque je l'ai quittée, la lumière brille dans la cuisine quand j'y reviens. Enfants et locataire sont attablés devant des bols fumants : enfants en tenue de nuit, tee-shirts et caleçons diversement ornés. À mon entrée, tout le monde se lève. J'essaie de rire.

« Cellule de crise ? »

Quentin m'adresse un regard ulcéré.

« D'abord, y a le téléphone, ensuite, tu pars comme une folle, puis c'est la sirène des pompiers, tu voudrais peut-être qu'on dorme après ça ?

— Est-ce qu'on peut savoir ? demande Annaïs.

— Un départ de feu sur le bateau, rien de grave. »

En déraillant, ma voix m'a contredite. J'attrape un bol dans le placard pour donner le change :

« J'ai droit à un chocolat, moi aussi ?

— Où le feu a-t-il pris ? » interroge le locataire d'un ton professionnel, tandis que Quentin me sert.

Et c'est seulement à cet instant que je me souviens que Thibaut Vilmont enseigne le feu à son lycée ; nous en avons parlé cet après-midi même. Oui, le hasard est un drôle de gaillard !

Je lui souris.

« Vu votre passion des flammes, si vous n'aviez été ici, j'aurais eu des soupçons !

— Tu ne veux pas dire que quelqu'un a mis le feu exprès ? s'exclame Quentin avec effroi.

— Et puis quoi encore ? Si je le pensais, crois-tu que je sortirais demain ?

— Aujourd'hui, rectifie ma fille en désignant la pendule qui marque une heure du matin. Dans quatre heures très exactement. Bon courage, maman ! »

Un peu plus tard, alors qu'il me souhaitait lui aussi « bon courage », Thibaut Vilmont a murmuré :

« Prenez quand même garde aux maniaques de l'allumette. »

J'ai compris qu'il ne m'avait pas crue pour l'incendie accidentel et je me suis sentie moins seule.

* * *

Dix-sept heures, samedi, et déjà la nuit ! Après le déjeuner traditionnel à la Roseraie, j'ai fait un saut jusqu'à Brest chercher des idées pour Noël. Une montre de plongée fera certainement plaisir à Quentin. Annaïs souhaiterait un blouson, je crains de me tromper dans mon choix, le mieux serait qu'elle vienne avec moi : mercredi ?

Un fort vent de suroît souffle depuis quelques jours, mer grosse aux oripeaux de sorcière. Aujourd'hui encore, les bateaux sont restés au port, les marins en profitent pour, d'une façon ou d'une autre, préparer les fêtes. Autrefois, Pierre bricolait pour les enfants garage ou maison de poupée, je me chargeais de la peinture, il fallait se cacher, c'était gai. Noël commence à mourir le jour où se préoccuper des cadeaux devient une corvée.

Je suis presque rendue à la maison où mon père a reconduit Quentin et Annaïs lorsque la sirène de Kersaingilles retentit. Instinctivement, mon pied appuie sur le frein. Quatre coups : péril en mer. Notre antique sirène n'est utilisée que lorsque le patron du canot de sauvetage, Jean-Yves, n'a pas trouvé son compte de marins, sinon le bip suffit. L'équipe de l'*Hirondelle* est composée de huit hommes, tous pêcheurs et connaissant parfaitement la côte. Plusieurs sont secouristes ou réanimateurs. Pierre n'a pas été remplacé.

La sirène répète son appel : quelque part sur cette mer qui gronde à ma droite, des gens sont en péril, des gens ont peur de mourir. Je fais demi-tour et prends le chemin du port.

En dépit du froid cinglant, toute une petite foule est rassemblée près de l'*Hirondelle* sortie de son abri. Sur le pont du canot, Jean-Yves parle au téléphone. Il était de ceux venus à la maison pour m'annoncer la disparition de Pierre ; avec Benoît, cela faisait deux barbus.

Au premier rang des curieux, j'aperçois le Capitaine. Je me fraie un chemin jusqu'à lui. Tous les regards sont sur la mer.

« Qu'est-ce qui se passe, André ?

— Un voilier du côté des Roches blanches. Il aurait démâté. Six passagers à bord.

— Mais qu'est-ce qu'ils sont allés fiche là-bas par un temps pareil ?

— Paraît qu'ils parlent anglais, sans doute qu'ils viennent des îles et se sont perdus. Le vent n'était pas prévu si mauvais. »

Les Roches blanches ne sont pas très loin de la passe : un coin à éviter, chacun le sait par ici.

À présent, toutes les têtes sont tournées vers les deux hommes qui se précipitent vers le canot : Jean-Louis et Alain Kervélec.

« Où donc que vous étiez ? grogne le patron. Un quart d'heure qu'on vous court après, c'est pourtant pas encore Noël, bon Dieu ! »

Les Kervélec descendent sans mot dire sur le canot, revêtent la combinaison de survie. Le patron a disparu en passerelle où l'on entend éructer la radio. Le revoilà :

« Impossible de mettre la main sur personne... »

Il se tourne vers son mécanicien : « Tu files au Poisson Bleu et tu me ramènes deux gars, n'importe. Y a des gamins, là-bas ! »

Mon cœur s'est emballé. Y a des gamins. Quel âge ? Celui des miens ou plus petits ? Des gamins qui s'accrochent à leur mère, des mères qui tentent de les protéger. Il me semble entendre leurs cris de terreur. On parle de mer « grosse », comme on le dit d'une femme enceinte. Ce soir, elle l'est : de mort.

« Bon sang, si seulement je pouvais », râle le Capitaine.

Lui vient d'avoir son quatrième petit-enfant. Sa manche vide le prive désormais d'être sauveteur. Le vent balaie le port, secoue les chalutiers le long du quai, clac, clac, clac : les mâchoires de la mer. Là-bas, cela veut dire l'enfer.

La petite foule est à présent tournée vers le Poisson Bleu où le mécanicien a disparu. Il ressort déjà, un homme sur les talons. Ils arrivent hors d'haleine.

« J'en ai trouvé qu'un seul, mais il connaît le coin. »

Le patron du canot serre la main du nouveau venu :

« C'est comment, ton nom, déjà ?

— C'est Pierre », répond l'homme.

Mon cœur bat de plus en plus fort.

« Eh bien, on y va, dit Jean-Yves. Cinq, ça fait juste, mais, si on attend encore, ça sera plus la peine. »

Le moteur est en marche, le nouveau venu s'habille, je m'avance.

« Je viens avec vous.

— T'y penses pas, Marie ! crie le patron.

— Et pourquoi pas ? Je connais le coin aussi bien que vous, j'ai mon brevet de secouriste, qu'est-ce qu'il vous faut de plus ?

— Que t'aies des couilles », lance Jean-Louis Kervélec.

La brutalité du propos, le ton me paralysent. Quelqu'un trouve le moyen de rire. Des larmes de rage m'aveuglent, le canot trace déjà sa route vers la passe, s'enfonce dans la tourmente.

« Marie, Marie, soupire le Capitaine, t'exagères quand même ! Et tes gosses à toi, t'y as pensé ? »

Je lui fais face. Je lui en veux autant qu'aux autres, autant qu'à la mer, à la vie.

« Mes gosses sont au chaud à la maison. Si tu avais encore ton bras, c'est pas les tiens qui t'auraient empêché de partir : cinq canotiers, c'est trop juste. Un sauveteur de plus, ça peut faire un gamin de sauvé.

— T'en voudras donc toujours plus ? demande-t-il.

— Toujours ! »

« On n'est pas marin si on n'est pas sauveteur. » Les paroles de Pierre me battent les tempes tandis que je marche sur le quai, poussée par la colère, l'humiliation et le vent. « T'exagères, Marie »... Je devrais m'estimer heureuse d'avoir été acceptée comme pêcheur, il ne faut pas trop en demander : il n'y a de féminin ni à marin ni à sauveteur.

« Vous allez prendre froid ! »

Thibaut Vilmont m'a rattrapée et marche à mes côtés. Que fait-il là, le prof ? Il n'y a pas le feu. Sauf à ma tête et mon orgueil.

« Vous prenez tout tellement à cœur, Marie ! »

Je m'arrête.

« Ça vous prend pas à cœur, vous, que des gamins hurlent de peur là-bas ? Vous les entendez pas ?

— Je ne parlais pas des gamins, je parlais du refus de vous emmener. »

Il a donc entendu les paroles de Jean-Louis. J'ai honte. Un comble ! Être humiliée parce qu'un imbécile m'a dit que je n'avais pas de couilles. J'ai repris ma marche, ma fuite.

« J'offrirais bien quelque chose à boire à ma propriétaire, propose Thibaut. À moins qu'elle ne craigne que cela jase. »

Je m'arrête.

« De toute façon, ça jase déjà, vous ne le savez pas ? »

Depuis une quinzaine que mon locataire a emménagé, les langues ont eu tout le temps de s'agiter : Marie Delaunay héberge un jeune homme chez elle. « Tu ne devrais pas », ont protesté mes parents. Papa m'a même proposé de me payer un loyer pour que je donne congé à Thibaut. Ils seraient plus tranquilles si je l'appelais « monsieur ». Ils ne comprennent pas que sa présence à la maison est bénéfique. Thibaut s'est tout de suite entendu à merveille avec les enfants : non seulement ceux-ci ne l'appellent pas « monsieur », mais ils le tutoient : entre jeunes... Nous avons, grâce à lui, des conversations qui sortent du quotidien. Annaïs ne court plus, sitôt rentrée, s'enfermer dans sa chambre : « Thibaut est là ? »

Le Poisson Bleu est plein. Tous ceux qui ont assisté au départ de l'*Hirondelle* y ont reflué ; le café ne désemplira qu'au retour du canot. Comme j'y fais mon entrée à la suite de Thibaut, les conversations faiblissent ; les paroles de Jean-Louis ont dû arriver jusqu'ici. Thibaut lance à la ronde un grand « bonsoir » auquel certains répondent. Nous nous installons à une table et il commande deux grogs sans me demander mon avis. Le rhum ne me réussit guère, mais je ne dis rien. Il y a des moments où cela fait du bien d'obéir, où l'on n'a plus envie que de ça. Les conversations ont repris, le patron torture sa radio dans l'espoir d'attraper des nouvelles.

« Déjà, vous êtes une femme ! explique Thibaut d'un ton faussement désolé. En plus de ça, vous êtes belle. Comment voulez-vous qu'ils vous acceptent sur leur terrain ? »

Je passe la main dans mes cheveux mouillés ; la pluie me fait friser, Pierre trouvait ça joli. Depuis sa mort, personne ne m'a plus dit que j'étais belle. Le suis-je encore ? Le reflet que j'aperçois dans la glace est plutôt celui d'une naufragée.

Les grogs sont arrivés, j'en bois une gorgée, ça brûle, c'est bon. Dire que là-bas…

« À une vilaine ou une quelconque, les hommes pardonnent de vouloir mettre l'escarpin dans leurs chasses gardées, il faut bien qu'elles se rattrapent, poursuit Thibaut sur le même ton. Les belles, elles, n'ont qu'à se taire. Qu'est-ce qu'il leur faut de plus ? »

Je n'ai pu retenir un sourire : c'est cette façon qu'a Thibaut de tout prendre avec légèreté. Je n'ai pas dit « à la légère ». Cela doit être cela, l'humour : cette légèreté grave.

« Il ne manquait plus au tableau que vous soyez intelligente et jouiez du piano. Alors là, ça devient quasiment insupportable, la coupe déborde, faut les comprendre. »

Cette fois, j'ai ri. Sûrement le rhum aussi.

Un peu plus tard, Loïk Labbé est entré. Avant la mort de son aîné, il faisait partie des sauveteurs. On l'avait rayé de la liste lorsqu'il s'était mis à boire : la pire offense pour un marin. Il s'est installé au comptoir. Je me faisais toute petite. Thibaut a suivi mon regard.

« Qui est-ce ?

— Loïk Labbé, le patron de la *Pastourelle*.

— Que vous a-t-il fait ?

— Il m'a agressée quand j'ai dit que j'allais continuer sur la *Sonate*. Je me demande si ce n'est pas lui qui y a mis le feu. Je ne sais pas pourquoi, mais on dirait qu'il me hait. »

Au comptoir, les gens s'étaient écartés de lui. Il parlait fort.

« Il déraille depuis la mort d'Antonin, son frère, ai-je ajouté.

— Mort comment ?

— Noyé. Antonin est tombé à l'eau et il ne savait pas nager. Comme beaucoup ! Loïk l'a repêché, mais il n'est pas arrivé à le réanimer. »

À présent, Loïk tapait du poing sur le comptoir. Le patron lui a demandé de se calmer. Thibaut a hoché la tête.

« Pour le feu, vous n'avez pas pensé à porter plainte ?

— Je ne suis pas sûre que ce soit lui. Et ça affolerait les enfants. Je leur en fais assez voir comme ça.

— Soyez quand même prudente, a recommandé Thibaut. Bien qu'apparemment, ce ne soit pas tellement votre genre. Mais les pyromanes y reviennent toujours. Et, à propos des enfants, sachez qu'ils sont fiers de leur mère. »

J'ai entendu mon rire, pas léger du tout, sans humour aucun.

« Certainement pas Annaïs !

— Surtout Annaïs ! Même si elle ne vous le dira jamais.

— Elle conteste tout le temps !

— Il n'est pas facile d'avoir une mère qui sait si bien ce qu'elle veut lorsqu'on est, soi-même, à l'âge d'hésiter. »

Je n'ai pas répondu. Ma gorge était nouée. J'aime tellement ma fille. Je voudrais tant pouvoir l'aider et je ne suis même pas fichue de lui parler. Je me suis levée.

« Je dois rentrer, ils m'attendent. Voulez-vous dîner avec nous ?

— C'est pour que vous m'invitiez que je vous ai offert ce grog, a répondu Thibaut. Vous n'en voulez pas un second ? »

— Celui-là sera contre quoi ? »

Un vrai rire, cette fois.

Les passagers du voilier, des Britanniques, ont tous été sauvés : deux jeunes couples et deux gamins de moins de dix ans. Les pères étaient bons marins, mais ils venaient de loin et s'étaient laissé surprendre. C'est la mer.

Cela a donné dix lignes dans la feuille de chou locale. Les journaux nationaux avaient assez à faire avec les problèmes de banlieues, les scandales financiers, la magouille politique. L'histoire de cinq hommes qui avaient risqué leur peau de pêcheur dans la tempête ne les intéressait pas. Si au moins cela avait été pour sauver quelqu'un de célèbre.

Je n'ai pas raconté à Annaïs et à Quentin que j'avais demandé à partir, que, pendant un instant, mes seuls enfants avaient été ceux qui pleuraient dans la fureur de la mer ; j'aurais donné ma vie pour eux.

Je ne leur ai pas dit non plus qu'alors que nous quittions le Poisson Bleu, Thibaut et moi, Loïk Labbé s'est brusquement retourné vers nous. Il nous a enfermés dans un même regard, il a eu un rire dégoûtant et il a prononcé ces mots que je n'ai pas voulu comprendre :

« Tel mari, telle femme ! »

* * *

Qui ose prétendre que l'on s'ennuie en mer ? À terre, vous expliquent certains, le paysage ne cesse de se renouveler : là une forêt, ici un clocher, plus loin une rivière, et des troupeaux, et des châteaux. Les troupeaux et les châteaux, les cathédrales et les grottes d'Ali Baba, celui qui aime la mer les lit sous sa robe, dans sa danse. Il y lit aussi son origine et son destin, c'est pourquoi il ne se lasse jamais de la regarder.

J'ai tout à fait apprivoisé mon Indien. Le bouclier qu'il dressait devant lui depuis le départ de sa mère est tombé le soir de l'incendie lorsque je l'ai remercié d'avoir sauvé la *Sonate*. Il en est devenu presque gai. Je sens en lui des trésors de générosité inemployés, le besoin de donner. Il continue à dormir le plus souvent possible à bord. Qu'en pense l'ingénieur, son père ? Noël ne parle jamais de lui : sans doute lui reproche-t-il de n'avoir pas su garder maman. J'aimerais bien le connaître ; je lui dirais grand bien de son fils.

Comme tous les jeunes, Noël se passionne pour l'électronique et me prête volontiers ses yeux d'aigle. Il faudra que je parle des siens à Abel : parfois je me demande s'il voit bien. Pierre n'avait-il pas parlé de cataracte à son sujet ?

Nous sommes vendredi : demain, repos. Le second coup de chalut viré, Noël a demandé, comme d'habitude : « Est-ce qu'on continue ? » Et, comme d'habitude, j'ai répondu : « Certainement pas. » En mer, le pêcheur devient chasseur : le plus beau, la pièce rare, est toujours à venir ; s'il s'écoutait, il n'arrêterait pas, alors que la ressource s'épuise. « Ne pas prendre plus que l'on ne pourra vendre », disait Pierre.

Nous avons pris suffisamment et faisons route vers le port sur une mer blanc-gris qui se confond avec le ciel, je m'apprête à déguster ma salade, lorsqu'une voix agressive éclate à la radio :

« T'es là, la *Sonate ?*

Loïk Labbé, sans aucun doute. Je prends le micro avec réticence.

« Ici la *Sonate*. Que voulez-vous ?

— Ton Pierre, pas de doute que c'était un sacré salaud. C'est sûr qu'il l'aura bien eue, Madeleine ! »

Ma respiration s'est bloquée. Madeleine : la jeune belle-sœur de Loïk, veuve à vingt ans, l'année même de son mariage avec Antonin. Qu'a-t-il voulu dire ?

Sur les ondes, c'est à présent le grand charivari : dix voix protestent en même temps, ordonnant à Loïk de se taire. Je reconnais celle du Capitaine :

« Tu vas la fermer, ta grande gueule ? Qu'est-ce que tu cherches, Loïk ? »

La grande gueule rigole. Je coupe.

« On a fini, Marie, on va manger. »

C'est Abel qui a passé la tête dans la passerelle. Encore heureux qu'il n'ait pas entendu.

« Allez. »

Moi, je ne pourrai rien avaler. Je ne pourrai que dire à mon bateau : « Plus vite, plus vite. » Plus vite être à terre pour savoir.

J'attends depuis une heure au « presbytère » lorsque Benoît pousse enfin la porte. J'ai eu le temps de ruminer, de rassembler des phrases qui, à la réflexion, sonnaient toutes comme des avertissements. La plus ancienne ? Celle de Benoît, quelques jours seulement après la mort de Pierre : « Quoi qu'il arrive, n'oublie pas que tu étais tout pour lui. » Elle m'avait étonnée : comme si je ne le savais pas !

Je ne le sais plus.

Benoît me découvre et se fige. J'attaque tout de suite.

« Madeleine Labbé était la maîtresse de Pierre, c'est ça ? »

Son silence balaie le peu d'espoir qui me restait. Benoît m'entraîne sur le canapé ; il n'a même pas retiré son caban, je suis toujours en anorak.

« Pas la maîtresse, Marie, non ! Ça ne s'est passé qu'une seule fois, rien qu'une, je te le jure. Comment appeler ça ? Certainement pas "faire l'amour". Faire le désespoir peut-être, ou la pitié : un instant de faiblesse. »

J'ai fermé les yeux. Des images me traversent, fulgurantes, avant de s'éteindre : Pierre et moi, moi et Pierre. Je suis en train de mourir dans ma tête. Benoît tente de prendre ma main, je la lui refuse.

« L'ennui, soupire-t-il, si on peut appeler ça ainsi…, c'est que cette unique fois a donné un enfant, un petit garçon, tu dois t'en souvenir, Marie. »

Je m'en souviens.

Lorsque le ventre de Madeleine Labbé s'était arrondi, un an à peine après la mort de son mari, l'indignation avait été générale. Je ne m'en étais pas trop mêlée, je n'aime pas les ragots. Madeleine avait toujours refusé de livrer le nom du père. Certains affirmaient que c'était le beau-frère, Loïk.

« Pierre est venu me trouver, reprend Benoît. Il m'a tout avoué. Il ne savait que faire : Madeleine était prête à avorter.

— Et tu l'en as empêchée, bien sûr. »

Je ne reconnais pas ma voix, celle d'une femme dont le cœur se glace.

« La vie était là ! » répond Benoît.

Je ris. Il y croit, lui, à la vie. Même à l'éternelle. Moi pas. Moi plus.

« Quand tu dis "une seule fois", qu'est-ce que tu en sais ? Tu étais là pour compter ?

— J'ai cru mon frère, répond Benoît. J'ai vu son désespoir. Si tu savais comme il regrettait. Je lui ai conseillé de tout t'avouer, mais il n'osait pas. Il avait peur que tu partes. Il avait toujours peur de te perdre, Pierre. Tes parents…

— Mes parents avaient raison : je n'aurais jamais dû l'épouser. Et, s'il avait parlé, je l'aurais quitté. »

Une fois, ou dix, ou cent, finalement, quelle importance ? C'est la première qui compte, à la première que la trahison a lieu. Quand on en prend une autre dans ses bras et qu'on oublie l'Amour pour lui faire l'amour. Cette autre avait vingt ans ! Souffrirais-je moins si elle n'avait pas été si fraîche ?

À nouveau, j'entends mon rire. C'est ça ou crier. C'est crier.

« Je vois que tout le monde était au courant, sauf moi.

— Pas tout le monde et depuis très peu de temps, Marie. Madeleine a craqué après la mort de Pierre. Elle a tout avoué à Loïk, la pire chose qu'elle pouvait faire. Il se venge sur toi.

— Le feu à la *Sonate ?*

— Probablement lui, oui.

— Et tu attendais qu'il mette le feu à la maison pour m'en parler ?

— J'ai eu tort, reconnaît Benoît. J'aurais dû t'avertir tout de suite, mais je pensais à ta peine, aux enfants… »

Les enfants ? La douleur me les a fait oublier. Même posthume, la jalousie est de l'acide sur la mémoire. De n'être plus l'unique, la première pour quelqu'un, fait passer tout le reste à la trappe.

« C'est à cause de cette Madeleine que Pierre ne payait plus les traites du bateau ? Il lui filait du fric, c'est ça ?

— Sa maison était hypothéquée ; il a fait le nécessaire pour qu'elle puisse la garder, c'est tout. »

C'est tout ! Un transfert de fonds. En somme, Pierre a payé le toit de cette maison avec notre bateau. Et moi qui me tue à la tâche pour le lui garder ! Quelle imbécile je fais. Je demande :

— Pas d'autre bonne nouvelle ? »

Benoît secoue négativement la tête. Je me lève et vais vers la porte ; j'ai très froid, qu'est-ce que ce sera dehors… Il me rejoint.

« Ne pars pas comme ça, Marie, supplie-t-il. Tu ne veux pas rester un peu ? Ou bien veux-tu que je rentre avec toi ? »

Je regarde le recteur, même visage que son aîné, mêmes couleurs : ils ne pourraient pas se renier, comme on dit.

« Non merci. Tu as les yeux trop bleus, Benoît ! »

Comme chaque vendredi, les enfants s'étaient rendus directement du lycée à la Roseraie où je les retrouverais demain pour déjeuner. La maison se taisait, elle aussi tombée dans la nuit ; j'ai mis un moment à trouver la serrure avec ma clé.

Le salon était en désordre : bols sales, emballages de sucreries, bandes dessinées de Quentin, maman rangerait ! Un chandail traînait sur le fauteuil de Pierre. Lorsque je jouais notre morceau et que ses yeux rougissaient, moi je croyais que c'était l'amour. C'était aussi le remords et la peur. La *Sonate au clair de lune* de Beethoven chanterait désormais pour moi l'air de la trahison. Maman avait envie de mourir.

Un peu plus tard, la porte d'entrée a claqué : les jeunes ne savent pas fermer une porte sans bruit, il faut qu'ils crient : « Me voilà ! » Ils ont l'impression que le monde les attend pour tourner.

Thibaut a passé la tête dans le salon, je gisais sur le canapé, j'ai supplié : « Allez-vous-en, laissez-moi, s'il vous plaît. » Il ne m'a pas écoutée. Il est venu s'asseoir près de moi, j'avais caché mon visage dans mes mains, sans doute pensait-il que c'était la solitude. C'était bien la solitude mais cette fois totale, sans plus de souvenirs auxquels me raccrocher. Avant, lorsque je les évoquais, même s'ils me faisaient pleurer davantage, ils étaient de la lumière, ils me réchauffaient le cœur. « Personne ne peut vous prendre vos souvenirs », dit-on. On peut vous les souiller.

Thibaut m'a obligée à retirer mon anorak et il m'a prise contre lui. S'il avait posé des questions, je me serais sauvée, mais il a su se taire. Il faisait bien plus chaud que chez Benoît, pourtant je ne pouvais m'arrêter de trembler.

« Attendez-moi. »

Le sanglot est devenu rire : comme si je pouvais faire autrement, que j'avais quelque part où aller. Il est revenu avec la bouteille de calvados.

« Ce soir, me voilà normand », riait Pierre lorsqu'il s'en servait une goutte, rarement davantage car il se méfiait de l'alcool. À en juger par Loïk, il n'avait pas tort. Thibaut a rempli un petit verre qu'il m'a tendu.

« Décidément, ai-je bredouillé, le rhum l'autre soir, le calva maintenant… Ce sera contre quoi, cette fois ? »

Il n'a pas répondu. Il a juste dit en se servant : « Je vous accompagne », et ce mot a fait revenir les larmes parce que j'avais perdu mon compagnon.

J'ai vidé mon verre d'un trait et le lui ai tendu pour qu'il le remplisse à nouveau. J'avais envie de me défoncer, de casser la baraque, cela n'a pas traîné, la voie était libre : depuis ce matin cinq heures, je n'avais rien mangé.

Est-ce bien moi qui ai posé la tête sur l'épaule de ce jeune homme, cherché ses lèvres, tendu la main vers son désir ?

« Tu es sûre ? » a-t-il murmuré.

De vouloir faire l'amour ? Certainement pas. D'envoyer par le fond celui que Pierre avait assassiné.

⋆ ⋆ ⋆

Neuf coups sonnent au clocher de l'église, lointains, ouatés. À leur plus ou moins forte intensité, Pierre lisait la mer. Lorsqu'ils tintaient comme du cristal, il n'avait pas besoin d'ouvrir les volets pour savoir que le ciel était limpide.

Neuf coups : un pour chaque mois où Madeleine a porté son enfant.

Au départ, Pierre avait dû la serrer dans ses bras comme une petite fille ; à l'arrivée, il avait découvert un corps de femme.

Pierre qui m'a trahie.

Moi qui ai trahi cette âme dont on assure ici qu'elle gémit avec le vent lorsque le corps n'a pas été retrouvé.

Souffrance.

Quelle heure pouvait-il être lorsque je suis remontée dans ma chambre pour me jeter sur ce lit après m'être donnée à Thibaut ? Donnée ? Non ! Certainement pas. Mon corps se refusait au plaisir, les caresses de ses doigts longs, fins, ne m'avaient procuré que du désespoir en plus et je m'étais ouverte à lui pour en finir plus vite comme on abandonne une partie perdue.

Les mains de pêcheur pouvaient-elles seules m'émouvoir ?

Le téléphone sonne sur la table de nuit : mon père. « Ta maman me charge de te demander d'être à l'heure pour le déjeuner : les enfants ont commandé un soufflé. »

Bienheureux ceux pour qui réussir un soufflé est le but d'une matinée.

En bas, ces bruits, c'est mon amant. Non ! Pas mon amant, une fois, une seule fois. Lui a eu du plaisir. Il me disait que j'étais belle et qu'il m'avait désirée dès le premier jour, mais que jamais il n'aurait osé… espéré… Comprendra-t-il qu'il ne peut rester ici ? Qu'en sa présence je serai incapable de regarder mes enfants en face, que je me trahirai ?

Soudain, la hâte m'emplit, un sentiment de danger : ce soir, il doit être parti.

La première chose que j'aie vue en descendant, ses sacs dans l'entrée. Thibaut est apparu à la porte de la cuisine.

« Je vous attendais, Marie. J'ai préparé du café, vous voulez bien ? »

Le « vous » a achevé de me soulager, un élan de gratitude m'a poussée vers celui dont je ne songeais, il y a quelques minutes, qu'à me débarrasser. J'ai compris que j'allais perdre un homme de qualité.

Il avait mis le couvert du petit déjeuner, sorti pain, beurre et miel. Après avoir versé le café dans mon bol, il a désigné la chaise en face de la mienne : « Je peux ? » C'est moi qui l'ai servi. Quelques rides inhabituelles barraient son front. Elles s'effaceraient : vingt-huit ans, une peau jeune. Je ne sais pourquoi, peut-être parce qu'il avait perdu son sourire par ma faute, j'ai murmuré : « Pardon. » Pierre l'avait-il dit à Madeleine après la seule et unique fois ?

« Taisez-vous, a-t-il protesté. C'est moi. J'aurais dû montrer plus de force. »

J'ai souhaité qu'il n'apprenne jamais que c'était parce que Pierre m'avait trompée.

En attendant, il me beurrait une tartine, m'obligeait à la manger : « Vous n'avez pas dîné hier ! » Ni déjeuné. C'était sans doute pourquoi ma tête tournait, pourquoi je ne tenais au sol que par un cœur lourd comme une pierre.

J'ai désigné les sacs dans l'entrée.

« Où allez-vous ?

— Retrouver ma chambre à l'hôtel. Cela m'étonnerait qu'elle soit prise. »

Soudain, l'angoisse a été là :

« Qu'est-ce que je vais dire aux enfants ?

— Vous leur direz que j'ai trouvé la maison de mes rêves. Ils savent que je cherchais. Annaïs m'avait même demandé de ne pas trop me presser. »

Elle aussi trouvait agréable d'avoir un homme à la maison, un homme jeune, intelligent et gai, gai surtout. Peut-être en était-elle amoureuse ?

« Ils demanderont où est cette maison, ils voudront aller vous voir... »

Thibaut a réfléchi.

« Alors, dites-leur que j'ai été rappelé à Brest ; c'est là que vit ma famille. »

J'ai eu honte de ma panique soudaine ; mais les enfants étaient tout ce qui me restait. Brièvement, Thibaut a posé sa main sur la mienne. Il souriait enfin.

« Annaïs et Quentin... Ils vont me manquer, vous savez ? Leur mère aussi. Puis-je lui dire qu'en plus d'être belle, pour un patron pêcheur, elle est particulièrement douce ? »

Cette fois, j'ai partagé son sourire.

Nous n'étions que mi-décembre, il avait réglé le mois d'avance ; lorsque j'ai voulu le rembourser, il a refusé.

« Mais il y a une chose dont je rêve depuis longtemps, a-t-il dit. Me l'accorderiez-vous ?

— Tout ce que vous voudrez. »

La maladresse de ma réponse l'a fait sourire à nouveau. Je me suis sentie rougir. Il a pris ma main et m'a menée au salon. Il avait fait un tas de mes vêtements dans un coin du canapé. Je me suis détournée. Il est allé jusqu'au piano et l'a ouvert. Les notes dormaient sous leur tapis de soie.

« Je ne vous ai jamais entendue, Marie. »

Une vague a submergé mon cœur ; dans son fauteuil, Pierre fermait les yeux, les larmes coulaient.

« C'est la seule chose que je ne peux vous donner, Thibaut. »

Abel a appelé en fin de matinée :

« Pardon, Marie, je te dérange pas ? Mais on t'a pas vue partir hier, et après t'es pas revenue, je sais bien que c'est relâche aujourd'hui, seulement le petit s'inquiète. »

Entre chaque phrase, il se raclait la gorge, tentant d'éclaircir sa voix comme il le faisait pour ses lunettes. Pauvre bosco ! Pas difficile de comprendre pourquoi il avait décroché cet appareil qui le mettait mal à l'aise : les paroles de Loïk, à la radio, avaient dû faire le tour du port, et l'inquiétude du « petit », comme la sienne probablement, devait être que j'abandonne.

J'y songeais.

Je lui ai répondu que je ne pouvais pas lui parler maintenant, j'allais sortir, je passerais le voir cet après-midi. Voilà qui n'a pas dû le rassurer.

La maison de Madeleine Labbé, blanche à toit gris, était la dernière du lotissement, la seule à n'avoir pas de fleurs, ce qui lui donnait l'air d'être punie.

Je n'y étais venue qu'une fois, quatre années auparavant, le lendemain de la mort de son mari, Antonin. Beaucoup de femmes étaient présentes, comme chez moi pour Pierre ; avec la différence que le corps du noyé reposait dans la chambre à coucher. Loïk ne quittait pas sa belle-sœur. Elle avait l'air d'une petite fille. « On ne te laissera pas tomber », avait promis Pierre.

J'ai garé la voiture plus loin et suis revenue à pied. Le ciel était bas, aucune lumière, même pas de vent, rien que du désespoir muet. C'était folie d'être venue ici, quelqu'un pouvait me reconnaître. Tant pis ! Il me fallait regarder en face ce pour quoi j'allais sacrifier le bateau.

Si j'avais décidé de continuer, c'était pour Pierre, pour lui garder sa *Sonate*, pas pour payer le toit de Madeleine Labbé. Ces efforts, cette fatigue, à quoi bon ? Et, en arrêtant, au moins je ferais des heureux, à commencer par ma famille, excepté Quentin sans doute, à terminer par les pêcheurs qui ne m'avaient jamais acceptée que contraints et forcés. Le bateau vendu, il me resterait même des sous.

Comme j'approchais de la barrière, j'ai vu l'enfant.

Il tournait sur un tricycle bleu et vert pas de la première jeunesse. Il portait un casque argenté de guerrier comme on en trouve dans ce que l'on appelle, aux rayons jouets, une « panoplie ». Me découvrant, il s'est arrêté. L'âge correspondait : un peu plus de trois ans. Un enfant du printemps.

À une fenêtre de la maison, il m'a semblé voir un rideau bouger ; j'aurais dû filer, je n'ai pas pu.

Le guerrier en herbe m'a regardée un moment, puis il a pédalé vers moi – pleins gaz, aurait dit Quentin – pour ne s'arrêter que roue collée à la barrière.

« Qui t'es ? » a-t-il demandé.

La visière du casque cachait son visage, je l'ai soulevée. Les yeux étaient Labbé, la petite frange claire, Delaunay. De toute façon, ce ne pouvait être que cet enfant-là, Antonin n'ayant pas eu le temps d'en donner à Madeleine avant d'être emporté par son paquet de mer.

J'ai murmuré :

« Comment tu t'appelles ? »

Il gardait les lèvres serrées : un petit bouton de rose. La femme âgée, sèche, vêtue de sombre, qui venait d'apparaître sur le seuil de la maisonnette a répondu pour lui.

« Maximou ! Reviens tout de suite, Maximou ! »

Le guerrier a rabattu sa visière et il a fait demi-tour sans un regard pour sa victime. Comme il arrivait à la porte, sa grand-mère s'est penchée sur lui, sans doute pour le gronder. Je faisais de même avec mes enfants : « On ne parle pas à n'importe qui. » Ils ont disparu.

Le grand-père de Pierre, le vendeur de sable, s'appelait Maxime. Ce prénom et le tricycle bleu et vert que je ne retrouverais pas ce soir dans le grenier de la maison : Pierre n'avait pas laissé son fils sans rien.

* * *

Autour d'un soufflé gonflé à souhait, une famille dans l'ignorance, la voilà, la solitude : un poids mortel impossible à partager ! Alors, vous jouez la comédie et, d'une certaine façon, vous vous perdez vous-même. Ce n'est pas moi, cette femme qui sourit et qui, tout à l'heure, trouvera sans doute le moyen de rire, un rire qui sonnera le glas dans mon cœur sans que personne ne l'entende.

Grâce à la présence de mes parents, il m'a été moins difficile de renouer avec les enfants. Renouer est le mot : cette nuit, j'ai claqué une porte, saccagé un jardin, lancé des pierres sur le toit de ce que les miens appellent « la maison », lieu sacré, abri. J'y reviens comme une voleuse sans être sûre de la mériter encore.

Pour faire plaisir à maman – me faire pardonner ? – je me suis déguisée en dame : tailleur et mocassins. J'ai eu droit à un regard approbateur d'Annaïs.

On parle de Noël. C'est à la Roseraie que nous réveillonnerons ; le sapin est déjà dressé dans le salon et quelques paquets déposés à son pied. Maman est toute fière de son idée : un papier cadeau différent pour chacun ; ainsi reconnaîtra-t-il tout de suite ce qui lui est destiné.

De ma part, tout présent émerveillait Pierre. Bien qu'il s'y connaisse en nœuds de toutes sortes, il fallait voir ses doigts épais se battre avec le ruban doré, mais pas question de rien abîmer et l'attente rendait meilleure la surprise. Quant à ce qu'il m'offrait, il se trompait une fois sur deux : trop de dentelle aux corsages, de brillant dans les bijoux.

Offrait-il quelque chose à Madeleine et à Maximou ?

« Tu as une petite mine, remarque papa. Tu ne vas pas tomber malade, au moins ? »

Le regard d'Annaïs vole vers moi, dérouté : à son âge, on ne peut imaginer sa mère malade, elle a le devoir d'être forte. Pour qu'on puisse s'y faire les griffes ?

« Ce n'est rien. Je n'ai pas bien dormi.

— Et ton locataire ? interroge maman, me donnant l'occasion de me débarrasser d'une infime partie de mon poids.

— Il est reparti ce matin pour Brest : sa famille... Je crains que nous ne le revoyions plus.

— Eh bien, bravo ! s'indigne Annaïs. Ça vous apprendra à être gentil avec les gens ! »

Je parviens à sourire.

« Il m'a chargée de vous dire au revoir pour lui. »

Quentin semble incrédule :

« Mais il m'avait promis de m'emmener voir un film sur la plongée ! »

Mon fils me regarde comme si j'étais coupable du départ de Thibaut. Je le suis et ne trouve rien à dire pour ma défense, les joues me brûlent.

« Je suis certain que ce n'est que partie remise, intervient gentiment papa.

— Je n'ai pas eu l'honneur d'être présentée à ce monsieur, déclare maman, mais si tu tiens absolument à louer cette chambre, Marie, choisis plutôt une femme. »

Et c'est ici que je ris : la vérité sort de la bouche des mères.

L'employée de maison a apporté le gigot. J'ai eu droit à la moitié de la souris. La conversation tournait à présent sur le menu du réveillon, puis maman et Annaïs ont parlé « fripes » tandis que papa essayait de tirer trois mots à Quentin sur son travail au lycée maritime. Il n'était que deux heures, la salade n'allait pas tarder, puis ce serait le plateau de fromages, une tarte, le café.

Je me suis tournée vers la fenêtre.

La lumière.

Contre toute attente, toute météo, et même contre le son des cloches ce matin, le temps se levait. Un rayon de soleil forçait les nuages, a forcé mon cœur. J'ai entendu ma voix.

« On devrait pouvoir sortir demain. »

Les conversations se sont interrompues.

« Décidément, ma pauvre fille, il n'y a que ça qui t'intéresse, a déploré maman.

— Ça se pourrait bien. »

Un rire secret roulait dans ma poitrine, y faisant le ménage, douloureux, bienfaisant. Cette comédie que je m'étais jouée en prétendant abandonner ! Vivre entre quatre murs, moi ? Vivre sans la mer ? La vérité m'a éblouie : *ma* vérité. Elle était là et je ne la voyais pas, comme on peut s'ignorer soi-même. Ce n'était pas seulement pour Pierre, en vertu d'on ne sait quels souvenirs, quelle fidélité, que j'avais décidé de continuer. Mais pour moi !

Parce que en mer on vit pleinement et que, petit, on devient grand.

Quand je suis arrivée au port, les bateaux rentraient. Les caisses de poisson s'en allaient vers la halle, la mer disait mon nom. Sur le pont de la *Sonate*, mes hommes ramandaient le chalut bien que ce soit jour de congé.

« Eh, Marie ! »

Dans sa combinaison de pêche, casquette sur la tête, le Capitaine se hâtait vers moi, on aurait dit qu'il m'attendait. Et voilà qu'il s'arrête pile, son regard fait l'inventaire, remonte des mocassins à la jupe, de la jupe à la gabardine, de celle-ci à la pêcheuse déguisée en dame. En duchesse ? Sur le pont de la *Sonate*, mes marins se sont levés et me regardent pareil. Croient-ils lire, dans le changement d'uniforme, une décision ?

« Dis donc, tu vas pas nous lâcher, Marie ? Nous, on a besoin de toi », déclame le Capitaine avec des accents d'opéra.

Il ne le voit pas, mais je m'envole. Pouvait-il me faire plus belle déclaration, à moi qui, le matin même, pensais n'avoir pas été vraiment acceptée ?

« C'est pas parce que, Loïk, il a fait le con... », reprend André tandis que les miens approuvent du chef.

D'autres marins viennent aux nouvelles, mine de rien, mine de débarquer dans de l'histoire inconnue, les hypocrites ! C'est pour tous que je vais répondre, que ce soit dit une fois pour toutes.

« À première vue, c'est pas Loïk, c'est plutôt Pierre qui a fait le con. »

Le Capitaine baisse le nez. J'en profite pour attraper sa manche vide, depuis le temps que j'en rêve : toucher le courage, l'entêtement, la blessure de guerre bien que la décoration se fasse toujours attendre.

« Tu as bien continué avec ton bras en moins, André. Je ne vois pas pourquoi un cœur en écharpe me ferait arrêter. »

Le Capitaine en a eu le sifflet coupé : à marquer d'une pierre blanche, tous vous le diront ici.

Benoît est passé nous rendre visite après sa messe de dix-huit heures. Nous trouvant, les enfants et moi, tapant le carton au salon, il a eu le sourire incrédule de celui qui, après un tremblement de terre, retrouve sa maison debout. Il nous manquait un quatrième, je l'ai embauché avant qu'il se mette à genoux.

Plus tard, le raccompagnant jusqu'à son « porteur », ancien vélo de facteur sans changement de vitesse, frein à pédale, bon à vous briser les jarrets mais pourvu de deux sacoches plein cuir dignes d'un messager du ciel, je lui ai annoncé que j'avais décidé de ne rien dire aux enfants. Tous les psys du monde seraient d'un avis contraire car, un jour ou l'autre, c'était fatal, une bonne âme trouverait le moyen de colporter la nouvelle assez haut pour qu'ils l'entendent. Mais leur révéler moi-même qu'à la suite d'un instant de faiblesse de leur père ils avaient un demi-frère prénommé Maximou était au-dessus de mes forces. Sans compter que, pour les instants de faiblesse, je m'y connaissais un peu mieux à présent et que pointer le doigt sur autrui en se faisant passer pour blanc comme neige n'est pas mon genre.

J'ai gardé ce détail pour moi ; nous n'étions pas à confesse et ma contrition était assez profonde sans que M. le recteur y ajoute une pénitence supplémentaire.

Il m'a écoutée sans m'interrompre.

« Maximou… Comment tu le sais ? a-t-il demandé.

— Le Saint-Esprit. Il m'a dit aussi que pour les enfants, si tu n'étais pas d'accord, il t'autorisait à les avertir. Après tout, Pierre était ton frère. »

Comme d'habitude, Benoît a consulté sous ses paupières avant de me répondre.

« Je vais prier pour qu'ils ne l'apprennent pas avant que tu sois prête à le leur dire toi-même.

— Alors, on n'a pas fini de t'entendre là-haut. »

* * *

En dépit d'une météo quelconque et d'un ciel incertain, nous avons risqué une sortie aujourd'hui : la langoustine se vend bien pour les fêtes.

Il est midi, un mauvais vent de sud-ouest se lève et nous décidons d'abandonner après le premier trait de chalut. Les autres bateaux ont déjà repris le chemin du port ; certains y étaient restés, on ne peut leur donner tort.

J'ai fait une entorse au règlement et appelé la maison pour avertir que je rentrerai plus tôt. Les enfants sont en vacances ; Quentin viendra à ma rencontre et nous irons choisir sa montre de plongée. Il serait temps : Noël est après-demain.

Annaïs a finalement préféré un pantalon à un blouson, pas n'importe lequel : une marque. La marque a beaucoup d'importance chez les jeunes, ils espèrent briller grâce à elle. Et puis, un jour, certains s'aperçoivent que rien ne vaut sa marque personnelle, qu'ils n'ont pas besoin de signes extérieurs pour être reconnus. Les voilà mieux avec eux-mêmes.

Le genre de question dont nous aimions à discuter avec Thibaut. Il manque à la maison.

Il est maintenant presque une heure, nous sommes à dix milles de la côte, à environ deux heures du port ; je croque dans une pomme lorsqu'une voix rauque retentit à la radio.

« Ici la *Joyeuse*, quelqu'un par là ? »

Je décroche le micro :

« Ici la *Sonate*, je vous écoute.

— On a un pépin, annonce la voix haletante d'Alain Kervélec. Sûrement un joint qui a lâché. On s'en est aperçus trop tard, on fait salement eau.

— Où vous êtes ? »

J'ai noté la position. Est-ce la *Joyeuse*, ce point brillant sur le radar ? Je la croyais restée au port.

« On a prévenu le CROSS[1], poursuit Alain Kervélec. Le moteur arrière est noyé, c'est mau... »

Mauvais ? La voix s'est cassée net. Plus rien du côté du chalutier, explosion d'autres appels à la radio, venant de toutes parts, pressants, inquiets :

« Allô, allô, parle, la *Joyeuse*, parle, bon Dieu, qu'est-ce qui t'arrive ? »

La *Joyeuse* ne répond plus.

Demi-tour, cap vers le chalutier des Kervélec. Après avoir mis sur pilote automatique, je cours exposer la situation à mes hommes qui déjeunent à l'arrière : nous sommes apparemment les plus près du bateau en détresse, on y va !

« T'es sûre, Marie ? demande le bosco. À l'heure qu'il est, l'*Hirondelle* doit être sur le départ.

— À l'heure qu'il est, la *Joyeuse* est peut-être en train de couler.

— Je vais voir si je la repère », dit Noël.

Il abandonne son sandwich et disparaît. Abel va sortir les combinaisons de survie. Je retourne à la passerelle. Côté vent, ça peut encore aller.

---

1. CROSS : Centre régional et opérationnel de surveillance et de sauvetage.

« Ici, l'*Hirondelle*, annonce la voix du patron sauveteur. Tu m'entends, la *Sonate ?* »

Je réponds et donne ma position :

« On fait route vers la *Joyeuse*, ça m'a l'air plutôt urgent.

— Fais gaffe quand même, Marie, recommande Jean-Yves. Le vent pourrait bien devenir méchant, vous risquez de souffrir. Nous, on part à l'instant. On sera là dans une grande heure, reste en contact. »

Je raccroche et me concentre sur le cap. Une grande heure ! Nous y serons bien avant eux. Que vous arrive-t-il, les Kervélec ? Cette tension dans ma tête, ce soudain silence en moi alors qu'alentour tout claque, sonne, menace, c'est l'impression d'« y être ». Où ? Probablement en face de moi-même. La mer a aussi ce pouvoir.

Elle a changé de robe depuis tout à l'heure, ses godets se creusent, il y a plus de blanc dans ses gris-vert. Comme tu m'obéis bien, mon bateau, Pierre serait fier de toi. De moi ? Un jour, j'ai promis à mes parents de ne pas prendre de risques, j'oubliais qu'on n'a pas forcément le choix.

Soudain, tout près, une fusée rouge éclate. Elle a du mal à frayer son chemin vers le ciel, pétard mouillé trop vite éteint. Sur le pont, Noël hurle en agitant les bras.

« La *Joyeuse*, elle est là, je la vois ! »

Moi aussi.

À cinq cents mètres environ, assaillie, investie, tirée à l'arrière par les mâchoires de la mer qui lui a déjà pris ses casiers et ses caisses ; ils dansent autour du bateau sous le vol bruyant des oiseaux.

« C'est trop de gîte, la *Joyeuse* relèvera pas », constate Abel d'une voix cassée.

Il en oublie d'essuyer ses lunettes. De toute façon, ça crève les yeux, le cœur aussi, qu'elle est fichue.

« On va récupérer les frères, y a plus que ça à faire. »

Comme en réponse, une vague plus forte éclate sur le pont, déferle sur la passerelle, noie un instant le pare-brise de son écume.

« T'es sûre d'y arriver, Marie ?

— On y arrivera tous ensemble. »

J'appelle l'*Hirondelle* et transmets les nouvelles.

« On sera là bientôt, promet Jean-Yves. Tenez bon. »

Aujourd'hui, j'aime la voix du patron sauveteur. J'aimerais même celle de Jean-Louis Kervélec si je pouvais l'entendre. On distingue à présent les frères à l'avant de leur bateau, un quatorze mètres. Le nôtre n'est qu'un douze, l'inverse rendrait la manœuvre plus facile. Encore heureux qu'il fasse jour et que la mer retienne sa colère.

J'ai réduit la vitesse, l'accostage est imminent : il suffira d'imaginer que j'approche du quai de Kersaingilles et vais mettre la *Sonate* à couple avec un autre chalutier, pourquoi pas la *Joyeuse* ? Derrière mon épaule, j'entends le souffle court du bosco. Sur le pont, jambes écartées, bien calé dans ses bottes, plus cosmonaute que chef sioux, Noël attend de lancer le bout qui nous reliera au bateau des Kervélec. Je remarque que seul Alain porte sa combinaison de survie ; qu'attend Jean-Louis pour enfiler la sienne ?

« Dis-moi, le bosco, tu crois qu'ils savent nager ?

— Pas l'aîné, en tout cas, il a jamais voulu apprendre. »

Pour un marin, savoir nager peut être une façon de mourir plus lentement. Je repère l'échelle de pilote qui se balance au flanc de la *Joyeuse*. Noël a amené la nôtre. Plus que quelques mètres, doux, tout doux.

Nous y sommes. Pas à couple. Il serait imprudent d'approcher davantage.

« Bravo, patron ! »

Abel fonce sur le pont. J'ai mis le moteur au point mort. Pourquoi Noël hurle-t-il comme ça ? Pourquoi les Kervélec discutent-ils au lieu de saisir le bout qu'il leur lance ? Discutent ou se disputent ? C'est bien le moment ! Je ne donne pas un quart d'heure pour qu'il n'y ait plus qu'un seul bateau ici.

« Abel, viens me remplacer ! »

Cette fois, le bosco ne songe pas à refuser. Je rejoins Noël sur le pont.

« Qu'est-ce qu'ils foutent ? gronde-t-il. Ils veulent qu'on les tire de là ou non ? »

Soudain, les choses s'accélèrent : pas dans le bon sens. Les frères s'empoignent, ils luttent un moment, puis Alain se dégage, court, saute à l'eau. Noël lui lance le bout. Nous le tirons jusqu'à l'échelle. Il tombe sur le pont. Il claque des dents, frigorifié.

« Jean-Louis est devenu fou, hoquette-t-il. Il veut pas laisser le bateau, il dit qu'il faut le ramener. »

Je me tourne vers Noël :

« Le bombard, vite ! »

Alain pleure, de gros sanglots. Du sang coule le long de sa manche, goutte sur le pont.

« Tu es blessé ?

— C'est rien. Faut aller chercher Jean-Louis.

— On va le chercher, t'en fais pas. »

Noël a déjà mis le pneumatique à l'eau et saute dedans. Il nous relie à la *Sonate* avec un filin. Je le rejoins. Là-haut, Jean-Louis crie, la mer crie en tirant la *Joyeuse* par l'arrière. Abel crie dans la passerelle, les oiseaux... Vite ! Nous voici à l'échelle, je me lève pour m'en saisir, Noël se lève aussi. Ça danse.

« Laissez-moi y aller, Marie ! »

Je ne peux même pas lui sourire, mes lèvres sont raidies par le froid.

« Pas question, Noël. C'est moi. »

Trop long à expliquer, mais je sais, je sens, tandis que je grimpe aux barreaux de l'échelle, que si quelqu'un a une petite chance de ramener ce fou à la raison, c'est une femme, une qui « n'en a pas », comme il me l'a si bien envoyé dire l'autre jour.

Me voici au dernier échelon. Pas facile avec ce vent qui vous plaque à la coque, la houle qui creuse, ce cœur qui bat trop fort. La peur ? Pas vraiment. Pas le temps. On verra plus tard pour la peur. Je trouve quand même les trois secondes nécessaires pour faire un vœu idiot avant de m'affaler sur le pont de la *Joyeuse*.

Debout, vite, vite ! On se croirait sur une patinoire : la flotte, le gasoil, et même du poisson qui se balade. Les yeux exorbités, Jean-Louis me regarde monter à son assaut, accrochée des deux mains au bastingage ; qu'il ait arrêté de crier me semble déjà une toute petite victoire, c'est peut-être qu'il m'a vue. Cela m'arrangerait qu'il ait mis sa combinaison.

« Allez, Jean-Louis, viens ! Tu ne peux pas rester là. »

Aucune réaction. Qu'est-ce qu'il a à faire le sourd ? La colère déferle en moi : c'est donc ça, pour lui, le courage ? Rendre les armes et que les autres se débrouillent ? Je hurle :

« Dans deux jours, c'est Noël, t'as pensé aux souliers de tes gamins ? C'est ta carcasse que tu veux mettre dedans ? »

J'en rirais si j'avais le cœur : parler de Noël sur un bateau qui sombre, il faut une mère pour le faire, une qui donne la vie. Mais n'est-ce pas pour ça que je suis là ? Aucun marin n'oserait. Vite !

« Et ta Marguerite, comment elle fera sans toi ? »

Sa Marguerite, ça a l'air de le réveiller, il cligne des yeux mais ne se remue pas pour autant. Derrière moi, voilà cet entêté d'Indien, ceinture de sécurité entre les dents, bouée sous le bras. Jean-Louis le regarde d'un air mauvais, les os du bateau craquent, ça sent la fin, vite ! Et soudain la main de Jean-Louis lâche le cordage auquel il se raccrochait, il glisse jusqu'à moi, toujours agrippée au bastingage.

« On le retient ! » hurle Noël.

On essaie mais il est grand et épais, Kervélec, et tout à fait capable de nous entraîner tous à la baille s'il l'a décidé. Me reste un ultime argument : ça marche parfois avec les hommes.

« Alors, Jean-Louis, t'as des couilles ou non ? Si t'en as, tu me tires de là. »

Il saisit mon fragile bras de femme.

Il était étendu sur le pont de la *Sonate* et j'avais caché sa tête dans mon épaule pour qu'il ne voie pas la mer manger son bateau. Une dernière bouchée, un tourbillon d'encens à odeur de gasoil, requiem bleu-blanc pour une vie de chien. On était quatre à pleurer comme des idiots.

J'ai repris ma place à la barre après m'être changée et avoir avalé, sur l'ordre d'Abel, un demi-litre de café arrosé d'alcool. Il était partout, mon bosco. Il avait mis les Kervélec au chaud dans la cuisine, il colmatait la blessure d'Alain : un coup de couteau à éviscérer le poisson, venu de Jean-Louis. J'ai averti la terre que nous ramenions un blessé léger.

L'*Hirondelle* est apparue alors que nous filions vers le port. Le vent qui nous avait laissés à peu près tranquilles le temps de l'accostage s'en donnait à présent à cœur joie, la mer ruait comme si elle voulait se venger des proies qu'on lui avait arrachées.

Ils étaient sept gars en ciré jaune à bord du canot de sauvetage, presque le plein. Je n'en ai remarqué qu'un seul, un qui s'était mis debout pour mieux s'assurer que j'étais encore de ce monde : celui à qui il manquait un bras. Fallait-il qu'il ait tempêté, le Capitaine, pour qu'on accepte de l'embarquer !

« On peut dire qu'ils arrivent comme les carabiniers, ceux-là », a remarqué mon merveilleux, mon courageux Noël avec un rire d'enfant.

Nous avons décliné fièrement leur offre de prendre nos naufragés : inutile de perdre du temps. L'*Hirondelle* nous a fait escorte.

Il nous a fallu presque deux heures pour rentrer. C'était bien suffisant pour qu'infuse dans ma pauvre tête le vœu stupide que j'avais fait en atterrissant sur la *Joyeuse :* encore un coup du beau-frère.

Il disait, le recteur, que tant qu'à se livrer au chantage avec le bon Dieu dont on ne se souvenait, hélas, que dans les cas extrêmes, il fallait mettre de l'extrême dans la balance, quelque chose qu'en temps ordinaire on « serait mort » plutôt que de donner, comme on dit. Mort contre mort, en somme. J'avais promis, si je tirais de là cette brute de Kervélec, de ne pas laisser tomber complètement un certain Maximou.

Encore une chance que ce ne soit pas comme pour les traites : il n'y avait pas de date au contrat.

C'est après avoir franchi la passe, en voyant les lumières du port, celles de l'ambulance, celles des pompiers et des gendarmes et toute cette foule sur le quai, pire que pour le Grand Pardon, que j'ai commencé à trembler. Il paraît que c'est aux nerfs que l'on reconnaît si « on en a ou non ». Jean-Louis ne s'était pas trompé : j'étais bien une femme finalement.

On a d'abord descendu le blessé par arme blanche : un banal accident. Puis cela a été au tour de l'estropié de l'âme qui, lui, ne réagissait plus, avait coulé avec sa *Joyeuse*.

Parmi les badauds, les curieux et la maréchaussée, se tenaient deux adolescents dont l'un pleurait : la fille. « Maman ! a-t-elle crié. Maman ! » Et, bien que je ne sois pas à prendre avec des pincettes, elle m'a serrée dans ses bras. Elle ne voulait plus me lâcher.

La femme de Jean-Louis, c'est donc Marguerite, celle d'Alain s'appelle Denise : deux des plus enragées contre moi. J'ignore ce qu'on leur avait raconté, mais elles aussi m'ont embrassée et j'ai compris que cette fois ce n'était pas le baiser de Judas.

Ce qui m'a frappée, c'est le silence. Il y avait des regards, des sourires et des reniflements, mais personne ne disait rien. Sauf la mer, bien entendu. Sans doute parce qu'il n'y avait rien à ajouter.

On n'est pas marin si on n'est pas sauveteur, un point c'est tout.

Deuxième partie

Aujourd'hui, on est venu chercher le piano. Je me suis adressée à la boutique où nous l'avions acheté avec Pierre, à Brest. Même après tout ce temps, le commerçant se souvenait de nous. Pierre avait tenu à ce que j'essaie tous les instruments, il tendait l'oreille, l'œil à demi fermé comme un spécialiste, et adressait des sourires entendus au vendeur en lui montrant mes doigts. Il m'en avait caché le prix. À l'époque, nous n'avions pas encore acheté la *Sonate* et la pêche donnait bien. On pensait que ça durerait toujours. « Autant que la mer », affirmait Pierre avec un rire d'enfant.

« Votre mari ne s'était pas moqué de vous ! » m'a dit au téléphone le patron de la boutique.

Il a accepté de prendre le piano en dépôt-vente mais ne m'a pas caché que l'amateur se faisait rare. Du côté de la mairie, peut-être, ou de quelque grand restaurant avec bar... Je lui ai confié que je n'aimerais pas qu'il soit acheté seulement pour l'épate : le son en était ravissant, l'idée qu'il reste muet me tourmentait. Là-bas, il a ri : pour l'épate, aujourd'hui, on regardait plutôt du côté d'Internet et tout ça.

C'était mercredi et les enfants étaient à la maison lorsque les déménageurs ont sonné : trois hommes en bleu de travail. Toute la matinée, les doigts m'avaient brûlé de jouer encore une fois, mais ce serait la dernière, un adieu, et je n'avais pu m'y résoudre. J'en étais restée aux paroles de Pierre : « Je l'aurais bien entendu encore une fois, ton morceau. »

M'en défaire me semblait plus grave, plus définitif que ce qui s'était passé avec Thibaut : comme jeter une partie de notre âme.

Ils s'apprêtaient à fixer le couvercle avec de l'adhésif lorsque Annaïs s'est précipitée : « Attendez ! » Elle a retiré le petit tapis de soie brodée : « Ça ne fait pas partie du lot. » Les déménageurs n'ont rien osé dire, d'autant qu'elle leur adressait son plus charmant sourire.

« Tu pourras t'en servir comme étole, a-t-elle plaisanté en me le tendant. Papa apprécierait. »

Quentin a regardé par la fenêtre les hommes emporter le piano sur leurs épaules comme la carcasse d'un animal mort.

« Est-ce qu'on était vraiment obligés de le vendre ? a-t-il interrogé, alors qu'autrefois il râlait chaque fois que j'en jouais.

— Vraiment ! ai-je répondu. N'oublie pas que, ces derniers temps, je n'ai pas gagné grand-chose !

— Rien que ton brevet de patron, a plaisanté Annaïs. Et même avec la meilleure note, à ce qu'il paraît. »

Les « piques » d'Annaïs sont moins acérées. Est-ce dû au « temps qui fait bien les choses », ou au fait que, durant ce premier trimestre, redevenue étudiante, j'ai davantage été à la maison ? Il nous est arrivé parfois de faire nos devoirs côte à côte.

J'ai obtenu le brevet de patron pêcheur la semaine dernière, le jour du printemps. Bon signe !

Il n'a pas été facile de mettre en mots des gestes que mes bras et mes mains connaissaient, me semblait-il, depuis toujours. Pas facile d'être l'élève la plus âgée parmi une majorité de garçons plutôt turbulents et dont la plupart auraient pu être mes fils. Encore heureux que je n'aie pas été dans la classe de Quentin, déjà très gêné que sa mère partage le même établissement que lui, ne serait-ce que pour trois mois.

Reconnaissons-le, je sais maintenant mieux lire une carte ou des documents nautiques, et les lois qui régissent la navigation ont moins de mystère pour moi. Cela peut servir.

Quand j'ai proposé à Alain Kervélec, orphelin de sa *Joyeuse*, de me remplacer sur la *Sonate* durant mon stage, il n'a pas hésité une seconde. C'est sa femme, Denise, qui vend maintenant à mon étal, Louise n'ayant pas souhaité continuer. Le fonds de formation m'a versé un salaire, suffisant pour que la maison tourne, pas pour couvrir les traites.

C'est pourquoi, aujourd'hui, le piano est parti.

« Pas trop tôt ! a lancé joyeusement Noël lorsque j'ai remis le pied sur le pont. Pêcher à rien que des mecs, c'était pas normal, ça ! »

Abel s'est contenté d'un « Bienvenue, patron » un peu mouillé.

J'avais quitté en décembre une mer pleine de furie, je retrouve une danseuse de slow sur laquelle le soleil butine la turquoise et le diamant. C'est la saison de la sole, elle est nombreuse et se vend bien sous toutes ses formes : entière ou en filets. Nous en avons, ce jour-là, capturé quelques caisses. Le matelot chante alors que nous approchons de la passe. Je chanterais bien moi aussi : tu m'as manqué, la mer !

« Dis donc, Noël, ça ne ferait pas plaisir à ton père si tu lui rapportais quelques soles ? À moins que ni l'un ni l'autre ne sache les cuisiner.

— C'est pas sûr qu'on se verra, répond brièvement Noël. Peut-être une autre fois. »

C'est toujours « une autre fois » lorsqu'il s'agit de son père, Yann Morvan. Depuis cinq mois que j'ai embarqué mon Indien, je n'ai appris qu'une chose : il cultive le *wakamé*, une algue alimentaire très prisée au Japon et dont la vogue se répand peu à peu chez nous : le légume de l'avenir, assurent certains amateurs. J'ai appris aussi qu'il était expert en plongée. De la mère de Noël, bien sûr, il n'est jamais question.

« On fait la course ? » demande-t-il.

Un jeu entre nous. Comme de réclamer à filer un troisième chalut. Jusque-là, ma réponse a toujours été la même. « Une autre fois. » Noël s'y est résigné. Ce qui ne l'empêche pas de revenir régulièrement à l'assaut.

La *Diane*, l'*Intrépide*, la *Sarcelle* sont comme nous sur le chemin du retour. Soudain, je me décide.

« Et pourquoi pas ? Accroche-toi. »

J'accélère. L'Indien n'en est pas revenu que l'eau lui asperge les bottes. En figure de proue, ses longs cheveux au vent, il crie de joie. Tant qu'à faire, je crie moi aussi : il faut bien fêter mon brevet, non ? Et, à présent que je l'ai en poche, je vais pouvoir me permettre quelques entorses au règlement.

Me voyant m'élancer, les autres ont suivi. Violée, la mer chahute les carcasses, lance des gerbes d'écume, ça siffle, ça cogne. Pas d'inquiétude à me faire du côté de la *Diane* et de la *Sarcelle*, mais l'*Intrépide* nous talonne. Cette fois, Capitaine, pas question de préséance. Je pousse les gaz à fond. Noël danse. Nous arriverons les premiers, sous les applaudissements du parterre.

« Si tu continues à le faire souffrir comme ça, ton bateau, il finira comme la *Joyeuse* », râle le bosco en guise de félicitations.

* * *

Assise sur un coin de caisse, profitant d'un rayon de soleil, Marguerite Kervélec discutait avec Flavie Labbé, mère de Loïk, belle-mère de Madeleine, cette « enfant de la DDASS » dont, pour son plus grand malheur, disait-elle, Antonin était tombé éperdument amoureux.

Madeleine, je l'avais chassée de ma tête. Elle m'avait gâché le souvenir, je n'allais pas la laisser me polluer l'avenir. Mes semaines de stage, loin du port et de ses messes basses, m'avaient aidée à tirer le trait. Parfois, l'image d'un petit garçon sur un tricycle bleu et vert traversait ma conscience, me rappelant un vœu imprudent. En me présentant à cet enfant, que lui apporterais-je, sinon du trouble supplémentaire ? Il valait mieux le laisser tranquille. On verrait plus tard.

Petite femme sèche au visage dur, vêtue de noir depuis la mort tragique d'Antonin, son aîné, et préféré, assurait-on, Flavie m'a regardée descendre de mon bateau. Elle s'est penchée vers Marguerite pour lui dire quelque chose à l'oreille et a filé sans demander son reste. Cela m'arrangeait : j'avais à parler à la femme de Jean-Louis.

Ça n'allait pas, Jean-Louis ! Ils n'avaient pas voulu le garder à l'hôpital bien qu'il n'ait plus sa tête depuis le naufrage. Il agissait comme un enfant gâté. Le pire était quand il demandait à embarquer sur sa *Joyeuse*. Alors, il fallait l'attacher et on entendait son désespoir jusqu'au fond de leur grand champ.

J'ai laissé mes hommes débarquer les caisses. Marguerite se dirigeait vers la halle où sa belle-sœur allait vendre notre pêche. Je l'ai arrêtée.

« J'ai quelque chose à te dire, Marguerite. Tu viens ? »

Je désignais le Poisson Bleu. Elle a hésité : jamais les Kervélec n'y auraient emmené leurs femmes.

« C'est le patron pêcheur qui t'invite, ai-je plaisanté.

— Et après tout, a-t-elle remarqué sombrement, c'est toujours pas Jean-Louis qui viendra m'y chercher. »

Le café avait sorti des tables, premier signe de printemps. Le week-end prochain était celui de Pâques et, si le soleil brillait comme aujourd'hui, les touristes s'arracheraient les places, et, nous, on ne saurait plus où garer nos voitures. Nous nous sommes installées à l'intérieur ; le spectacle de la mer, le bon air, on vit dedans et notre luxe serait plutôt un peu de calme et de pénombre. Quelques marins à la retraite, tournés vers l'eau, laissaient couler le temps devant un verre. Nous les avons salués.

« Vous prendrez, mesdames ?

— Deux bières, Louis. »

Le garçon a rigolé :

« Si les femmes de pêcheurs ne restent plus à la maison et qu'en plus elles se mettent à picoler, où va-t-on ? »

Les femmes de pêcheurs l'ont hué et il est reparti en faisant semblant de courber l'échine.

« Rire un peu, ça fait du bien, a soupiré Marguerite.

— Comment ça va, à la ferme ? »

Les Kervélec se partageaient une ferme familiale. Trois enfants chez Jean-Louis, trois chez Alain, des petits-enfants qu'on ne comptait plus, du monde à nourrir.

« C'est dur. Jusque-là, il y avait la godaille, mais à présent qu'Alain a arrêté… »

La godaille est le poisson que le marin prend sur sa pêche pour sa consommation personnelle. Tout comme, autrefois, le mineur avait droit à du charbon pour se chauffer, comme le paysan met un peu de sa production sur sa table. Pierre n'était pas regardant de ce côté. « Manquerait plus que les gars payent leur propre travail ! » s'indignait-il. Pour beaucoup de familles, la godaille était vitale.

« J'ai bien pensé à chercher du travail, mais, avec Jean-Louis qu'on peut pas lâcher une minute, je vois pas comment je pourrais », a dit Marguerite.

Autour de son verre de bière, ses mains étaient des mains de paysanne. À l'époque où j'étudiais mes gammes, elle s'occupait déjà de la maisonnée : frères et sœurs, ménage, cuisine. Aux fourneaux, elle était excellente, tellement que, l'été, les vacanciers se l'arrachaient lorsqu'ils recevaient. Elle aimait ça, faire la cuisine pour les autres. Ce n'est pas comme le ménage, ça ne coûte pas à la fierté. On n'applaudit pas à un lit bien fait, on plébiscite un bon plat.

« Bonne comme tu es, tu pourrais trouver aux cuisines d'un restaurant, ai-je suggéré.

— Il paraît qu'il faut avoir fait une école.

— Alors, tu n'as plus qu'à l'ouvrir, ton restaurant ! »

Elle a ri.

« À cinquante ans ? Et avec quoi ? »

Moi, j'avais voulu plaisanter. Dans son rire, j'ai senti du regret. En aurait-elle rêvé, de ce restaurant ? Nous avons bu quelques gorgées de bière en silence.

« Je voulais te proposer quelque chose, Marguerite. Si je gardais Alain sur la *Sonate* ? Il suffirait qu'on sorte tous les jours en faisant un roulement. Denise et toi, vous vous relaieriez à l'étal. À condition que tout le monde soit d'accord, bien sûr ! »

Tout le monde, cela voulait dire non seulement Abel et Noël, mais aussi les marins des autres bateaux. En ne s'arrêtant pas, on gagnerait davantage et même si on était plus à partager, ça risquait de faire des jaloux.

Marguerite a détourné les yeux. Je savais bien à quoi elle pensait. Avec Denise, elles m'en avaient fait voir de toutes les couleurs au retour de mes premières pêches...

« Pourquoi tu fais ça ? a-t-elle demandé à voix basse.

— Parce que ça m'arrangerait, tiens ! Je pourrai mieux choisir mes jours d'arrêt. Les enfants seront contents. N'oublie pas qu'Annaïs passe le bac cette année. Et finalement, les hommes n'ont pas tort quand ils disent qu'une femme patron ça n'est pas tout à fait la même chose. On arrive moins à oublier la maison. Parfois même on se sent coupable. »

Je lui ai souri.

« On perdra rien à essayer.

— On perdra rien », a-t-elle acquiescé.

Elle a sorti un mouchoir et y a enfoui son visage :

« Ce sacré rhume des foins, quand même ! Voilà qu'il m'empêcherait de profiter des bonnes nouvelles. »

Je me demande encore pourquoi, sur le chemin du retour, je lui ai demandé, l'air de n'y pas toucher :

« Qu'est-ce qu'elle te racontait de beau, Flavie ? »

J'aurais mieux fait de m'abstenir.

Flavie, c'était Madeleine, et Madeleine, cela avait été Pierre. L'épouse n'avait pas à s'en mêler ! Marguerite a répondu, à contrecœur :

« C'était plutôt du vilain, qu'elle racontait. Voilà deux jours que Loïk s'est installé chez Madeleine. Elle se fait du souci. En général, c'est elle qui s'occupe du petit quand sa belle-fille travaille. Il paraît qu'elle ne sort plus.

— Elle travaille à quoi, Madeleine ? »

À nouveau, Marguerite a tiqué :

« Des ménages par-ci par-là, un peu de gardiennage aussi. Cette nuit, ça a crié dans la maison. »

Mon cœur a battu plus fort. Qui avait crié : l'enfant ?

« Qu'est-ce qu'elle attend pour aller y voir, Flavie ? Elle n'a pas la clé ?

— Justement, Loïk la lui a volée. Il veut pas la laisser entrer. Depuis la mort d'Antonin, elle n'arrive plus à le tenir. »

Marguerite s'est interrompue :

« Je ne devrais pas te raconter ça, mais tu sais ce qu'on dit : que Loïk aime un peu trop Madeleine. »

J'ai entendu mon rire.

« Je sais. On a même pensé que le petit était de lui. Et tu vois, moi, ça m'aurait arrangée ! »

Bien que marchant au ralenti et nous arrêtant tous les trois pas, nous arrivions déjà à la halle. On y entendait la voix de Denise. Elle était meilleure pour la vente que la Louise du bosco qui faisait ça du bout des lèvres. Il y avait du monde. La sole avait dû tout partir. Moi, il était temps que j'aille livrer mon merlu à Trèfrais, temps que j'arrête de me mêler de ce qui ne me regardait pas et rentre à la maison pour m'occuper de mes gamins à moi.

« Prends le poisson qu'il te faut pour ce soir, ai-je recommandé à Marguerite. Et n'oublie pas de parler à Alain de ce que je t'ai dit. »

Elle a incliné la tête.

« Toi, rentre bien, Marie. »

Il flottait entre nous un mot qu'on ne prononce pas trop par ici mais qui nous emplissait le cœur : *amie*.

* * *

Dès l'instant qu'ils auraient leur semaine de travail et qu'aux beaux jours toute la pêche partait, Noël et Abel ont été d'accord pour continuer avec Alain Kervélec. Mais, quand viendrait la mauvaise saison, ce serait une autre affaire : l'hiver vous mettait à court de sorties et, sauf pour les fêtes, la clientèle ne se bousculait pas. J'ai rassuré mes marins : avant l'hiver, Alain aurait trouvé à s'engager ailleurs.

Vendredi, la *Pastourelle* est restée au port.

Le Capitaine discutait avec Jean-Yves qui profitait d'un rayon de soleil pour ajouter un peu d'orange à son canot. À l'odeur de peinture se mêlait celle de l'iode que nous envoyait une petite brise. L'*Hirondelle* n'était plus de la première jeunesse ; chaque fois que l'inspecteur de navigation passait, le patron sauveteur tremblait qu'elle soit déclarée hors service. Qu'est-ce qu'un port sans bateau de sauvetage ?

Nous avons un peu parlé, puis j'ai raccompagné André jusqu'à sa voiture. Il portait sous son bras deux belles langoustes enveloppées de papier journal : de la godaille de luxe.

« Tu sais que Loïk est enfermé chez Madeleine depuis deux jours ?

— Tu t'occupes de Madeleine, maintenant ? a-t-il demandé, aussi choqué que Marguerite.

— Ce n'est pas pour elle que je m'en fais, c'est pour le petit. Il paraît que ça crie là-bas. »

Je n'allais quand même pas lui parler de mon vœu. Quoique… les marins sont plus enclins que d'autres à faire des promesses inconsidérées. Il paraît que sur une île, en Grèce, il y a autant de chapelles à la Vierge que de cailloux, en remerciement de vies sauvées.

« Mets pas ton nez là-dedans, a ordonné le Capitaine. Tu crois pas que Loïk t'a fait assez de mal comme ça ? »

Nous arrivions à sa voiture, une allemande de luxe que ça n'empêchait pas de rouiller tout autant que nos fourgonnettes ; à croire que la mer est jalouse de voir le pêcheur circuler ailleurs que sur son dos. Conduire d'une seule main ne gênait pas le Capitaine et les gendarmes fermaient les yeux. J'ai montré les langoustes :

« Tu m'invites ? »

Le pauvre s'est embrouillé :

« La Colette est pas bien en ce moment. »

Elle n'était plus jamais bien, la Colette, depuis que son mari avait décidé de continuer malgré la perte d'un bras, alors qu'on lui avait proposé du travail dans un bureau. Elle en voulait au port tout entier.

Il m'a tendu une des langoustes ; les pinces étaient attachées avec un bout de fil de fer.

« Je te donne ma part, c'est volontiers. »

J'ai ri.

« C'était juste comme ça, André, histoire de rester encore un peu avec toi. »

Tout gêné, il a remballé son crustacé et démarré sur les chapeaux de roues. L'amitié, ça se dit pas.

Mettre le nez dans les affaires d'autrui, ça se fait pas.

C'est comme ça que je me suis retrouvée chez Benoît.

Il y avait du changement dans sa vie : un paroissien lui avait offert un téléphone portable. Croyez-vous qu'il l'aurait refusé ? Pas du tout. Il était enchanté de pouvoir parler aux âmes, même sur son deux roues.

Perché sur un escabeau, le recteur bricolait une étagère supplémentaire pour ses bandes dessinées.

« On attrape les jeunes avec ce qu'on peut, s'est-il excusé.

— Avec ce qu'on aime, ai-je rectifié. Zorro et Jésus, même combat ? »

Il est descendu de son perchoir. J'ai répété mon histoire : Madeleine, le petit, les cris. Cela n'a pas eu l'air de le troubler.

« Loïk ne sait pas parler sans crier et, du temps d'Antonin, il avait sa chambre là-bas.

— Antonin n'est plus là et ça fait trois jours qu'il n'est pas sorti. »

Il m'a regardée d'un air soucieux.

« Pourquoi tu te mêles de ça, Marie ? »

À lui non plus, à lui surtout, je n'avais pas l'intention de parler de mon vœu ; il en tirerait je ne sais quelle conclusion.

« Je n'ai pas la moindre envie de m'en mêler, Benoît, mais personne ne bouge, et dans cette maison il y a le fils de Pierre, entre parenthèses ton neveu.

— Tu es une drôle de fille, a-t-il remarqué.

— T'avais un drôle de frère.

— Et que veux-tu que je fasse ?

— Que tu ailles voir ce qui se passe. À toi, Loïk ne refusera pas d'ouvrir.

— Tu crois ça ? »

Qu'avaient-ils tous à trembler devant Loïk ? J'ai montré les BD.

« Alors, c'est seulement pour l'épate ? »

Il est allé à la fenêtre ; il a regardé un moment là-haut, puis il est revenu vers moi.

« J'appellerai Flavie ce soir, mais, toi, reste tranquille. Si tu fais des vagues du côté des Labbé, ça risque de revenir aux oreilles des enfants et, apparemment, tu ne leur as toujours rien dit. »

La colère est montée en moi : je le savais bien que j'aurais dû leur parler. Et depuis longtemps !

« Va leur dire, toi ! Moi, je ne peux pas. Tu me vois leur annoncer : “Votre papa chéri vous a fait un petit frère dans le dos” ? J'ai essayé, j'y arrive pas. Ils commencent seulement à remonter la pente. Tout sera à recommencer. En plus dur. Je suis fatiguée, Benoît. »

À mon tour, je suis allée à la fenêtre : inutile qu'il voie la couleur de mes yeux. Les lumières du quai tremblaient dans l'eau comme des épées de papier. Cela sentait le repos du soir. C'était si bien quand Pierre rentrait. Tout de suite son regard me cherchait. Le besoin de lui m'a noué le ventre.

« C'est d'accord, Marie, je leur parlerai. »

Les mains de Benoît se sont posées sur mes épaules. J'ai frissonné.

« Mais nous le ferons ensemble, a-t-il ajouté. On ne sera pas trop de deux pour leur montrer le chemin du pardon.

— Le pardon ? »

J'ai vu deux visages d'enfants se décomposer, deux vies se défaire. Je n'ai pas supporté.

« Arrête de parler comme un curé. Et tu veux peut-être aussi que je convoque mes parents ? »

J'ai claqué la porte.

Samedi, la *Pastourelle* n'a pas bougé.

Dans la cour de la maternelle, c'est l'heure des mamans : onze heures trente. Elles sont une douzaine à attendre la sortie des petits. Mes enfants sont venus là autrefois. Lorsque Pierre vivait, que la vie était douce. Le bâtiment n'a pas changé, mais l'effectif s'est réduit ; il n'y a plus qu'une seule classe, une seule institutrice. Beaucoup de maisons se sont vidées après la fuite du poisson bleu vers d'autres mers et la fermeture de la petite usine.

C'est en faisant le marché que l'idée m'est venue de passer là. Si je voyais le petit, s'il me semblait O.K., je laisserais tomber.

Ni Flavie ni Madeleine ne sont présentes lorsque la sonnerie retentit et que les oisillons s'envolent pour venir se nicher dans les bras ouverts des mamans. Point de Maximou à l'horizon. Je me décide à quitter la voiture.

L'institutrice est en train de ranger la classe. Ces petites tables rondes entourées de chaises de couleur, ces dessins partout, ce panier de jouets, je les reconnais. La profusion d'œufs décorés indique que Pâques est proche.

« Madame ? »

La jeune femme a tourné vers moi un visage plutôt ingrat. Elle porte des lunettes. Je lui souris.

« Je n'ai pas vu sortir le petit Maxime Labbé. Il était absent aujourd'hui ?

— Il l'a été toute la semaine. Sa maman a appelé : il a la grippe. »

La grippe ? Flavie n'en a pas parlé à Marguerite. Mon cœur se serre. J'étais venue pour être rassurée, pas pour me poser des questions supplémentaires. « N'y mets pas ton nez... Ne t'en mêle pas... » Selon maman, il n'y a pas plus têtue que moi, mais qu'est-ce que l'entêtement sinon un cri d'angoisse ?

« Il manque souvent ?

— Ni plus ni moins que les autres. Il reviendra après les vacances. »

L'institutrice a repris son rangement, elle aussi a hâte de s'envoler : c'est l'heure des maîtresses. Je regarde cet univers de tout-petits, de tout fragiles, d'innocents, et ma conscience crie. Mais aussi on ne cesse de nous parler d'enfance maltraitée, de silences coupables : pas étonnant qu'on imagine aussitôt le pire.

« C'est un petit garçon comment ?

— Vous ne le connaissez donc pas ? s'étonne la jeune femme.

— Très peu. On m'a dit que sa maman avait des ennuis. Je suis venue voir si je pouvais faire quelque chose. »

Elle hoche la tête : les ennuis, elle est au courant.

« Il est très attachant, dit-elle. Intelligent aussi. En recherche d'amour. C'est l'absence du papa... »

Je ne l'ai pas volé ! J'entends mon rire :

« Ne sommes-nous pas tous en recherche d'amour ? »

Elle a cessé de ranger, un sourire éclaire son visage, le rend presque joli tandis qu'elle montre sa classe, son univers, sans doute sa raison d'être.

« C'est que pour eux, madame, l'amour est vital : la vitamine de la croissance. Et Maximou, si on ne l'en empêchait pas, il embrasserait même les pierres. »

Même les pierres... Pierre. Ce salaud m'a ordonné : « Vas-y. »

* * *

Apparemment, la sonnette ne fonctionne pas et, quand je frappe, aucune réponse. Reconnaissons que je n'y suis pas allée franchement. C'est qu'à l'intérieur de la maisonnette une voix masculine tempête, que je connais bien, et mon cœur fait des siennes. D'autant que dans le jardinet j'ai ramassé une moufle d'enfant, petit cri rouge qui m'interdit de reculer. À tout hasard, je tourne la poignée de la porte, elle s'ouvre, c'est bien ma chance !

L'entrée sent la crasse, l'humidité, la pauvreté. Des vêtements disparates pendent au portemanteau. Pierre a-t-il suspendu son caban ici ? La porte du living est ouverte ; ils sont là.

Assis devant la table, face à une pyramide de canettes de bière, en pyjama bien qu'on soit au cœur de l'après-midi, Loïk me tourne le dos. Madeleine est réfugiée dans un coin de canapé, son garçonnet contre elle. Ses yeux cernés, sa coiffure négligée n'y changent rien ; elle est ravissante. C'est elle, la duchesse, la princesse. D'où lui viennent ces traits fins, ce nez minuscule, ces yeux immenses ? On ne le saura jamais. De père inconnu, de mère déserteuse, c'est une enfant de race tombée par hasard sous le toit d'un pêcheur.

Elle m'a vue et son regard s'affole. À la fois, il demande aide et redoute le moment où Loïk me découvrira. Elle enfouit le visage du gamin dans son épaule. Afin qu'il ne trahisse pas ma présence ? Ou plutôt pour me dissimuler la véritable raison de l'absence de Maximou à l'école : un bel œil au beurre noir.

Sans se rendre compte de rien, préoccupé uniquement de son important personnage, Loïk poursuit son monologue d'une voix pâteuse. *Grosso modo*, il reproche à Madeleine de fricoter avec tous les hommes qu'elle rencontre – mais il a l'œil, il ne la laissera pas faire, qu'elle n'y compte pas ! *Grosso modo*, tout en la traitant de putain, il lui crie qu'il l'aime.

L'a-t-il eue ? Peut-être. Mais le regard de la jeune femme dit clairement qu'elle n'en veut plus. Un regard d'orpheline dans un visage d'ange, qui suscite à la fois le désir de protéger et l'envie de violenter. Est-ce ce qu'on appelle la « beauté du diable » ? Le jour où Pierre a eu son « accès de faiblesse », l'avait-elle regardé avec ces yeux-là ?

Le marin ivre vient, avec de ridicules précautions, de poser une dernière canette sur l'échafaudage. Cela fait, il tape du poing et son œuvre s'écroule.

« Une autre !

— Y en a plus, Loïk, t'as tout bu, répond Madeleine faiblement.

— Alors, du cidre.

— Y en a plus non plus.

— On dit ça... »

C'est à cet instant que Maximou dégage sa tête de l'épaule de sa mère, tend le doigt vers moi et annonce :

« La madame. »

Loïk s'est retourné brusquement. À ma vue, il reste quelques secondes bouche bée.

« Mais qu'est-ce qu'elle fout ici, la duchesse ?

— Elle est venue te dire de dégager. »

J'ai mis dans ma voix toute la violence dont je suis capable. Je n'ai pas peur, le dégoût prend toute la place : ce visage sali de barbe, cette odeur et, lorsqu'il se lève, le pire, ce désir qui tend la culotte de pyjama comme une arme pointée. Il a un rire ignoble.

« Dégager ? C'est toi qui vas le faire, ma belle, je suis chez moi ici.

— Tiens, je croyais que c'était chez Madeleine ! À moins que ce ne soit avec tes pêches miraculeuses que tu aies payé la maison.

— Comme si tu savais pas qui l'a payée.

— Ton frère et mon mari, deux hommes, eux, des vrais, qui jamais ne se seraient attaqués à un gamin. »

J'ai envie de blesser. Si je pouvais, je cognerais. Je m'efforce de ne regarder que le visage de l'adversaire, si je regarde plus bas, je hurle ! Maximou s'est réfugié au creux de sa mère dont le regard exprime l'incrédulité et la terreur.

Loïk marche sur moi, attrape mon poignet.

« Dehors, la connasse !

— Volontiers, si tu passes en premier.

— Mais c'est qu'elle est têtue ! » ricane-t-il.

Je me dégage. Je ne me connaissais pas cette force ; c'est le désespoir, plus rien à perdre ! Il cherche autour de lui et, quand il se dirige vers le buffet et s'empare d'un marteau, Madeleine crie. C'est à cet instant que, dehors, une voiture s'arrête dans un grand bruit de freins, des portières claquent.

« Lâche ce marteau ! rugit le Capitaine, tandis que Jean-Yves fonce sur Loïk, envoyant valser au passage les canettes de bière.

— Merde à vous tous », crache Loïk en lançant le marteau sur la table où il fait voler des éclats de bois.

Voilà Flavie. Son regard haineux vers Madeleine, je m'en souviendrai ! Jean-Yves s'est emparé du bras de Loïk. Je demande faiblement, histoire d'alléger l'atmosphère :

« Sauvetage en terre ?

— Tu ferais mieux de t'asseoir, Marie, conseille le Capitaine en appuyant sa grosse patte sur mon épaule au moment où mes jambes m'abandonnent : le bonheur de les voir là pour moi alors que je me croyais seule sur terre.

— Viens t'habiller », ordonne Flavie à son fils.

J'ose regarder : le pyjama est plat.

Tandis que Loïk s'habillait sous le contrôle de « maman », mes marins m'ont raconté comment la voisine, qui surveillait la maison à la demande de Flavie, avait alerté celle-ci dès qu'elle m'avait vue y entrer. Et Flavie, qui, voulant protéger son garçon, avait affirmé la veille à Benoît que tout allait bien, s'était décidée à avertir le Capitaine.

« Y mets pas ton nez... » « T'en mêle pas... » « Bouge pas... » Ils n'avaient pas l'air fiers, les braves, en regardant l'œil de Maximou qui courait de l'un à l'autre, se suspendait aux pantalons, réclamait à monter sur les genoux : une aubaine, deux hommes à la maison, deux pêcheurs, deux « papas » ?

« Comment qu'il a pu lui faire ça ? s'est indigné Jean-Yves.

— C'est parce que le petit veut pas l'appeler “papa”, a répondu Madeleine de sa voix de petite fille éplorée.

Elle s'est levée. Je ne sais pas si c'était là sa tenue habituelle, mais elle portait un tee-shirt qui lui arrivait à peine au ras des fesses et apparemment pas grand-chose dessous. Finalement, il avait dû l'avoir, Loïk !

« L'appeler "papa", faut pas exagérer ! » a grommelé le Capitaine, tout perdu dans cette complication de sentiments.

Voilà que Loïk, qui détestait Pierre, voulait s'approprier son fils. Ne trouvant rien à ajouter, il a retiré sa casquette et l'a enfoncée sur la tête du petit. Aux anges, le petit !

« Je reviendrai tout à l'heure changer ta serrure, a dit Jean-Yves à Madeleine, mais faudra plus que tu le laisses entrer. »

Loïk a entendu. Il venait de réapparaître, dans un pantalon trop large pour lui, celui du frère aîné ? Il a lancé au patron de l'*Hirondelle* un regard venimeux.

« Fais gaffe à toi », a-t-il menacé.

Flavie suivait, portant sous le bras un ballot de vêtements sales. Elle a poussé son fils vers la porte.

« Je le ramène à la maison. »

Il y avait du défi dans sa voix, et de la peur aussi. Un sentiment de pitié m'a traversée : elle n'avait plus que cette brute-là !

« Toi, tu ne perds rien pour attendre, m'a avertie Loïk en passant près de moi.

— À ta disposition.

— Continue comme ça et c'est chez les gendarmes qu'on t'emmène, s'est énervé le Capitaine. T'es prévenu. »

Il prévenait aussi la mère. Tous deux ont disparu. J'ai regardé le marteau sur la table.

« Merci, ai-je dit.

— Je préfère encore une bonne tempête, a remarqué Jean-Yves. Au moins le ciel vous avertit.

— On t'emmène, Marie ? a demandé le Capitaine.

— J'ai ma voiture. Je reste une minute.

— Comme tu voudras. »

Il a récupéré sa casquette et ils sont sortis. Le petit s'est précipité à la fenêtre pour les suivre des yeux.

« Vous prendrez bien un peu de café ? » a proposé la princesse.

Je l'ai suivie dans la cuisine. Je commençais juste à me sentir un peu plus solide sur mes jambes. J'ai regardé la porcherie.

« Si c'est comme ça que tu nettoies chez tes patrons, tu risques pas de garder longtemps ta place. »

Elle a fondu en larmes.

« J'ai plus de courage depuis… »

Elle s'est mordu la lèvre. Depuis la disparition de Pierre ? Voilà qu'elle se souvenait qu'elle avait l'épouse en face.

Quand elle a pris un filtre à café qui avait déjà servi et ajouté avec parcimonie de la poudre fraîche sur la vieille, j'ai fait semblant de ne pas voir. C'était la misère, ici. S'il y avait eu un resto du cœur dans le coin, elle aurait été prioritaire. Nous sommes revenues au living où j'ai choisi une chaise, surtout pas celle de Loïk, avec son pyjama dégoûtant et ce désir dressé : une image que je n'étais pas près d'oublier.

« Il reviendra, ai-je averti Madeleine, je suppose que tu le sais. Et Jean-Yves pourra bien te blinder portes et fenêtres, si c'est pour que tu lui ouvres, et dans cette tenue-là, c'est pas la peine.

— Je ne voulais pas, je vous promets », a-t-elle dit.

Elle ne devait pas vouloir grand-chose, cette gamine mal soignée dont je n'arrivais même plus à être jalouse. Et sans le résultat, ce petit dans une vieille robe de chambre de Quentin, qui tournicotait autour de moi, maintenant qu'il n'avait plus de « papas » à se mettre sous la dent, jamais je n'aurais pu croire que Pierre...

Et d'ailleurs ! Le doute m'a poignardée. Comment ne m'étais-je même pas posé la question ? Qu'est-ce que Benoît savait de Madeleine ? Que connaissait-il aux femmes ? À en croire Loïk, tous les mâles qui passaient...

« Viens là », ai-je ordonné à Maximou.

Je l'ai pris sur mes genoux avec le sentiment d'être Judas.

« Regarde-moi. »

Il ne demandait que ça, il m'a même offert un sourire jusqu'aux oreilles.

Les ressemblances, ça va chercher ailleurs qu'une couleur d'yeux ou de cheveux, que la forme d'un nez ou d'une bouche. C'est comme pour la musique ; qu'il s'agisse d'une gigue endiablée ou d'une messe d'enterrement, c'est à des nuances qui passent directement de l'oreille au cœur que vous pouvez nommer le compositeur.

Les yeux de Maximou n'étaient pas bleus et ses cheveux ne bouclaient pas autant que la tignasse d'un que j'avais beaucoup aimé, mais une candeur dans le regard et surtout ce sourire qui, en fin de parcours, lui retroussait le coin des lèvres signaient clairement pour Pierre.

J'ai dit à Madeleine que je lui apporterais du poisson et je suis partie sans profiter de son café dégueulasse qu'elle avait d'ailleurs oublié.

Quoi qu'il en soit, je ne pouvais plus y couper : avec ou sans Benoît, cette fois, il me fallait avertir les enfants.

* * *

« Quelle chance nous avons avec le temps ! se félicite maman.

— On dit pas "chance", on dit "bol", "pot", "pied" ou "frite" », aligne Quentin.

Soupir mitigé de la grand-mère, heureuse de constater, malgré le style vaseux, que le petit-fils renoue avec la bonne humeur.

Ce dimanche de Pâques, comme chaque année, papa sort la famille. Nous sommes partis après la première messe, le but étant cette fois Quimper, sa faïence, sa cathédrale et son poisson. Celui de l'évêque Corentin qui, après en avoir dégusté la moitié, le remettait à l'eau où il se régénérait afin de revenir le lendemain, intact, dans son assiette. Quimper-Corentin.

Le ciel est sans nuances, bleu ardent, bleu jeune. Ni mouettes ni rumeur de mer pour le troubler. Annaïs n'a pas tort : cela repose de s'éloigner de temps en temps de cette agitation. La mer prend toute la place.

Maman étrenne un beau tailleur fuchsia. Papa est très élégant dans son blazer marine-pantalon gris : nous sommes trop tôt en saison pour la flanelle blanche. Annaïs a, elle aussi, soigné sa tenue ; son frère porte jean et pull comme d'habitude, mais sans trous ni taches. Je me suis habillée en dame.

Pierre trouvait toujours une bonne excuse pour échapper à la balade, sachant fort bien que pour certains, pour « certaine » plutôt, sa présence altérerait le plaisir. Et le clou de l'équipée, le « top », dirait Quentin, un restaurant à étoiles avec lourdes nappes blanches, verres variés, couverts en argent et maître d'hôtel, achevait de l'embarrasser. Il n'aimait pas être servi.

Mais pour les gagner, ces étoiles au fronton du restaurant, la règle veut que l'on commence par se nourrir l'esprit ; aussi le conducteur nous a-t-il arrêtés au site de la Stangala, un paysage où le vert délicat des feuilles nouvelles se mêle à l'airain du rocher : dureté et tendresse comme la vie. Annaïs s'amuse à poursuivre Quentin ; les voilà pris de fou rire, mon cœur se vide.

Mes enfants sont en sursis.

Nous avons décidé, Benoît et moi, de leur parler mercredi. Dans trois jours, leur vie changera à jamais de couleur : « papa » voudra dire « mensonge ». Papa voudra dire « trahison ».

Perché sur un rocher, Quentin prend le paysage dans ses yeux : deviendrait-il sensible à autre chose que son rock, ses BD et son matériel de plongée ? Il met les mains en porte-voix.

« Pour moi, annonce-t-il à la ronde, ce sera un quart de bœuf avec des frites. »

En choisissant sa tenue : minijupe révélant des jambes interminables et pull moulant à souhait, Annaïs avait certainement prévu le moment où elle ferait son entrée dans une salle emplie d'admirateurs potentiels. Son frère suit, balourd comme un jeune goéland empêtré dans ses ailes, et, à peine assis, s'abat sur la corbeille de pain sous le regard réprobateur de sa grand-mère. Pierre aurait fait de même. Le maître d'hôtel est déjà là, crayon en main. Nous débuterons par une coupe de champagne et Quentin pourra remplacer le pain par des gâteaux et amandes salés.

« Il paraît que tu as mis ton piano en vente ? » demande maman.

Mimique désolée de papa dans ma direction : on ne la changera pas ! Ce n'est ni par méchanceté ni par maladresse qu'elle met les pieds dans le plat mais par intérêt excessif. Il lui faut tout savoir sur sa petite famille. Est-ce Annaïs ou Quentin qui lui a appris le départ du piano ? Sans doute Quentin puisque c'est ma fille qui répond.

« Tu sais, Mamina, avec la pêche, maman n'a plus tellement le temps de faire des gammes.

— Et si les doigts me démangeaient trop, j'aurais toujours le vieux piano de la Roseraie, dis-je.

— Pourquoi ne l'appelles-tu pas "casserole" ? répond maman, vexée. Sache que je le fais accorder régulièrement. »

Elle-même joue un peu. Son grand regret est qu'Annaïs ait préféré pour ses loisirs le théâtre à la musique. Le champagne arrive à point pour que nous passions à un autre sujet.

C'est alors que nous dégustions notre gigot d'agneau, et Quentin son quart de bœuf, accompagné de gratin dauphinois, les frites ne figurant pas au menu d'un établissement étoilé, que maman a de nouveau mis les pieds dans le plat.

« Quoi qu'il en soit, je vois que tu as renoncé à prendre un locataire, c'est toujours ça, a-t-elle remarqué d'un ton satisfait. Quand même, avoir un étranger chez soi...

— Thibaut n'était pas un étranger, est intervenue Annaïs avec feu. C'était extra de l'avoir à la maison. »

Elle s'est tournée vers moi.

« En tout cas, il n'est pas resté à Brest comme tu disais, maman. Il a repris ses cours au lycée. »

J'ai réussi à contrôler ma voix :

« Comment le sais-tu ?

— Je l'ai vu.

— Tu es allée là-bas ?

— Pourquoi pas ? Quentin m'avait dit qu'il y était. J'ai demandé à Alexandre de m'y conduire. On est allés lui faire un petit bonjour.

— Alexandre ? est intervenue maman, ravie. Tu parles bien du petit Delmas ? Le fils de l'avocat ? Un charmant garçon. Comment va-t-il ?

— Il va, a répondu Annaïs d'une voix indifférente. Il a eu une bagnole pour Noël, un vieux clou, mais c'est pratique. À propos, si vous êtes d'accord, j'aimerais bien le permis pour mon anniversaire. Je sais que c'est la ruine, mais on n'aura qu'à y ajouter le bac.

— Attends déjà de l'avoir ! » s'est moqué Quentin.

Sa sœur lui a adressé un regard hautain.

« C'est comme si c'était fait. Thibaut a promis de me donner un coup de main. »

Thibaut... Thibaut... Il me semblait vivre un mauvais rêve. Annaïs s'est tournée vers moi.

« Tu sais qu'il a trouvé une maison, maman ? Il a promis de nous inviter, mais d'abord il faut qu'il la retape.

— Je l'aiderai, a décidé Quentin.

— Alors, il n'est pas sorti de l'auberge, le pauvre ! »

À nouveau, Annaïs a ri. Il y avait sur son visage une lumière nouvelle. Elle avait retrouvé Thibaut. Ils se voyaient. Sans doute était-ce à lui que je devais la plus grande gentillesse de ma fille, merci, merci bien.

Durant mon stage, je l'avais croisé plusieurs fois. Il avait insisté pour m'offrir un verre, j'avais refusé. Voulait-il me parler d'Annaïs ?

L'angoisse a déferlé en moi, mêlée de colère. Je n'avais qu'une hâte : rentrer, être seule pour tenter de voir clair. Étais-je jalouse ? La réponse était non, certainement pas ! Je n'avais éprouvé que de l'amitié pour Thibaut et du regret de ce qui s'était passé. Mais, en acceptant de revoir Annaïs, il commettait une mauvaise action. Il m'avait tenue dans ses bras, il était venu en moi… Et voici qu'après avoir trahi le souvenir de Pierre il me semblait tromper ma fille.

« Tu ne manges pas ton gâteau, maman ? Tu n'as plus faim ? Je peux le prendre ? »

Je pousse mon assiette vers Quentin. Annaïs l'arrête au passage.

« On partage. Moi, la crème, toi la pâte ! »

Après le déjeuner, nous avons flâné en ville où maman a choisi une assiette de Quimper pour sa collection.

On y voit un petit Breton assis en face de sa Bretonne. Elle porte la coiffe, lui le chapeau noir. Une couronne de fleurs les entoure. On a envie d'y entrer. On aimerait tellement que la vie soit comme ça ! Les larmes vous en montent aux yeux.

* * *

Lundi de Pâques. Équipage du jour : Alain, Noël et moi. Le bosco soigne sa Louise, à nouveau en dépression. C'est un plaisir de naviguer avec Alain ; nous nous relayons à la barre et le sondeur – il n'en avait pas sur sa *Joyeuse* – le fascine. Ce n'est pas lui qui refuserait de partager la décision pour la zone de pêche ! Mais pas question pour moi d'oublier que c'est grâce au « oui » immédiat d'Abel que je suis là aujourd'hui. Il aurait écouté les copains et refusé de m'accompagner, la *Sonate* serait en vente.

Le temps est toujours au beau, un temps de curé, et la pêche a été excellente : sole, colin, lotte, le dessus du panier. Noël m'a suppliée de filer un troisième chalut, puisqu'on y voyait encore clair et que la chance nous souriait. Bien sûr, Alain était partant, avec toutes ses bouches à nourrir… J'ai refusé : déjà il n'y a que la *Sonate* à sortir tous les jours, inutile d'en rajouter en ramenant plus de poisson que les autres.

J'ai rapatrié deux marins à la mine butée.

Plus tard, je me suis dit que mon refus de continuer avait peut-être une raison plus profonde : cette gêne soudaine à respirer en pensant que je ne serais de retour à la maison que tard le soir, comme si on m'y appelait.

Annaïs m'attend dans l'entrée. Visage de défi.

« Loïk Labbé est venu. C'est vrai ce qu'il a raconté : papa et cette Madeleine ? »

Ma respiration se bloque : alors, ça y est ! Instinctivement, je tends les bras.

« Ma chérie ! »

Annaïs fait un bond en arrière.

« Tu me réponds ? » crie-t-elle.

Je réponds. Ou, plutôt, j'avoue.

« C'est vrai. Mais certainement pas comme Loïk l'a dit.

— Alors comment ? Y a combien de façons de saloper une famille ? »

Je m'appuie à la rampe de l'escalier. Ça tangue et ce n'est pas la mer. Coupable ! Si j'avais montré plus de courage, Annaïs l'aurait appris avec les mots de la tendresse, la clémence. Loïk le lui a asséné avec la haine, sûrement les mots les plus ignobles. Soudain, la peur me noue le ventre.

« Quentin ?

— T'en fais pas, il y a eu droit lui aussi. Il est dans sa chambre.

— Va le chercher. S'il te plaît. »

Il est rare que je supplie. Annaïs obtempère.

Le téléphone, vite ! Mes doigts tremblent tandis que je forme le numéro de Benoît. Cette ordure de Loïk ! « On n'en a pas fini tous les deux… » Et j'avais répondu : « À ta disposition. » Facile de jouer les bravaches lorsque les conséquences sont pour les autres. Jamais je n'aurais dû aller là-bas. J'ai sacrifié mes enfants à un petit garçon qui ne m'est rien. En cette minute, je te déteste, Maximou !

Silence au presbytère. Silence au ciel. C'est vrai, il y a le portable ! Benoît décroche aussitôt.

« Marie ? Qu'est-ce qui se passe ? Je suis sur la route.

— Viens vite. Loïk est passé. Les enfants savent pour Pierre. »

Les sanglots m'empêchent de continuer. Du bruit dans l'escalier, je raccroche.

La plus petite, la toute menue, tire le grand derrière elle. Le grand porte les belles baskets fluo offertes par le Père Noël, dans lesquelles il se croyait un homme, un dur. C'est encore un enfant dont l'univers s'écroule pour la seconde fois en quelques semaines. La toute menue le traîne jusqu'au canapé et le pousse à la poitrine pour l'y faire tomber. Puis elle s'abat à ses côtés et maintenant ils attendent, ils m'attendent.

Si seulement je pouvais m'asseoir entre eux, partager le peu de chaleur qui me reste, mais ils me repousseraient. C'est trop tôt pour l'amour, l'heure est aux barricades, à la haine qui fait rempart à la souffrance.

Je prends place en face d'eux. Ils me regardent comme si j'étais leur bourreau, comme s'ils étaient mes juges. À leurs yeux, à leur cœur, Pierre et moi étions de ce granit qui fait, par ici, les maisons indestructibles. Le granit se fissure, la faute est aussi mienne.

« Votre papa était l'homme le meilleur, le plus brave et le plus généreux qui soit. Il n'y avait que trois personnes dans son cœur : nous trois.

— Tu parles ! » explose Quentin.

Il faut continuer, même sans espoir d'être entendue. Les choses doivent être dites, c'est tout.

« J'ignore ce que Loïk vous a raconté, mais Madeleine n'a jamais été sa maîtresse. Cela ne s'est passé qu'une fois, une seule, pas plus.

— T'étais là pour compter ? » glapit Annaïs.

J'avais eu les mêmes mots. Benoît m'avait convaincue.

« C'est Benoît qui me l'a dit. Pierre s'était confié à lui. Je l'ai cru.

— Et à toi aussi, il s'était confié, Pierre ? »

Je secoue la tête.

« Il l'aurait fait un jour ou l'autre. Il n'a pas eu le temps.

— Elle est comment ? demande Annaïs, et sa voix est celle d'une femme trompée, et Pierre aimait à nous appeler "ses femmes".

— Une pauvre fille complètement paumée. Une enfant de la DDASS. Elle venait de perdre son mari quand c'est arrivé.

— Un de perdu, dix de retrouvés, pavoise Quentin avec sa peur des filles, ses élans réprimés.

— Suffit ! » ordonne Annaïs.

Son frère se lève. Il tourne un moment dans la pièce, heurtant les meubles au passage, plus encombré que jamais de ce long corps davantage chenille que papillon. Je ne peux même pas le prendre dans mes bras, c'est fini, ça, c'est perdu. Cela ne m'arrive plus que par surprise, quand tout va bien, pour l'entendre s'indigner : « Arrête, maman, je ne suis plus un gamin ! »

« Et l'autre ? interroge-t-il d'une voix sourde. Il est comment, l'autre ?

— L'autre s'appelle Maxime, il a trois ans et il n'est pour rien dans l'histoire.

— Est-ce qu'il lui ressemble ? »

« Ça va, mon fils ? » demandait Pierre à Quentin lorsqu'il rentrait de pêche et regardait, tout fier, le futur officier dont il rêvait, attablé devant ses livres. C'est fichu pour le fils unique !

Annaïs saute sur ses pieds.

« Tu veux peut-être une photo ? Et puis vous, je sais pas, mais moi j'ai soif : un truc pareil, c'est comme faire l'amour, ça vous dessèche. »

Au passage, Quentin envoie un tel coup de pied au fauteuil à bascule que c'est miracle s'il ne fait pas le tour complet.

Tout était sur la table : boissons gazeuses, jus de fruits, mais aussi le chocolat en poudre, et les verres, les bols, ceux où vous faites inscrire des prénoms, sans vous douter qu'un jour l'un d'eux vous brûlera le cœur.

Benoît est arrivé alors que je faisais chauffer le lait pour ce qu'on appelait autrefois, au temps où « tout roulait », comme on dit, un « dîner suisse ». C'était toujours Quentin qui dosait la poudre de chocolat et parfois, pour nous faire rire, il s'amusait à renverser toute la boîte dans un bol.

Il est resté la cuiller en suspens.

« Alors, il paraît que tu le savais, toi, que mon père était un salaud ? » a-t-il lancé à son oncle, d'une voix encombrée de sanglots.

De ses yeux bleus, trop bleus, Benoît a fait le tour de tout ce déballage, cette famille en détresse, et j'ai compris que, dans le mot « compassion », il pouvait y avoir des trésors de tendresse.

« Je savais que mon frère avait fait une immense connerie et qu'il vous en aimait encore plus fort.

— Ça, on demande à voir ! » a ricané Quentin.

Benoît s'est assis près de lui. Il n'avait même pas pris le temps de retirer son caban. Quels mots allait-il lui offrir ? Il devait bien se douter que ceux à majuscule, dont il se servait d'habitude, comme « Pardon », comme « Amour », n'atteindraient pas un garçon sur la tête duquel le toit de la maison avait dégringolé et qui essayait désespérément de se faire des trous d'air avec la dérision.

« Écoute-moi », a-t-il dit.

Et voilà qu'il s'arrête ! Le blocage. Et, soudain, je n'ai plus envie d'écouter. C'est ce visage qu'il a, d'un homme qui souffre, presque celui d'un accusé, pour ne pas dire d'un Christ en croix. Quant à Annaïs, elle a mis les mains sur ses oreilles comme pour lui faire passer le message : « Suffit pour aujourd'hui. »

« Moi qui suis prêtre, a commencé Benoît d'une voix sourde. Moi qui ai fait vœu de chasteté et qui y crois, même si, pour toi, Quentin, c'est complètement ringard – tu ne t'es jamais privé de me le dire –, eh bien… »

Nouvel arrêt, nouveau visage de crucifié.

« Eh bien, ce qui est arrivé à mon frère, ce bref… reniement aux côtés d'une femme, sachez que ça m'est arrivé à moi aussi. Et ce n'est pas pour autant que là-haut on m'a traité de salaud ni qu'on a mis une seconde mon amour en doute. »

Il a soutenu le regard de son neveu. Qui ne bougeait plus, ne respirait plus, la cuiller à chocolat toujours en suspens comme pour garder l'enfance, encore un peu, un tout petit peu. On ne voyait plus que les cheveux d'Annaïs. C'était vraiment le jour des illusions perdues. Moi, je comprenais enfin ce qui retenait Benoît de parler aux enfants : lui, c'est la vérité, toute la vérité ou rien. De ce côté-là, j'ai encore à apprendre.

Il s'est relevé. Combien de pénitences s'était-il infligées à lui-même, qui s'était voué à la Marie d'en haut, pour avoir succombé au désir d'être entouré, au moins une fois, par les bras d'une femme de chair et de sang ? Il est allé chercher au fond du placard le bol marqué « Pierre » et l'a présenté à Quentin.

« Et j'espère que ce n'est pas pour autant que tu refuseras de boire avec moi. »

* * *

« Marie, c'est vous ? »

La voix de Thibaut, claire, légère : une sorte de sourire.

« C'est moi.

— Vous êtes tranquille ? »

À contrecœur, je réponds :

« Je suis seule à la maison, si c'est ce que vous voulez savoir.

— Alors, voilà, se décide-t-il, d'une voix, cette fois, précautionneuse, Annaïs m'a tout raconté, votre mari, l'enfant... Elle était bouleversée. Est-ce que nous pourrions nous voir ? J'aimerais vous parler d'elle.

— Rien ne nous empêche de parler d'elle maintenant. On n'a pas besoin de se voir pour ça. »

Mon ton est sec, dur. Je lui en veux. En m'appelant ici, il me prend au piège.

« Annaïs n'est pas si forte qu'il y paraît, poursuit-il. Je crois pouvoir l'aider. Je ne veux pas le faire sans votre autorisation. »

J'entends mon rire :

« Mon autorisation ? Mais est-ce que vous vous rendez compte, Thibaut, que ma fille est en train de tomber amoureuse de vous ?

— Je le sais, répond-il calmement. C'est pourquoi je vous ai appelée. Je me doute aussi que vous craignez qu'elle n'apprenne. Elle n'apprendra jamais, Marie ! D'ailleurs... (Il hésite :) D'ailleurs, il ne s'est rien passé et votre amitié me manque. »

Il a appuyé sur le mot « amitié ». Facile ! On efface tout et on recommence. L'ennui c'est que, moi, je ne peux pas effacer. Et l'idée de laisser ma fille s'attacher à un homme qui m'a tenue dans ses bras m'est insupportable.

« Écoutez-moi, Thibaut, je vous demande de ne plus voir Annaïs. La prochaine fois qu'elle viendra vous trouver, débrouillez-vous mais virez-la. »

Il garde un moment le silence. Il doit me croire jalouse. Tant pis ! D'où m'appelle-t-il ? De son lycée ? De chez des amis ? Ou d'une cabine pour être sûr que nul n'entende ?

« Je vais passer quelques jours à Brest pour les vacances, m'apprend-il. Si vous voulez bien, nous en reparlerons quand je reviendrai.

— À quoi bon ? Je n'aurai pas changé d'avis. »

Je raccroche. Mon cœur bat à toute volée : de protestation, de peur. Toutes les filles qu'il veut, mais pas la mienne ! Comment ne le comprend-il pas ? Dire que j'ai pu le prendre pour un homme de qualité. Bien sûr, c'est Annaïs qui l'a relancé, mais il aurait dû se défendre, couper net. À moins qu'il ne soit lui aussi tombé amoureux ? Lorsqu'il était à la maison, il ne tarissait pas d'éloges sur elle. La mère, puis la fille : le vrai vaudeville.

Un jour, Annaïs avait huit ans, son institutrice m'avait convoquée. Ce n'était pas le travail qui laissait à désirer : elle était l'une des meilleures élèves de sa classe. Je me souviens encore de l'air gêné de Mlle Lefort : « La petite raconte partout que son papa est un acteur célèbre et qu'elle vous a été confiée à cause des paparazzi. »

J'étais tombée des nues : je savais Annaïs rêveuse, mais à ce point… J'en avais parlé à Pierre, avec précaution pour ne pas le blesser. « C'est son théâtre », avait-il soupiré. Elle faisait déjà partie de la petite troupe de l'école. Elle n'aimait rien tant que jouer la comédie, comme si sa propre histoire ne lui suffisait pas.

« Je peux l'aider », a dit Thibaut.

Avec lui, elle a trouvé un vrai dialogue, mieux qu'avec Pierre, mieux qu'avec moi. Thibaut est le premier à être à la hauteur de ses rêves.

Et je vais l'en priver !

Lorsqu'ils sont rentrés, son frère et elle, j'étais toujours dans ma chambre. La galère…, ils ont raison d'appeler ça comme ça. Elle a passé la tête.

« Je peux te parler, maman ?

— Entre ! »

Ses joues étaient toutes roses de sa course à vélo : une très jolie jeune fille. Dix ans de moins que Thibaut, moi, dix de plus… Où est la norme ? Elle s'est assise au bord du lit.

« Mamina a encore appelé ! Elle veut savoir quand on fête mon anniversaire. On n'est pas allés la voir depuis le début des vacances et elle comprend pas. Mais, tant que tu lui auras pas dit pour papa, on pourra pas la regarder en face. Quentin, c'est bien simple, il risque d'exploser. Moi, j'aurai l'impression de tricher.

— J'irai samedi à la Roseraie, ai-je décidé. Je leur parlerai. »

Le regard d'Annaïs m'a scrutée. Jeune fille ou femme ? « C'est comme faire l'amour », avait-elle déclaré l'autre jour. L'avait-elle fait avec son ami Alexandre ? Je n'avais même pas été fichue de lui poser la question.

« T'as peur ? a-t-elle demandé.

— J'ai peur que Mamina ne veuille pas entendre, qu'elle crie, qu'elle claque la porte, tu la connais ! Pour ton grand-père, cela devrait aller. »

Elle a eu un gros soupir et a levé les yeux au ciel de façon comique.

« Les hommes sont tellement plus simples que nous... »

Était-ce cela que Thibaut lui apportait ? La manière d'accepter la vie sans se faire du théâtre ? Il m'a semblé le voir, avec son sourire un peu lointain. Soudain, j'ai eu peur qu'elle ne m'en parle. Je me suis levée. C'était moi qui avais l'impression de tricher, qui ne pouvais plus la regarder en face.

« Bonjour mes dix-neuf ans ! » a-t-elle conclu, blasée.

Jeudi, le *Lazarillo* est revenu.

Ce n'était pas la première fois que ce chalutier espagnol s'aventurait dans nos zones : un trente-cinq mètres qui attrapait le merluchon avec des filets ne laissant pas leur chance aux juvéniles, avalant tout sans se soucier de la taille. À sa première apparition, une quinzaine auparavant, Jean-Yves, le patron du canot de sauvetage, avait averti les Affaires maritimes. Quand la vedette était arrivée, le fautif s'était éclipsé.

Nous nous sommes tous retrouvés au Poisson Bleu.

« Conseil de guerre, a constaté Noël, ravi.

— La prochaine fois qu'il vient, on règle ça nous-mêmes », a tempêté le Capitaine, approuvé par tous.

On voulait bien respecter les quotas, suivre les règles pour protéger la ressource, même si cela en avait obligé plus d'un à poser le sac ; mais si des rigolos, des pirates, venaient nous dévaster cette ressource sous le nez, rien n'allait plus.

« Moi, si je l'y prends, le *Lazarillo*, a menacé Noël.

— Et qu'est-ce que tu lui fais ? s'est moqué Alain Kervélec.

— Vous, vous l'arraisonnez ! Moi, je l'assaisonne… (Il a fait mine d'épauler :) Pan, pan, pan, pan, pan… »

Tout le monde a ri.

Nous avons décidé d'ouvrir l'œil. Si l'un d'entre nous y reprenait l'Espagnol, il avertirait les autres et, cette fois, on l'empêcherait de déguerpir.

Lorsque nous avons quitté le café, le soleil descendait dans la mer, y faisant courir des hordes de renards roux. Cela sentait la relâche, la trêve, je n'avais pas envie de rentrer si vite. Le Capitaine et Jean-Yves ne semblaient pas pressés non plus.

« Cette histoire, on se demande comment ça finira, s'est interrogé le patron sauveteur.

— Moi, c'est aux petits que je pense », a soupiré le Capitaine.

S'il évitait de parler de Colette, sa femme, il devenait intarissable lorsqu'il s'agissait de ses petits-enfants. Son gros souci était de ne pas savoir s'il devait les encourager ou non à être pêcheurs, exercer ce métier de forçat dont on disait de plus en plus qu'il n'avait pas d'avenir.

Car le *Lazarillo* n'était que la goutte d'eau. Il y avait les cargos-usines qui pêchaient des tonnes et des tonnes et vous ramenaient la capture prête à mettre dans l'assiette ou le congélateur, le poisson russe, transbordé clandestinement sur des chalutiers européens, la lotte envoyée par avion des États-Unis, le merlu argentin, tout ça vendu sur nos marchés à prix cassés. Ne resterait bientôt aux côtiers qu'à brader leur belle pêche pour faire de l'aliment pour chiens ou pour chats.

Un groupe de touristes était au spectacle devant nos bateaux. À part la *Pastourelle* de Loïk qui réclamait son coup de peinture, ils étaient tous pimpants, avec un petit air de 14-Juillet. Nous nous sommes arrêtés. On se sentait fiers malgré tout. On avait envie de nommer les propriétaires.

« Ils vont finir par nous les user à force de les regarder comme ça », a remarqué le Capitaine avec un rire.

Une femme s'est approchée.

« Vous pouvez nous prendre en photo, s'il vous plaît ? »

Ils se sont groupés devant la marine marchande et le Capitaine les a immortalisés.

« Merci, a dit la femme. Il n'y a pas de restaurant dans le village ? »

Le Poisson Bleu ne méritait pas ce nom.

« Pas encore, ai-je répondu, et ils se sont éloignés, l'air déçus.

— Dis donc, Marie, est-ce que j'ai bien entendu ? T'as dit "pas encore" ? T'aurais donc l'intention d'en ouvrir un ? a plaisanté Jean-Yves.

— Pourquoi pas ? J'ai déjà la cuisinière.

— Et qui ça ? »

Ils avaient posé leur question tous les deux en même temps.

« Marguerite. »

J'avais parlé d'instinct, sans réfléchir. Mais un restaurant, un où l'on pourrait déguster du poisson tout juste tiré de l'eau, de la langoustine quasi frétillante, c'est vrai que ça manquait à Kersaingilles.

« Tu me réserves une table à l'année, a déclaré le patron du canot de sauvetage. Même qu'on t'y mettra un piano, dans ton boui-boui, pour que tes mains, elles rouillent pas. »

Ça, c'était vraiment gentil ! La seule chose qui me tourmentait, il m'arrivait même d'en rêver la nuit, c'était de savoir si cette fameuse sonate, notre morceau, je saurais encore la jouer au cas où Pierre viendrait me le réclamer.

« Pour la photo, a dit le Capitaine en suivant des yeux les touristes qui montaient dans leurs belles voitures, si vous voulez mon avis, elle fera toc. C'est que la mer est pas pareille pour eux que pour nous. Nous, on connaît le dessous. On est propriétaires. Finalement, on a de la chance ! »

* * *

« Deux choses, maman, m'avertit Annaïs lorsque je rentre à la maison. D'abord, Quentin a vidé le coffre de papa, je te préviens que c'est pas beau à voir, mais on pourrait en profiter pour faire le grand rangement. Depuis le temps que tu en parles ! Ensuite… »

Je ne laisse pas ma fille continuer, je suis déjà dans l'escalier. La porte de ma chambre est ouverte, partout des vêtements de pêche : pulls, cirés, combinaisons. Vidé ? Dévasté plutôt, le coffre en fer clouté, fierté de Pierre, qu'il appelait son « coffre à trésor ».

Le père hauturier l'avait ramené en même temps que le fauteuil à bascule. Au siècle dernier, on y gardait la paye des marins à l'abri des convoitises de l'équipage. « Combien y en a-t-il des comme ça qui dorment au fond des mers ? » s'interrogeait parfois

Pierre, éveillant sans le savoir une vocation de chasseur d'épaves chez son fils.

Le petit voulait toujours l'ouvrir pour y chercher le fameux trésor, mais Pierre, qui aurait donné sa chemise, ne supportait pas qu'on touche à *son* coffre. « Un peu de patience, un jour, il sera à toi », disait-il avec un rire d'excuse.

À sa façon, aujourd'hui, Quentin se l'est approprié.

« Il n'arrive pas à accepter pour papa », explique Annaïs qui m'a suivie dans la chambre.

Nous prenons place toutes les deux au bord du lit. « Papa. » Elle, elle peut le dire. Le mot ne franchit plus les lèvres de son frère.

Je demande :

« Ne m'avais-tu pas parlé de "deux" choses ? Peut-on connaître l'autre bonne nouvelle ? »

De sa poche, elle sort une photo.

« Y avait bien un trésor dans le coffre. Seulement, c'était pas celui qu'on attendait. »

Sur la photo, un tout petit garçon, guère plus d'un an. Mon cœur se serre à l'idée que Pierre l'avait introduit ici, dans notre chambre, près de notre lit. Vraiment pas le genre à fuir ses responsabilités, mon mari ! Le toit de Madeleine, les vêtements des enfants, le tricycle... Un jour ou l'autre, il aurait bien fini par nous la montrer, cette photo, simplement pour que Maximou puisse dire « papa » à quelqu'un.

« Benoît nous a parlé de lui, m'apprend Annaïs. C'est vrai qu'il y est pour rien, le gamin. Quand est-ce que tu nous le présentes ? »

J'en reste suffoquée.

« Mais à quoi ça vous avancera de le connaître ?

— Ce qu'on n'a pas vu, on a tendance à le grossir et à l'embellir, explique-t-elle. C'est surtout pour Quentin. Quand il découvrira que c'est qu'un petit môme qui lui arrive pas au nombril, ça lui fera moins mal. »

Elle prend la photo, saute sur ses pieds, la jette au fond du coffre, montre la friperie partout :

« Alors, on le fait, ce rangement ? »

Pulls, chaussettes, bonnets, la plupart des vêtements étaient rongés par le sel, inutilisables. Certains avaient dû appartenir au père de Pierre. Pierre ne savait pas jeter : il ne regardait pas à l'usure mais au souvenir, et plus c'était usé, plus ça en renfermait. Nous avons fait deux tas : « On garde. » « On jette. » Le « On jette » était le plus petit.

« On incinérera ça dimanche », a décidé Annaïs.

Elle s'est éclairci la gorge :

« À propos, c'est toujours samedi que tu annonces la grande nouvelle à tes parents ? »

Lorsqu'elle disait « tes parents », comme lorsqu'elle m'appelait par mon prénom, c'était en général pour se donner du courage : sa façon de reculer pour mieux sauter. Que mijotait-elle ?

« C'est toujours samedi, ai-je répondu. Je les appellerai tout à l'heure pour leur dire que j'irai déjeuner à la Roseraie. Sans vous, bien sûr.

— Inutile, a-t-elle tranché. C'est eux qui viennent ici. Je les ai invités pour mon anniversaire : deux jours d'avance, parce que, lundi, grand-père travaille. Et toi aussi, je suppose.

— Attends... Là, je ne te suis plus. Tu veux que je leur parle ou qu'on fête ton anniversaire ? On ne peut pas faire les deux à la fois.

— Pourquoi pas ? J'ai pensé que c'était pas sympa de te laisser aller seule au charbon. Et Mamina n'osera pas gâcher un si beau jour en piquant sa crise. J'ai aussi invité Benoît, il vient.

— Et ton frère ? Je croyais qu'il risquait d'exploser.

— Mon frère fait toujours ce que je lui dis. »

J'ai tenté l'ironie. J'étais complètement paumée.

« Et la minute de vérité se passera avant ou après le gâteau ?

— Le tout est que ça passe et que ça casse pas, a plaisanté Annaïs. Le Saint-Esprit nous inspirera. Pour le gâteau : meringue-chocolat, s'il te plaît. Et dix-neuf bougies, n'oublie pas. »

Elle est sortie, le paquet « à jeter » sous le bras. J'ai eu envie de la rappeler, de lui demander de décommander. Si je ne l'ai pas fait, c'est sans doute à cause de Thibaut. Elle ignorait encore que je lui avais ordonné de rompre. En me soumettant à sa folle idée, il me semblait me racheter un peu.

Il est midi, ce samedi d'avril. J'ai ouvert grandes les fenêtres pour demander de l'aide au ciel et à mon buisson de genêts couvert de promesses dorées. J'ai dressé la table dans le salon, à la place du piano : une belle table de fête. Le gigot est au four, les légumes cuits, les dix-neuf bougies sur le gâteau.

Je suis seule.

Annaïs a disparu depuis une bonne heure. Quentin s'abrutit de musique dans sa chambre. Sa sœur et lui ont discuté tard cette nuit. J'attends Benoît avec impatience. Mes parents arrivent avant lui.

« Mais où est passé tout le monde ? » s'étonne maman qui a revêtu ses plus beaux atours pour honorer sa petite-fille.

Elle est également allée chez le coiffeur ; cela se voit beaucoup !

« Ils ne devraient pas tarder. »

En attendant, elle accepte un doigt de porto, papa un verre de cidre. J'éprouve un sentiment d'irréalité, l'impression d'avoir été attirée dans un piège. J'ai hâte d'être à ce soir : l'horizon sera dégagé, ils sauront.

« Quand on parle du loup ! » s'exclame maman.

Nous pouvons les voir par la fenêtre. On se dirait au théâtre : Annaïs en tête, sur son vélomoteur, Benoît sur sa bicyclette de facteur. Ma respiration se bloque.

Maximou sur le porte-bagages du recteur.

« On dirait que tu as un invité supplémentaire », remarque papa, habitué.

Nul n'ignore que Benoît ramasse tous les isolés.

Qu'ont-ils raconté à la mère de cet isolé-là ? Elle a habillé son fils comme s'il se rendait au palais de Buckingham : pantalon de velours, jabot de dentelle et sandales vernies. Toujours incapable de parler, je cherche le regard d'Annaïs. En vain. Le visage décidé, les lèvres serrées, elle s'est tournée vers ses grands-parents.

« Je vous présente Maximou.

— Comme il est beau, un vrai petit prince ! » s'exclame maman, visiblement décidée à tout avaler avec bonne humeur en ce jour de fête.

Elle tend une amande salée à Maximou, qui se précipite avant de retourner tout aussi vite à l'abri de Benoît. Benoît qu'Annaïs a embobiné lui aussi et qui semble se réveiller, se demander ce qu'il fait dans cette mascarade.

Ne manquait que Quentin.

Il entre en scène, son masque de plongée sur le visage, tuyau et tout. Ne manquent que les bouteilles. Et, soudain, j'ai envie de pleurer. Comme je le comprends de refuser de voir. C'est trop ! Et pour moi, trop aussi. Pierre, Madeleine, la *Sonate*, Thibaut... Et aujourd'hui ce petit. Comme Quentin, je voudrais être sous la mer. Il m'a raconté qu'en plongée on devenait léger. D'une certaine façon, on a l'impression de voler, on échappe au temps. Et, le temps, il ferait plutôt mal les choses pour nous.

Pas plus que l'invité supplémentaire, le masque de Quentin n'a surpris mes parents : l'âge ingrat, c'est l'âge ingrat ! Seule Annaïs semble, un instant, perdre de sa superbe.

« Assieds-toi, Mamina ! » ordonne-t-elle à sa grand-mère d'une voix étouffée, comme si l'air ne passait plus sous son masque à elle : celui d'une jeune fille sans problèmes dont on s'apprête à souhaiter l'anniversaire.

Maman obtempère. Annaïs vient s'agenouiller à ses pieds.

« Est-ce que tu m'aimes ?

— Mais comment peux-tu en douter ? Tu le sais bien, voyons !

— Et aujourd'hui, on fête mes dix-neuf ans », poursuit Annaïs.

Désarçonnée, Mamina regarde la table de fête. Soudain, elle croit comprendre.

« Si c'est pour ton permis de conduire que tu t'inquiètes, on te l'offrira de toute façon, que tu aies le bac ou non. Nous avons même pensé, ton grand-père et moi, qu'on ferait remettre en état pour toi la vieille deux-chevaux.

— C'est adorable. Je vous remercie beaucoup, mais j'ai autre chose à te demander, Mamina. Je voudrais que tu me promettes de m'écouter sans m'interrompre, de ne pas crier, de ne pas partir en claquant la porte.

— Sache que je ne claque jamais la porte sans bonne raison ! se rebiffe sa grand-mère qui est très susceptible.

— Alors, même avec une très, très bonne raison, insiste Annaïs. C'est promis ? »

Maman tourne vers moi un regard interrogateur. Je fais un lâche signe d'impuissance, pourquoi pas d'ignorance ? Papa aussi est dans le brouillard. Il s'est rapproché de sa femme. S'il pouvait lire comme moi sous le masque de Quentin qui fusille des yeux un petit garçon innocent, peut-être commencerait-il à comprendre.

« Je veux bien promettre, s'incline Mamina à contrecœur. Et maintenant, peut-on savoir ce qui se passe ? »

Annaïs s'est tournée vers Maximou.

« Viens là, toi. »

Tirant Benoît, au supplice, derrière lui, le petit s'avance en faisant craquer ses sandales vernies comme s'il avait répété son entrée en scène. Il s'arrête aux pieds de la reine du palais de Buckingham, qu'il contemple d'un air émerveillé.

« Cette dame, c'est Mamina, lui apprend Annaïs. Tu peux la toucher si tu veux. »

Du bout du doigt, l'enfant effleure le collier de perles. Il touche aussi, un peu plus haut, la coiffure montgolfière et il dit :

« Belle ! »

Maman a l'air d'un gros merlu pris dans un filet.

« Mamina, je te présente ton petit-fils, dit Annaïs. N'oublie pas ta promesse. On va tout t'expliquer. »

Et, quand l'actrice en pleurs s'abat sur la poitrine de sa grand-mère, je comprends que Thibaut a vu juste : « Pas si forte qu'il y paraît », ma fille.

⋆ ⋆ ⋆

Cette fois, c'est d'accord pour le troisième trait de chalut. Le second n'a pas rendu comme on espérait et le temps est idéal : peu de vent, mer de velours. Et puis c'est juin et tout à l'heure, sous la halle, en plus des habitués, nous aurons les touristes, les « bons », les retraités qui aiment à cuisiner le poisson et prennent un peu de tout : du courant pour la soupe, du meilleur pour la poêle.

Ce jeudi, Abel est de repos, c'est donc Alain et moi. Plus tard, je penserai que, si le bosco avait été là, les choses auraient sans doute tourné autrement. C'est lui qui a engagé Noël, il s'en sent responsable et ne le lâche jamais tout à fait de l'œil. Abel est mécontent que le matelot dorme régulièrement à bord. « Tu le gâtes trop, Marie, tu vas lui donner de l'espoir », me reproche-t-il. Quel espoir ? Que l'amour n'a pas complètement fichu le camp avec la désertion de sa mère ? Donne-t-on jamais assez d'espoir à un jeune ? Et puis c'est au père d'exiger que son fils couche à la maison. Mais « l'ingénieur » semble préférer ses algues à sa progéniture. Si je le rencontre, je lui dirai son fait.

Il est deux heures. Le chalut vient d'être filé pour le troisième trait lorsque la voix du Capitaine éclate à la radio.

« La *Sonate*, tu m'entends ? »

Voix pressée, survoltée, même.

« Je t'entends, André. Qu'est-ce qui se passe ?

— Il est là !

— De qui tu parles ?

— De l'Espagnol, pardi, du *Lazarillo*. Je suis sûr que c'est lui. À sa route, il est en pêche. »

Je regarde au loin. Rien à signaler sinon toute la beauté du monde, traversée d'ailes blanches : les plaisanciers sont arrivés.

« T'as averti la terre ?

— Tu penses. La vedette des gendarmes maritimes est en route, mais ils patrouillaient je ne sais où et on n'est pas près de les voir. On a intérêt à y aller, nous. Jean-Yves est partant. On a aussi attrapé la *Diane*. À l'heure qu'il est, elle fait demi-tour. Cette fois, on va les empêcher de déguerpir. T'en es ?

— Tu me le demandes ?

— Alors, cap à l'ouest. »

Je mets en pilote automatique et fonce avertir mes hommes : on arrête tout et on fait route vers l'Espagnol. Alain reste calme. Il est comme ça depuis que sa *Joyeuse* a coulé : plus tellement concerné. Il travaille parce qu'il faut nourrir la famille, mais ce n'est plus son bateau, alors c'est plus vraiment sa pêche. Noël s'excite pour deux : « Décidément, on n'arrivera jamais à le faire, ce troisième chalut ! Y a comme un sort. » Un sort qui n'a pas l'air de lui déplaire. Tandis que le filet remonte, je m'empare des jumelles.

Là-bas, l'*Intrépide*. Non loin, la *Sarcelle*. À quatre ou cinq milles, ce doit être le *Lazarillo*. Il nous faudra environ une demi-heure pour le rejoindre.

Le chalut remonte presque vide. Noël renvoie à la baille une étoile de mer.

« Porte-nous chance, la belle ! »

Cette fois, à la radio, c'est la voix du patron sauveteur.

« Alors, Marie, paraît que tu viens avec nous ?

— Et comment ! Dis donc, Jean-Yves, une chance que tu aies été de sortie aujourd'hui !

— Tu parles. Ça m'aurait fait mal de manquer ça. Quand je pense que je me sentais des paresses dans les jambes ce matin ! »

Retraité, le patron du canot de sauvetage n'embarque que quand ça lui plaît, sur la *Sarcelle* de ses neveux. Il a suffisamment à faire avec son *Hirondelle*. Le sauvetage est devenu son univers. Il prétend qu'il ne peut plus regarder la mer sans y chercher de pauvres bougres à sauver.

« On va le retenir jusqu'à ce que les gendarmes l'arraisonnent. Cette fois, il s'échappera pas », promet-il.

Alain m'a rejointe en passerelle. Je lui passe les jumelles.

« À ton avis, combien d'hommes à bord ?

— Vu la taille, au moins une douzaine. D'autant qu'ils sont jamais à court de marins, là-bas. Des prêts à travailler pour trois fois rien. »

Et qui ne se privent pas de nous traiter de gâtés avec nos salaires et notre protection sociale.

Mettons douze hommes sur le *Lazarillo*. À nous quatre : l'*Intrépide*, la *Sarcelle*, la *Diane* et la *Sonate*, on arrive à onze. En ordre dispersé.

« Probable qu'ils parlent pas le français, remarque Alain avec dédain.

— Ce n'est pas ça qui les empêche de se savoir en infraction.

— Marie, appelle le Capitaine. Va falloir leur entrer dans le crâne qu'ils doivent plus y revenir. Chez eux, faut qu'ils racontent : "Là-bas, du côté de Kersaingilles, on passe pas." Vont voir ce qu'ils vont voir, ces culs de chiens jaunes. »

La suprême insulte.

En attendant, les chiens n'ont pas l'air de s'émouvoir. Ils continuent tranquillement à pêcher. Pourtant, ils nous ont forcément entendus. Et, s'ils n'ont pas compris, ils nous ont repérés. Alors, ils risquent le coup ? Ça s'est vu plus d'une fois qu'après les avoir harponnés on les relâche avec une amende de rien du tout.

Noël nous a rejoints, plus excité que jamais :

« Qu'est-ce qu'on va leur faire, Marie ?

— Tu veux qu'on leur fasse quoi ? On va attendre la vedette avec eux, c'est tout ! »

Il a l'air déçu, mon Indien. Quelle réponse espérait-il ? « Vous, vous l'arraisonnez, moi, je l'assaisonne... » Est-ce bien ce qu'il avait dit, au Poisson bleu ?

Quelques bateaux de touristes, des beaux, des à moteur, tournicotent dans le coin. Il va falloir compter aussi avec ceux-là. Ils n'ont pas intérêt à gêner la manœuvre. Je regarde la photo de Pierre : tu en serais, toi, de l'arraisonnement !

Nous approchons. Le ballet des oiseaux, là-bas, dénonce le *Lazarillo*. L'*Intrépide* et la *Sarcelle* ont ralenti l'allure pour nous attendre. Derrière, la *Diane* se hâte : l'occasion pour elle de débrider un moteur tout neuf.

« Marie, t'es là ? La vedette fait au maximum, dit la voix du Capitaine. Nous, on va tourner autour en l'attendant. Ils oseront quand même pas nous rentrer dedans. »

Une dizaine de minutes et on y est.

Sur la *Sonate* est tombé un drôle de silence, plein de rumeurs intérieures. Jusque-là, on s'était contentés de faire des moulinets avec les bras. Aujourd'hui, on paie de sa personne.

« T'auras qu'à me laisser la barre, si tu préfères », propose Alain.

Sa voix tendue indique que lui aussi est entré dans le jeu. Le jeu ? Soudain, j'ai une drôle d'impression : nous sommes redevenus des enfants. Ou, plutôt, les enfants n'ont jamais cessé d'être embusqués en nous, ceux des cours de récré, prêts à en découdre pour montrer leurs biceps ou défendre leur bout de territoire. À l'école, déjà, je préférais jouer avec les garçons.

« Y avait un beau bar dans le premier chalut, je l'ai mis de côté pour toi ce soir », annonce mon Kervélec.

Sa façon de me dire que tout se passera bien. Que, ce soir, je serai tranquille devant mon assiette. Les battements de mon cœur s'entendent-ils donc si fort ?

« Fais gaffe à ton Noël, c'est un tout fou », dit encore la voix de Jean-Yves à la radio.

Un avertissement qui sonne loin, trop loin dans ma conscience.

Il faut dire qu'on avait tout prévu : qu'ils déguerpiraient avant qu'on les encercle ou que, se voyant pris, ils balanceraient leur poisson par-dessus bord et joueraient aux innocents. Pourquoi pas qu'ils demanderaient pardon ? Pardon, on recommencera plus. Comme si un pêcheur pouvait être honteux d'avoir rempli sa cale, même avec du pas permis, du contre les lois édictées par des messieurs en costume pour qui la mer se traduit en chiffres ou en coups de soleil attrapés sur la plage. Comme s'il n'était pas écrit dans les tripes du marin que la mer appartient au plus fort, au premier à la prendre.

On avait tout prévu sauf que, en voyant arriver sur eux nos trois petits rafiots et, là-bas, la *Diane* qui se hâtait comme un enfant qui ne veut pas rater la fête, ils se moqueraient, ils nous humilieraient.

Nous l'avons eue, notre fête !

Ils s'étaient quand même décidés à remonter leurs filets. Certains connaissaient le français et pas les mots les plus choisis. Ils ne se privaient pas de les envoyer à Noël, que la vue du poisson volé rendait fou et qui gesticulait et menaçait dans le vide. J'avais laissé la barre à Alain. Nous encerclions à petite vitesse le chalutier pour l'empêcher de s'échapper. C'est quand, leurs chaluts virés, ils ont emballé les moteurs pour nous fausser compagnie que Noël a sorti le fusil.

Quand l'avait-il caché à bord ? Après la réunion au Poisson bleu, lorsque nous avions ri comme des imbéciles à son « pan, pan, pan, pan, pan » ? En oubliant qu'à dix-huit ans un rire malvenu peut vous briser les ailes ? J'avais ri moi aussi, qui pourtant étais bien placée avec mon Quentin pour savoir la fragilité de ces ailes lorsqu'il n'y a plus qu'un parent au foyer.

« Noël, arrête, tu es fou ! »

Sur le *Lazarillo*, les rires avaient cessé. Je me suis précipitée pour lui arracher le fusil, il a résisté, le coup est parti au moment où j'avais enfin l'arme dans les mains. Là-haut, les braves se sont éparpillés comme des moineaux. Il y en a même qui se sont couchés, ça criait de tous les côtés, les goélands n'étaient pas en reste.

C'est à ce moment-là que la vedette est arrivée.

⋆ ⋆ ⋆

J'ai toujours ressenti au plus profond de moi les changements d'aiguillage de ma vie. C'est comme si brusquement tout s'arrêtait, je ne sais plus bien qui je suis ni où je vais. Puis la machine se remet en marche, mais plus rien ne sera jamais tout à fait comme avant.

La première fois, j'avais dix ans et nous roulions vers Le Guilvinec, le lieu où désormais nous habiterions, dans une maison appelée la Roseraie. Soudain, à un tournant, Sa Majesté la mer était apparue. « C'est là ! » avait dit papa d'une voix un peu plus grave que d'habitude. J'avais entendu : « C'est elle », et comme une vague douce et impérieuse avait emporté ce qu'à cet âge on a du mal à appeler « le passé ».

Pour Pierre, cela avait été « C'est lui », au moment où il m'avait tendu la patte pour que je grimpe sur sa barque. J'étais comme toutes les filles de dix-huit ans, en attente de celui qui répondrait à un élan où corps et cœur se mêlent en d'obscures turbulences. Pierre répondait aux deux.

Et plus près, tout près, il y avait eu cette nuit de tempête et, sur le seuil de notre maison, une poignée d'hommes dont le silence m'apprenait la mort de mon pêcheur.

Puis maintenant.

En ce radieux après-midi de juin, dans le concert des oiseaux, les vociférations des Espagnols, tandis que retentissait la sirène de la vedette maritime, j'ai senti clairement se tirer le trait dans ma vie entre avant et après.

J'avais toujours le fusil dans les mains. Sur le pont du *Lazarillo*, un homme hurlait en se tenant le bras. À mes côtés, il n'y avait plus d'Indien mais un gamin de l'âge de mon fils qui se réveillait et s'apercevait avec épouvante que le cauchemar continuait.

Des gendarmes sautaient sur le chalutier espagnol, ils entouraient le blessé, on nous montrait du doigt.

« Est-ce qu'on va me mettre en prison ? a bégayé Noël.

— Aux dernières nouvelles, ce n'est pas toi qui tenais le fusil quand le coup est parti », ai-je répondu.

S'en était-il réellement rendu compte ? Il avait eu une vraie crise de folie.

« Laisse-moi me débrouiller. Toi, tu vas nettoyer le pont, ça n'a pas été bien fait tout à l'heure », lui ai-je ordonné, et je suis passée à l'avant au moment où un gendarme mettait la botte sur mon bateau.

Nous nous connaissions. Il était venu après la disparition de Pierre pour me demander de lui décrire les vêtements qu'il portait et j'avais répondu bêtement : « Mais ceux de tous les jours, monsieur. »

D'un air incrédule, il a montré le fusil.

« C'est donc vrai ce qu'ils disent ? C'est vous qui avez tiré, madame Delaunay ?

— Je n'ai pas tiré, ai-je rectifié du ton le plus calme possible. Le coup est parti tout seul quand j'ai repris l'arme à mon matelot. Il l'avait trouvée dans la cale : un vieux fusil appartenant à mon mari. »

Le mensonge était venu naturellement. Si l'on savait que Noël avait introduit l'arme sur la *Sonate*, cela sentirait la préméditation et il risquait d'être inquiété. Et puisque c'est moi qui avais « tiré », comme venait de le dire le gendarme, qu'importait le propriétaire de l'arme ?

Il a sorti une VHF portable de sa poche :

« J'ai le fusil, a-t-il communiqué à ceux de la vedette. Tout le monde rentre au Guilvinec. (Puis il s'est retourné vers moi :) Je vais vous demander de nous suivre pour faire votre déposition, madame Delaunay. »

Sur le *Lazarillo*, le blessé avait disparu, mais on continuait à nous regarder et un homme a tendu le poing.

« Savez-vous si la blessure est grave ? »

Cette fois, ma voix était complètement rouillée.

« Apparemment non, mais ça saigne pas mal et ça crie encore plus. »

Le militaire nous a adressé un salut et il est retourné sur la vedette en emportant le fusil.

« Où est Noël ? » a demandé Alain.

Il avait suivi la conversation de la passerelle et semblait sous le choc. D'où il se trouvait, il ne pouvait rien avoir vu de la bagarre entre Noël et moi.

« Il est sur le pont arrière. Il prend des airs, mais ce n'est qu'un gosse et tout ça lui a fait un choc. Je préfère le laisser en dehors.

— Mais le fusil, d'où il sort ? a insisté Alain. Il est vraiment à vous ? Il était vraiment là ?

— Puisque je l'ai dit. »

Il semblait peu convaincu.

« Je peux te laisser la barre encore un moment ? » lui ai-je demandé.

Il a incliné la tête et je suis sortie à l'air frais. Soudain, j'étais en sueur ; c'est comme ça que commence le mal de mer. Sur les ponts de leurs bateaux, mais trop loin pour qu'on puisse s'entendre, le Capitaine et Jean-Yves m'adressaient de grands signes. Eux aussi devaient être dans le noir. Tout s'était passé en quelques secondes et ils avaient les yeux fixés sur l'Espagnol, craignant d'être éperonnés s'il décidait de passer en force. Ce qu'il aurait sans doute fait, le salaud ! Au moins, on l'avait arrêté.

Le *Lazarillo* s'est mis en route le premier ; des gendarmes étaient restés à bord pour contrôler papiers et cargaison. La vedette suivait, puis nous. Je suis repassée à l'arrière. Mon Indien n'avait rien nettoyé du tout. Il était dans la cale, à plat ventre sur sa couchette, le visage dans l'oreiller, et ça m'a rappelé un garçon de son âge quand son père nous avait faussé compagnie.

Je me suis assise comme j'ai pu, plutôt agenouillée qu'assise. C'était vraiment un trou à rats, en plus, cela sentait franchement mauvais.

« D'où as-tu sorti cette arme ? »

Il s'est retourné. Il avait pleuré.

« Je l'ai prise à mon père.

— Et ça fait longtemps qu'elle est là ?

— Depuis l'autre soir, quand on avait dit qu'on arrêterait le *Lazarillo*. Je voulais juste leur faire peur. »

Il a avalé péniblement sa salive. La peur, c'était lui qui l'avait, en grosse boule dans sa gorge.

« Les gendarmes sont encore là ? Et où on va comme ça ?

— On va au Guilvinec faire la déposition. La blessure n'est pas grave. J'ai raconté que le fusil appartenait à mon mari pour qu'on ne t'embête pas. Si on te demande quelque chose, tu ne dis pas le contraire. Tu l'as trouvé dans la cale, tu as voulu faire peur aux Espagnols et le coup est parti quand je l'ai récupéré, c'est tout. C'est d'ailleurs comme ça que ça s'est passé, non ? »

Il a réfléchi un moment. Il avait perdu toutes ses couleurs, toutes ses plumes, mon Indien !

« Si papa apprend ça..., a-t-il bredouillé. Déjà, il voulait pas que j'embarque avec vous : une femme patron pêcheur, il trouve que c'est pas normal ! »

Je n'ai pu m'empêcher de rire. Première nouvelle ! Et jamais il ne m'en avait autant dit sur l'ingénieur.

« Son fusil, il s'en sert tous les jours, papa ? »

Il a fait « non » de la tête.

« Alors, tu ne lui parles de rien. Avec un peu de chance, tout sera réglé avant qu'il s'aperçoive de sa disparition. »

Il avait l'air un peu moins mal. J'en ai voulu à ce père qui le terrorisait.

« Pourquoi vous faites ça ? a-t-il demandé d'une toute petite voix.

— Je le ferais pour mon fils. »

Et, alors que le mien criait dès que je l'approchais, celui-là m'est tombé dans les bras.

Il nous a fallu trois bonnes heures pour arriver au Guilvinec et, tout du long, mes amis ont mobilisé les ondes. Ça appelait de partout : « C'est toi, Marie ? » « La *Sonate*, t'es là ? » « Il paraît que tu flingues les gens, maintenant ? »

L'incrédulité, l'inquiétude, la plaisanterie pour se rassurer.

« Est-ce que tu veux qu'on vienne avec ? » a proposé le Capitaine.

Je sentais bien qu'il s'en voulait de m'avoir entraînée dans cette histoire. Peut-être même qu'il se disait des choses comme : « Elle a eu ses nerfs. » Peut-être qu'il pensait, comme le père de Noël, que, pour finir, ce n'était pas normal une femme patron pêcheur.

C'est l'orgueil qui m'a fait refuser. Qu'il rentre à Kersaingilles avec sa pêche. Il me rendrait davantage service en avertissant les enfants que je ne serais pas là tôt ce soir. Si la déposition prenait du temps, je n'aurais sans doute plus assez d'eau au Guilvinec pour rapatrier mon bateau.

J'ai laissé Alain barrer tout du long. J'éprouvais toujours cette impression de flottement : plus rien ne serait comme avant. Déjà, je ne voyais plus le paysage pareil : jamais il ne m'avait paru si beau, si majestueuse la mer dans ses drapés, si souverain le ciel qui se foutait bien de nous autres.

Comme prévu, des bateaux de touristes, alléchés par l'aventure, nous tournicotaient autour et j'enrageais à les imaginer ce soir, à leur hôtel ou dans leur belle demeure, faisant les importants avec notre histoire, parlant de tout sauf de l'essentiel : comment on en vient, sur la mer que le bon Dieu a créée pour tout le monde, à s'aboyer les uns après les autres. Et à faire « pan, pan, pan, pan, pan ».

Au Guil, les gendarmes n'avaient besoin que de moi ; mes marins pouvaient rentrer, mais par leurs propres moyens. La *Sonate* ainsi que le *Lazarillo* étaient provisoirement consignés au port.

Le mot « consigné » a retenti dans mon cœur comme un avertissement.

J'ai confié Noël à Alain. Denise et Marguerite n'auraient qu'à venir les chercher. Elles en profiteraient pour rapatrier le poisson et le vendraient s'il restait encore des clients.

« Le bar, prends-le pour chez toi. Je ne suis pas sûre d'avoir le cœur à me mettre en cuisine en rentrant. Marguerite vous en fera une merveille. »

J'ai ri pour montrer à Alain que tout ça n'était pas bien grave. Lui, non ! J'ai suivi les gendarmes.

* * *

C'est une petite pièce encombrée de dossiers, sans couleurs, sans air. Le fusil est posé sur une table. D'un doigt agile, un gendarme tape ma déposition. Déposition ou aveu ?

J'ai décliné mon identité : nom, prénom, date de naissance, veuve, patron pêcheur, mère de deux enfants. En nommant Annaïs et Quentin, j'ai éprouvé une sorte de honte : je ne devrais pas être ici. Je devrais être avec eux. Puis nous en sommes venus au vif du sujet : les injures échangées avec le *Lazarillo*, le moment où j'ai pris le fusil.

« Visiez-vous précisément ce marin ?

— Mais je ne visais rien du tout ! Je vous l'ai déjà dit : le coup est parti tout seul. »

Lorsque Noël a enfin lâché l'arme, j'ai été déséquilibrée et c'est là que ça s'est passé. Devrais-je le préciser ? Mais j'ai décidé de ne pas mêler mon Indien à ça.

« Voulez-vous signer, s'il vous plaît. »

J'obtempère. En ai-je terminé ? Un militaire entre dans la pièce : une cinquantaine d'années, cheveux gris, décorations aux épaulettes – le brigadier-chef.

« Tu nous laisses », ordonne-t-il au gendarme.

Je me suis levée. Il me fait signe de me rasseoir, prend place en face de moi.

« Je viens d'entendre la victime. Ou plutôt son patron, car le marin ne comprend ni ne parle le français… Il s'appelle Gomera, Jesus Gomera, et il a décidé de porter plainte.

Plainte ? Le mot résonne sinistrement dans mon cœur ; il va avec le « consigné » de tout à l'heure. Le brigadier montre le fusil.

« Vous avez toujours une arme sur votre bateau ? »

J'ai préparé ma réponse :

« Avec les enfants, je préfère la garder à bord plutôt qu'à la maison.

— Vous vous en êtes déjà servie ?

— Jamais.

— Saviez-vous qu'elle était chargée ?

— Absolument pas. Et, de toute façon, je n'aurais pas été capable de retirer les balles. »

Il a un bref sourire.

« Pas les balles, les cartouches, rectifie-t-il. Du calibre douze destiné à la chasse. Où aviez-vous caché cette arme ?

— Je ne l'avais pas cachée, elle était dans la cale.

— Et votre matelot vient l'y chercher… Il menace le *Lazarillo*…

— Il veut simplement leur faire peur. Ils s'apprêtaient à décamper, au risque d'amocher l'un de nous. »

Ils se moquaient de Noël. L'Indien était fou de rage et d'humiliation. Il était allé cherché le fusil. Quand l'avait-il chargé ? Avait-il l'intention de tirer ?

« Et, au moment où vous reprenez l'arme à votre matelot, le coup part accidentellement.

— C'est cela, monsieur. »

Le brigadier hoche la tête. Ce Jesus Gomera a-t-il déclaré que j'avais tiré volontairement ? Et les autres, tous ceux qui l'entouraient, qui ont vu... Ou cru voir...

« J'ai appelé le substitut du procureur, m'apprend le brigadier. Il passera ici demain en fin de matinée. »

Substitut du procureur..., ce nom-là sonne comme un glas.

« En attendant, nous sommes obligés de vous garder, madame. »

Je me lève, le cœur en débandade.

« Mais puisque c'est un accident, je vous le jure !

— Il reviendra à l'enquête de l'établir.

— Et je ne peux pas rentrer chez moi ? Juste pour la nuit ? Mes enfants... »

Le brigadier secoue négativement la tête. Je retombe sur ma chaise. Quelle naïve j'ai fait ! Pas une seconde je n'ai envisagé d'être retenue, j'ai même gardé mes bottes. « Tu veux qu'on vienne avec ? » a proposé le Capitaine. Pourquoi ai-je refusé ? Lui savait !

« Est-ce que je peux appeler mes enfants, ils sont seuls, mon mari...

— Je sais, madame Delaunay, ici, tout le monde sait que votre mari n'est plus là.

J'entends ma voix cassée :

« Tout le monde sauf moi, monsieur. Parfois, il me semble ne pas savoir vraiment. »

Il soupire, décroche l'appareil, me le tend.

« Allez-y. Mais soyez brève, s'il vous plaît. »

J'ai tout de suite Annaïs. Elle devait être en faction près de l'appareil.

« Maman, qu'est-ce qui se passe encore ? » proteste-t-elle.

Je m'efforce de contrôler ma voix.

« Rien de grave, ma chérie. Le Capitaine t'expliquera.

— C'est fait, il est passé. Il paraît que t'as canardé un Espagnol ?

— Je n'ai canardé personne. C'est un accident.

— Alors, tu rentres quand ?

J'enfonce mes ongles dans ma paume, je dois tenir bon pour elle.

« Pas ce soir. Demain, sûrement. »

Il y a un grand silence à la maison. Le brigadier se lève : la fin de la permission ?

« Je t'embrasse, n'aie pas peur, ma chérie, et prends soin de ton frère.

— Merci pour le cadeau ! »

Elle a crié : c'est l'angoisse. Je dis : « Je t'aime », je raccroche et je pleure. Le brigadier regarde ailleurs. A-t-il des enfants ? Peut-il imaginer ce déchirement à l'idée que les miens souffrent par ma faute sans que je puisse les voir, les toucher, quitte à me faire engueuler ?

Je me lève et je vais à lui. J'ai perdu toute dignité. Je me fous de la dignité.

« Monsieur, vous au moins, est-ce que vous me croyez ? »

Il ouvre un tiroir de son bureau, fourrage à l'intérieur, sort une poignée de mouchoirs en papier, me les tend.

« Si je vous répondais, je risquerais d'être partial : mon père était pêcheur… »

Cela s'appelait « chambre de garde à vue » et c'était comme une cage avec des bancs à l'intérieur. Dans mon malheur, j'avais de la chance, j'aurais pu être enfermée dans une geôle de sécurité avec porte blindée. La cage se trouvait dans une petite pièce sans fenêtre, attenante à l'entrée de la gendarmerie. Par la porte laissée ouverte, je pouvais voir le militaire de garde. Le téléphone sonnait tout le temps. Tout le temps j'espérais que c'étaient mes amis, tout le temps je rêvais qu'ils venaient me tirer de là.

On m'avait apporté un sandwich et un café. Une couverture aussi. Si j'avais besoin d'aller aux toilettes, je n'aurais qu'à appeler. Dans ma tenue de pêche, je me sentais seule, salée, poisseuse. J'ignorais l'heure car, en mer, je ne porte pas de montre, le soleil me suffit. Il était certainement couché depuis longtemps.

« Merci pour le cadeau »… Annaïs aurait pu mettre au pluriel. Thibaut dans les bras duquel j'étais tombée pour rien, Loïk que j'étais allée narguer jusque chez Madeleine, et aujourd'hui le bouquet : une fausse déposition pour protéger mon matelot.

Tard dans la nuit, on a poussé dans la cage une jeune femme aux cheveux verts qui injuriait copieusement les gendarmes. Elle m'a regardée. Elle a tiré de son corsage un paquet de cigarettes et me l'a expédié sur les genoux. Je ne fume pas. Je l'ai regretté pour la première fois : il paraît que la cigarette est comme une amie, quand bien même elle vous empoisonne. J'ai retourné l'envoi.

« De toute façon, ils m'ont piqué le briquet, a-t-elle constaté avec un rire. Et toi, quel bon vent t'amène ? »

J'ai répondu qu'il s'agissait d'une erreur. Je n'avais pas envie de raconter ma vie ni d'être tutoyée par cette inconnue. Elle a ri à nouveau :

« Une erreur… C'est toujours ce qu'on dit. Dommage que ce soit jamais ce que ces salauds retiennent. »

Je lui ai tourné le dos.

Quelle heure pouvait-il être lorsque je me suis réveillée, la panique au ventre ? C'était plus fort que moi, plus fort que tout, j'ai hurlé. Un gendarme est accouru. J'étais agrippée aux barreaux comme un animal fou.

« Que se passe-t-il ? » a-t-il demandé.

J'ai supplié :

« Monsieur, s'il vous plaît, dites-moi où elle est !

— Mais où est qui ?

J'ai montré les murs :

« Où est la mer, dans quelle direction ? S'il vous plaît, s'il vous plaît. »

Il a tourné sur lui-même, puis il a tendu le doigt vers l'un des murs.

« Elle est là. Vous allez tout droit et vous y êtes. »

Je suis retombée sur mon banc. La fille n'avait pas bougé : le désespoir, elle devait avoir l'habitude, ses cheveux verts le disaient. J'ai regardé vers le port et j'ai marché tout droit comme le gendarme m'avait indiqué. Mais tout était noir, je ne retrouvais pas mon bateau, il m'a semblé être abandonnée. Je ne me suis plus senti le courage de vivre.

* * *

Abandonnée !

« Je veux voir ma mèèèèèèère… »

La voix d'une actrice faisant son numéro dans l'entrée de la gendarmerie me tire d'un demi-sommeil visqueux. Une basse masculine proteste : « Impossible, mademoiselle, interdit ! » Mal aux reins, mal au cœur. Je me redresse péniblement. Ma compagne d'infortune a disparu.

« Vous pouvez pas m'en empêcher. Vous avez pas le droit. »

Je crie :

« Annaïs, je suis là, ne t'en fais pas, tout va bien. »

Et même si bien que, lorsque ma fille déboule dans la pièce, poursuivie par un gendarme, je ne sais plus si j'ai envie de rire ou de pleurer. Elle se précipite vers la cage, s'agrippe aux barreaux et livre à toute vitesse son message, au cas où la force l'interromprait.

« Le père d'Alexandre s'occupe de toi, il viendra te voir ce soir, il est avocat, tu te souviens ? Le Capitaine fait le nécessaire, il m'a chargée de te le dire. Tu tiens le coup ? C'est pas trop glauque, maman ?

— Mademoiselle, s'il vous plaît, allons... »

Le militaire, un tout jeune, tire Annaïs par le bras, n'osant y aller trop fort. « Des allumettes », disait Pierre. Mais de l'acier dedans. À en croire ses yeux gonflés, elle n'a pas dû dormir plus que moi.

« Ton frère ?

— Il n'est pas allé au lycée ce matin, il en profite, tu penses. »

Elle renifle à petits coups, puis grimace, tentant bravement de me faire rire.

« Dis donc, tu trouves pas que ça sent le merlu, ici ? Bizarre pour une gendarmerie. »

Je soupire :

« Mon royaume pour une douche !

— En attendant, la douche, c'est nous qui y avons eu droit hier quand le Capitaine est passé. Et même glacée. Il paraît que tu te prends pour Calamity Jane ? Benoît a dormi à la maison. »

Ce coup-là, j'ai souri : Calamity Jane et Benoît.

« Mademoiselle, je vous en prie... »

Annaïs se décide à lâcher prise, toise le gendarmeau :

« Nazi ! »

Café, tartines, puis toilette dans un petit cabinet qui, merveille, possède un vasistas, ouvert sur un pan de ciel bleu. Encore une belle journée. Du beau temps perdu pour la pêche. Qu'a voulu dire le Capitaine avec son « On fait le nécessaire » ?

Et Quentin ? À l'âge de tous les dangers, je perds mon garçon de vue. Je me suis plus préoccupée de Noël que de lui. Comme j'ai hâte de rentrer ! Coup de boutoir dans ma poitrine : si Me Delmas, le père d'Alexandre, vient me voir ce soir, cela signifie que je serai encore là et qu'il le sait. Une seconde nuit enfermée ? Je ne peux l'imaginer.

Neuf heures, le brigadier-chef entre dans ma cage et s'assoit à mes côtés. Cela se fait-il ? Il a l'air plus compatissant qu'hier : on a dû lui apprendre mes exploits de la nuit.

« Le substitut du procureur est en route, m'indique-t-il. Il ne devrait plus tarder. »

Je chevrote :

« Pourquoi vient-il exactement ? Je n'ai pas très bien saisi ce que vous avez dit hier, j'étais sous le choc, vous comprenez ?

— C'est lui qui décidera s'il y a lieu ou non d'ouvrir une instruction.

— Mais encore ?

— Au vu de votre dossier, soit il nomme un juge, soit il classe l'affaire. J'ai envoyé des hommes interroger vos marins, leur déposition pourrait jouer en votre faveur. »

Je me tais, gorge plombée : Noël interrogé ? Et s'il me contredit pour le fusil ? Croyant me rassurer, le brigadier m'a enfoncée davantage. Ne devrais-je pas avouer mon mensonge avant qu'il soit découvert ? Il me semble que cet homme souhaite m'aider. Mais on l'appelle au téléphone. Trop tard !

Abandonnée ?

Dix heures. Dans l'entrée, c'est cette fois une voix ferme, posée, celle des grands prêches.

« Une minute seulement, monsieur le gendarme. C'est ma belle-sœur. »

C'est le recteur.

Il vient vers moi, sourcils froncés.

« Pourquoi tu as fait ça, Marie ? »

Ma parole, il m'engueule. Pense-t-il que j'ai appuyé volontairement sur la gâchette ?

« Mais c'est un accident, Benoît. On ne te l'a pas dit ?

— Je ne te parle pas de ça, je parle du fusil. Pourquoi es-tu allée raconter qu'il appartenait à Pierre ? Tu sais aussi bien que moi qu'il détestait les armes, il détestait la chasse.

— Continue comme ça et on m'accuse de fausse déposition. »

Il me regarde dans les yeux.

« À qui est ce fusil, Marie ? »

Je ne réponds pas. Nous ne sommes pas au confessionnal. D'ailleurs, j'ai toujours détesté me confesser. « Orgueil », disait maman. Benoît soupire.

« Décidément, je ne te comprendrai jamais.

— Moi non plus, je ne me comprends pas : ça fait deux. »

Le gendarme apparaît à la porte :

« Monsieur le recteur, si vous voulez bien...

Benoît se penche vers moi :

« On a trouvé deux tonnes de merlu qui ne faisaient pas la maille dans la cale de ce salaud », me glisse-t-il avant de disparaître.

Le miracle ! Ce n'est plus moi qui dois être jugée, c'est le voleur.

Le substitut du procureur est arrivé vers onze heures. Je ne l'imaginais pas comme ça, si jeune, tenue décontractée : chemise et espadrilles de tennis. Ne lui manquait que la raquette sous le bras.

Il m'a reçue dans le bureau du brigadier et, à mon soulagement, celui-ci est resté. Le substitut venait de prendre connaissance du dossier : est-ce que je confirmais mes déclarations ? Avais-je quelque chose à ajouter ? J'ai pensé à ce jeune, enfermé dans l'une des geôles de sécurité peu après le passage de Benoît, qui poussait des cris déchirants. Non, je n'avais rien à ajouter. Apparemment, Noël n'avait rien dit pour le fusil.

Le substitut s'est levé. Il avait l'air pressé : Brest, ce n'est pas la porte à côté. Il s'est tourné vers le brigadier.

« Je vous appellerai demain pour vous faire part de ma décision. »

Je me suis levée moi aussi.

« Ne pouvez-vous pas la prendre maintenant ? »

Il m'a fixée, stupéfait. Il m'a semblé qu'enfin il me voyait vraiment.

« Laissez-moi le temps d'étudier le dossier, madame.

— C'est que mon bateau est consigné, ai-je insisté. J'ai des hommes qui attendent : deux.

— Le *Lazarillo* est également consigné, lui avec douze hommes à bord », m'a fait remarquer le jeune homme d'un ton ironique.

Il s'est dirigé vers la porte. Je l'ai suivi.

« Les traites pour mon bateau, elles, n'attendent pas. Savez-vous ce que me coûte un jour d'arrêt ? »

Il s'est immobilisé ; il avait l'air très énervé. Le chef m'adressait des signes d'apaisement.

« Ce n'est pas mon problème, madame.

— Et ce qu'on a retrouvé dans les cales du *Lazarillo*, c'est votre problème ? »

Là, c'est le brigadier qui a été bluffé.

« Comment avez-vous appris ça ? »

Je n'allais tout de même pas dénoncer le recteur.

« Radio-merlu, ai-je répondu.

— Vous ne pensez donc qu'au poisson ? s'est exclamé le substitut.

— Je pense aux hommes qui sont derrière.

— Écoutez-moi, madame, a-t-il dit d'une voix exaspérée. Le *Lazarillo* aurait eu une tonne d'or dans sa cale que cela ne changerait rien à l'affaire. On ne fait pas justice soi-même.

— Si justice était faite par ceux qui en ont la charge, on ne serait pas obligé de s'en mêler. »

À la mine catastrophée du brigadier, j'ai compris que j'avais dit une énorme bêtise. Le susbtitut m'a tourné le dos et il s'est éloigné. « Obligé de s'en mêler »... Presque un aveu, en somme.

Merci pour le cadeau.

* * *

Abandonnée ?

Papa est passé à l'heure du déjeuner. Je grignotais un sandwich au jambon. J'ai pu le voir poser sur la table du gendarmeau un sac de voyage grand ouvert pour la fouille. On aurait dit qu'il n'avait jamais fait que ça : rendre visite à sa fille en garde à vue, mon pauvre papa, mon merveilleux papa !

« Comme vous pourrez le constater, ce sont juste quelques vêtements propres, a-t-il expliqué. Puis-je les remettre à ma fille ? Je n'en aurai que pour quelques minutes. »

Le militaire avait déjà laissé passer une jeune fille survoltée et le recteur. C'est bien connu, quand on commence à céder... Et mon père semblait connaître le chemin.

Il me regarde avec énormément de tendresse et d'inquiétude. L'inquiétude, il tente de la cacher sous un sourire. Je lui présente mon front à travers les barreaux.

« Comment tu as appris, Papino ? »

Autrefois, Annaïs les appelait comme ça : Mamina et Papino. Ça fait bête, mais ça fait chaud.

« Le journal, répond-il. Ta maman est tombée sur l'article ce matin. Moi, j'étais déjà à l'usine. Comme tu peux l'imaginer, elle m'a téléphoné aussitôt. La radio locale en a parlé à midi ; ils appellent ça "L'arraisonnement du *Lazarillo*". Ils parlent de toi. J'ai pu joindre ton ami, le Capitaine. Il m'a chargé de te dire qu'il faisait le nécessaire. Nous aussi, on est là, ne t'en fais pas. Et pour les enfants, ta maman va s'en occuper. Quand je pense qu'ils avaient décidé de ne rien nous dire pour ne pas nous inquiéter ! »

Du sac, il tire une jupe, un corsage. Dans la jupe, des sous-vêtements et un savon. Il y a aussi un livre. Il me transmet le tout comme il peut. C'est tellement maman d'avoir tout de suite pensé à « la tenue », cela me fait tellement plaisir : j'en ai des larmes de tendresse.

« Et comment elle a pris la chose, ma maman ? »

Soudain, Papino semble gêné. Il s'éclaircit la gorge.

« Figure-toi qu'elle a filé chez le coiffeur au cas où on viendrait l'interviewer. Elle se voit déjà monter au créneau pour défendre sa fille. En beauté ! »

Les larmes de tendresse deviennent larmes de rire. Là-bas, il n'en revient pas, le gendarmeau. Encore moins lorsque mon père, après avoir consulté sa montre, dégage avant d'être rappelé à l'ordre : un homme de parole.

J'avais fait une grande toilette dans le tout petit cabinet et, comble du luxe, revêtu des vêtements propres et bien repassés. J'essayais de lire le roman que maman avait joint à son envoi lorsqu'une voix masculine, cette fois inconnue de moi, a exigé de parler au chef. C'était au sujet de la *Sonate*, c'était urgent.

La porte n'était qu'entrouverte et, même en me tordant le cou, je ne pouvais rien voir. Était-il arrivé quelque chose à mon bateau ? Le silence est retombé. J'ai refermé mon livre.

« Madame Delaunay ? Pouvez-vous me suivre ? »

Dans le bureau du brigadier se trouvaient Noël et son père.

J'imaginais « l'ingénieur » sec, sévère, portant des lunettes. Il était grand, large, hâlé, il avait l'air d'un marin, catégorie officier. Ses yeux verts, de la même teinte que ceux de son fils, me regardaient avec stupéfaction.

Je suis plutôt petite. Avec ma jupe fleurie et mon corsage à col Claudine, je ne devais pas ressembler à l'idée qu'il se faisait d'un patron pêcheur. J'avais quand même mes bottes, maman ayant oublié les talons aiguilles.

Debout près de la fenêtre, Noël me tournait le dos.

« Asseyez-vous, a ordonné le chef de brigade d'un ton sévère, et j'ai seulement remarqué que le fusil était de retour sur le bureau. M. Morvan, ici présent, est venu nous dire que cette arme lui appartenait. »

Le gendarme a brandi un papier :

« Voici le récépissé de la déclaration faite par lui à la police en tant que propriétaire. »

Inutile de nier. Au fond, je me suis sentie soulagée : ce fusil, je commençais à en avoir une indigestion.

« Nous attendons votre explication. »

Yann Morvan était resté debout, continuant à me dévisager du même air à la fois perplexe et courroucé. C'est au gendarme que je me suis adressée.

« C'est très simple. Puisque c'est moi qui tenais l'arme quand le coup est parti, j'ai jugé inutile de mêler mon matelot à l'affaire.

L'œil vers l'extérieur, le matelot a rentré un peu plus le cou dans les épaules. Je savais ce qu'il ressentait : le remords de me voir là à cause de lui et de son maudit fusil, la honte de s'être montré lâche en me laissant tout endosser.

« Une déposition mensongère, madame Delaunay, vous vous doutez bien que c'est grave, m'a fait remarquer le brigadier.

— Je craignais que ce ne le soit encore davantage pour Noël que pour moi ! »

Les sourcils de Yann Morvan se sont levés.

« Mais ce n'est pas tout ! » s'est-il exclamé, et il y avait de l'incrédulité dans sa voix.

Le brigadier s'est tourné vers lui.

« Quoi d'autre ?

— Madame a omis de signaler que le coup était parti alors qu'elle tentait de reprendre le fusil à mon fils. Celui-ci reconnaît qu'il n'avait aucunement l'intention de le lui rendre.

— C'est arrivé trop vite pour que je me pose la question de ses intentions, ai-je dit. Et celles du *Lazarillo* étaient claires. Ils s'apprêtaient à passer en force.

— Mais enfin, ne voyez-vous pas que cela change tout ? s'est énervé le brigadier. Il est évident que vous ne connaissez rien aux armes, cela explique l'accident.

— C'était en effet la première fois que j'avais un fusil dans les mains, ai-je reconnu. Même à la fête foraine, ça ne m'a jamais tentée. Je préfère regarder le paysage du haut de la grande roue. »

Quel besoin avais-je de crâner alors que l'angoisse dévastait mon cœur ? Qui cherchais-je à impressionner ?

« Savez-vous ce que vous risquiez si Noël n'avait pas avoué ? a demandé Yann Morvan d'une voix irritée.

— Je n'aime pas ce mot, "avouer", ai-je rétorqué. Je n'ai pensé qu'à protéger votre fils. Il me semblait être la seule personne à me soucier de lui. »

Une lueur de colère a brillé dans les yeux de mon interlocuteur.

« Il a un père, madame !

— Jusqu'à aujourd'hui, je ne m'en étais pas rendu compte. »

Le brigadier a frappé du poing sur le bureau.

« Assez de temps perdu en chicaneries ! Madame Delaunay, je suppose que vous accepterez de modifier votre déposition ?

— Avec joie si cela ne risque pas de nuire à Noël. »

Le militaire s'est levé.

« Merci, messieurs, vous pouvez disposer. »

Noël s'est dirigé vers la porte, marchant en crabe pour éviter mon regard. Je n'avais pas entendu le son de sa voix. Comment le laisser repartir avec ce poids ? J'ai attrapé son bras.

« Écoute un peu, l'Indien. À notre prochaine sortie, on se le paye, ce troisième trait de chalut. D'accord ? »

Il est sorti sans daigner répondre. Le père, lui, est venu se planter en face de moi et m'a tendu la main. J'y ai mis la mienne. Il l'a retenue.

« Pourquoi "l'Indien" ? a-t-il demandé.

— Parce que votre fils est brave. Et fou, comme ceux qui pensent n'avoir que leur vie à perdre. »

Le regard de Yann Morvan m'a transpercée. Il semblait chercher à lire en moi quelque chose de caché, de secret, que peut-être j'ignorais moi-même. Je me suis sentie rougir.

« À bientôt, a-t-il dit en se décidant à lâcher ma main. Et merci, madame. »

Le substitut ressemblait à un joueur de tennis pressé. L'ingénieur avait le visage d'un homme de mer. Me Delmas, le père d'Alexandre, avait bien l'air de ce qu'il était : un avocat. Costume-cravate, lunettes, voix rassurante. Il m'a expliqué que la déposition de Noël était de première importance pour nous. Il disait « nous » et on se sentait un peu moins seul. Il chercherait à joindre le magistrat dès ce soir pour le mettre au courant de la nouvelle donne.

« Il ne vous écoutera pas, l'ai-je averti.

— Il le faudra bien ! »

J'ai demandé :

« Dites-moi la vérité. Est-ce que je risque de rester en prison ? »

Ma voix avait dérapé. À tout moment de la journée, cette question retentissait dans ma poitrine comme un coup de gong.

« J'espère bien que non ! a répondu l'avocat. En tout cas, nous serons fixés demain. Au-delà de deux jours, on n'a pas le droit de vous garder ici.

— Et si le substitut décide de nommer un juge d'instruction ?

— Alors, vous serez inculpée de coups et blessures involontaires et resterez un peu plus longtemps loin de votre bateau. »

Je n'ai pas répondu. Impossible d'imaginer un tel malheur : loin de ce qui était ma vie.

L'avocat a posé brièvement sa main sur mon épaule.

« Ne vous en faites pas trop quand même. Nous aurons peut-être une bonne nouvelle demain. Le blessé songerait à retirer sa plainte. »

L'espoir m'a transpercée.

« C'est possible, ça ?

— Ne vous a-t-il pas été possible de modifier votre déclaration ? a plaisanté l'avocat. Et je me suis laissé dire qu'ils n'avaient qu'une hâte, sur le *Lazarillo* : déguerpir après avoir payé la caution pour le contenu de leur cale. L'ambiance ne serait pas particulièrement chaleureuse au port. Le tout est que le marin se décide avant que le substitut ait tranché.

— Et si la plainte est retirée ?

— Alors, il faudrait être vraiment tordu pour poursuivre. »

Il y avait eu comme une gêne dans sa voix. Me cachait-il quelque chose ? J'ai demandé :

« Il est tordu, le substitut ?

— Voyez-vous, c'est son premier dossier. Il peut être tenté de faire du zèle. Et il semble que le contact n'ait pas été fameux entre vous.

— Il a été nul, monsieur ! Rien que du mépris de sa part. Au mieux, de l'indifférence. »

À nouveau, l'avocat a posé sa main sur mon épaule. Il souriait.

« Mais qui donc aurait l'idée saugrenue de vous mépriser, madame ? »

La nuit tombait sur ma prison. J'avais demandé qu'on laisse allumée l'ampoule jaune au plafond, mais c'était en moi qu'il aurait fallu faire la lumière.

Que m'arrivait-il ?

Quelques mots, un regard, et voilà que se réveillaient des émotions, des sensations oubliées. Celle d'être une femme, de plaire, d'intriguer. Alors que, la veille, j'étais sur le point d'abandonner, voici qu'en bouffées douloureuses, lumineuses, m'envahissaient un sentiment de vie, un désir renouvelé de me battre.

Incroyable !

Mais, il m'avait bien eue, l'ingénieur ! Vous imaginez un pauvre type plaqué par sa femme, étriqué de cœur et de corps, et vous vous retrouvez face à un homme baraqué, au visage de marin, un homme dans la force de l'âge, dans la faiblesse de l'âge, tout empêtré d'amour maladroit pour son fils, mais décidé à faire face, ne transigeant pas avec la vérité. Fier. Séduisant.

« À bientôt. Merci… »

Fallait-il que je sois déboussolée pour m'être laissé attraper ainsi !

Mais comme sa main, refusant de lâcher la mienne, était chaude !

J'ignore quelle heure il était lorsque le cri sourd d'une corne de brume a percé la nuit. Instinctivement, je me suis tournée vers le port, derrière ce mur, tout droit, attendant un autre appel, m'interrogeant. Un bateau en difficulté ? Un qui avait croché ? Ou qui s'était laissé avoir par ces maudits cargos lancés à toute vitesse et qui ne s'en aperçoivent même pas lorsqu'ils laissent une trace, parfois mortelle, sur la coque d'un chalutier en pêche ? Mais on ne l'aurait pas si bien entendu. Et il n'y avait de brume que dans mon cœur.

Un autre appel a retenti, différent, puis un autre, et un autre encore, et tout le port, et tous les bateaux. J'étais debout, je tremblais toute.

Deux gendarmes sont apparus. Pour cacher l'émotion, l'un d'eux a lancé :

« Dites donc, ils vous offrent un sacré concert, vos amis ! »

Au concert, je n'y suis pas allée souvent, mais j'ai beaucoup écouté de musique. Moins depuis que mon pêcheur n'est plus là pour m'en réclamer, comme une preuve d'amour en plus. Cette fantastique symphonie marine dédiée à ma personne, j'ignorais qu'elle n'était que le prélude à un grand opéra.

* * *

Il paraît que les premiers sont arrivés avant que le soleil se lève. Le pêcheur a l'habitude de démarrer tôt, c'est traîner au lit qui lui coûte. Le rendez-vous était sur le port et tout a commencé aux comptoirs des cafés.

Azur en haut, turquoise en bas et tendre brise, les touristes aussi étaient là, espérant voir partir les chalutiers. Ils en ont été pour leurs frais : ce jour-là, la plupart sont restés à quai.

Le cortège s'est mis en marche à neuf heures. De nombreuses femmes avaient rejoint leurs hommes après avoir déposé les enfants à l'école. Elles avaient apporté un casse-croûte ; les pessimistes prévoyaient que cela pourrait durer la journée. Sans banderoles ni slogans, les manifestants se sont dirigés vers la gendarmerie.

Comme il me l'avait promis la veille, Me Delmas avait joint le substitut du procureur pour lui communiquer le nouvel élément : la déposition de Noël. Plus tard, lorsqu'on en serait à se raconter encore et encore tous les détails de l'aventure, j'apprendrais que le magistrat s'était exclamé : « En plus, elle a menti ! Décidément, on ne peut pas faire confiance à cette femme. » Me Delmas n'avait rien pu obtenir de lui, sinon qu'il prenait bonne note de l'information.

J'étais toujours dans ma cage, j'avais bu un café et mangé des tartines. À l'électricité dans l'air, au regard différent des gendarmes qui venaient me demander des nouvelles, je sentais bien qu'il se passait quelque chose, mais, de là où je me trouvais, on ne pouvait entendre le bruit d'une manifestation.

« On dirait qu'il y a du monde pour vous ! » m'a appris le brigadier.

Mi-figue, mi-raisin ! Il devait craindre des débordements en cas de mauvaises nouvelles.

Le pêcheur, c'est patience et espoir : le lot de ses journées. Et, quand il ne peut plus partir en mer, il s'assoit devant et continue à attendre, le regard sur sa ligne ou sur l'horizon. Ils se sont casés comme ils pouvaient, ils se sont partagé de la baguette et du tabac, un journaliste est arrivé, puis un autre, il y en a eu bientôt autant que de goélands attendant la remontée du filet.

Il paraît qu'à Brest, averti de la manifestation, le substitut du procureur a déclaré qu'il ne se laisserait imposer sa décision par personne.

Un peu avant midi, un coup de téléphone a mis la gendarmerie en ébullition. Jesus Gomera avait décidé de retirer sa plainte, devait-il venir ? On lui a recommandé de ne pas bouger et deux gendarmes sont partis en estafette pour dresser le procès-verbal. Le brigadier a essayé de joindre le substitut ; celui-ci n'était pas au tribunal. Un message a été laissé.

Comment les manifestants ont-ils appris la bonne nouvelle ? La descente des gendarmes sur le *Lazarillo* ? Il suffit parfois d'un sourire, d'un signe de tête. Elle s'est répandue comme une traînée de poudre jusque devant la gendarmerie où elle a explosé en un grand cri de joie, des applaudissements et quelques « On a gagné ! ».

On n'avait pas encore gagné. Je tremblais à l'idée que le substitut ne prenne sa décision avant de connaître le retrait de la plainte.

J'étais à présent dans un petit bureau à l'arrière de la gendarmerie. Me sortir de la chambre de garde à vue n'était pas très réglementaire, mais ils ont dit que de toute façon, depuis que j'avais mis le pied dans les lieux, le règlement en prenait un coup. La fenêtre du bureau donnait sur une courette et sur les logements des militaires et de leurs familles. Quelques femmes m'ont fait signe, l'une a esquissé le V de la victoire, certainement pas réglementaire non plus ! Je ne pouvais voir mes amis, mais je percevais la rumeur, avec des vagues parfois plus fortes, des moments d'accalmie et même du ressac qui venait se briser contre les murs. À entendre certains rires haut perchés, on aurait cru des mouettes.

Il paraît qu'à midi, aux informations télévisées, on a montré la manifestation. On voyait tous ces pêcheurs plutôt tranquilles qui cassaient la croûte autour de la gendarmerie. L'étonnant était qu'ils ne parlaient ni de quotas, ni de plan de pêche, ni même des bureaucrates de Bruxelles, tout ce qu'on a l'habitude d'entendre quand la mer se met en colère. Aux micros qu'on leur tendait, ils disaient simplement : « Libérez Marie. »

Le procureur de la République, au tribunal de Brest, a été averti.

« Mais qui est donc cette Marie ? » a-t-il demandé.

Plus tard, on raconterait au Poisson Bleu que mon prénom était remonté jusqu'à Paris. Mais ce sont là broderies auxquelles se livrent volontiers les imaginations enfiévrées : chacun a besoin, un jour ou l'autre, de se sentir un héros. À travers l'un des siens, Kersaingilles débarquait sur la moquette du ministère de la Mer.

Une certitude : le procureur a appelé le substitut pour savoir où il en était. Celui-ci venait d'apprendre le retrait de la plainte. Ils en ont tous deux tiré les conclusions.

Mon brigadier entre dans la pièce avec un grand sourire. Il me semble que ses joues sont plus colorées. Je me lève, le cœur battant. Il annonce :

« Vous êtes libre, madame. »

Je reçois ce mot comme un paquet de mer et vacille entre soulagement et angoisse. Pour la première fois, je touche ma liberté et m'y noie un peu. Puis je vois mes enfants et c'est le soulagement qui l'emporte.

« Monsieur le brigadier, est-ce que la *Sonate* est libre aussi ? »

Derrière la porte restée ouverte, il y a du rire de gendarme.

« Je croyais que, pour vous, l'une n'allait pas sans l'autre !

— Alors, est-ce que je peux me changer ? »

J'ai remis ma tenue de pêche dans un petit cabinet de toilette minable dont je me souviendrai toujours comme d'une oasis, puis j'ai fait mes adieux. Nombreux sont ceux qui n'aiment pas l'uniforme, moi, celui-là, il me plaît bien. Je ne savais comment le leur faire comprendre, alors j'ai embrassé le brigadier pour tout le monde.

« Souhaitez-vous que quelqu'un vous accompagne ? a-t-il demandé d'une voix enrouée.

— Certainement pas ! »

Il a semblé soulagé.

« Ils ne savent rien encore, attention à vous », s'est-il contenté de m'avertir.

Et, pour la première fois depuis le début de mon séjour, j'ai ri de bon cœur : croyait-il que mes amis me faisaient peur ?

Lorsque je suis apparue à la porte de la gendarmerie, ceux qui étaient assis se sont levés, les bavards et les grandes gueules se sont tus et un cri immense est monté. Il avait vraiment fait le nécessaire, mon Capitaine, mon André. Il y en avait partout, une vraie marée. Je ne méritais pas ça. Et puis j'ai compris que ce n'était pas moi qu'ils ovationnaient. Ma victoire était la leur et ma liberté retrouvée, leur fierté.

Mes deux familles occupaient les premiers rangs. Celle du sol : mes parents, ma fille, Benoît. Celle de la mer parmi laquelle André, Jean-Yves, Marguerite, rouge comme devant son fourneau. Il y avait aussi un Indien et son père. J'ai cru reconnaître un avocat. Bref, tout le monde était là, sauf Quentin que j'ai cherché en vain.

Les journalistes se sont précipités. Maman les avait devancés : elle sortait vraiment trop de chez le coiffeur ! Elle m'a embrassée pour les caméras, mais ses larmes n'étaient pas du toc, je les ai senties sur mes joues.

On me tendait des micros, on me bombardait de questions :

« Alors, Marie, ça fait quoi d'être libre ? C'est comment d'avoir gagné ? Avez-vous été correctement traitée ? »

Je répondais comme je pouvais, avec des « bien », des « très bien » et des « merci ».

« Et maintenant, vous allez faire la fête ? » a demandé un journaliste.

J'ai consulté le soleil. Si j'attendais trop, je n'aurais plus assez d'eau pour sortir du port. J'ai répondu :

« Je vais d'abord rapatrier mon bateau. »

Sur le *Lazarillo*, plus grand que les autres, les Espagnols étaient sortis pour voir : des marins aux yeux sombres, aux mains rudes, qui aimaient la mer tout comme nous et travaillaient encore plus dur, pour encore moins. Je ne leur ai pas fait signe, ils y auraient vu une provocation. Quoi qu'il en soit, ceux-là, on en était débarrassés. Et on avait gagné : ça se saurait chez eux qu'il ne faisait pas bon venir pirater dans nos zones. Il ne nous resterait plus qu'à le faire comprendre aux Anglais, aux Russes, aux Argentins, j'en passe.

Abel attendait sur la *Sonate*. Tout juste s'il ne m'a pas reproché d'être en retard. Sitôt qu'il m'a vue, il a mis le moteur en route. J'ai encore embrassé des joues, j'ai encore dit merci. C'est quand Annaïs m'a suivie, sautant comme un chat de pont en pont pour atterrir sur le nôtre, que je me suis fait une promesse.

Deux jours de garde à vue et on voit les choses autrement.

Les caméras ont suivi la manœuvre. Jamais la *Sonate* n'avait autant été à l'honneur, même le jour glorieux de son baptême. J'éprouvais un peu de remords : n'avais-je pas quitté trop vite ceux qui m'attendaient depuis si longtemps ? Ne les avais-je pas privés de leur fête ? Mais il n'est pas encore en mon pouvoir de changer l'heure de la marée, et la fête, on la ferait à Kersaingilles, une fois mon bateau à quai.

Il n'y avait pas de mer, comme on dit, aucun vent pour l'agacer, une nappe vermeille sous laquelle j'entendais retentir des accords à moi seule destinés. Bien sûr, tout ça faisait un peu conte de fées. Sinon que, dans les contes, ça ne sent pas le gasoil et que l'héroïne repart toujours avec son prince charmant.

⋆ ⋆ ⋆

Est-ce pour convaincre le fils de repartir en pêche avec moi, ou pour revoir le père, que j'ai frappé à la porte des Morvan après avoir attendu plusieurs jours en vain mon matelot ?

« Laisse-lui donc le temps », conseillait Abel.

Je ne l'avais pas, le temps.

Il était sept heures ce soir-là. Après avoir livré Trèfrais, j'étais passée à la maison faire un peu de toilette. Il m'a fallu un moment pour trouver la demeure de celui qu'en moi je continuais à appeler « l'ingénieur », mais plus avec colère. Avec ce qui me restait d'humour.

Sur une hauteur, à mi-chemin entre notre village et Le Guilvinec, elle regardait vers le large. Murs blancs capitonnés d'hortensias délavés, volets bleus et chapeau d'ardoise, c'était une bonne vieille paysanne de chez nous. Je l'avais imaginée rafistolée au goût du jour : là aussi je me trompais.

Yann Morvan m'a ouvert. Il portait un pantalon de gros velours, un pull épais. Ses abondants cheveux poivre et sel encadraient un visage encore jeune bien que marqué de rides très nettes, comme des coups de canif. Me voyant, il s'est figé. Aurais-je dû avertir de ma visite ? Soudain, la timidité me paralysait.

« Je voudrais voir Noël. Il est là ? »

Il a incliné la tête.

« Entrez. Il fait froid. »

Le vent s'était levé brusquement après midi. La mer était devenue mauvaise et on avait été soulagés de revoir le port. Cette pièce où me poussait Yann Morvan en était un. Faite pour l'escale, le bien-être, éclairée aux quatre coins, meublée avec raffinement. Seule une femme avait pu choisir ces abat-jour aux teintes délicates, ces fins voilages. Une femme de goût. Il y avait aussi de nombreuses toiles aux murs.

« Asseyez-vous, je vais chercher Noël.

— Attendez ! »

Mon hôte s'est immobilisé. J'ai demandé :

« On ne pourrait pas parler un peu de lui avant ?

— À quoi cela servirait-il puisque je ne m'intéresse pas à mon fils ? » a ironisé Yann Morvan.

M'efforçant de sourire, j'ai repris les paroles du brigadier, l'autre jour.

« Assez de temps perdu en chicaneries… »

Il a souri. C'était la première fois.

« Alors, le verre de la paix ? a-t-il proposé en désignant la table basse sur laquelle des bouteilles étaient alignées.

— Volontiers. Mais pour moi sans alcool, s'il vous plaît. »

Ma bouche était sèche. Le vent, l'attente. Quelle attente ? Yann a disparu. J'ai entendu ouvrir puis refermer la porte d'un réfrigérateur. Comment se nourrissaient un homme seul et un adolescent nécessairement affamé ? Qui faisait les courses ? Qui cuisinait ? C'étaient bien des questions de femme.

« Un jus de pamplemousse, cela vous ira ? »

Lui s'est servi un whisky. Je m'étais assise dans un coin de canapé, contre des coussins brodés maison. Il s'est installé dans un fauteuil en face de moi.

« Que se passe-t-il avec Noël ? ai-je demandé. Voilà plus d'une semaine que je l'attends. J'ai appelé plusieurs fois ici, mais, en reconnaissant ma voix, il raccroche. »

Le visage de Yann s'est assombri.

« Je suppose que c'est la honte. Il s'accuse de votre séjour en prison. Il craint d'avoir perdu votre estime. Depuis votre... libération, il n'a pas quitté la maison.

— Mais ça ne va pas, ça ! On ne peut pas le laisser ainsi. Il doit être horriblement malheureux.

— Les choses ne sont pas si simples », a répondu Yann Morvan.

Il s'est levé. Il est allé à la fenêtre.

« Voilà qu'il pleut ! » a-t-il remarqué.

Il a laissé tomber le rideau et il est revenu vers moi. Il y avait dans ses mouvements comme une impatience, une force contenue à grand-peine. Si belle soit-elle, ou plutôt si jolie, il m'a semblé que cette pièce ne lui convenait pas : il y étouffait.

« La mère de Noël est partie il y a dix-huit mois avec quelqu'un de mieux assorti à ses goûts que son mari, a-t-il dit. Noël me rend responsable de ce départ. Sans doute n'a-t-il pas complètement tort. »

Il a enveloppé le salon d'un geste circulaire :

« Quoi qu'il en soit, je n'ai plus le droit de toucher à rien ici. Vous voyez cette bûche dans la cheminée ? Vous voyez la poussière qui la recouvre ? Elle est là depuis le départ d'Anne. On ne refera de feu que lorsqu'elle reviendra. »

Ma gorge s'est nouée.

« Noël pense que sa mère reviendra ?

— Il essaie de s'en persuader. »

J'ai eu envie de demander : « Et vous ? »

Yann attendait-il, lui aussi, le retour d'Anne ?

« Lorsqu'elle nous a faussé compagnie, il venait de décrocher son bac, a-t-il poursuivi. Avec mention. Il a abandonné tous ses projets. Il a été mêlé à une histoire d'ecstasy, vous connaissez cette saleté ? Je ne savais plus que faire de lui. Il se laissait complètement aller. »

Il a repris place en face de moi. Voilà qu'il me regardait comme l'autre jour à la gendarmerie, comme nul ne m'avait plus regardée depuis Pierre. Avec intensité, avec curiosité. J'allais dire – était-ce possible ? – avec faim.

« Et puis une femme patron pêcheur l'a pris sur son bateau. Le jour où il a retrouvé son rasoir, j'ai senti que le vent tournait. Dans le bon sens. Et à la fois j'ai été soulagé et j'en ai voulu à cette femme. Noël était brillantissime en classe. Sa mention au bac était “très bien”.

— Si vous m'en vouliez, pourquoi m'avez-vous dit merci l'autre jour ?

— Parce que sans vous, à l'heure actuelle, ce petit con serait en prison. Il aurait tiré, il me l'a dit ! Coups et blessures volontaires et la préméditation en prime. »

Un rire a éclaté à la porte. Noël était sur le seuil. Le regard qu'il braquait sur son père, je le connaissais par cœur. Quentin en usait et abusait avec moi depuis qu'il avait appris pour Pierre : coups et blessures volontaires. Sans doute ces garçons s'accusaient-ils de n'avoir pas été assez aimables, c'est-à-dire dignes d'être aimés, pour garder l'amour à la maison.

J'ai lu tout cela et je suis allée vers Noël, comme je ne pouvais me permettre d'aller vers Quentin, le cœur, les bras ouverts. Il ne m'a pas laissé le temps de parler. Il a désigné un gros sac derrière lui.

« Le petit con brillantissime vous suit. »

★ ★ ★

La procession chemine lentement, mi-prière, mi-causette, la chaleur pour pénitence. Même la mer brûle, rafraîchie çà et là par le cône d'une voile blanche. Il est onze heures et, en ce dernier dimanche de juillet, jour du Pardon, fidèles et infidèles montent vers la grotte de Notre-Dame de la Lumière et sa source miraculeuse.

En surplis, étole autour du cou, le recteur mène la marche. Tout de suite derrière, en rangs serrés, les Kersaingillais, davantage de pécheresses que de pécheurs. Mais mon Abel est là, et aussi le Capitaine, flanqué de Colette, son épouse. Et Jean-Yves, le patron sauveteur, arborant une casquette neuve.

Viennent ensuite les résidents secondaires, ceux dont on connaît les maisons et les enfants, qui se fournissent au village et à nos étals et, à défaut de racines bigoudens, peuvent se prévaloir de quelques radicelles. Enfin, en queue de cortège, les touristes : français ou étrangers, que l'on repère à l'appareil photo qui tressaute sur leur estomac. Ceux-là pensent davantage à attraper le « bon angle » qu'à regarder du côté de leur âme.

C'est les grandes vacances.

Le chemin est à peine tracé. On se faufile entre des coulées d'ajoncs et de ronces, dans un grésillement d'insectes qui semble sourdre de la carcasse d'une terre chauffée à blanc par l'été. Gare aux jambes nues ! Ceux d'ici ont pris leurs précautions : jupes longues et pantalons. Les autres en seront pour leur douleur, celle-là, par exemple, qui arbore un mini-short et, en haut, un soutien-gorge qui offre plutôt qu'il ne protège. Encore une chance qu'elle l'ait gardé.

« Jour de pardon, mais aussi de merci », dit Benoît.

Mon premier merci sera pour Annaïs : elle a été reçue à son bac. Sans mention, mais on s'en passera.

La prison, ça donne à réfléchir : je lui ai rendu Thibaut.

Lorsque j'ai appelé celui-ci pour l'autoriser à voir ma fille tant qu'il voudrait, ce qui voulait dire à l'aimer, il était si ému qu'il ne pouvait plus parler. Mais, dès le lendemain, Annaïs chantait. Il n'a pas perdu de temps ! Il lui donne, paraît-il, des leçons de conduite sur la vieille deux-chevaux de la Roseraie et maman a révisé son jugement : le locataire est un garçon bien. Si elle savait !

Notre-Dame de la Lumière, faites que les yeux d'Annaïs ne s'ouvrent jamais sur ce qui s'est passé entre Thibaut et moi. Pour elle, surtout pas de

« vérité, toute la vérité ou rien ». N'en déplaise à M. le recteur.

Mes parents ont assisté à la messe mais n'ont pas suivi les pèlerins. Pour la première fois, Quentin a refusé de m'accompagner. Lorsqu'il était petit, Pierre le prenait sur ses épaules pour finir le trajet. Annaïs, elle, tenait à y arriver « toute seule ». Déjà ! Depuis ma sortie de cellule, Quentin me fuit. Il sait que j'y suis allée pour protéger Noël. J'ai tenté de m'en expliquer avec lui ; il n'a pas voulu m'entendre. Il passe ses journées à son club de plongée : « Le mieux qui puisse lui arriver », affirme sa sœur.

Nous approchons. On distingue la grotte, là-haut. Autrefois, les affligés de la vue venaient de loin pour bassiner leurs yeux avec l'eau de la source. Si celle-ci était à sec, ils se contentaient de promener leurs doigts sur la paroi de pierre humide avant d'en frotter leurs paupières. De toute façon, c'est la foi qui compte. À en croire les anciens, nombreux sont repartis guéris.

« Il faut aussi demander la lumière intérieure », dit Benoît.

Notre-Dame de la Lumière, éclairez mon cœur : Yann Morvan y a pris toute la place.

En queue de procession, dans un groupe de jeunes, je viens de découvrir Madeleine Labbé, plus jolie que jamais dans une robe longue et moulante. Marguerite l'a aidée à trouver un emploi à plein temps dans une résidence secondaire. Aux dernières nouvelles, Loïk se tient tranquille.

Un terre-plein a été dégagé devant la grotte. Les femmes avancent les premières pour déposer leurs bouquets aux pieds de la Vierge, puis elles font place aux petits que Benoît souhaite avoir près de lui. Ils se tortillent, intimidés. Maximou sera-t-il un jour de la fête ? Benoît l'a pris sous sa protection. Depuis sa « confession » à Quentin, je ne vois plus mon beau-frère de la même façon. Je le vois plus grand. On plaint les curés d'être privés de femmes. On pense moins qu'ils ont également renoncé à avoir des enfants. À observer Benoît avec les miens et avec Maximou, je réalise mieux le sacrifice que cela a été pour lui.

Chants et prières. Pardons et mercis. Le tout cisaillé de flashs d'appareils photo, du ronronnement de caméras. Benoît a déjà tourné plusieurs fois vers les touristes des regards pleins d'éclairs. Le Capitaine m'adresse un clin d'œil : la foudre divine ne saurait tarder à tomber.

Elle tombe.

Après un large signe de croix, le recteur fait face aux impies. La jeune femme en short est montée sur un bout de rocher pour mieux voir, les autres ont l'œil rivé à l'objectif. Benoît désigne le maigre filet d'eau de source.

« Vous avez Évian, tonne-t-il. Vous avez Vichy, vous avez les thalassos et les bains de boue, cette eau-là est trop chère pour vous. Elle coûte une prière et un peu de silence. »

La touriste a sauté de son perchoir. Elle ne sait plus que faire de ses seins. Les appareils sont retombés sur les estomacs. Derrière leurs airs pieux, les pardonneurs cachent une secrète jubilation. Chaque année, c'est la même chose ! Et parfois, cela explose aussi à l'église. Mais là, ce n'est pas à Vichy, c'est dans les ors de Saint-Pierre de Rome que Benoît expédie les chasseurs d'images.

Le défilé commence. Ceux qui ont quelque chose de personnel à demander et pas trop d'amour-propre vont maintenant se succéder dans la grotte pour baiser les pieds de la Vierge. Les vieilles se précipitent, tout de noir vêtues. Certaines, cela doit faire leur quatre-vingtième pèlerinage.

« Et elles en veulent encore... », soupire Jean-Yves à mon oreille.

Quand Marguerite se présente, on devine que c'est pour son Jean-Louis qu'elle réclame. La surprise nous viendra d'Abel. Son tour venu, au lieu de s'incliner et de passer son chemin comme la plupart des hommes, voilà qu'il retire ses lunettes, les confie à Louise, va droit à la source, bassine abondamment ses paupières avant de poser le front sur les pieds de Notre-Dame de la Lumière et de l'y laisser un long moment.

Les yeux d'Abel.

Le remords me pince le cœur. Depuis le temps que je m'interroge sur sa vue... Dois-je le croire lorsqu'il affirme qu'il a passé la visite médicale et que tout est O.K. ? Qu'attend-il pour me montrer les papiers ? Demain, tu n'y couperas pas, bosco. On mettra tout cela au clair, promis !

Benoît me fait signe. Veut-il que j'y passe moi aussi ? Je le sais bien, que j'en aurais des pardons à exprimer pour l'année écoulée, quelques mercis également. Seulement, je ne suis plus si sûre de croire à tout ça. Pour faire plaisir au beau-frère, je viens m'agenouiller aux pieds de Notre-Dame et, comme on ne perd rien à essayer, en effleurant de mes lèvres les pieds aux couleurs fanées, je fais un vœu en douce. Mais sans rien promettre en échange. On a vu ce que ça donnait pour Maximou.

« Tu vois, chuchote Benoît à mon oreille tandis que je me relève. L'important, c'est pas tellement que tu croies en Dieu, c'est que Lui, Il croie en toi. »

⋆ ⋆ ⋆

Il était au bord du quai et regardait vers le Poisson Bleu. Si je ne l'avais pas attendu, ou plutôt espéré, secrètement espéré, sans doute ne l'aurais-je pas remarqué car il y avait foule. Bien des touristes préfèrent notre petite fête locale, plus colorée et spontanée, jugent-ils, à celles de villes plus importantes.

Quelques coiffes bigoudens, quelques chapeaux ronds et gilets de velours avaient été sortis des armoires pour l'occasion. On avait dansé le *jabadao*, sorte de sabbat, autrefois interdit par le clergé, et écouté le son criard des binious. Le cidre coulait à flots. Le Capitaine, Jean-Yves, les familles, tous les amis étaient présents et ceux qui s'étaient mouillé la chemise sur le chemin de la grotte se sentaient plus en droit de s'amuser que les autres. Marguerite avait amené son Jean-Louis. Depuis le naufrage de la *Joyeuse*, elle évitait de le sortir, surtout du côté du port, mais il était plus calme ces derniers temps et elle avait tenté le coup en doublant la dose de calmants. Jusque-là, il s'était tenu tranquille.

Et voilà que, au moment où je découvre Yann Morvan sur le quai et me demande comment le rejoindre sans trop me faire remarquer, Jean-Louis pousse un cri à vous glacer les sangs, il envoie valser les bocks d'un revers de bras, se lève et galope vers les bateaux, poursuivi par toute la tablée.

J'en ai profité pour m'éclipser.

« Que se passe-t-il ? a demandé Yann.

— Rien, ai-je répondu. Enfin, rien que de l'ordinaire : de la misère de marin. Je vous raconterai. »

Son œil a quitté le groupe qui encerclait Jean-Louis.

« Est-ce que je peux vous enlever ? Il y a quelque chose que j'aimerais vous montrer. »

Vous exprimez un vœu aux pieds d'une Vierge de plâtre, usés par les lèvres de tant de malheureux, de tant de Jean-Louis. Sans y croire vraiment, vous ne pouvez empêcher de sourdre, au fond de votre cœur, un filet d'espoir comme l'eau de la source miraculeuse. Et, quelques heures plus tard, votre vœu se trouve exaucé.

Yann Morvan était venu pour moi.

Et les cris de désespoir du pauvre Jean-Louis, la prière, elle, inexaucée de Marguerite ce matin dans la grotte ne pouvaient empêcher ce déferlement dans ma poitrine, de bonheur ou de désir de vivre, je ne sais pas, comme je n'en avais éprouvé depuis… combien de temps ? Osons le dire : depuis Pierre.

J'ai suivi « l'ingénieur » jusqu'au bout du quai. Je continuais à l'appeler ainsi en moi pour le plaisir. Dire que je l'avais imaginé sec de cœur et de corps ! Il peut être agréable de se souvenir du temps où l'on faisait fausse route.

Il a désigné un bateau au ponton visiteurs.

« Le mien, c'est celui-là ! » a-t-il annoncé fièrement.

À la fois élancé et ventru, coque blanche, ligne de flottaison rouge, dominé par une passerelle en bois verni, c'était un très vieux bateau à moteur. Rien à voir avec les baignoires en plastique, munies de volants, qui font rage aujourd'hui. Il portait bien son nom : l'*Honoré*.

« Là, je ne comprends plus ! me suis-je exclamée.

— Qu'est-ce que vous ne comprenez plus ?

— Noël ne m'avait jamais parlé de cette merveille !

— Pourtant, il en est fou, a répondu Yann. Ne plus vouloir y mettre le pied fait partie de la punition qu'il m'inflige. Comme de me laisser seul à la maison, face à une bûche poussiéreuse, avec interdiction de la faire flamber. »

Noël continuait à passer la plupart de ses nuits sur la *Sonate*. J'avais essayé de lui parler de son père, mais il refusait de m'entendre. Renoncer à accuser celui-ci du départ de sa mère l'aurait-il conduit à s'accuser, lui ?

« Comment va-t-il ? a demandé Yann d'une voix brouillée.

— Il retrouve son calme. Un peu de temps et, vous verrez, les choses s'arrangeront. »

Ce que je me répétais pour Quentin.

Yann a eu un soupir. Puis il s'est secoué et il a désigné son bateau.

« Prête à embarquer ? »

J'ai montré mon pantalon blanc, mon corsage léger.

« L'équipement laisse à désirer et la tête tourne. J'ai abusé du cidre.

— Pour l'équipement, on se débrouillera. Pour la boisson, tant qu'elle ne vous donne pas le mal de mer… »

Je me suis tournée du côté des Kervélec. Ils poussaient Jean-Louis dans la voiture familiale, ouverte des quatre portes, comme un piège.

« Le mal, pour l'instant, c'est plutôt à terre qu'il court.

— Alors, allons vite ! »

Il a mis le moteur en route, j'ai attendu son signe pour larguer les amarres. Il m'avait trouvé un caban. Nous nous sommes assis de part et d'autre de la barre à roue en bois de teck et nous avons quitté le quai en douceur.

C'était la plus belle heure, celle où d'habitude, moi, je rentrais, lasse de ma journée. Depuis quand n'avais-je pas navigué pour le plaisir seulement ? Le moteur de l'*Honoré* faisait un bruit léger, on entendait, par bouffées, la musique au Poisson bleu. Soudain, à l'idée que nous en avions pour encore trois heures de jour, trois heures d'une telle beauté, d'un tel miracle, la joie de vivre m'a inondée.

La passe franchie, Yann a laissé la côte à bâbord et accéléré. Il barrait comme s'il avait fait ça toute sa vie. Mis à part quelques canots qui allaient relever les casiers, il y avait surtout des bateaux de plaisance, certains en pêche. Et ceux-là, ils pouvaient prendre ce qu'ils voulaient, et même parfois le vendre au noir, on ne les arraisonnerait pas.

On se demandait d'ailleurs pourquoi !

« Si je peux faire quelque chose ? ai-je proposé. Je n'ai pas l'habitude de rester les bras ballants.

— Les patrons pêcheurs ont congé le dimanche, a décrété Yann. Surtout celui du Pardon.

— Et, de toute façon, ce n'est pas un métier de femme, n'est-ce pas ? » ai-je plaisanté, à contrecœur.

Il a relevé un sourcil.

« C'est Noël qui vous a dit ça ? Encore une façon de couler son père.

— N'est-ce pas ce que vous pensez ?

— Absolument ! »

J'avais beau le savoir, la réponse m'a déçue.

« Il me semble que je m'en tire pas mal !

— Je n'ai pas dit que vous en étiez incapable, je pense seulement que c'est trop dur pour vous. »

Certains soirs, j'en avais plein les jambes, les reins, la tête. Mais pour rien au monde je n'en aurais convenu.

« C'est dur également pour les hommes.

— Il se trouve que les hommes ont plus de résistance.

— Il se trouve que ma fille vous traiterait de macho.

— Dites-lui de ma part que je ne verrais aucun inconvénient à ce que sa mère soit... ministre de la Mer, par exemple. »

J'ai ri.

« Malheureusement, ni pour les ministères ni pour la pêche, je n'ai eu tellement le choix. »

J'ai été soulagée qu'il n'insiste pas. Aucune envie de parler de traites impayées, de trahison.

À environ deux milles de la côte, un chemin de bouées rouge et orange délimitait un territoire. Yann a ralenti.

« Nous arrivons. »

Au centre du territoire, il a arrêté le moteur et jeté l'ancre.

« Venez ! »

Je l'ai suivi dans la passerelle. Le matériel électronique était impressionnant. De là, nous avons pris l'échelle pour descendre dans une cabine spacieuse et confortable. Yann m'a fait signe de prendre place sur la banquette. Il a allumé un poste de télévision et engagé une cassette dans le magnétoscope. Il avait des airs mystérieux et ne pouvait s'empêcher de sourire. La tête me tournait. J'ai souhaité qu'il me prenne dans ses bras.

« Ce que vous allez admirer se trouve juste sous notre coque, a-t-il annoncé. Vous êtes chez moi. C'est mon champ. »

On aurait plutôt dit une forêt. Elle était faite d'algues brunes à longue tige qui ondulaient le long de filins. Des poissons la traversaient, tranquilles comme des seigneurs. J'ai reconnu un couple de mulets dorés.

« Avez-vous déjà goûté au *wakamé ?* » a demandé Yann.

Un peu honteuse, j'ai répondu que non : je n'étais pas très… algues.

« Il faudra vous y mettre, a-t-il décrété. Imaginez de délicieux et craquants haricots verts, bourrés de vitamines. Au Japon, c'est un produit de luxe. En France, on le snobe. Pour l'instant… Qui sait si, un jour, sa culture ne donnera pas du travail à vos amis pêcheurs ? Et, ne riez pas, mais exploité à grande échelle, il pourrait aider à résoudre le problème de la faim dans le monde. »

Je n'avais pas envie de rire. Il me semblait que c'eût été briser un rêve. Et tandis que la forêt continuait à dérouler ses couleurs devant nous, mon ingénieur m'expliquait que l'algue était partout. On en trouvait dans les revêtements des routes, sous la semelle de nos chaussures. Elle rendait plus imperméables les couches des bébés. On en mangeait déjà, sans le savoir, dans certains entremets.

La cassette s'est arrêtée, me laissant sous le charme.

« Qui a pris ce film ? ai-je demandé.

— C'est moi. J'ai beaucoup pratiqué la plongée. Cela m'arrive encore. Certains jours de cafard... »

Quentin n'aurait pas dit le contraire.

« Mon fils aussi pratique la plongée. Il appartient à un club. Ce que vous m'avez raconté l'aurait passionné. Tous les trésors de la mer l'intéressent.

— Ces trésors-là, il faut les entretenir, a dit Yann. Je descends plusieurs fois dans l'année. Toutes les bonnes volontés sont les bienvenues. »

Moi, Noël. Lui, Quentin ! J'ai éprouvé le besoin de respirer à fond. Avec Yann, sans cesse, il me fallait reprendre souffle, comme pour libérer ma poitrine d'un poids ancien, comme pour dire « enfin ». Nous sommes remontés sur le pont.

« D'où vous est venue cette idée de faire de l'algue alimentaire ? ai-je demandé alors que nous faisions demi-tour.

— Une vieille histoire. Je passais toutes mes vacances dans la ferme de mon grand-père, l'Honoré. Il était goémonier. À cette époque, l'algue servait encore à engraisser les champs. Lorsqu'il n'y avait rien d'autre à mettre dans l'assiette, la famille s'en nourrissait. Le bas du bas. Mon père en avait honte. Il s'était juré de réussir, lui ! À sa mort, il y a trois ans, il possédait plusieurs pharmacies à Bordeaux. Moi, j'ai dilapidé l'héritage pour ouvrir ici une entreprise pas tellement rentable.

— Et venger l'Honoré en mettant l'algue dans l'assiette de tous ? »

Yann a eu un rire.

« Probablement. Je l'admirais, vous savez ! Il m'a enseigné ce qu'est le courage. Ma grand-mère travaillait avec lui, des heures et des heures dans l'eau glacée, à arracher le goémon à la mer avec râteau ou faucille. Vous imaginez ? Elle s'appelait Katrina et elle était presque aussi belle que vous. Elle est morte plus tôt qu'à son tour avec un visage de sorcière.

— Ce n'était pas un métier de femme ? ai-je demandé à voix basse.

— Vous avez tout compris. »

Était-ce déjà la passe, là-bas ? Était-il déjà sept heures ? Des nuages roses se formaient dans le ciel, comme souvent le soir par ici. Enfant, Quentin les appelait de « la barbe à papa ».

« Il faudra vous y mettre », avait dit Yann. Promesse de se revoir ? Mais qu'est-ce qui me poussait si fortement vers cet homme ? Il aurait plu à ma mère, un comble ! Un comble aussi, voilà que me revenait une réflexion de Thibaut, mon amant loupé. « Nous avons tous, affirmait-il, plusieurs personnes en nous, ce sont les rencontres qui nous les révèlent. »

Lorsqu'il avait ajouté que certaines nous demeureraient à jamais inconnues, mon cœur s'était serré.

Au contact de Yann, une autre femme se réveillait en moi, quémandeuse d'attention, de douceur, moins sûre d'elle que la fonceuse qui avait aimé Pierre, que celui-ci avait aimée. Mais la femme de Pierre existait-elle encore ? N'avait-elle pas, en quelque sorte, été tuée par Madeleine ? On peut finir par comprendre, on peut même pardonner, mais jamais on n'oublie que, ne serait-ce qu'un instant, on n'a plus été l'unique pour quelqu'un.

« Est-ce que ça va, Marie ? » a demandé Yann.

J'ai murmuré :

« Finalement, j'aime bien les dimanches. »

Il a posé la main sur mon genou. Il m'est venu comme une lumière : le trait ! Ce trait qui s'était tiré dans ma vie au moment où j'empoignais le fusil de cet homme, face au *Lazarillo*, c'était entre avant et après lui.

En arrivant près de la passe, nous avons croisé deux voiliers. Leurs passagers nous ont fait signe. Yann leur a répondu.

« Des amis. Puis-je vous présenter à eux ? »

Et voilà qu'il se lève, met les mains en porte-voix, s'adresse aux ailes blanches qui disparaissent derrière les rochers, mais aussi au vent, et pourquoi pas à l'*Honoré* ?

« Voici Marie, crie-t-il. Voici une femme que j'ai très envie d'embrasser. Si elle n'est pas d'accord, qu'elle le fasse savoir tout de suite. »

Nos bouches se joignent. Plutôt qu'une prise de possession, c'est une reconnaissance de territoire. Je laisse mes lèvres closes pour retenir l'instant ineffable avant le premier vrai baiser, celui où vous vous sentez désignée, élue, instant de musique parfaite avant le bonheur ou la déception.

Puis tout se fracasse.

Dans le bruit d'un moteur lancé à pleine puissance, un chalutier fonce droit sur nous.

« Mais qu'est-ce qui lui prend, à celui-là ? » s'exclame Yann en changeant de cap.

Le chalutier fait de même. Mon cœur, ma tête explosent. Je suis debout, Yann aussi. Main sur la barre, il me regarde, il m'interroge. Je ne peux parler. La *Pastourelle* se rapproche, l'*Honoré* tangue, la mer vient gifler ses flancs. Loïk est sur le pont. Il rit. Et alors que son bateau passe au ras de notre coque, en un geste d'une abominable vulgarité, il lève le poing, médius tendu, réveillant le souvenir du désir brutal mêlé à la haine, me jetant tout l'« avant » au visage, fauchant l'amour en herbe.

« C'était qui ? » demande Yann, très pâle, les yeux sur le bouillonnant sillage blanc laissé derrière elle par la *Pastourelle*.

Il a vu le geste obscène, il voit mon désarroi, les larmes dans mes yeux. Je bredouille :

« Je ne peux rien vous dire…, pas maintenant. Un jour.

— Comme vous voudrez. »

La voix est sèche, le visage fermé. Yann m'a parlé avec confiance, abandon. Que lui ai-je offert en échange ? Rien. Son silence hostile me déchirera jusqu'au moment où il m'abandonnera sur le quai, où je m'enfuirai comme une voleuse, grelottante sans son caban.

On ne tire pas le trait. Vaille que vaille, on continue à vivre en traînant la défaite derrière soi, et je ne me sens plus de vaillance. À la barre de la *Pastourelle*, j'ai reconnu Quentin.

Troisième partie

Mer verte. Ni bonne ni mauvaise. Entre les deux.

Nous arrivons au bout du mois d'août et courent déjà des parfums d'automne. C'est chaque année la même chanson : l'Assomption donne le signal comme si la Vierge, en regagnant le ciel, emportait l'été dans les plis de sa robe. Çà et là, des résidences secondaires ont fermé leurs volets. Le sable des plages est moins fréquenté, le ciel en paraît plus grand. Le Poisson Bleu a rentré une partie de ses tables.

Bientôt, la vente sera moins bonne et Alain a commencé à chercher de l'embauche ailleurs. Pour quelques mois seulement ; il prendra sa retraite au printemps prochain. Ça ne l'emballe pas ; il s'était habitué à nous.

Aujourd'hui, c'est Abel, Noël et moi. Il est près de midi, le premier coup a bien rendu : merlu, lotte et sardine. L'hiver, la sardine est au large mais, dès que l'eau se réchauffe, elle arrive près des terres. Les clients l'apprécient pour le barbecue.

« Tout à l'heure, faudra que je te dise deux mots à propos de ton Quentin », a grommelé Abel avant d'aller aider Noël à filer le chalut pour le second trait.

Et il s'est vite sauvé, comme honteux de son audace. Faut-il que les « deux mots » soient de poids pour qu'il se mêle de mes affaires ! Je m'interroge sur leur contenu lorsqu'un hurlement retentit, qui me glace le sang, suivi par les cris désespérés de Noël, me suppliant de stopper la manœuvre. Ce que je fais, avant de courir à l'arrière.

Sur le sol, dans le poisson en attente de tri, Abel se tord de douleur.

« Il a pris sa jambe dans le treuil, j'ai réussi à le dégager de justesse », bredouille Noël, blanc comme un linge.

C'est la jambe droite. Du ciré déchiqueté coule un ruisseau de sang.

« Va me chercher la boîte, vite ! Celle avec la croix rouge. »

Noël file. Le cœur en débandade, je tombe à genoux près d'Abel. Un garrot ! Il faut faire un garrot tout de suite. Le premier geste que l'on enseigne aux apprentis sauveteurs : arrêter le sang qui pisse, la vie qui fuit. Abel gémit plus faiblement, il a perdu ses lunettes.

« Je m'occupe de toi, bosco, ça va aller. »

Fous de tout ce poisson dont nul ne s'occupe, les goélands attaquent le pont. Revoilà Noël avec la boîte. D'abord, des ciseaux pour couper la combinaison.

« Tiens-le ! »

Lorsque apparaissent les chairs broyées du mollet, Noël se retourne et vomit. Je noue le garrot au-dessus du genou. Abel crie. Le sang coule toujours. Si on ne l'arrête pas tout à fait, cela ne sert à rien. Il y a une sorte de tournevis dans la boîte. Prévu pour ? J'arrive à faire un tourniquet. Ça marche. Je note l'heure : midi vingt. Un garrot laissé posé plus d'une heure et le membre est foutu.

« Tu restes avec lui, Noël. Tu l'empêches de bouger, surtout. J'appelle le CROSS. »

Nous échangeons un regard. Je parviens à lui sourire.

D'abord, arrêter le bateau. Trois quarts arrière au vent. Il semble faiblir, ce vent : une chance dans notre malheur. Mes doigts tremblent en composant le 16 sur la VHF. Et si on ne me répondait pas ?

« Ici le CROSS. Parlez. »

Je donne nom et position. Ma voix se casse comme j'annonce que j'ai un blessé grave à bord. Très grave.

« Gardez votre calme, madame, je vous entends mal, dit fermement un homme habitué à des situations de panique. Je vous mets en communication avec le Centre de consultation médicale de Toulouse. Vous allez tout leur expliquer. Nous restons à l'écoute. »

Je ferme les yeux. Je me mords la lèvre. Tenir ! Pierre, où es-tu ?

« Ici, le docteur Roland, du Centre de consultation médicale. Que vous arrive-t-il, madame ? »

Je parle du treuil et décris le mollet broyé d'Abel. J'ai posé un garrot. Ça ne saigne plus.

« Vous avez fait ce qu'il fallait, dit la voix rassurante. Avez-vous des attelles à bord ?

— Je crains que non.

— Alors, essayez de trouver quelque chose pour immobiliser la jambe. Quel âge a le blessé ?

— Cinquante-trois ans, docteur. Il souffre. Il souffre énormément.

— Je m'en doute. Avez-vous des calmants à lui donner ?

— Je ne crois pas. Mais j'ai de l'alcool.

— Surtout pas ! s'exclame le médecin. Il devra être à jeun pour l'opération. Tenez bon, madame. On vous envoie l'hélico. »

Presque dix minutes pour le garrot. Il me semble qu'une sirène hurle dans ma tête. Une sirène d'ambulance. Vite ! Je retourne à l'arrière où Noël soutient Abel tout en essayant de chasser les oiseaux. Il aurait un fusil, il ferait un carnage. Abel est d'une blancheur de cire ; on dirait qu'il n'a même plus la force de gémir.

« Il faut qu'on lui mette des attelles. Trouve-moi deux planches, des pas trop grandes. Vite ! »

Noël disparaît côté cuisine. Dans les mains du bosco, croisées sur sa poitrine, sa paire de lunettes dont un verre est cassé. Il y a du poisson partout. On peut voir, dans l'eau, le chalut à moitié filé. Çà et là, d'autres bateaux sont en pêche sans se douter du drame qui se joue ici.

« Marie..., gémit Abel. Marie, qu'est-ce qui m'arrive ? »

Je refoule les sanglots, me penche vers son oreille.

« L'hélico est en route. On va te tirer de là, bosco. »

Il tente de se redresser pour voir sa jambe. Je le retiens au sol.

« Faut pas bouger, le docteur l'a défendu. »

Revoilà Noël avec deux planchettes vernies.

« Je les ai prises sur le placard de la cuisine, ça ira, Marie ?

— Il faudra bien. Trouve-moi de quoi les attacher. »

Tandis qu'il cherche, je retire mon pull et ma chemise. J'enroule celle-ci autour du mollet. Elle se teinte aussitôt de sang. J'en ai aussi sur ma lèvre que je mords pour ne pas tomber dans les pommes devant cette boucherie. Noël revient avec un bout. Sans que je le lui demande, cette fois, il s'étend contre Abel et l'enlace pour l'empêcher de bouger. Je place les planchettes et ficelle le paquet.

« Marie, Marie, mais tu me fais mal », crie faiblement le bosco.

Des larmes coulent sur les joues de l'Indien. Ça a l'air de tenir. Vingt-cinq minutes pour le garrot.

« Maintenant, on le couvre et on attend. Merci, Noël !

— Oh, Marie, est-ce qu'il va mourir ?

— Certainement pas. Tais-toi. »

Je retourne en passerelle où ça ne cesse de carillonner. Avant de répondre, je prends le temps d'enfiler un blouson : pas étonnant que je grelotte, j'étais en soutien-gorge.

« L'hélico est en route avec un médecin à bord, m'avertit le CROSS. Il ne devrait pas tarder. Vous tenez le coup, madame ? »

Puis c'est la grosse voix de Jean-Yves, notre patron sauveteur, à bord de son *Hirondelle*.

« On fonce, Marie. On est partis dès que le CROSS nous a avertis. Pauvre Abel ! Y a pas trop de dégâts ?

— Y a plein de dégâts, Jean-Yves. Plein, plein de dégâts. J'ai peur qu'il meure.

— Bien sûr que non, il mourra pas, me gronde le patron du canot. C'est le plus costaud de nous tous ! Et on sera bientôt là pour t'aider. Courage, ma grande. »

Il ne me manquait plus que ça : « ma grande ». Et rien de tel que l'amitié pour vous refaire petite. Dans l'impossibilité de répondre, je raccroche.

Trente-cinq minutes pour le garrot.

Ce point à l'horizon, ce bourdonnement, est-ce déjà l'hélico, le Dragon parti de Quimper ? Noël hurle en agitant les bras. Le bosco respire avec difficulté. J'approche la bouche de son oreille.

« Ils arrivent, Abel, tu entends ? Ils arrivent. »

Je n'ai pas osé dire : « Tu es sauvé. »

Et puis tout va encore plus vite, surtout plus bruyamment. Les oiseaux se débandent ; rouge dans le gris-bleu du ciel, l'appareil nous survole. Un homme casqué, le plongeur, en combinaison sombre, se balance au bout du filin, guidé d'en haut par les ordres de celui qui manie le treuil, le corps à moitié sorti du Dragon. Il s'agit de le faire atterrir sur le pont plutôt que dans la flotte. Il y est ! Il se dégage des sangles et se précipite vers Abel. Dans sa hâte, il glisse sur du poisson et manque de s'étaler. Il jure. Il soulève la couverture et la rabat presque aussitôt avec une grimace, se relève, nous regarde, Noël et moi.

« Ça va aller, hurle-t-il car on ne s'entend pas. Voilà le médecin. »

C'est lui qui se balance à présent au bout du filin. Le plongeur l'aide à atterrir puis fonce en passerelle afin de communiquer par radio avec l'hélicoptère. Ce boucan, je l'aime ; il veut dire que je ne suis plus seule. Le médecin se penche sur ce qui reste du mollet d'Abel.

« Combien de temps pour le garrot ?

— Cinquante-cinq minutes. »

Abel halète, le médecin prend son pouls.

« Je vais desserrer, mais, avant, je lui ferai une piqûre de morphine.

— Pas de piqûre ! hurle soudain Abel. J'aime pas les piqûres. »

Nous rions tous : Noël et moi, aux larmes. Imperturbable, le médecin prépare sa seringue, la plante dans le bras du bosco qui continue de piailler.

« Vous allez vous sentir beaucoup mieux, mon vieux, et ça vous aidera à supporter le voyage. »

Le plongeur est revenu, l'air interrogateur.

« On prépare l'hélitreuillage », décide le médecin.

Hélitreuiller un blessé à partir d'un chalutier de douze mètres, c'est de la haute voltige. Il faut vraiment qu'on y soit obligé.

« J'ai déjà demandé la civière ! » crie le plongeur.

Il fait signe à Noël :

« Aide-moi à dégager ce poisson. »

Il ne demande pas mieux, Noël, que de s'occuper tandis que le médecin desserre le garrot. Le sang coule à nouveau et mon cœur se soulève. Moi, je n'aurais jamais pu. Un siècle passe avant qu'il le resserre. Le plongeur est allé récupérer la civière. Abel ne dit plus rien tandis que les hommes le soulèvent pour l'y installer, puis l'attachent. Ses yeux sont entrouverts, on dirait presque un sourire sur ses lèvres, le voilà en route pour le paradis.

C'est le médecin qui remonte en premier afin d'aider de là-haut aux opérations avec le mécanicien treuilliste. Au tour du blessé, maintenant. Je pose mes lèvres sur sa joue, je voudrais lui souhaiter « bon vent », je voudrais lui dire…

« J'ai mis tes lunettes dans ta poche ! » hurle Noël tandis qu'il décolle.

Nous suivons le paquet des yeux. Nous l'escortons jusqu'à ce que les mains des hommes s'en emparent. Il disparaît dans le ventre du Dragon.

« Il sera à l'hôpital dans une petite demi-heure, m'assure le plongeur avant de se sangler. Ils doivent être en train de préparer le bloc. Vous avez fait ce qu'il fallait, madame. Et votre fils aussi. »

Le « fils » a-t-il entendu ? Je demande :

« Sa jambe, est-ce qu'il la gardera ? »

L'homme ne répond pas. Je n'ai sans doute pas parlé assez fort. Noël regarde ailleurs, les yeux pleins de larmes.

Nous n'avons pas bougé tant que l'hélico a été en vue. Les goélands avaient recommencé leur sarabande. J'ai posé la main sur l'épaule de mon matelot.

« Sans toi, je ne m'en serais jamais tirée. Tu as été formidable. »

Il a vaguement hoché la tête. Maintenant, il grelottait.

« Allez, viens prendre un café, on rangera après. »

Il m'a suivie en passerelle. D'une certaine façon, après tout ce bruit, cette fureur, on se sentait sans but, comme dépossédés. J'avais laissé les feux de pêche. J'ai arrêté la radio. Il m'a fallu attendre le second gobelet pour avoir la force de poser ma question.

« Comment est-ce arrivé exactement ?

— Il s'est pris le pied dans le câble », a répondu sombrement Noël.

Et il a ajouté :

« Faut dire qu'il n'y voyait plus tellement clair. »

Sa réticence à lire le sondeur, ses lunettes constamment essuyées, sa prière à Notre-Dame de la Lumière, et tant d'autres signes. Je le savais depuis le premier jour.

« Il voulait pas qu'on vous le dise, a repris Noël. Il voulait continuer. On lui avait parlé d'opération, la cataracte, je crois. Il disait qu'il serait toujours temps quand il prendrait sa retraite.

— Et Alain ? Il savait aussi ?

— Sûr, qu'il savait ! Même que ça le tourmentait. Il voulait vous en parler, mais il avait peur qu'Abel l'accuse de guigner sa place. »

C'est au patron d'exiger de son équipage qu'il passe la visite médicale, vision incluse. C'est à lui d'exiger les certificats et d'arrêter le marin s'il n'est plus bon pour le service.

Noël a tendu le doigt.

« Les voilà », a-t-il dit.

L'*Hirondelle* était tout près, Jean-Yves sur le pont. J'ai serré les dents sur ma honte. Noël me regardait.

« Faut pleurer, a-t-il dit. Faut pleurer, maman. »

⋆ ⋆ ⋆

Leurs tabliers pleins d'écailles, encore gantées de caoutchouc, les femmes ont quitté la halle en courant pour venir aux nouvelles. C'est Jean-Yves qui leur a répondu.

Ne pouvant plus rien faire pour Abel, le patron du canot de sauvetage avait fait pour nous, en embarquant sur la *Sonate* et en aidant Noël, dont les mains tremblaient si fort en éviscérant le poisson qu'on risquait un second blessé à bord. Après quoi, il s'était occupé de répondre aux appels radio. Il voulait m'envoyer dormir sur la couchette de mon matelot. Et puis quoi encore ?

L'histoire tenait en quelques mots. Tout Kersaingilles, et sans doute alentour, devait déjà la connaître.

Alors que nous filions le second trait de chalut, Abel s'était pris la jambe dans le câble, le treuil était passé dessus.

« Mais comment qu'il l'a prise, sa jambe, dans le câble ? » demandaient les femmes.

Elles voulaient entendre de ma bouche la cause exacte de l'accident. Ainsi pourraient-elles se rassurer : jamais pareille chose ne serait arrivée à leur homme à elles ! Seule Marguerite, dont l'homme avait subi le pire, restait en dehors, me faisant signe des yeux qu'elle était avec moi et comprenait ma peine.

Elle ne pouvait pas la comprendre. Elle ignorait que j'étais responsable de tout.

Alain, lui, le savait, qui aidait Noël à décharger les caisses presque vides sans rien demander et fuyant mon regard. Le Capitaine m'a sauvée.

« Marie ! »

Agitant son bras unique, il a fendu le rond de commères.

« Je t'emmène à Quimper. Louise y est déjà partie avec Colette. Je t'attendais. »

Je me suis dégagée de tous ces visages, ces questions qui me lapidaient le cœur, et je l'ai suivi jusqu'à sa voiture. Il a démarré aussitôt.

« Pire que les mouettes, a-t-il grommelé. À croire que ça leur plaît. »

André avait le même âge qu'Abel. Ils étaient allés à l'école ensemble. Certains ajoutaient Jean-Yves pour faire les « trois mousquetaires ». Après la disparition de Pierre, c'était Abel qui avait convaincu le Capitaine de me donner ma chance. Je savais que nous pensions pareil, que nous éprouvions la même peur.

« Comment a réagi Louise ? » ai-je demandé pour commencer.

Il a eu un rire bref.

« C'est bizarre, quand même ! Pas du tout comme on attendait. On attendait la crise de nerfs, eh bien, au contraire : on aurait dit que ça la ravigotait. Il paraît que les dépressifs, c'est comme ça : avec le mauvais, ils sont dans leur élément. C'est le bonheur qui les met mal à l'aise. »

J'ai attendu d'avoir la force de poser l'autre question.

« Et l'opération, on a eu des nouvelles ?

— Il était sur le billard quand Colette m'a appelé. Ils ont parlé d'écrasement massif. C'est pas trop bon. »

J'ai regardé sa main unique sur le volant. Lui avait eu l'avant-bras déchiqueté alors que, sur la mer d'Irlande, il essayait de dégager un filet pris dans l'hélice : l'accident classique. Il se débrouillait plutôt bien avec celui qui lui restait.

Une drôle de pensée m'est venue : plus jamais il ne pourrait entourer une femme de ses bras.

Il a vu mon regard. On aurait dit qu'il y lisait.

« Sais-tu pourquoi j'ai monté mon bras artificiel au grenier ? »

J'ai fait « non ». Les mots ne voulaient plus passer.

« Toutes les nuits, je rêvais que je le perdais, ou qu'on me le piquait. À présent, à défaut de deux bras, je dors sur mes deux oreilles. »

Nous avons croisé un tracteur qui revenait des champs. Le Capitaine a salué le conducteur : homme de mer, homme de terre. Le soleil ramassait ses plus belles couleurs au creux de la soirée pour caresser un paysage tranquille, piqueté de vert là où il fallait, peuplé d'oiseaux chanteurs qui jamais ne se seraient risqués à venir chercher leur subsistance dans vos bottes. J'ai eu envie de paix.

« Je ne suis pas sûre de continuer, André. »

Moi, ce n'était pas le mauvais qui m'allait : le bonheur, j'étais preneuse.

« Marie, Marie, raconte pas de bêtises, a grondé le Capitaine. On s'est tous juré d'arrêter à un moment ou à un autre et on est toujours là, tu vois. De toute façon, ce genre de décision, ça se prend pas à chaud. »

Nous sommes allés directement aux urgences. De nombreuses personnes attendaient. Un gamin pleurait, la main enveloppée dans un mouchoir ensanglanté. Sa maman lui disait : « C'est rien », en pleurant elle aussi. Nous avons mis du temps à trouver quelqu'un au courant pour Abel : une femme d'une cinquantaine d'années, l'infirmière-chef.

« L'opération est terminée, nous a-t-elle appris. M. Lecorre est en salle de soins intensifs. Vous êtes de la famille ?

« Non, mais c'est tout comme, a répondu le Capitaine. Comment ça s'est passé ? »

L'infirmière a hésité. Elle regardait la manche vide.

« On a dû l'amputer. »

La main du Capitaine a attrapé mon coude et l'a serré très fort.

« Est-ce qu'on peut le voir ? a-t-il demandé d'une voix pleine de colère.

— Pas maintenant, monsieur. Demain, peut-être.

— Et ma femme ? Ma femme qui a accompagné Mme Lecorre, où elle est ? On peut la voir, elle ?

— Suivez-moi. »

Colette était dans un couloir, assise sur un banc près de la salle de réanimation. Elle s'est levée en nous voyant. Le Capitaine a lâché mon bras.

« Alors, on vous a dit ? a-t-elle demandé avec une sorte de triomphe dans la voix.

— On nous a dit, a répondu André.

— Est-ce… est-ce qu'il sait ? ai-je bredouillé.

— Pas encore, il dort. Il saura toujours assez tôt ! Louise a le droit de rester avec lui pour la nuit. »

Elle m'a regardée d'un air méchant.

« T'aurais jamais dû le prendre avec toi, Marie ! Il était trop vieux. C'était sûr que ça arriverait.

— Ta gueule, Colette, a rugi le Capitaine. Dis pas n'importe quoi. J'étais peut-être trop vieux, moi, quand j'ai perdu mon bras ? Tu crois que la mer regarde à l'âge ? Dis-nous plutôt ce qu'on peut faire pour Louise.

— On peut plus rien faire », a-t-elle laissé tomber.

Elle avait toujours ce même air de satisfaction. Le mauvais avait gagné ? Le mauvais gagnait forcément ? J'ai plaint mon Capitaine. Lui, il aimait les plaisirs de la vie, avec une femme comme ça, cela ne devait pas être facile.

Un homme est apparu au bout du couloir. Un homme que je n'avais pas vu depuis des semaines, que je craignais d'avoir perdu. J'ai crié : « Yann ! » et il a accéléré le pas pour nous rejoindre. Je vacillais sous la tempête. Il s'est arrêté devant moi.

« Me voilà, Marie ! C'est Noël qui m'envoie. Il m'a dit que vous aviez besoin de moi. »

Mon cœur a chaviré. J'ai crié à nouveau : « On lui a coupé la jambe », et les larmes ont enfin coulé. Celles que j'avais retenues près d'Abel blessé, les sanglots refoulés quand Jean-Yves était monté sur mon bateau et qu'il m'avait serrée contre sa poitrine, et, plus tard, à côté de mon ami André, qui ne pourrait plus jamais serrer une femme contre sa poitrine. Ces larmes que, pour rien au monde, je n'aurais voulu offrir à Colette, plutôt crever !

« Faut pleurer, maman », avait dit Noël.

Et pour me permettre de le faire, il m'avait envoyé son père.

Yann m'a ouvert les bras et j'y suis tombée. Tant pis si la langue de vipère de Colette aurait du grain à moudre. Au cœur même du mauvais, voici que montait l'espoir.

« Si vous l'emmeniez ? a ordonné le Capitaine d'une voix bourrue. Et donnez-lui donc à manger. D'après mes calculs, il y aura bientôt vingt-quatre heures qu'elle nous fait la grève de la faim. »

Dans la voiture de Yann, une cassette jouait de la musique classique. Il a voulu l'arrêter, j'ai retenu sa main. Bien sûr, le violon décuplait le chagrin, mais, en un sens, en le rendant universel, il le sublimait, comme on dit.

« Avant que je m'occupe de vous nourrir, souhaitez-vous passer chez vous ? a proposé Yann.

— Surtout pas ! »

C'était un cri du cœur. Mais affronter mes enfants, devoir tout raconter à nouveau..., je ne m'en sentais pas la force.

« Où est Noël ? ai-je demandé.

— Il attend des nouvelles à la maison.

— Il ne faut pas qu'il apprenne par d'autres. Vous savez, il a été formidable.

— Je n'en doute pas, a dit Yann d'une voix émue. On y va. »

Le soleil avait disparu. Dans la lumière des phares, le paysage se peuplait de sorcières. Les bonnes fées, c'est pour l'aube. J'ai fermé les yeux.

Mais Yann était là. Yann était près de moi.

Je ne l'avais pas revu depuis ce jour de Pardon qui aurait dû être de fête et où tout s'était cassé lorsque j'avais découvert Quentin sur le bateau de Loïk. J'avais couru à la maison. Mon fils m'y attendait, une canette de bière à la main, lui qui, avant, ne buvait jamais d'alcool. J'avais attaqué la première.

« Que faisais-tu sur le bateau de ce salaud ?

— Le salaud n'est pas forcément celui qu'on pense. Et toi, que faisais-tu sur l'*Honoré* ? Morvan est ton amant ? »

La gifle était partie.

J'ai senti les larmes couler à nouveau sur mes joues. Yann a pris mon visage, il l'a guidé vers son épaule.

« Dites-moi, Marie. Dites-moi, je vous en prie. »

J'ai commencé par Quentin. Quentin et Loïk sur le bateau ce jour-là.

Parler d'eux, c'était forcément parler de Pierre, m'avouer une femme trompée, dire pour Madeleine et Maximou.

J'ai continué avec Abel. S'il avait été amputé aujourd'hui, c'était ma faute. Je savais qu'il n'y voyait plus assez. Finalement, Yann n'avait pas tort lorsqu'il disait que patron pêcheur n'était pas un métier de femme ; en l'occurrence, le patron avait été au-dessous de tout.

J'ai terminé par un rire : j'aurais mieux fait de choisir ministre !

Le vélo de Noël était jeté en travers du chemin, criant à la fois : « SOS, aidez-moi » et « Interdit d'entrer ». C'est ça, les fils ! L'Indien était dans le salon, le front appuyé à la cheminée où se desséchait la bûche qui depuis dix-huit mois attendait le retour de sa mère. Il portait un bonnet d'Abel, son grand jeu : faucher les bonnets du bosco pour l'entendre gueuler.

Il s'est tourné vers nous.

« Pas la peine de le dire, je le sais. Je le sais, qu'on lui a coupé la patte. »

Je me suis approchée et j'ai pris sa main. Elle était glacée. La main d'un garçon dans une maison sans femme.

« Je suis venue te demander quelque chose. »

Il m'a regardée par en dessous, avec méfiance. C'était de lui-même, je m'en doutais, qu'il se méfiait. De ce que les imbéciles appellent « faiblesse » alors que c'est avoir un cœur ouvert.

« Est-ce que je peux t'embrasser ? ai-je poursuivi. Ça ne nous est encore jamais arrivé et depuis le temps que les lèvres me brûlent… »

Je n'ai pas pu aller plus loin car elles me brûlaient aussi d'embrasser Quentin, mais, à lui, je n'osais plus le demander et c'était un grand manque.

Noël s'est penché sur moi. Durant quelques secondes, sous les traits de l'adolescent, j'ai entrevu la beauté de l'homme qu'il serait.

Je ne me souviens plus exactement de ce que nous a servi Yann. De toute façon, ça ne pouvait pas avoir de nom, ce brouet fabriqué à partir de tout ce qui restait dans le réfrigérateur : des œufs, un peu de viande, quelques légumes et je ne sais quoi d'autre. Le résultat n'était pas mauvais du tout, même plutôt bon aux papilles de deux rescapés ayant repris suffisamment goût à la vie pour cesser leur grève de la faim.

Plus tard, au salon – et de cela j'espère me souvenir toujours –, l'Indien s'est agenouillé devant la cheminée. Il a lancé une allumette. La flamme n'a fait qu'une bouchée de la bûche.

⋆ ⋆ ⋆

La sonnerie du téléphone m'arrache au sommeil. Nuit noire. Je tâtonne à la recherche de l'appareil. C'est Alain Kervélec.

« Patron, on vous attend. On sort toujours ?

— Bien sûr, qu'on sort. »

J'allume. Six heures. En se couchant, le « patron » a, pour la première fois, oublié de mettre le réveil. Mais aussi il était plus de minuit lorsque Yann m'a raccompagnée. « Il faut dormir, Marie. Il faut dormir quand même ! » Je lui ai obéi et voilà. Yann !

Je mets pied à terre. Mal aux reins, mal partout. Et pourtant, dans ma tête, comme des feux de Bengale : oui, Yann ! Et sa main sur ma joue, et mon visage dans son cou. Puis-je y croire vraiment ? Ai-je le droit ?

Douche, café. Ma lèvre inférieure, déchirée hier par mes dents, me brûle. C'est plutôt bon. Ma punition ? Abel doit savoir à présent pour sa jambe.

« Maman ! »

Suivie de Quentin, Annaïs se glisse dans la cuisine. Tenues identiques : longs tee-shirts Mickey. Et ça se dit grand ! Ce matin, je ne leur reprocherai pas leurs pieds nus : eux en ont deux chacun.

« Benoît nous a appris pour Abel, dit Annaïs. On est désolés. »

Elle tombe sur le tabouret à côté de moi. Quentin reste debout.

« Benoît voulait te parler. Il te cherchait partout, où tu étais ? »

Je réponds à côté.

« J'étais à Quimper avec le Capitaine. C'est là qu'Abel a été opéré.

— Il ne va pas trop te manquer ? demande ma fille. Tu disais que vous étiez patron à deux. »

Les yeux me piquent.

« On l'était en effet. Il me reste Alain. S'il veut bien continuer…

— N'oublie pas Morvan ! » lance Quentin avec défi.

Morvan ! Il englobe à présent le père et le fils dans une même jalousie. Je sens encore sous mes lèvres la joue rugueuse de Noël. Si Quentin nous avait vus ! Finalement, il n'a pas tort d'être jaloux. Mais pourquoi n'y met-il pas un peu du sien ?

L'air buté, il remplit son bol de céréales. Soudain, les paroles d'Abel me reviennent : « Faudra que je te dise deux mots à propos de ton Quentin. » Elles m'étaient complètement sorties de la tête. Et pour cause ! Un malaise m'emplit. Les entendrai-je jamais, ces deux mots ?

Je me lève.

« Il faut que j'y aille.

— Et Benoît ? » me rappelle Annaïs.

Mon beau-frère répond aussitôt :

« Marie, si tu as besoin de quoi que ce soit…

— Je sais, Benoît.

— Je vais dire ma messe pour lui, ce matin.

— Ce n'est pas ça qui lui rendra sa jambe.

— Marie… Marie… »

Je raccroche. Je n'ai pas envie de parler d'Abel. Annaïs s'approche, mon sac de déjeuner à la main.

« T'aimes toujours les abricots ? J'en ai rajouté une douzaine au gruyère de madame.

— Une douzaine, tu crois que ça suffira ? Merci, ma chérie ! »

Jamais elle n'aurait eu un tel geste il y a quelques semaines. Il est bien temps qu'elle m'accepte comme patron ! Je reviens à la cuisine et pose la main sur l'épaule de Quentin. Les paroles du bosco ne me lâchent plus.

« Qu'est-ce que tu fais de beau aujourd'hui ? »

Il dégage son épaule d'un mouvement brusque. Annaïs répond pour lui.

« Le grand bleu, pardi ! Le plus loin possible des misères de ce bas monde. »

Elle me suit dans la cour, nullement gênée par ses pieds nus.

« À propos, maman. On pourra se parler un de ces quatre ? Ça serait même plutôt pressé, tu vois. Et comme avec toi faut prendre rendez-vous...

— Quand tu voudras, ma chérie.

— Alors, très vite. Question d'avenir. »

Ma bachelière va-t-elle enfin me révéler ce qu'elle a l'intention de faire ? Jusque-là, pas moyen de savoir.

Je l'embrasse très fort, « avec du bruit », comme elle le réclamait quand elle était petite. Je l'embrasse pour deux.

Il a plu. On l'entend sous les roues, on le sent dans l'odeur de feuillage mouillé. L'automne, si vite ? J'ai baissé la vitre. Pas de vent. La mer devrait être de velours aujourd'hui. Pour se faire pardonner hier ?

La *Diane*, l'*Intrépide*, l'*Amazone* sont déjà en route. La *Pastourelle* est là ; Loïk ne sort plus guère, ces temps-ci. De quoi vit-il ? Est-ce Flavie, sa mère, qui le nourrit ? Alain et Noël piétinent sur le quai. Nous démarrons aussitôt.

« Pas trop fatiguée, patron ? » demande simplement Alain.

J'essaie de sourire.

« Ça ira. »

C'est lui, j'en suis certaine, qui a planqué la paire de lunettes de rechange qu'Abel gardait en passerelle au cas où, celle avec les verres périmés. Le gobelet cabossé où le bosco aimait à boire son café a également disparu. Quant à Noël, il se fait discret, presque timide. La pudeur après tout ce qu'il m'a donné hier ?

À dix heures, nous aurons des nouvelles d'Abel. Il a passé une nuit correcte. On ne pourra pas lui rendre visite aujourd'hui. Demain, peut-être.

Lâchement, je me sentirai soulagée.

Et comme je rentre à la maison, épuisée, décidée à avaler un bol de soupe et à me coucher direct après, une moto entre à grand bruit dans la cour : Thibaut et Annaïs. Annaïs me rejoint à la porte. Thibaut reste en retrait.

« Il voulait pas venir, maman, c'est moi qui l'ai obligé. T'as pas oublié qu'on avait décidé de parler ? Alors, comme t'as dit quand je voudrai… »

J'ai envie de protester : quand tu voudras mais pas ce soir, et surtout pas avec Thibaut. Il se décide à approcher, me tend la main, l'air gêné. Nous ne nous sommes pas revus depuis mon stage au lycée maritime. Pourquoi Annaïs me l'a-t-elle amené ? Question d'avenir… D'insupportables pensées me viennent.

« J'ai appris pour le bosco, dit-il. Je suis désolé, Marie. Il va beaucoup vous manquer. »

Je rentre sans répondre. De quel droit appelle-t-il Abel « le bosco » ? Il est vrai que nous parlions souvent de lui. Avant que je gâche tout… Je me sens injuste.

À la porte du salon, il s'immobilise.

« Le piano !

— Eh bien, oui, maman l'a mis en vente, explique Annaïs. Mais il n'a toujours pas trouvé preneur. Elle en demande trop cher. Finalement, elle doit pas avoir tellement envie qu'il parte.

— Tant que les affaires marchent… »

J'avais décidé de le vendre pour compenser la perte d'un loyer…

« Je vais chercher à boire, vous sauvez pas », ordonne Annaïs gaiement.

Elle disparaît dans la cuisine. Il devait arriver, ce moment où je serais seule, face à mon amant d'une nuit. Moi, assise sur le canapé, ce canapé où… Thibaut se rapproche.

« Ce n'est pas trop dur, Marie ?

— Parfois, j'ai l'impression d'être attaquée de tous les côtés. »

Il baisse la tête.

« Je vous demande pardon. C'est vrai que je ne voulais pas venir, surtout si vite après Abel. Mais vous connaissez Annaïs ? Quand elle a décidé quelque chose… »

La revoilà avec les jus de fruits. Elle fait le service, puis tombe près de moi.

« Tu promets de ne pas t'énerver, maman ? »

J'essaie de plaisanter :

« Tu me prends pour qui ? Pour Mamina ? Je promets de ne pas crier, de ne pas partir en claquant la porte. Ça te va ?

— Eh bien, voilà, se lance-t-elle. Je ne serai ni secrétaire, ni comptable, ni prof, tout ce dont tu rêvais pour moi. Je me suis inscrite à une école de théâtre à Brest. T'auras rien à débourser, je me débrouillerai. »

C'est d'abord le soulagement. De quoi ai-je donc eu si peur ? Puis vient la déception, le refus : choisir le théâtre, elle qui pouvait tout faire. Et Brest, en plus !

« Tu te débrouilleras comment ?

— Thibaut m'a trouvé une place de jeune fille au pair, chez des amis à lui. Sa famille est de là-bas, n'oublie pas. Il connaît tout le monde. Je serai logée et nourrie. En échange, je m'occuperai des gamins. Les heures sup me permettront de payer l'école. »

Je me tourne vers Thibaut.

« Et ça vous paraît raisonnable, à vous, le théâtre ? »

Annaïs rit : le mot « raison ».

« Allons, maman, épouser un pêcheur, c'était raisonnable, ça ? Et prendre sa place sur le bateau, Mamina a apprécié ? »

Thibaut lui adresse un geste apaisant.

« Ce qu'Annaïs ne vous a pas encore dit, Marie, c'est qu'il s'agit d'une école de théâtre pas du tout comme les autres. On y attache la plus grande importance au français, à la culture générale. Il y a même des cours de philo. Ce ne sera pas du temps perdu. Rappelez-vous, nous en avons souvent parlé ici même : tant de jeunes n'éprouvent ni désirs ni envies. Annaïs a mieux : elle a une passion.

— Comme sa mère, finalement, dit gentiment celle-ci. Toi, tu remplis le ventre des gens, moi, je nourrirai leurs rêves.

— Et si elle s'aperçoit que ce n'était pas son truc, elle aura tout le temps de changer », renchérit Thibaut.

C'est vrai : elle n'a que dix-neuf ans. Moi, trente-neuf. Moi, les jeux sont faits, c'est ça ?

« Je reviendrai les week-ends, promet Annaïs. *No problem* avec la deux-chevaux. »

Elle a obtenu son permis fin juillet : une rapide, ma fille ! « Et quand elle a décidé quelque chose... », a remarqué Thibaut lui-même. Sont-ils amants ? Jusque-là, j'évitais de me poser la question. Eh bien, posons-la ! Si ce n'est le cas, cela ne tardera pas. Il suffit de voir comme il la regarde, fasciné par sa jeunesse, son enthousiasme. Un certain souvenir le retient-il encore ? Devrais-je, là aussi, donner mon feu vert ?

Elle se lève, toute guillerette : c'est fait, je suis au courant ! Et, en somme, ça c'est plutôt bien passé : elle a une mère à la hauteur.

« Faut qu'on y aille. Y a encore une couche de ripolin à badigeonner chez le professeur ! »

Moi, j'appelle Yann « l'ingénieur ». Et les jeux ne sont pas faits, non ! Je refuse qu'ils le soient. Jamais !

Dans la cour, Annaïs remet son casque. Ces yeux clairs dans ce visage hâlé, cette bouche ronde comme un abricot de ce matin, elle est ravissante.

« À propos, maman, pour les dix-huit ans de Quentin, la semaine prochaine, qu'est-ce que tu dirais d'une pendaison de crémaillère-anniversaire chez Thibaut ? Mamina est d'accord.

— Elle l'est aussi pour le théâtre ?

— On ne lui a pas encore dit. On profitera de la fête. Un anniversaire sans surprise, elle serait déçue. »

Ça rit sous le casque. Ça fait des moulinets d'adieu sans se retourner. Finalement, c'est le bonheur qui vous enlève vos enfants. Pas une seconde, l'idée n'a effleuré Annaïs que le lendemain d'un grand choc n'était peut-être pas le meilleur jour pour m'annoncer son départ.

Dans l'entrée, je passe la main sur les vêtements suspendus à la diable au portemanteau. Mon cœur se serre. Bientôt les siens n'y seront plus. Mais cette maison que ma fille va quitter, en un sens, ne l'ai-je pas désertée la première ?

« Avec toi, il faut prendre rendez-vous. »

Partie avant qu'ils soient réveillés, tombant de sommeil en partageant leur dîner. En décidant d'être patron, j'ai coupé le cordon avec mes enfants. Et suis-je la mieux placée pour reprocher son choix à Annaïs ? Ce goût du théâtre, qui a pris sa source dans celui de la lecture, n'est-ce pas moi qui le lui ai donné ?

« Tous ces bouquins, je me demande ce qu'elle peut bien y trouver ? » s'interrogeait Pierre.

Ce que nous y cherchons tous, du moins dans les meilleurs : nous-mêmes.

* * *

Mon bouquet à la main, je suis devant cette porte, la numéro 9, et je ne peux me résoudre à frapper.

Sur la *Sonate*, face à Abel blessé, il ne m'avait pas fallu de courage, le temps manquait pour y penser. Il ne m'en avait pas fallu davantage pour désarmer Noël, prêt à tirer sur les gars du *Lazarillo :* l'urgence primait.

Il n'y a plus urgence et la peur me paralyse. Peur de me retrouver devant ma faute : Abel amputé. Peur de la lire dans les yeux de Louise. « Tu n'aurais jamais dû le prendre avec toi. » Colette est forcément passée par là.

Pourtant, Louise avait semblé contente que je continue avec Abel. Contrairement à la femme du Capitaine, elle n'était pas jalouse de la mer. Contente aussi de vendre sous la halle. Jusqu'à ce que la reprenne cette grosse fatigue de vivre qui l'attaque régulièrement depuis que le docteur lui a retiré ce qui permet à une femme d'avoir des enfants.

Deux infirmières viennent de sortir d'une chambre. Elles me regardent d'un air interrogateur. Je me décide.

Abel a les yeux fermés. Un cerceau remonte le drap au-dessus de ses jambes, « sa » jambe. Ce qui frappe, c'est son visage et ses mains, très bronzés, presque noirs, qui tranchent avec la pâleur du cou et des bras : on les dirait peints. Assise tout près du lit, Louise se lève en me voyant. Les battements de mon cœur emplissent mes oreilles.

« Te voilà, Marie, dit-elle. Merci. »

Elle vient vers moi, retire ses lunettes et m'embrasse. Et m'assaille le souvenir de toutes ces heures où j'ai redouté d'être mise à la porte. Pour être bien certaine que Louise sait à qui s'adressait son « merci », je me jette à l'eau, je me saborde.

« C'est ma faute, Louise. J'aurais dû l'obliger à faire voir ses yeux. »

Et elle répond :

« Je le lui demandais tous les jours, il ne voulait rien entendre. »

Elle me débarrasse de mon bouquet : des campanules du jardin, aux clochettes d'un mauve délicat. Abel a la passion des fleurs ; il y en a plus que de salades dans son potager. « C'est la seule chose qui manque à la mer », plaisante-t-il. Il n'a pas vu les algues.

« Marie, t'es là ? »

Une faible voix grise, comme venant de la terre quand on est en mer et que les turbulences brouillent les ondes. J'approche. Les yeux de mon bosco sont ouverts sous le buisson d'épineux des sourcils. Sa tête me paraît toute petite, toute rétrécie ; c'est qu'il est rare qu'on la voie sans bonnet.

« Mes lunettes ! » réclame-t-il.

Je les prends sur la table de nuit et les lui mets sur le nez. J'ai des sanglots partout.

« T'es donc pas sortie aujourd'hui ? s'enquiert-il.

— Aujourd'hui, c'est samedi, Abel. Et puis j'avais hâte de te voir.

— Et hier, ça a rendu comment, hier ?

— Normalement. Pas mal de sardines. Et aussi de l'anchois. Ça a pris du temps pour le tri. »

Je me sens comme sur la crête d'une déferlante, c'est pourquoi je parle bas, pour ne pas être emportée. Il approuve du menton : la sardine mélangée à l'anchois, c'est le double de travail. Louise s'approche avec le bouquet.

« Regarde, Abel, les belles fleurs que Marie t'a apportées. Des campanules. »

Il les regarde quelques secondes.

« T'es donc venue me sonner les cloches ? plaisante-t-il. (Puis il se tourne vers sa femme :) Si tu allais demander un vase ? »

Louise quitte la chambre. Abel désigne la chaise.

« Viens là, Marie, j'ai quelque chose à te dire. »

La voix a chaviré. Nous y sommes ! Il a attendu d'être seul avec moi pour évoquer les heures terribles et exprimer son désespoir. L'air ne passe plus dans ma gorge. Il pose sur les miennes sa main peinte par la mer. Resterait-elle toute sa vie sous ces draps, la couleur ne s'en irait jamais tout à fait. Elle a mangé la peau. Elle a sans doute mangé le cœur aussi.

« Écoute-moi bien, dit-il. Faut qu'Alain regarde le moteur de la *Sonate*. Celui de bâbord. Il fait un bruit qui me chiffonne. Sans doute la courroie d'alternateur qui patine. S'il ne te la retend pas vite fait, le coup prochain tu te trouveras en panne avec tes sardines. T'oublieras pas, patron ? »

Il y avait du monde sur la route entre Quimper et Kersaingilles. La journée avait été belle, les gens rentraient de la plage ou de balade. Je me sentais étrange, un peu vidée et la tête brouillardeuse comme après une grosse fièvre. Comme après une absolution ? Et ce soir, je dînais avec Yann…

Il m'avait appelée dans la matinée pour m'inviter au restaurant, cela me convenait-il ? Ah, comme cela me convenait ! Il devait passer me prendre à sept heures à la maison. Soudain, mon cœur s'est serré. À la maison… Je le lui avais proposé sans me poser de questions. Et si les enfants étaient là ?

Mais de quoi étais-je coupable ? Un baiser sur un bateau, même pas un vrai. S'ils étaient là, je le leur présenterais. Même à Quentin, oui ! « On arrangera ça », avait promis Yann l'autre soir lorsque je lui avais parlé de mes difficultés avec mon fils. Il arrangerait ça.

Quentin était bien là. Il écoutait de la musique dans sa chambre. La porte de celle d'Annaïs, face à la mienne, était grande ouverte sur ce qu'elle appelait son « désordre organisé ». Son frère savait-il qu'elle allait nous quitter ? Sans sa gaieté, son piquant, la vie serait morne à la maison. Je n'aurais pas assez profité de ma fille ! Et pourquoi me le cacher ? Je redoutais d'avance les tête-à-tête avec Quentin.

Tandis que la baignoire se remplissait, j'ai choisi ma tenue : une robe d'été, sans doute pour la dernière fois de la saison. Et encore faudrait-il y ajouter une veste. Je l'ai préparée sur mon lit, puis je suis passée dans la salle de bains.

Mon visage à moi aussi et mes mains étaient plus foncés que le reste et ce n'était pas franchement sexy. Et j'avais beau, comme me l'avait recommandé le médecin des gens de mer, tartiner ma figure de crème, le soleil et le vent étaient les plus forts. Qu'avait dit Yann de sa grand-mère ? « Un visage de sorcière... »

Allons, je n'en étais pas là !

Alors que je mijotais dans l'eau tiède et savonneuse, il m'a semblé entendre un pas dans l'escalier. J'ai appelé : « C'est toi, Annaïs ? » Personne n'a répondu.

Et comme je reviens dans ma chambre, je découvre une enveloppe sur ma robe. « Pas maintenant ! Pas ce soir ! » Je l'ai dit à voix haute. Mais elle me fait peur, cette enveloppe, elle déclenche une alarme en moi et, ces temps-ci, pour les alarmes, j'ai été servie !

À l'intérieur, dans une feuille de papier sur laquelle Quentin a écrit : « Pour les traites », plusieurs gros billets.

Pour les traites ?

Je n'ai pas caché à mes enfants que Pierre avait pris du retard quant aux remboursements de celles de la *Sonate*, la raison pour laquelle je continuais. Mais je ne leur en ai jamais dit la cause : la maison de Madeleine. Pourquoi cet argent aujourd'hui ?

Ce geste, comme de défi ? Une somme considérable pour Quentin.

J'ai enfilé ma robe et je suis montée frapper à sa porte. La musique s'était tue, il m'attendait, étendu sur son lit, bras croisés derrière la nuque. Je lui ai montré l'enveloppe.

« Qu'est-ce que cela veut dire ?

— Maintenant que tu as perdu Abel, ça va être plus dur. Ça te fera toujours ça de moins à rembourser. T'aurais pas besoin d'un mécano, par hasard ? »

Je n'ai pas répondu.

« D'où vient cet argent ?

— Des petits boulots par-ci par-là.

— Des petits boulots pour qui ? »

Il m'a regardée avec défi.

« Si tu tiens vraiment à le savoir, pour Loïk Labbé. »

Je le savais. Seul Loïk Labbé pouvait lui avoir révélé que Pierre avait achevé de payer la maison de Madeleine, plutôt que rembourser pour le bateau.

« Faut bien réparer les conneries des autres », a-t-il lancé.

Je me suis assise au bord du lit. Il y avait un piège là-dessous, je le sentais.

« Quentin, écoute-moi, Loïk me hait. Il ne m'a pas pardonné de l'avoir chassé de chez Madeleine. S'il t'a mis le grappin dessus, c'est uniquement pour se venger de moi.

— Il ne m'a pas mis le grappin dessus, c'est moi qui suis allé le chercher. J'avais des questions à lui poser, plein de questions. Et c'est pas toi qui l'as chassé de chez Madeleine, c'est mon père. Loïk aimait Madeleine. Et lui, il avait le droit.

— Ne le vois plus, ai-je supplié. Ça tournera mal. Ne le vois plus... »

Il y a eu un bruit de voiture dans la cour. Quentin a sauté du lit, s'est précipité à la fenêtre. Je l'ai suivi. Yann !

« Est-ce que je te demande de ne plus voir ton Morvan ? C'est pour lui que tu as mis cette belle robe ? »

Il avait un sourire sale, un sourire à la Loïk. Ce n'était plus mon fils. Yann a sonné.

« Je ne veux pas de cet argent. Tu peux en faire ce que tu veux, mais moi je n'y toucherai pas. C'est l'argent du diable. »

Il s'est mis à rire. J'y étais allée fort avec le diable, mais je le pensais. Sincèrement, je le pensais. Je lui ai lancé l'enveloppe au visage.

Comme Quentin l'avait dit tout à l'heure, moi aussi, une belle connerie !

* * *

« Où m'emmenez-vous ?

— C'est une surprise. »

Yann sourit et mon cœur se desserre, et je respire mieux. Nous roulons sur une route de campagne.

Les baies commencent à venir aux buissons. Août est bleu et doré, septembre jaune et rouge. Il flotte un fumet d'herbe brûlée. Je baisse la vitre pour mieux le sentir. J'ai envie de dire « moins vite ! ». C'est bon, pour une fois, de tourner le dos à la mer. La mer, c'est trop la guerre. Et depuis quelques jours, ma défaite.

Je n'avais encore jamais vu mon ingénieur en veste et cravate. Sa chemise est d'un bleu délavé qui fait ressortir le hâle de son visage. Il est beau. Il est gai aussi, grâce à moi, affirme-t-il : je l'ai aidé à renouer avec son fils. Alors, vais-je l'ennuyer avec le mien ? Être Marie qui pleure, hier pour Abel, aujourd'hui pour Quentin ? En réponse à sa question sur mon bosco, je dirai juste que le moteur bâbord de la *Sonate* fait un bruit qui le chiffonne. Ma voix est alourdie, Yann n'insiste pas.

La surprise est un relais-château enfoui dans la verdure, au bord d'un étang : Le Duc de Keroualle. Le plein d'étoiles dans les guides. Certains font, assure-t-on, le voyage de Paris pour le plaisir de savourer ses spécialités. C'est la première fois que j'y viens. Pourquoi Yann a-t-il choisi cet endroit huppé ? Il me semble que ce n'est pas son genre.

Il arrête la voiture dans le parking. Je reste à ma place. Étonné, il vient m'ouvrir la portière.

« Ça ne vous plaît pas ?

— C'est bien trop beau pour moi. Et je n'ai pas la tenue qu'il faut.

— La tenue ? Vous avez vu les touristes aujourd'hui ? Tout juste s'ils ne débarquent pas en maillot de bain. Tout mouillés de préférence. Et rien n'est trop beau pour vous, Marie. Vous venez ? »

Vais-je lui dire la véritable raison de mon trouble ? C'est sous la halle de Kersaingilles, et particulièrement à mon étal, que le chef du Duc de Keroualle, soucieux de la fraîcheur du produit, s'approvisionne. Il ne m'a jamais vue qu'en bottes, ciré ou tablier. Il m'appelle « Marie ». Je l'appelle « monsieur ».

« S'il vous plaît… »

Je prends la main tendue de Yann et décide de me taire. Après tout, seul le cuisinier me connaît ici et il sera à ses fourneaux. Et, à y bien réfléchir, n'est-ce pas plutôt piquant que de découvrir à quelle sauce mes crustacés sont accommodés ? Car c'est surtout ma langoustine qui intéresse le restaurant. Et si j'ai langouste, homard ou araignée, ils lui sont d'autorité réservés.

Atmosphère tamisée, tableaux aux murs, fond de musique classique : on a l'impression d'être reçu chez le duc lui-même. Toutes les tables sont rondes et ornées de bougies. Ce samedi soir, la plupart sont occupées. Le maître d'hôtel nous pilote vers la nôtre. Yann lui a serré la main. En plus, c'est un habitué ! Un serveur vient d'autorité poser devant nous deux coupes de champagne.

« Que je vous explique, dit Yann, souriant à mon étonnement. Je suis venu ici en culotte courte. C'était l'endroit favori de mon père. Rien n'était trop beau pour le fils du goémonier dont on se moquait à l'école. Sa vengeance était que l'on se presse pour y être invité par lui. Mais, le jour où il s'est mis en tête d'y traîner l'Honoré, l'échec complet ! Celui-ci n'est pas allé plus loin que le seuil. Il a regardé, il a déclaré comme vous tout à l'heure : "C'est trop beau pour moi", et il est rentré chez lui. Ce jour-là, je me suis fait une promesse.

— Laquelle ? »

Il met un doigt sur ses lèvres.

« Ne soyez pas si impatiente, c'est cela, la surprise. »

Le maître d'hôtel apporte la carte. Yann s'en saisit et me la présente en en cachant la moitié sous sa serviette, ce qui me fait rire.

« Vous n'avez le droit de choisir que les hors-d'œuvre. Je me charge du reste. La spécialité, ce sont les fruits de mer, mais je suppose que vous préférerez changer. Ils ont un excellent foie gras aux figues, je vous le conseille. »

Je me penche sur les « entrées ». Y figurent presque tous les crustacés. La « demoiselle », ainsi appelons-nous ici la langoustine, y est proposée en buisson. Découvrant le prix de celle-ci, je reste éberluée. On a beau le savoir, on a du mal à y croire. Pour cette somme-là, moi j'en vends une pleine caisse !

Ne serait-ce pas le moment d'avouer à Yann – mais pourquoi « avouer » – que cette demoiselle en or massif vient de mon chalut ?

Trop tard ! Voici le maître d'hôtel armé de son carnet. Finalement, c'est mieux. Ne risquerais-je pas de gêner mon hôte ? On le traite comme un prince ici. Le prince et la pêcheuse... Nous nous décidons pour deux foies gras aux figues. En ce qui concerne la suite, Yann se contente de désigner une ligne que je ne vois pas. Le maître d'hôtel acquiesce avec un sourire complice.

Le champagne pour commencer, puis, avec le foie gras, un délicieux sauternes, je flotte ! Aux autres tables, les gens parlent à mi-voix. On entend de l'anglais, de l'allemand. Ils sont tous plutôt élégants. Ce doit être à midi qu'ils viennent en maillot de bain tout mouillés. Je me souviens de ces touristes, à la recherche d'un endroit pour dîner, que nous avions pris en photo sur le port, avec le Capitaine et Jean-Yves. Au temps béni où Abel avait encore sa jambe et où je ne trouvais pas d'enveloppes suspectes sur mon lit...

Je remarque :

« Quel dommage qu'il n'y ait pas un restaurant à Kersaingilles ! Poisson et fruits de mer, direct du chalut dans l'assiette. Prix imbattables ! »

Décidément, celui des langoustines, sur la carte, m'est resté en travers de la gorge !

« Ouvrez-le ! » ordonne Yann.

J'ai bien dit « ordonne ». J'en reste bouche bée. Il a parlé le plus sérieusement du monde.

J'essaie de plaisanter :

« Et je l'ouvre où ? Sur mon bateau ?

— Si je ne me trompe pas, dans quelques semaines vous aurez fini d'en payer les traites ?

— Fin novembre. »

L'année de grâce donnée par le banquier. Fin novembre, la *Sonate* m'appartiendra tout à fait. Sans l'accident d'Abel, j'aurais sorti le grand pavois.

« Eh bien, le patron sera alors libre de devenir… patronne, déclare Yann, toujours aussi sérieux. Et pourquoi pas d'un restaurant ?

— Vous voudriez que j'abandonne mon bateau après m'être donné tout ce mal pour le garder ?

— Qui vous parle de l'abandonner ? Il pourrait fort bien continuer sans vous…, madame l'armateur. »

Le garçon change nos assiettes. Je suis un peu perdue. Cette idée de restaurant n'est pas venue comme ça à Yann, je le sens. D'ailleurs, moi aussi n'y ai-je pas déjà pensé ? Mais vaguement, sans y croire plus de quelques secondes.

« Attention ! avertit Yann. Le grand moment approche… »

Sur une table roulante, sous des cloches d'argent. Les assiettes à surprise sont posées devant nous, puis le garçon soulève les deux cloches à la fois tandis que le maître d'hôtel annonce :

« Bar à l'Honoré. »

Jusqu'aux yeux, le sourire de Yann ! Un enfant qui a réussi son coup. Autour du poisson, cette feuille brune dentelée, je l'ai vue onduler sous le bateau de son grand-père. Et ce légume d'un beau vert sombre, ce sont des haricots de mer. Bêtement, je demande :

« C'est vraiment ça le nom ? "Bar à l'Honoré" ?

Yann fait signe qu'on lui redonne la carte et, cette fois, la déploie largement devant moi.

« Regardez l'étoile. C'est même le plat conseillé ! L'Honoré n'a jamais voulu mettre le sabot ici, je me suis débrouillé pour qu'il soit chaque jour dans l'assiette des clients. Vous avez en face de vous le fournisseur attitré du Duc en algues alimentaires.

Et la fournisseuse en fruits de mer… Mais n'est-ce pas trop tard pour le révéler ?

Une bouchée de bar, une de *wakamé :* l'algue est savoureuse, avec un goût prononcé d'huître. Quant aux haricots de mer, cuits *al dente*, ils font avec le poisson un subtil mariage marin. Jusque-là, je n'y avais jamais goûté que du bout des lèvres, si l'on peut dire. Mon pêcheur n'aimait rien tant que les pommes de terre sous toutes leurs formes. Les enfants, n'en parlons pas.

« Depuis que j'ai ouvert mon entreprise, je rêve d'un restaurant accessible à toutes les bourses, qui ferait connaître mes produits, explique Yann. Alors, quand vous avez évoqué l'idée et parlé de prix imbattables…

— Mais c'était juste une idée ! Croyez-vous que cela s'ouvre comme ça, un restaurant ? Il faut avoir fait une école, obtenu un diplôme.

— Pas du tout, affirme Yann. La restauration est l'un des derniers métiers accessibles aux autodidactes. Esprit d'entreprise, courage et talent, nul besoin d'autre chose. N'en avez-vous pas fait preuve en reprenant votre *Sonate* ? Et, si vous voulez savoir, ajoute-t-il avec feu, j'ai déjà le local !

— Et moi, la cuisinière ! »

Qu'est-ce qui m'a pris de claironner un tel mensonge ? Cette pauvre Marguerite que voilà aux fourneaux sans être consultée. C'est le vin ! Avec le poisson, Yann a commandé une autre bouteille, un blanc plus sec, et, mine de rien, le maître d'hôtel ne cesse de remplir mon verre. Un complot ?

Le regard de Yann s'est illuminé.

« Racontez-moi vite », exige-t-il.

Il ne m'avait pas attendue pour connaître les Kervélec ! Enfant, il partageait les vacances de tous les galopins du coin. Marguerite avait deux nattes blondes jusqu'à la taille : ding, dong ! Déjà gourmande comme pas possible. Je lui ai raconté que, à chaque période de vacances, les résidents secondaires s'arrachaient ses services pour leurs réceptions. La cuisine était vraiment sa passion.

« Le seul ennui, c'est que l'algue, elle n'en a sûrement rien à faire. Elle, c'est plutôt du classique : pommes soufflées, gratins de courgettes, fondues d'artichauts…

— Pour le classique, vous apprendrez que l'on consommait déjà l'algue il y a dix mille ans, s'est rebellé Yann. Et si votre Marguerite a le talent que vous prétendez, elle s'y mettra. (Il a pris un air gourmand :) À présent, voulez-vous que je vous parle de la meilleure façon d'accommoder les spaghettis de mer ou le fouet de sorcier ?

Nous en étions là, à échafauder des menus, à jouer au marchand et à la marchande, quand le chef s'est présenté.

Toque sur la tête, visage aussi coloré que celui de ma cuisinière à moi, il venait s'assurer que Yann – il le tutoyait – et son invitée avaient été satisfaits. Découvrant l'invitée, il a froncé le sourcil, cherchant à faire le lien entre la Marie en bottes de la halle et la dame en escarpins que Yann venait de lui présenter comme une amie désireuse de découvrir sa cuisine.

Je lui ai tendu la perche. Soudain, je m'amusais énormément.

« Je suis flattée de voir que mes produits sont servis dans un tel cadre ! »

Il est devenu plus rouge encore, si cela se pouvait.

« Je vous remercie, madame. »

Le regard intrigué de Yann allait de l'un à l'autre. J'en ai rajouté.

« Puis-je vous poser une question ? Combien de demoiselles dans un buisson ? »

Le chef ne s'est pas trompé sur le sens – vénal – de ladite question.

« Une douzaine.

— Seulement ?

— Dites donc, vous deux, on peut savoir ce qui se passe ? » est intervenu Yann d'un ton faussement courroucé.

Son ami s'est tourné vers lui, mi-figue, mi-raisin.

« Nous avons le plaisir de nous approvisionner à l'étal de Mme Delaunay. »

Le rire de mon ingénieur a fait se retourner plusieurs tables de dîneurs.

« Si je comprends bien, tu as ici deux de tes plus importants fournisseurs. Sans nous, que serait Le Duc ? Une banale gargote indigne du détour. Tout compte fait, nous sommes tes étoiles. Tu as intérêt à bien nous traiter. »

Ce qu'a fait le chef en nous offrant le dessert et en le partageant avec nous.

* * *

L'étang sommeillait sur ses carpes. La flamme des bougies disposées tout autour, dans des photophores, faisait à son miroir un tremblant collier. Çà et là, vieux mammouths à la robe frissonnante, des bouquets de saules semblaient veiller sur sa tranquillité. Montaient des odeurs de terre mouillée, d'humus. Cela existait donc, des lieux de silence et de paix ?

Et des hommes qui se préoccupaient de votre avenir, même si c'était pour construire des châteaux en Bretagne ?

« Pourquoi ne m'avoir pas dit que vous connaissiez cet endroit ? s'est amusé Yann. Quelle drôle de femme vous faites ! Imaginez que le chef ne soit pas venu nous saluer, m'auriez-vous laissé dans le noir ?

— J'ai failli vous en parler en arrivant, et puis j'ai eu peur de je ne sais quoi. »

Son rire était plein de tendresse.

La porte du restaurant s'est ouverte, une bouffée de musique s'en est échappée.

« On marche un peu ? » a-t-il proposé.

Un chemin bien tracé faisait le tour de l'étang ; nous avons choisi l'herbe, au plus près de l'eau. Ce n'était pas très pratique avec mes talons. Quelle idée aussi de vouloir jouer à la dame ! Talons hauts ou pas, je resterais toujours la gamine qui, sur les cahiers de dessin, dépassait les lignes.

Yann a entouré ma taille de son bras.

« C'est fini, la peur de je ne sais quoi ?

— L'Honoré l'a chassée. Il a tout brouillé dans ma tête.

— L'essentiel est qu'il y soit entré, a-t-il dit. Et moi avec. »

Il s'est arrêté et m'a tournée vers lui. Mon cœur s'est emballé. Ses lèvres ont parcouru mon visage : le front, les joues, le cou. Elles s'y sont attardées. Sa langue…

« On signale un peu de salé derrière cette oreille-là », a-t-il murmuré.

Il avait cette voix plus sourde que le désir donne aux hommes, et aussi cette sorte de nuit dans le regard, cette nuit des temps ? Je suis venue à sa bouche, j'y ai plongé toute, tout de suite. Ce premier vrai baiser, je l'attendais depuis le jour où la *Pastourelle* avait croisé l'*Honoré*, la haine fait trembler l'amour. L'amour, nous sommes restés longtemps à le faire, en quelque sorte. Du moins à nous le promettre.

Puis nous marchions, son bras autour de ma taille, ma tête sur son épaule, et j'ai osé poser la question qui me taraudait depuis qu'il avait été accueilli au Duc comme un habitué.

« Yann… Emmeniez-vous votre femme ici ?

— Certainement pas ! Pour tout vous dire, Anne avait un gros problème avec les algues.

— Que s'est-il passé entre vous ? ai-je demandé. Je sais que ce n'est pas le moment, mais j'ai besoin de savoir.

— Rien qu'une histoire banale. »

Anne et lui s'étaient mariés très jeunes. Yann travaillait alors à Rennes : ingénieur dans une entreprise de produits pharmaceutiques, bon salaire et horaires réguliers. Elle s'occupait de décoration pour des amis ; ils en avaient beaucoup en ville où vivaient leurs deux familles.

À la mort de son père, Yann avait décidé de revenir à ses racines et de créer ici son entreprise. En fait, il n'avait jamais cessé d'en rêver. Anne l'avait suivi à contrecœur. Elle ne savait pas, disait-elle, s'être mariée à un goémonier. Elle s'était mortellement ennuyée. En cela, il plaidait coupable ; certaines décisions ne devraient se prendre qu'à deux. Elle avait fini par partir avec quelqu'un de mieux assorti à ses goûts.

« Finalement, elle est revenue à Rennes. Il paraît qu'elle y vit seule. Noël a des nouvelles de temps en temps.

— Il n'a pas souhaité la rejoindre ? »

Yann a eu un rire bref.

« Je ne pense pas qu'elle le lui ait proposé. Et si elle l'avait fait, sans doute aurait-il refusé. Noël est encore plus allergique à la ville que moi. »

Il avait parlé d'une voix détachée, comme si son deuil était fait. Et mon Indien ? Je me suis souvenue de la bûche qu'il avait brûlée : adieu, maman ? On ne dit jamais adieu à sa mère, qu'on le veuille ou non. Encore moins si on le veut.

Yann avait-il songé au divorce ? Cette question-là, je n'ai pas osé la poser. Mais sans doute est-ce pour me « placer », comme on dit, prendre date dans son futur, que j'ai demandé :

« Ce local pour le restaurant, quand me le montrerez-vous ? »

Il a pris son temps pour répondre. Étais-je allée trop vite ?

« Aussitôt que vous aurez un vrai petit commencement de début d'envie d'essayer… sans être sous l'emprise de la boisson », a-t-il ajouté avec humour.

Il lisait en moi.

Le tour de l'étang s'achevait déjà. Près de sa voiture, il m'a reprise contre lui.

« Que voulez-vous faire, Marie ? Je vous raccompagne, ou nous restons encore un peu ensemble ? »

Pas un peu, beaucoup, longtemps ! Je suis revenue à ses lèvres, j'ai senti son désir. Il répondait au mien.

« Je vous emmènerais bien chez moi, a-t-il dit d'une voix sourde. Mais, avec Noël, c'est plutôt difficile.

— Et à la maison, avec mon fils, c'est carrément impossible, ai-je renchéri. Lui, c'est du côté des Morvan qu'il a un gros problème.

— Entre plongeurs, cela devrait pouvoir s'arranger », a répondu Yann, et j'ai reçu ces mots comme une promesse supplémentaire.

Je ne serai jamais rassasiée de promesses.

Des lumières s'étaient allumées au premier étage du château ; il les a désignées.

« Nous n'allons quand même pas demander une chambre au Duc ?

— Avis de grand frais sous la halle ! ai-je plaisanté. Nous verrons ça quand votre chef aura fait un effort pour mes demoiselles. »

Nous avons ri. Pas un rire très naturel : le désir était là, qui brouillait tout. Et l'idée désagréablement prosaïque qu'il nous fallait trouver une chambre, un lit.

« Es-tu prête à me suivre ? » a demandé soudain Yann.

Le « tu » m'a terrassée. J'ai répondu oui sans hésiter : oui pour la chambre, ses projets, sa vie.

Ma mère n'a pas tort de me reprocher d'aller trop vite en besogne.

Nous n'avons pas parlé dans la voiture. Les mots, comme nos rires il y a un instant, auraient sonné faux, ou déplacés. Nous étions en route pour faire l'amour, cela emplissait tout et m'étouffait un peu. Sans doute est-ce à ce moment-là, loin de l'atmosphère enchantée du parc, sans plus de champagne ni de musique, que le malaise s'est insinué en moi : voici que je ne savais plus ce que je voulais !

Il s'épaississait, le malaise, près du motel, aux abords de Lorient où Yann s'était arrêté, tandis que je le regardais, derrière la porte vitrée de la réception, sortir son portefeuille afin de payer pour b…

Il m'écrasait en entrant dans une chambre trop bien rangée qui criait tout ce que je déteste : le provisoire, le passager, la solitude. Yann souriait.

Il ne lisait plus en moi.

J'ai bredouillé : « Excusez-moi un instant », et je suis passée dans la salle de bains.

Qu'est-ce que je foutais là ?

Il n'y avait plus ni patron, ni patronne, ni armateur, seulement, dans la lumière froide d'un néon, une femme au corps et au visage fatigués, qui avait perdu son mari quelques mois seulement auparavant et se retrouvait à l'hôtel, voyez-vous ça, avec un homme qu'elle n'avait vu à tout casser qu'une demi-douzaine de fois, qui ne lui avait même pas dit qu'il l'aimait.

Trop vite en besogne pour Thibaut.

Trop vite en besogne pour Yann ?

« C'est comme ça qu'on court à la catastrophe », assurait ma mère.

Et maintenant ?

Qu'était-elle supposée faire, cette femme ? Se déshabiller, se laver là, s'enrouler dans une serviette de bain et réapparaître, émue, tremblante, poussée par le désir, dans la chambre où l'homme l'attendait, lui certainement déjà dévêtu ?

Plus aucun désir en moi.

Yann a frappé. Je n'ai pas répondu.

La porte s'est ouverte et il est apparu. Il n'avait retiré que sa veste, merci, mon Dieu ! Pardon, Benoît ! Il m'a regardée, assise sur mon coin de baignoire, plus naufragée que sirène.

« Voilà que j'ai à nouveau peur de je ne sais quoi », ai-je avoué.

Et, du tac au tac, il a répondu :

« Qu'est-ce que tu crois ? Moi, j'ai une trouille bleue. »

J'ai entendu mon rire, comme un sanglot.

Alors il s'empare de ma main, me tire dans la chambre, me pousse sur le lit…, comme il y va ! Ce lit, il l'a défait. Il a aussi éteint toutes les lumières froides pour ne laisser que celle d'une petite lampe à abat-jour rose sur une table de nuit, voilà qui est déjà moins mal. « Moins pire », dirait Quentin. C'est bien le moment de penser à mon fils ! Mais, contrairement à ce que l'on raconte, à aucun moment, même l'ivresse, pas plus qu'on ne peut dire adieu à sa mère, on n'oublie jamais tout : ni les uns, ni les autres, ni surtout soi.

Il me retire mes chaussures, envoie baller les siennes : toc ! toc !... s'étend à mes côtés, glisse le bras sous mes épaules, c'est tout.

Sauf qu'il parle.

Il raconte qu'un soir d'été, chez les gendarmes, il a vu une drôle de femme dans un corsage de fillette et des bottes de pêcheur, une femme mi-foudre de guerre, mi-château branlant, mi-chardon piquant, mi-pensée, la fleur si douce et bien nommée, et que cette femme-là, cette fleur-là, il a eu envie de la cueillir, au nez et à la barbe des militaires. D'ailleurs, il regrette encore cette occasion perdue.

Sûrement son côté exhibitionniste.

Lorsque cette femme a frappé chez lui, un soir de grand frais, il était triste et lourd comme une vieille souche, ou plutôt comme un arbre tordu par ces vents contraires qui font leur beurre dans nos régions impossibles. Et puis elle est entrée, et avec elle de la lumière, de l'accalmie. Et s'il s'est montré plutôt froid, peut-être même agressif ce soir-là, c'est qu'il ne supportait pas l'idée qu'elle n'était venue que pour récupérer son matelot.

Sûrement son côté possessif, « macho », comme on dit aujourd'hui.

Quels naïfs, ces hommes ! Je n'étais venue que pour lui.

Il m'a détestée, sur l'*Honoré*, lorsque je me suis refermée sur mes secrets, alors qu'en me montrant sa forêt sous-marine il venait de m'ouvrir le cœur de son cœur. Son mois d'août a été fichu, il l'a passé à m'envoyer au diable. Où je refusais obstinément d'aller...

Toutes ces merveilles, Yann les a dites sans bouger d'un pouce, pas le plus petit travail d'approche, la moindre caresse : un gisant. Moi, mine de rien, par minuscules paliers, j'ai tourné le nez en direction de son cou. Il en monte une odeur poivrée : pain d'épices, plante sauvage. Je brûle de goûter à mon tour. Signale-t-on aussi un peu de salé derrière cette oreille-là ?

Et comme il semble avoir fini son plaidoyer, je me lance dans le mien.

Moi, je me suis intéressée à lui avant que les gendarmes s'intéressent à moi, lorsque, de nature curieuse et imaginative, je cuisinais mon matelot sur son tyran de père et rêvais de le rencontrer pour lui dire ses quatre vérités.

Moi, ce soir de grand frais, j'étais venue chez lui pour m'assurer que j'y trouverais bien ce même homme qui avait fait entrer de la lumière, de l'accalmie dans ma cage, à la gendarmerie. Et, sur son bateau, regardant le champ d'algues, j'avais compris avec bonheur que la mer était une même personne pour nous deux, lui y plantant, moi y pêchant.

À ce stade du conte de fées, c'est plus fort que moi, tant pis, j'y vais ! Je goûte du bout de la langue derrière cette oreille-là. Aucun salé à signaler, mais une réaction foudroyante : un homme qui se dresse au-dessus de vous, ogre prêt à vous dévorer..., attends, attends un peu, je n'en ai pas fini avec les peurs !

Tout à l'heure, dans la salle de bains au néon qui me donnait cent ans – et s'il y avait eu une fenêtre, c'est sûr, j'y passais –, je pouvais très bien nommer ce qui me paralysait : la crainte que tu ne me trouves légère de tomber dans tes bras si tôt après la disparition de Pierre et ne me reproches de m'être si vite consolée. Mais ce n'est pas le mot : on ne se console jamais d'un beau voyage de tant d'années, on peut avoir envie de s'embarquer pour un autre, voilà... Attends, attends encore un peu, mon amour, je n'en ai pas terminé avec les peurs de je sais parfaitement quoi !

D'être moins belle que ta femme, moins raffinée, moins intelligente, moins tout. Sur les cahiers de dessin, elle, j'en suis certaine, ne devait pas souvent dépasser les lignes. Sûr qu'elle est bronzée partout pareil. Si elle ressemble à son salon et moi au mien, comment veux-tu que je soutienne la comparaison ? Et peur aussi que tu ne te trompes sur mon compte, de te décevoir et de me retrouver seule, c'est-à-dire avec tout le monde, sauf toi.

Cette peur-là, de n'être pas à la hauteur, c'est un sale virus attrapé à l'âge tendre, le genre à ne jamais vous lâcher tout à fait, à se réveiller aux pires moments pour vous les saboter, c'est-à-dire aux radieux, ces moments où l'on croit toucher le bonheur – mais ça ne saurait durer, il y a erreur sur la personne.

Voilà, c'est dit. Tout ou à peu près. Je me tais, faute d'oxygène. Je crois bien n'avoir pas parlé si longtemps à la file depuis… depuis jamais. À toi de jouer et, s'il y a erreur sur la personne, dis-le, je m'en vais.

Il se dresse à nouveau au-dessus de moi, un bras ci, un bras là. Ça ne me déplaît pas qu'il soit un peu usé, ce visage d'ogre, qu'on y lise la fatigue des années, parce que moi, voyez-vous, les jeunes…

« Et si je n'aimais que ce qui dure ? gronde-t-il. Si je t'aimais comme la mer, tempêtes incluses ? »

L'argument choc !

À métamorphoser le patron en Scarlett O'Hara, en diva des concerts.

En femme.

C'est moi qui ai défait le nœud de la cravate. Quelle idée de garder sa cravate au lit ! J'ai ouvert la chemise et découvert un torse chaud, touffu, pas salé lui non plus, vérifications faites, pas même les petits boutons tendus, on aurait dit des *fias*, ces coquillages beiges à bout rosé, tendres aux lèvres.

C'est lui qui m'a retiré ma robe :

« Lève les bras, ferme les yeux ! »

À première vue, ce qu'il a trouvé dessous ne lui a pas déplu.

Et coulent de secrètes rivières, et se dressent des monts brûlants. Je n'ai plus peur de rien.

★ ★ ★

La journée avait été dure, mer hargneuse, vent et pluie par paquets et, pour finir, pas grand-chose dans les chaluts : chinchards, méduses, quelques lottes heureusement, un peu de merluchon. Alain avait proposé de livrer Trèfrais, je me hâtais vers ma fourgonnette quand le Capitaine m'a rattrapée.

« Faut que je te parle, Marie ! »

La voix des mauvais jours. Moi, je n'avais pas envie de l'entendre, j'étais pressée de rentrer à la maison : une douche bien chaude, des vêtements secs et, surtout, l'appel de Yann parti à Roscoff pour quarante-huit heures assister à un congrès sur l'algue alimentaire. Yann à qui j'avais quelque chose d'important à dire.

« Ton garçon, tu sais où il était la nuit passée ?

— Dans son lit, je suppose. Pourquoi ?

— Tu supposes ou tu es sûre ?

— Je suis sûre qu'il a dîné là. Après, je ne suis pas allée voir sous ses draps. Ce n'est pas dans mes habitudes. Imagine que j'y trouve une fille… »

Ma plaisanterie est tombée à plat. Nul n'ignorait que Quentin ne regardait les filles que de loin, j'avais même fait part de mon inquiétude à André, qui m'avait répondu en rigolant que Pierre était tout pareil autrefois... Jusqu'à ce qu'il rencontre une dénommée Marie.

« Qu'est-ce qui se passe, André ? Parle, je suis pressée.

— Toi, t'es toujours pressée maintenant, a-t-il protesté. Ça te change pas. Si tu veux savoir, ça fait plusieurs fois que le vivier de la *Diane* est visité. Il y a de la langouste et de l'araignée qui partent. On soupçonne Loïk. Certains l'auraient vu faire du porte-à-porte chez les touristes avec de la marchandise. C'est grave, Marie ! Un des nôtres qui braconne chez le voisin, ça s'était encore jamais vu par ici : pareil que si on se volait soi-même. »

La colère est montée en moi, poussée par une grosse vague de peur.

« Pourquoi tu me racontes ça, André ?

— Parce que Loïk et Quentin se quittent pas, ces temps, tu le sais très bien. Et la plongée, ça connaît ton fils !

— Jamais il ne ferait ça, tu m'entends ? Jamais ! » ai-je crié.

Le Capitaine a soupiré. Il a regardé autour de lui comme s'il ne tenait pas à ce qu'on nous voie ensemble.

« Je veux bien te croire, Marie, je demande pas mieux. Mais fais gaffe à ce qu'il soit à la maison cette nuit. Pour une fois, vérifie sous les draps s'il le faut. »

Il a filé.

J'ai attendu que mon cœur se calme pour démarrer. Je revoyais les billets dans l'enveloppe, j'entendais Quentin : « Des petits boulots pour Loïk... » M'aurait-il proposé cet argent s'il était le produit d'un vol ? Certainement pas. Impossible !

« Fais gaffe à ce qu'il soit à la maison cette nuit... »

Les paroles du Capitaine avaient sonné comme un avertissement.

Il n'y était pas quand je suis rentrée. Quoi d'étonnant ? Il profitait de ses derniers jours de vacances. Et si son équipement de plongée ne se trouvait plus dans la remise, c'est qu'il était allé à son club, comme chaque jour. Il reviendrait sûrement pour dîner. Je ne le laisserais pas repartir.

Il y avait un mot d'Annaïs sur le pense-bête : elle serait là tard, que je ne m'inquiète pas.

Que je ne m'inquiète pas...

Comme promis, Yann a appelé. Il avait assisté à une conférence passionnante sur l'algue nutritive et l'avenir.

« Si on ne fait pas les imbéciles avec la pollution, un jour on pourra nourrir des millions d'affamés. »

Je n'ai pas voulu gâcher sa joie en lui parlant de Quentin.

« Ce local où on dégustera le "bar à l'Honoré", peux-tu m'inscrire pour la visite ? » ai-je demandé.

Il y a eu un silence du côté des remparts de Roscoff. Il me semblait voir briller les yeux de Yann. À vrai dire, je me surprenais moi-même. Un jour, vous lancez une idée en l'air et, contrairement à la définition du dictionnaire, elle ne s'évapore pas, elle se planque dans un coin de votre cerveau, attendant une grosse fatigue, un fils à chagrin et un homme convaincant pour que s'y ajoute un « pourquoi pas ? ». Eh bien, oui : pourquoi pas ?

« Tu noteras que je ne suis pas sous l'emprise de la boisson, ai-je ajouté. Mais peut-être bien sous celle de l'amour.

— J'ai très fort envie de toi », a-t-il répondu.

L'amour, nous l'avons un peu fait au téléphone : une première pour moi. J'en rougissais toute seule.

Quentin n'était toujours pas rentré et je préparais un potage pour le dîner quand maman a appelé.

« Tu as une minute, ma chérie ?

— J'ai tout mon temps. »

J'ai emporté le téléphone au salon où je me suis installée confortablement. Pourquoi André m'avait-il reproché d'être toujours pressée ?

Maman s'est d'abord enquise d'Abel. Je n'étais pas retournée le voir mais prenais des nouvelles chaque jour. Après examen de sa vue, on lui avait proposé de l'opérer de la cataracte, en profitant de son séjour à l'hôpital. Il était grand temps. Le chirurgien affirmait qu'après il se sentirait un autre homme.

Un autre homme pour quoi faire ?

Puis il a été question de mon père. Il prenait sa retraite en janvier prochain et maman s'inquiétait :

n'allait-il pas s'ennuyer ? Traduction, ne l'aurait-elle pas toute la journée dans les pattes ?

« Ne t'en fais pas pour ça. Il n'est pas du genre à rester inactif, il trouvera à s'occuper. »

Alors que d'habitude je ne m'attardais pas au téléphone, voilà que j'en rajoutais, je me cramponnais. Elle n'en revenait pas, Mamina. C'est que sa voix remettait le monde à l'endroit : petits problèmes, petits soucis et nappes fleuries.

Lorsqu'elle a évoqué les dix-huit ans de Quentin, samedi prochain, j'ai compris que nous arrivions au vrai motif de son appel.

« Cette idée d'une pendaison de crémaillère-anniversaire chez Thibaut, qu'est-ce que tu en penses ?

— Pourquoi pas ? »

Chez Thibaut ou ailleurs, j'aurais voulu y être ! Quentin soufflerait ses bougies en faisant l'imbécile comme d'habitude, ce serait gai et un peu ennuyeux, merveilleusement ennuyeux. Je rirais de mes inquiétudes présentes.

Maman s'est éclairci la voix : nous y étions.

« N'as-tu rien remarqué entre Annaïs et Thibaut ? La petite ne jure plus que par lui. Il est un peu âgé pour elle, mais il la stabilise. Finalement, ton père et moi pensons que ce ne serait pas si mal. »

Qu'elle l'épouse ?

Je me suis rendu compte que, du moins à cet instant, c'était le dernier de mes soucis.

Je rêve d'une corne de brume qui mugit, mais pas comme d'habitude. C'est une sonnerie stridente, répétitive et qui n'en finit pas. J'ouvre les yeux : le téléphone. La lampe est allumée sur la table de nuit, ma porte grande ouverte. Le réveil indique une heure trente du matin.

Je décroche.

« Marie, faut que tu viennes tout de suite, ordonne le Capitaine.

— Tu peux me dire…

— Rien du tout, m'interrompit-il. On t'attend près de la *Pastourelle*, fais vite. »

Il a déjà raccroché. Mon cœur cogne contre mes côtes. La *Pastourelle*, le bateau de Loïk. Loïk, Quentin… « Le vivier de la *Diane* a été visité plusieurs fois… » Quentin n'est pas rentré dîner. J'ai appelé partout sans le trouver. De guerre lasse, j'ai fini par m'endormir.

C'est bien la guerre et je me sens lasse à mourir.

La pluie a cessé, chassée par un vent d'est. Il fait froid. Un groupe d'hommes en caban et ciré se tient devant la *Pastourelle*. Alain Kervélec, le Capitaine sont parmi eux. Alors que j'approche, tous les visages se tournent vers moi.

Comment est-ce que j'avance ? Je l'ignore. Une jambe, puis l'autre, un pas, puis l'autre, j'avance. Mais, dans ma tête, je recule, je fuis, loin dans les terres, près d'un étang peut-être, vers l'abri d'un grand saule qui, sûr, en a vu d'autres et n'est pas tombé pour autant.

Le Capitaine vient à ma rencontre.

« On est désolés, Marie. On a pris Loïk et ton gars à visiter le vivier de la *Diane.* »

Je ne réponds pas. On ne peut pas dire que je n'aurai pas été prévenue ! Abel : « Faudra que je te dise deux mots à propos de ton Quentin. » Et le Capitaine qui, pour mes beaux yeux, a été jusqu'à tricher vis-à-vis des copains : « Fais gaffe à ce qu'il soit à la maison cette nuit. »

Cette nuit, une virée était prévue pour attraper les pillards.

Sur le pont de la *Pastourelle*, le patron de la *Diane*, Albert, et celui du bateau de sauvetage, mon ami Jean-Yves. Contre la coque, dans l'annexe que le vent chahute, Loïk et Quentin. Quentin en tenue de plongée.

Me voyant, il s'est détourné. Me voyant, Loïk a eu comme un sourire. Tout cela aurait-il été monté contre moi ? Je ne peux y croire. Ce serait trop de haine.

« Alors, aboie le patron de la *Diane* en direction des garçons. Qu'est-ce que vous attendez pour monter ? Vous allez rester là toute la nuit ? Toi, Loïk, pendant que t'y es, monte le sac, ça m'évitera de descendre le chercher. »

Loïk le premier puis Quentin grimpent l'échelle de corde. Loïk laisse tomber le sac de jute sur le pont, aux pieds d'Albert. Il y a un bruit de carapaces heurtées. Se voyant pris, un autre l'aurait balancé à la mer. Albert retourne le sac, une douzaine de crustacés s'éparpillent sur le pont.

« Pourquoi vous avez pas tout vidé pendant que vous y étiez ?

— Se faire ça entre pêcheurs, y a plus d'honneur, proteste un homme, et ce mot roule comme le tonnerre dans la voix de ce marin au visage ravagé par les vents et la peine.

— Faut appeler les gendarmes, propose une autre voix. C'est tout ce qu'ils méritent. On y va ? »

Deux d'entre eux s'ébranlent déjà.

« Attendez ! » ordonne le Capitaine.

Les hommes se figent, à contrecœur.

« Et qu'est-ce qu'ils vont leur faire, les gendarmes ? interroge André. Ils les garderont une nuit ou deux avant de les relâcher avec une amende. Moi, je propose qu'ils remboursent ; tu t'y retrouveras mieux, Albert. »

C'est moi qui m'y retrouverai mieux, tous le savent ici. Ceux de la *Diane* qui, à mes côtés, avaient participé à l'arraisonnement du *Lazarillo*. Ceux qui, il y a quelques semaines, criaient mon nom dans les rues du Guilvinec. Le crieraient-ils encore aujourd'hui ? Tous, même Alain Kervélec, évitent de me regarder.

« Je rembourserai, dis-je. Je rembourserai tout.

— Pas toi, dit le Capitaine. Les coupables.

— Alors, *lui* ! » déclare soudain Loïk en montrant Quentin.

Il y a une seconde de stupeur. Dans la combinaison qui le dénonce, les cheveux encore collés par l'eau de mer, Quentin s'est tourné vers Loïk, incrédule.

« C'est lui qu'a eu l'idée, alors c'est lui qu'a eu les sous, normal ! laisse tomber Loïk.

— Et c'est peut-être pas avec ton canot que vous y êtes allés ? rugit Jean-Yves.

— J'ai pas l'habitude de refuser un service à un ami.

— On t'a vu vendre, y a des témoins, tu diras pas le contraire.

— Mais tout est allé dans la poche de Delaunay, il vous dira pas le contraire non plus. »

Comme il l'a dit : Delaunay… Le père, le fils, une même haine.

C'est à présent vers Quentin que les regards sont tournés. Il ne se défend pas, il est comme pétrifié. Long, fin, fragile, orphelin. Ne voient-ils pas qu'il est la première victime de l'histoire ? Peut-être a-t-il pillé le vivier d'Albert, mais lui, c'est son cœur, sa confiance en l'amitié que Loïk a dévastés.

La haine, l'impuissance me submergent, mais surtout le besoin viscéral, désespéré, de prendre mon garçon contre moi. Je fais un pas vers le bateau, la poigne du Capitaine m'arrête. Sur le pont de la *Pastourelle*, Jean-Yves s'est emparé du bras de Quentin.

« Toi, tu viens te changer ! »

Sous la rudesse de la voix, j'ai senti la compassion, et les larmes me sautent aux yeux. Oui, aide-le, Jean-Yves, porte-lui secours, toi le patron sauveteur qui vas chercher les gens dans la détresse, il l'est ! Ils disparaissent. Sans ménagement, Albert fait monter Loïk sur le quai. Je repousse le Capitaine. Cette fois, nul ne m'arrêtera. Je viens jusque sous le nez du salaud.

« Et ton frère, Loïk Labbé ? Tu crois qu'il serait fier de toi, Antonin ? »

Il se fige. Les autres aussi. J'ai rompu la loi du silence. On ne jette pas à la figure des gens le nom de leur péri en mer, gare aux fantômes. Et le nom d'Antonin Labbé, mari de Madeleine, est tabou entre les tabous ; c'est depuis sa disparition que Loïk sombre.

Il se reprend le premier. Visage blême, avec un rire qui tient plutôt de l'aboiement, il désigne les marins.

« La fierté ? Demande-leur plutôt à eux ce qu'ils en pensent, la duchesse. »

Un grognement s'échappe des poitrines. Le retour de Quentin sur le pont de la *Pastourelle*, suivi par Jean-Yves portant son barda de plongeur, rompt comme un sortilège. Je m'approche pour accueillir mon fils. Mais il m'échappe et se jette sur Loïk. Il frappe au hasard, on dirait sans espoir. Il frappe comme un petit qui n'en peut plus d'être tyrannisé par un grand et, tant pis, cette fois il ne se laissera pas faire, quitte à y laisser sa peau.

Le grand se moque, il l'humilie. Je crie :

« Arrête, salaud ! »

Avant que j'y sois, on les a séparés. Jean-Yves tient Loïk.

« Touche-moi pas, toi. Touche-moi pas, t'as pas le droit ! » hurle celui-ci.

Quentin court sur le quai sans que nul ne songe à l'arrêter. Je veux y aller, le Capitaine me retient à nouveau. Je te déteste, André ! Je te hais, la mer !

« Marie, Marie, si tu gardais tes forces pour quand il reviendra. Il aura besoin de toi. »

⋆ ⋆ ⋆

Coupable !

De n'avoir pas assez donné d'amour, d'attention à mon fils, d'avoir négligé ses appels.

Coupable d'abandon.

Car n'était-ce pas un appel, cette enveloppe bourrée de fric placardée sur ma jolie robe ? Un cri : « Je souffre, écoute-moi, empêche-moi de couler ! » Mains sur les oreilles, bandeau sur les yeux, Yann dans le cœur, je lui avais jeté l'enveloppe au visage.

Et aussi, tiens, cet autre cri, le lendemain de l'accident d'Abel : « Tu n'aurais pas besoin d'un mécano, par hasard ? » Qu'est-ce qui m'avait empêchée de dire « oui » ? Quentin était en vacances, j'avais de la place. Dire « oui » pour une quinzaine, on verrait après. Je n'avais même pas répondu.

Coupable de silence.

Annaïs : « Avec toi, faut prendre rendez-vous. »

Le Capitaine : « Toujours pressée, ça te change pas. »

Maman : « T'as une minute ? »

Aucun temps pour parler, entendre, comprendre, regarder.

Ces mots dont je m'émerveillais lorsqu'ils venaient de Yann, qui abolissaient les peurs et ouvraient la porte à l'amour, je les avais refusés à Quentin.

Annaïs ne s'est pas privée de me le faire savoir !

Il était un peu plus de sept heures lorsqu'elle est descendue à la cuisine. J'avais averti Alain Kervélec que je ne sortirais pas aujourd'hui. Qu'il aille pêcher avec Noël si ça lui chantait, moi, j'attendais mon fils. Je ne m'étais pas recouchée.

« Qu'est-ce qui t'arrive, maman : on fait grève ? »

Je lui ai tout raconté.

« Ça t'étonne ? » a-t-elle raillé.

En embauchant un matelot de l'âge de son frère alors que je l'avais refusé, lui. En n'ayant que Noël à la bouche : le travail impeccable de Noël, la gaieté de Noël, le courage de Noël, ne m'étais-je pas rendu compte que je crucifiais Quentin qui aurait tant voulu, lui aussi, faire ses preuves, effacer la faute du père, me prouver qu'il était un homme ?

Je ne le lui avais pas permis.

« Et le bouquet ! Pour disculper le matelot, tu vas en prison, a-t-elle conclu avec un rire. Peut-être bien qu'en pillant le vivier de la *Diane* Quentin a voulu voir si tu l'en sortirais. »

Elle était assise en face de moi : son premier chocolat, mon énième café. Je voyais bien que, lorsqu'elle plaidait pour Quentin, elle plaidait pour elle aussi.

« Tu te rappelles pas de ce que tu disais à papa ? "Oublie la mer quand tu es à la maison, pose le sac, regarde ta famille." Toi, il n'y a plus que la pêche, le temps, le merlu et la langoustine. Elle nous sort par les yeux, ta langoustine. Il ne manquait plus que ton Yann au tableau ! »

Mon cœur a bondi.

« Tu sais ? »

À nouveau, elle a ri.

« Mais tout le monde sait, maman ! Tout le monde t'a vue sur son bateau, le jour du Pardon. Tout le monde a appris qu'il était venu te chercher à l'hôpital. »

Timidement, j'ai demandé :

« Tu m'en veux ? »

Malgré ma peine, mon désarroi, le « ton Yann » me gonflait le cœur d'un douloureux bonheur. Oui, j'avais Yann. *Mon* Yann !

« Je t'en veux des masses d'avoir fait ça en douce sans rien nous expliquer, a-t-elle répondu. Surtout à Quentin. Tu te doutes bien que Loïk s'est fait une joie de lui apprendre que tu sortais avec le père de ton cher Noël. T'imagines le choc ? Et Quentin, lui, il a personne. Moi, au cas où tu t'en serais pas aperçue, j'ai Thibaut. »

Ce ton aigre... Annaïs avait-elle attendu que je lui parle de ses amours, l'interroge, m'intéresse ? Évidemment, oui ! Là, au moins, j'avais une bonne excuse pour n'avoir pas fait mon boulot de mère.

Toute honte et regrets bus, je m'apprêtais à réparer, à l'interroger sur mon amant d'un soir, lorsque l'intéressé a appelé.

Quentin était chez lui.

Thibaut l'avait trouvé roulé en boule devant sa porte, refusant de parler, pas un mot. Il avait quand même accepté un café.

« Un café ? Mais il en boit jamais, il a horreur de ça ! s'est exclamée Annaïs. Faut vraiment qu'il touche le fond. J'arrive. »

Elle a raccroché. Je me suis levée. Café ou non, un formidable soulagement m'emplissait : Quentin était sauf.

« Je viens avec toi.

— Pour qu'il se barre à nouveau ? Un peu de patience, maman. Ça se regagne pas d'un coup, le temps perdu. »

Je suis retombée sur ma chaise. Annaïs est montée s'habiller. Avant de quitter la maison, elle a passé la tête dans la cuisine.

« Comme ça, il sera sur place pour son anniversaire. Si t'es bien sage, on t'invitera. »

Dans trois jours.

Déguster une galette complète : jambon – œuf-fromage, face à un recteur dont le téléphone portable vous interrompt toutes les trois bouchées, voilà une façon moderne de se confesser. Et le téléphone, finalement, ça n'est pas plus mal. Ça vous permet de reprendre souffle entre l'aveu de deux péchés !

Nous avions choisi une crêperie à quelques kilomètres de Kersaingilles ; ainsi n'aurions-nous pas à craindre d'être dérangés. Tout ce que j'avais à dire à Benoît sur Quentin, il le savait. Lui aussi s'était inquiété de le voir si souvent avec Loïk. Mais comme je ne semblais pas m'en soucier… Lorsque je lui ai fait part de mon intention d'aller trouver Flavie dès aujourd'hui et de l'avertir que, si son fils remettait ça, j'irais le dénoncer à la gendarmerie pour l'incendie de mon bateau – j'avais gardé le briquet, Noël témoignerait –, il a mis son téléphone en veilleuse.

Normal ! Ici, on ne pouvait pas parler des Labbé sans que tout le monde se mette en veilleuse.

« Ne fais pas ça, Marie, a supplié Benoît.

— Et pourquoi ? Tu veux que j'attende qu'il mette le feu à la maison ? Ou que, cette fois, il s'attaque à Annaïs ? C'est trop de haine, moi je ne supporte plus ! »

Il a hésité quelques secondes.

« Cette haine n'est pas dirigée contre toi. »

J'ai éclaté de rire ; des gens se sont retournés.

« Alors, si ce n'est pas contre moi, j'aimerais bien savoir contre qui. Tu peux me le dire, s'il te plaît ?

— Contre lui-même, a répondu Benoît sombrement. Loïk ne s'est jamais pardonné la mort d'Antonin. Tout le monde le sait ici. »

Ma gorge s'est nouée.

« Je ne me pardonnerai jamais la jambe d'Abel. Ce n'est pas pour ça que je me venge sur les autres.

— Ça n'a rien à voir, Marie. Abel et toi, vous vous entendiez bien. Antonin et Loïk ne pouvaient plus se souffrir.

— À cause de Madeleine ? »

Il a acquiescé :

« Ils l'avaient connue en même temps. Tous les deux étaient amoureux fous. Antonin avait gagné, si l'on peut dire ; cela ne l'empêchait pas d'être jaloux de son frère. »

Ah, comme je pouvais l'imaginer, Madeleine, avec ses grands yeux d'orpheline dans son ravissant visage, jouant sur tous les tableaux ! N'avait-elle pas eu Pierre ? Mon Pierre ? La révolte m'a emplie ; dire que je lui apportais du poisson, et du beau encore. Que je lui avais offert pour Maximou les vêtements d'enfant de Quentin. Et pendant ce temps, Loïk...

« Le jour de l'accident, c'est Loïk qui a foutu son frère à l'eau ? »

Benoît a sursauté.

« Tu ne dirais pas ça si tu l'avais vu au retour. On a dû l'empêcher de s'y jeter lui-même pour n'avoir pas réussi à le sauver. »

J'ai revu les pêcheurs autour de la *Pastourelle*, la nuit dernière, lorsque j'avais lancé le nom d'Antonin : une vraie grenade.

« Et pourquoi personne n'a le droit d'en parler ? On dirait qu'ils ont tous honte.

— Bien sûr qu'ils ont honte, a constaté Benoît. Ce jour-là, Loïk les avait appelés à l'aide. Il disait qu'Antonin était devenu fou, qu'il voulait mettre le feu à la *Pastourelle*. Ils n'ont pas cru à son histoire. Ce n'était pas la première fois qu'il les dérangeait pour rien. Et il était ivre, paraît-il. Bref, ce coup-là ce n'était pas pour rien et ils ont bien été obligés d'y croire quand Loïk est rentré avec le corps et les a traités d'assassins. Antonin était passé à l'eau, il avait réussi à le repêcher, pas à le réanimer. »

« Touche-moi pas, Jean-Yves. Toi, surtout, touche-moi pas, t'as pas le droit. »

Le patron sauveteur qui n'avait pas, lui non plus, répondu à l'appel ?

« Et pourquoi, moi, j'ai jamais rien su de tout ça ? Pierre m'avait seulement dit qu'Antonin s'était noyé en pêche.

— Pierre n'était pas sorti ce jour-là. Grâce au ciel, lui n'avait rien à se reprocher. Et personne avait trop envie d'en parler, lui moins encore que les autres, tu connais la raison. »

Il avait consolé la veuve ! Peut-être le seul qui en avait le droit. Si l'on peut dire…

« Je n'irai pas voir Flavie, ai-je promis à Benoît. Mais, si Loïk remet ça, je vais droit à la gendarmerie. J'y ai des amis, ils m'écouteront. »

Le recteur a fermé les yeux durant quelques secondes. De soulagement.

« Merci », a-t-il murmuré.

Pour finir, nous avons commandé des crêpes au sucre. Nous étions arrivés au bout de la bouteille de cidre. Chaque fois que quelqu'un entrait ou sortait, le vent pointait son museau, soulevait les rideaux à carreaux bleus et blancs. Il arrive qu'on se sente bien aux moments les plus inattendus. Une aubaine que le boulot de Benoît soit d'écouter sa prochaine. Il m'a souri.

« L'été n'aura pas été de tout repos pour toi, Marie !

— Tu peux le dire ! Et même l'année… »

Sans compter Yann. Mais de lui je n'ai pas parlé. La confession était terminée et Yann n'était pas un péché, il était ma lumière. Rebranché, le téléphone portable n'a pas tardé à se manifester.

« Il semblerait qu'on me cherche partout, a remarqué Benoît.

— Moi qui espérais être ta seule cliente. »

Il m'a raccompagnée jusqu'à ma fourgonnette. Avant d'y monter, j'ai demandé : « Et pour pénitence ?

— Le pardon, a-t-il répondu. Même à son ennemi.

— Pardonner pour moi, O.K. Pour Quentin, jamais ! »

* * *

L'anniversaire a eu lieu dimanche chez Thibaut.

Crépi blanc, ardoises, la maison sent encore bon la peinture : l'une de ces paysannes qu'on achète « pour rien » parce que tout y est à refaire, comme on dit. Sauf l'âme qui rôde alentour en attendant le repreneur. La découvrant entourée de genêts, je me suis souvenue que Thibaut les aimait. Ce clin d'œil jaune or avait dû influencer son choix.

Redoutant d'arriver seule, je suis passée prendre mes parents à la Roseraie. Avec maman, aucun silence à craindre. Elle étrenne pour l'occasion, plus précisément pour le « locataire », rentré en grâce depuis qu'Annaïs s'y intéresse, une coiffure plus gonflée que jamais. Par bonheur pour celle-ci, le vent est tombé ; sinon, il y aurait risque d'envol. Mes parents ignorent ce qui est arrivé à Quentin. Il y a du bon à ne pas fréquenter les pêcheurs.

La table a été dressée dans le jardin. Benoît discute avec Thibaut. Je n'avais pas réalisé qu'ils avaient à peu près le même âge. En m'embrassant, le recteur me glisse un « courage ! » qui achève de me scier les pattes. Je n'ai pas revu Quentin depuis la nuit du piège : celui tendu par les pêcheurs, celui dans lequel Loïk l'a entraîné. Il est pâle, les traits tirés. Ce pantalon neuf, avec qui l'a-t-il choisi ? Jusque-là, c'était toujours avec moi. Du courage, il m'en faut presque autant pour aller à lui que pour pousser la porte d'Abel à l'hôpital. D'une certaine façon, Quentin aussi a été amputé : de son innocence, la naïveté propre à son âge. Peut-être de sa capacité à s'enthousiasmer. Pourvu qu'il ne boite pas toute sa vie !

« Bon anniversaire, mon chéri.

— Merci, maman. »

Annaïs se précipite avec deux coupes :

« Champagne ? »

Comme elle va me manquer !

C'est un déjeuner-buffet. Tout est sur la table : charcuterie, viandes froides et salades variées. Maman s'est chargée du gâteau. Un jour, j'ai retrouvé, glissée dans son livre de cuisine, la liste des mets préférés de chacun. Faire plaisir aux siens, l'un des buts de sa vie. Bravo ! Sur le gâteau de Quentin, il y aura forcément double couche de chantilly. Pas le plus pratique lorsqu'il s'agit d'y planter des bougies.

Dix-huit.

Le héros de la fête s'est arrangé pour n'en laisser qu'une seule allumée. Celle de sa majorité ? En le voyant souffler les dix-sept autres, l'idée m'est venue qu'il effaçait le passé. Aucune plaisanterie idiote, cette fois : un silence quasi religieux.

Annaïs a attendu le café pour annoncer son intention d'étudier le théâtre à Brest. À l'étonnement général, Mamina n'a pas trop mal pris la chose. Brest n'est qu'à une petite heure de route, la famille où elle travaillera au pair a été recommandée par Thibaut.

Son regard sur celui-ci et sur sa petite-fille indiquait que c'était de ce côté-là qu'elle attendait du sérieux ; il disait même un peu trop fort qu'elle ne refuserait pas de rempiler en tant qu'arrière-grand-mère.

Un peu plus tard, Quentin m'a fait signe de le suivre dans sa chambre. Celle d'amis. Un lit, une chaise, quelques étagères couvertes de livres et, sur le sol, son équipement de plongée.

Il s'est assis au bord du lit, moi en face, sur la chaise. J'essayais de respirer comme on vous l'apprend au yoga, mais n'ayant jamais pris de cours, seulement lu sur le sujet, j'arrivais au résultat contraire : j'étais complètement asphyxiée. Cependant résolue à rester là tout le temps qu'il faudrait pour entendre mon fils. La nuit si nécessaire.

Il m'a d'abord indiqué où je trouverais l'argent du pillage, l'intégralité de la somme, il n'avait pas dépensé un sou.

Au fond du coffre de son père.

Si ce n'était pas un appel, ça aussi !

« Ce n'est pas vrai que c'est moi qui ai eu l'idée. C'est Loïk qui me l'a fourrée dans la tête.

— Crois-tu que j'en aie jamais douté ? ai-je répondu d'une voix tremblante. Et je veux que tu saches quelque chose : jamais je ne t'aurais laissé aller en prison. J'y serais plutôt retournée moi-même.

— L'ennui, c'est que, cette fois, tes amis auraient manifesté pour qu'on m'y garde », a-t-il remarqué avec un pâle sourire.

Puis il m'a appris qu'il s'était inscrit à l'École des Fusiliers Marins, à Lorient, comme volontaire pour les commandos. Départ dans une quinzaine. J'ai compris le sens de la dix-huitième bougie laissée allumée jusqu'à ce qu'Annaïs proteste que le gâteau à la cire, non merci !

La bougie du départ pour une autre vie.

À l'École des Fusiliers Marins, on forme des nageurs de combat. En temps de guerre, mais aussi de paix – avec le terrorisme –, ceux-ci se voient confier des missions périlleuses. On exige des hommes du courage, de la ténacité, un esprit d'équipe et de la force d'âme. Je revoyais Quentin face à Loïk, frappant des poings n'importe comment. Il apprendrait.

« Tu ne peux pas m'empêcher d'y aller, je suis majeur ! » a-t-il lancé devant mon silence.

Je n'y songeais pas. Mais je pouvais me préparer à trembler à nouveau pour mon fils. Sinon que, cette fois, ce serait pour la bonne cause.

Il pensait à cette école depuis plusieurs mois, m'a-t-il appris. Il éprouvait au fond de lui-même le besoin de partir, de prendre du champ. Kersaingilles, c'était trop son père aussi. Trop moi ? Il avait rempli un dossier d'inscription en janvier dernier. Son lycée avait soutenu sa candidature.

Je n'avais rien vu venir.

Long, fin, fragile, orphelin… En le regardant ainsi, en le traitant comme tel, je ne lui permettais pas de devenir un homme, aussi avait-il pris les grands moyens : marche ou crève. Et il me fallait aujourd'hui, bien que doutant, bien que terrorisée à l'idée que ce soit « crève », lui exprimer ma confiance.

Mais comment ? De quelle façon lui dire mes regrets de ne pas avoir su mieux l'aimer ?

« On ne rattrape pas d'un coup le temps perdu », avait dit sa sœur.

Alors, pour commencer à renouer, c'est à lui que j'ai annoncé en premier ma décision d'arrêter la pêche.

⋆ ⋆ ⋆

« Regarde, dit Yann. Ici, c'était la pièce à tout faire. D'abord, manger, le plus important quand on n'est pas sûr d'avoir chaque jour l'assiette remplie. Ma grand-mère préparait le repas avec ce qu'il y avait et, quand il n'y avait pas, restait le *carrageen*, les cheveux rouges des rochers que découvre la marée basse. Le carrageen pour la soupe ou la salade, les bons jours pour un gâteau. "Morvan, mangeur de goémon", se moquaient les camarades de mon père. En plus, ça rimait presque ! C'était aussi la pièce à dormir puisque la seule chauffée. Les lits étaient de chaque côté de la cheminée, des lits clos que mon père a bazardés quand il a installé les chambres au premier, avec un poêle à bois pour chacune, dommage ! Mais, pour le petit vacancier qui débarquait chaque été chez papy et mamie, c'était avant tout la pièce aux contes. Les fées, Merlin l'Enchanteur, les cloches que tu entends sonner le soir dans la mer lorsque le vent se tait, les fantômes, tout ça. L'Honoré en avait plein sa caboche. »

Elle est belle, la pièce à tout faire de la ferme du grand-père, avec son ample cheminée vers laquelle l'œil revient d'instinct, comme à la vie. Car c'est là, dans cette ferme inhabitée depuis la mort du mangeur de goémon, que Yann souhaite me voir ouvrir un restaurant.

Moi, sinon personne !

Dimanche. Pour commencer, j'ai visité la fabrique, un petit bâtiment tout blanc, tout propre, où avec deux employés Yann traite, sèche, saumure l'algue avant de la mettre en sachet ou en bocal. C'est seulement après que j'ai eu droit au local.

« Ferme les yeux », a ordonné Yann en quittant la grand-route.

Après quelques cahots et autres soubresauts, la voiture s'est arrêtée et il a annoncé d'une voix émue :

« Ici. »

À une dizaine de kilomètres de Kersaingilles, une longère, pierre gris-roux, ardoise ancienne, ouverte sur une grande cour agrémentée d'un puits. Et puis des pommiers, et puis des ormes. Et le visage de Yann, illuminé. En m'offrant ce lieu d'enfance, il me fait don de ce qu'il a de plus précieux. Comme lorsqu'il m'avait montré sa forêt d'algues : le cœur de son cœur.

Je promène les doigts sur le plateau de chêne de la table : une vingtaine de couverts… On se demande comment on a pu l'entrer ici.

« Table d'hôte ? suggère Yann. Sans vouloir te pousser… »

En réponse, je me serre un peu plus contre sa hanche. Sans qu'il soit besoin de la pousser, l'idée fait son chemin dans ma tête. Mais, si je suis décidée à arrêter la pêche, comment le serais-je à ouvrir un restaurant sans avoir abordé la question cruciale : les gros sous ! Ces assiettes sur la table d'hôte, avec quoi les remplirai-je ? D'ailleurs, il n'y a même pas d'assiettes.

Yann m'entraîne dans une pièce plus petite, quoique encore de bonne taille, adjacente à la salle. Elle aussi a sa cheminée. Mis à part les montants d'un lit, appuyés au mur, elle est vide. Yann va ouvrir les deux fenêtres. Brise et soleil se bousculent pour entrer.

« C'était la chambre de mes grands-parents, Contre ce mur, il y avait la belle armoire de mariage de Katrina, craquante et pleine de draps qui grattaient. Il y avait aussi le fauteuil du "patron". J'ai fait venir à la maison tous les meubles encore bons de crainte que l'humidité ne les abîme. Je me serais bien installé ici, mais Anne n'avait pas voulu en entendre parler. Elle prétendait que ça sentait la vache et le goémon.

Il se tourne vers moi, inquiet :

« Tu trouves ? »

Je respire de toute ma poitrine.

« C'est curieux, je ne sens que l'odeur des fées et de Merlin l'Enchanteur. Dis-moi, ils sentaient la vache, ceux-là ? »

Yann rit comme un enfant heureux. Il me prend la main.

« Viens voir là-haut maintenant. »

Nous grimpons l'escalier qui mène à ce qui autrefois était le grenier, m'explique-t-il.

« Sitôt qu'il a eu trois sous, mon père a commencé à l'aménager. Voilà sa chambre. »

Elle est spacieuse, tapissée de tissu, plancher vitrifié. Elle communique avec une salle de bains moderne. Le luxe.

« Je ne comprends pas, Yann. Devenu riche et prospère, pourquoi le fils du goémonier n'a-t-il pas préféré s'offrir une belle villa. Ici ou ailleurs ?

— La honte de l'enfant s'était transformée en désir de revanche, explique Yann. Si papa s'était installé ailleurs, il n'aurait pas pu en jeter plein la vue aux copains. C'était la ferme d'Honoré, autrefois méprisée, qui devait devenir la plus belle. Si on l'avait laissé faire, il y ajoutait deux tourelles et la baptisait "manoir". Un peu comme lorsqu'il traitait ses anciens camarades au Duc de Keroualle. Le nouveau riche par excellence. »

Il promène son doigt sur le tissu mural, sourcils froncés.

« Un peu facile, non, de se moquer des nouveaux riches quand on l'est de naissance ? »

Je plaisante :

« N'étant ni l'un ni l'autre, je ne sais pas… Et que disait ta mère de tout cela ?

— Rien du tout, répond Yann, le visage assombri. Maman avait perdu son premier enfant, une ravissante petite fille de trois ans, écrabouillée sur la route. Après, c'était comme si elle nous avait quittés. Le médecin a dit que le cancer du sein qui l'a emportée était sans doute dû au chagrin. »

Mort, l'Honoré et Katrina. Morte, la ravissante petite fille, morts les parents de Yann. Je viens contre lui et l'entoure de mes bras. C'est sûr que cela ne se dit pas, mais impossible de retenir les mots.

« Toi, ne t'en va pas, reste ! Reste, s'il te plaît. »

En somme, je lui interdis de mourir. Et ce salaud rit. Oui, ce salaud ! Car il trouve moyen de répondre :

« O.K… Si c'est pour déguster la cuisine de Marguerite. Sans vouloir te pousser. »

Si cela ne s'appelle pas du chantage !

Deux autres chambres mansardées à visiter et nous revoici dans la cour. Là, il prend du recul pour me montrer le bâtiment dans son ensemble.

« Toit et murs en parfait état, rien à dépenser de ce côté-là. Je crois aussi que c'est bon pour l'électricité. Restent la plomberie, la peinture et les arrangements divers.

— Sans vouloir me pousser ? »

Il rit. Plus moi. Il est temps, cette fois, de passer aux choses sérieuses.

« Yann, avec quoi veux-tu que je l'ouvre, ce restaurant ? Je n'ai pas un sou. Ni nouvelle ni ancienne riche, je te l'ai dit. De quoi vivre, c'est tout.

— Mais elle me prend pour qui, cette femme ? s'exclame-t-il. Croit-elle que je l'entraînerais dans cette aventure sans m'être renseigné ? Il y a beau temps que j'ai fait faire une étude. Un restaurant poisson-fruits de mer aurait sa chance dans le coin, à condition qu'il ne soit pas trop cher. Les gens sont avides de fraîcheur, d'authenticité. La nouveauté, tu la leur apporteras avec l'algue. »

Il a entouré mes épaules de son bras, sa voix vibre.

« Je n'attendais que toi pour concrétiser ! Je ne peux malheureusement pas faire davantage que t'offrir le local, j'ai mis tout ce que j'avais dans mon entreprise et ma maison. Mais il est faux de dire que tu n'as rien. Tu as ta *Sonate*. Et ton banquier devrait te consentir un prêt. Si tu veux, je t'aiderai dans tes démarches. »

L'envie… La peur… Laquelle domine en moi ? Je me détache de Yann et marche un peu. La brise fait sa musique dans les feuilles dentelées des ormes. Là-haut passe une escadrille d'hirondelles de mer. Déjà en partance pour des cieux plus cléments ? Vous ne pouvez jamais prévoir le jour où ils vous quittent, les oiseaux, les enfants. Tout à l'heure, lorsque je rentrerai, la maison sera vide. Annaïs a commencé début septembre son travail de jeune fille au pair à Brest. Quentin est aux Fusiliers Marins. Bien entendu, maman m'a proposé de m'installer à la Roseraie. Le refrain connu : j'aurai mon étage et ma liberté.

Ma liberté ! Je n'ai que trente-neuf ans, j'arrête la pêche. Je ne pourrai pas rester sans travailler.

La peur.

Un peu plus loin, donnant elle aussi sur la cour, il y a une petite dépendance. Yann ne me l'a pas fait visiter. À en juger par les fenêtres, il doit bien y avoir deux chambres là-dedans. Ça pourrait servir.

L'envie.

Je reviens vers Yann.

« Ton restaurant…

— Pas le mien, m'interrompit-il. Le tien. À toi toute seule. »

Moi, toute seule ? La peur…

« Je ne serai que le fournisseur de Sa Majesté, poursuit Yann. Mais rien ne presse, ma chérie. »

« Ma chérie »… L'envie…

Je tends la main.

« Les clés de ta voiture, s'il te plaît ! »

Les yeux écarquillés, il s'exécute.

« Je vais chercher Marguerite. Si elle dit "oui", c'est oui ! »

⋆ ⋆ ⋆

Marguerite, évidemment ! Puisque tout était parti d'elle, d'une idée prétendument en l'air, avec elle, un jour, au port, je m'en souvenais encore. Marguerite sans laquelle je n'aurais jamais fait ce rêve que, peu à peu, Yann transformait en réalité. Rêve ou réalité ?

Elle, saurait !

Lorsque la *Joyeuse* ne gisait pas au fond de l'eau, que son Jean-Louis était l'un des plus vaillants patrons pêcheurs du coin, toujours prêt à partir, quelle que soit l'humeur du ciel, c'était elle qui tenait les comptes de la pêche. Pas une petite affaire, j'en savais quelque chose, moi qui les avais confiés à mon père. Taxes, assurances, entretien, gasoil... tout ça avant même de savoir ce que vous sortirez de l'eau ! Et aujourd'hui où l'argent ne rentrait plus régulièrement que par Alain, où elle bouclait les fins de mois en allant travailler chez les autres, et pas seulement pour la cuisine, l'été étant terminé, c'était toujours elle, bien entendu, qui tenait les cordons de la bourse.

Marguerite, les pieds sur terre !

Me répondrait-elle par un éclat de rire ? « Un restaurant, à quoi tu penses, Marie ! » Ou, par miracle, l'idée lui plairait-elle ?

Rêve, miracle... j'étais bien partie, moi.

La ferme des Kervélec se trouvait à une vingtaine de kilomètres de celle de l'Honoré. Sûr que les grands-pères avaient dû se croiser. Celui de Marguerite se moquait-il du mangeur de goémon ?

Il était plus de trois heures lorsque je suis arrivée. Le temps se maintenait au beau et des enfants jouaient dans la cour. De la salle, Marguerite et Denise les surveillaient tout en faisant la vaisselle du déjeuner.

« Quel bon vent t'amène ? » s'est exclamée mon amie.

Nous nous sommes embrassées. Avec Denise aussi, mais, là, le cœur en moins. Puis je suis allée saluer Jean-Louis, assis près de la fenêtre. Sa casquette de marin sur la tête, mains à plat sur les genoux, il fixait le vide. Je me suis souvenue de ce jour de tempête où il m'avait refusée si brutalement à bord du canot de sauvetage.

« Il te manque les couilles. »

Et lui, maintenant ?

Je me suis penchée vers son oreille.

« Jean-Louis, c'est Marie… »

Il n'a pas répondu. M'avait-il seulement reconnue ? Depuis ce jour de Pardon où il avait voulu se jeter à la mer, on avait recommencé les calmants à haute dose. N'aurait-il pas mieux valu le laisser couler avec sa *Joyeuse* ? Il avait coulé, de toute façon.

« On t'offre un café ? a proposé Marguerite.

— Si c'est possible, j'aimerais mieux t'emmener. J'ai quelque chose à te montrer. »

Les belles-sœurs ont attendu la suite, intriguées. Je me suis contentée de sourire ; pas question de rien dire ici, surtout avec Denise. Moins douce, moins ronde que Marguerite, elle m'était reconnaissante d'avoir embauché son Alain, mais jalouse aussi. Il paraît que sous la halle toutes les occasions de me critiquer étaient bonnes.

« Tu t'occupes de Jean-Louis, Denise », a décidé Marguerite en retirant son tablier.

Elle a également changé ses savates contre une paire de sandales. Denise est retournée à son évier en bougonnant ; les assiettes ont tinté inutilement.

Sur le chemin, les enfants s'étaient rassemblés autour de la voiture de Yann, un carrosse comparé à ma vieille fourgonnette.

« Tu ne m'avais pas dit que tu avais changé de véhicule ! s'est exclamée Marguerite, tout en sachant parfaitement qu'il n'en était rien. Si j'avais su, j'aurais mis la belle robe.

— C'est la voiture de Yann Morvan, ai-je répondu. Et si tu n'as rien contre, nous allons le retrouver à la ferme de l'Honoré.

— Ce sont les mauvaises langues, qu'on risque d'avoir contre ! » a-t-elle répondu, non sans humour, avant de donner « du balai » aux gamins et de s'installer à mes côtés.

Nous avons d'abord roulé en silence.

Toute autre que Marguerite n'aurait pas résisté à poser des questions. Elle, a simplement constaté :

« Ce n'est pas Jean-Louis qui m'aurait prêté sa bagnole. Des fois que je la lui aurais rayée.

— Yann fait confiance. Il est comme ça. »

Et même confiance « aveugle », comme on dit de l'amour, elle s'en apercevrait bientôt. En réponse, elle s'est contentée de sourire avec un brin d'ironie. Le reste en gentillesse.

Tout autour, la campagne rougissait.

Certains arbres commençaient à se déplumer. L'automne apportait un sentiment de lassitude, d'abandon.

« Ça doit faire vide chez toi, maintenant que les enfants sont partis, a remarqué Marguerite. Se retrouver seule comme ça d'un coup ! »

Les yeux m'ont piqué. Oui, ça faisait vide ! Ça faisait surtout terriblement silence sans Annaïs.

« Au moins, comme ça, Loïk ne pourra plus faire de mal à Quentin, ai-je répondu d'une voix brouillée.

— Loïk est entré à l'hôpital avant-hier », a laissé tomber Marguerite.

J'ai ralenti l'allure, saisie.

« À l'hôpital ? Qu'est-ce qui est arrivé ?

— L'alcool, plus la déprime, ça a fait qu'il avait dans l'idée de disparaître. »

En moi, pas la moindre pitié. Presque du soulagement. À l'hôpital, il ne nous embêterait plus. Ça rend dur, la souffrance ! « C'est contre lui-même qu'il en a », avait dit Benoît, et je ne l'avais pas cru. Peut-être bien, après tout.

« Benoît m'a raconté pour Antonin. Je ne savais pas que ça s'était passé comme ça.

— Passé comment ? a demandé Marguerite avec une sorte d'agressivité. Personne n'a jamais su exactement. Ce qui est sûr, c'est que ça lui trotte toujours dans la tête. »

Elle m'a regardée avec ses bons yeux dont, avec l'âge, le bleu pâlissait.

« Méfie-toi de Flavie, m'a-t-elle recommandé. Elle n'a pas digéré que tu aies viré Loïk de chez Madeleine.

— Je ne l'ai pas fait pour Madeleine, je l'ai fait pour le petit. »

Et je ne me laisserais pas davantage gâcher la vie par les Labbé ! J'avais autre chose à penser, à construire, peut-être. Et, pour le moment, ce n'était ni Loïk ni sa mère qui m'inquiétaient, mais Marguerite. Se lance-t-on dans l'aventure à cinquante ans passés ?

Sûr et certain qu'elle refuserait !

Yann avait ouvert toutes les fenêtres de la longère. Il m'a semblé qu'elle respirait : l'âme n'avait pas tardé à lui revenir. Il nous attendait, assis sur la margelle du puits, beau et solide dans son pull à col roulé, son blouson de cuir, son pantalon de velours. Une bouffée de désir m'est venue. Marguerite lui a tendu ses joues : sa façon de nous dire qu'elle nous acceptait ensemble ?

« Ton Jean-Louis, il va à peu près ? s'est-il enquis.

— Tant qu'il a sa casquette sur la tête ! Il la retire même plus pour dormir. Au cas où on viendrait le chercher pour un sauvetage. »

Son rire a sonné faux. Chez elle aussi, ça devait faire silence. Elle s'est secouée et a regardé alentour.

« La dernière fois que je suis venue là, il y avait des fleurs partout : des gros bouquets d'agapanthes, bleu-violet comme les yeux de Katrina, et des marguerites comme moi.

— Si tu es d'accord, on en plantera au printemps prochain, ai-je dit. Surtout des marguerites ! »

Elle a écarquillé les yeux.

« Si je suis d'accord ? »

J'ai passé mon bras sous le sien :

« Viens voir. »

Yann ne nous a pas suivies. Ce serait mon restaurant, avait-il dit. Non ! Celui de Marguerite et moi. Ou rien.

Nous nous sommes arrêtées sur le seuil de la salle. Mon cœur battait à se rompre, c'était trop d'angoisse pour attendre, j'ai plongé.

« J'ai décidé d'arrêter la pêche, Marguerite. Je voudrais ouvrir un restaurant ici. J'ai besoin de toi comme chef. »

Elle s'est figée. Pas de rire, c'était déjà ça. Des yeux, elle a fait le tour de la salle.

« Je me rappelais pas que c'était si grand. Sans doute qu'à l'époque il y avait encore les lits. »

Puis son regard est revenu vers moi, sévère.

« Et les sous ? T'as fait fortune, par hasard ? T'as gagné au Loto ? »

C'est moi qui ai eu envie de rire. Il ne lui aurait pas fallu longtemps pour me mettre au pied du mur ! Mais n'était-ce pas pour cela que j'avais été la chercher ?

« Je n'ai pas gagné au Loto, Marguerite. Mais, si j'arrête la pêche, il faudra bien que je fasse autre chose. Un restaurant, ça manque dans le secteur. Yann nous propose sa ferme. Il pense que j'obtiendrai un prêt de la banque.

— Il pense..., il pense..., a répété Marguerite avec un rire bref. Et toi, t'as pensé à Alain ? Qu'est-ce qu'il va faire si tu t'arrêtes ?

— Tu sais très bien qu'Alain prend sa retraite dans six mois. En attendant, il pourra continuer sur la *Sonate* tant qu'il voudra. Avec ou sans moi. »

Marguerite est ressortie dans la cour. Toujours près du puits, Yann m'a adressé un regard interrogateur auquel je n'ai pas pu répondre. Lorsque mon amie a pris du recul pour examiner le bâtiment, il a souri : la vrai pro ! Puis elle est allée droit à lui.

« Alors, comme ça, tu nous offres ta ferme ?

— Il y a une petite condition, a-t-il rectifié.

— Une condition... Marie m'avait pas dit ça. On met des conditions à ses bonnes œuvres, maintenant ?

— La bonne œuvre, c'est vous qui la ferez. En faisant connaître mes algues. Vous serez, en quelque sorte, ma vitrine.

— Sa vitrine... Tu as entendu ça, Marie ? Sa vitrine !... » s'est exclamée Marguerite.

Dans sa voix, il y avait un accent d'allégresse. Toute à ma peur qu'elle ne refuse, je n'avais oublié qu'un détail : sa passion pour la cuisine. Peut-être y rêvait-elle depuis toujours, d'un restaurant où elle pourrait exercer ses talents. Où ceux-ci seraient reconnus.

L'espoir est monté si fort que je suis devenue volubile.

« Dans les vitrines, il n'y a pas qu'un seul produit... Tu pourras continuer tout le reste comme avant. Il faudra, même ! Tes gratins, tes soufflés, tes tartes... Et puis, tu sais, j'y ai goûté à l'algue, finalement, c'est plutôt bon.

— Finalement... tout bien considéré... en définitive... », a fait mine de s'indigner mon ingénieur.

Marguerite nous a enveloppés d'un même regard ironique.

« Qu'est-ce que vous croyez, les enfants ? Que je vous ai attendus pour cuisiner les algues ? Ça fait partie du régime dans les thalassos. Mes résidents, ils y ont tous goûté. Le fin du fin, il paraît. Moi, je dirais plutôt le snob du snob !

— Eurêka ! s'est enthousiasmé Yann. On mettra ça sur la publicité : "le restaurant le plus snob de la région". Jardinière de thon à la fougère de mer..., salade océane aux cinq algues... infusion de porphyra...

— Et bien entendu, ai-je renchéri, tout le produit viendra de la halle. Puisqu'il paraît que la pêche côtière est condamnée, nous, on va se débrouiller autrement. On sortira peut-être moins de poisson, mais on le vendra mieux. »

Marguerite a levé les yeux au ciel.

« La voilà qui parle comme Bruxelles ! »

J'ai ri. C'était nerveux.

« Le port, moi je l'entends d'ici, a-t-elle repris. "Ça marchera jamais... Où elles vont trouver leurs clients... Elles se prennent pour qui ?" Ça va être un beau tollé ! Et, croyez-moi, les femmes ne seront pas les dernières à brailler. À commencer par cette garce de Denise.

— Quand j'ai repris la *Sonate*, tout le monde a braillé. Je l'ai fait quand même et ça a marché », ai-je remarqué.

Elle a baissé le nez. Elle n'était pas fière d'avoir été contre moi, peut-être même l'une des plus enragées. Jusqu'au jour où j'avais tiré son Jean-Louis du naufrage et embarqué Alain.

Puis elle revenait vers la maison, mais très lentement, comme comptant ses pas, à moins que ce ne soit ses sous, à moins que l'envie et la peur ne la tirent à hue et à dia comme moi tout à l'heure. Maintenant, ma seule peur était qu'elle ne refuse. N'aurais-je pas dû lui dire aussi que je la considérais comme une sœur ?

Elle est entrée.

« La tasse de café, je suppose qu'elle est pas encore au menu ? » a-t-elle demandé.

Yann a pris l'air confus.

« C'est qu'on a décidé de commencer par la coupe de champagne. »

Elle a haussé les épaules et continué son chemin dans la salle, toujours à petits pas. Elle a aussi passé le doigt sur le plateau de bois brun de la table. Comptant les couverts ? Puis elle est allée à la cheminée et y a enfourné sa tête.

« Est-ce qu'elle tire bien, au moins ?

— Un rêve pour les grillades », a répondu Yann.

Sans commentaires, elle est passée dans l'autre pièce, qu'elle a évaluée du regard. Yann la suivait à la trace.

« On a pensé que ce serait idéal pour tes fourneaux... »

Elle s'est retournée brusquement.

« Les fourneaux du restaurant le plus snob de la région, dans la chambre d'Honoré ! Lui, je me demande ce qu'il en penserait.

— Il a déjà répondu oui, a affirmé Yann. Il a même ajouté que c'était en prévision de ta venue qu'autrefois il plantait toutes ces marguerites dans sa cour. »

La cuisinière a toisé l'ingénieur.

« Alors, si tu veux bien, tu transmettras : moi, ce sera avec le port ou pas. Je ne marche que si la mer est d'accord. »

* * *

« Cela s'appelle une "coopérative", dit mon père. Un restaurant en coopérative. Chacun met ce qu'il peut dans l'affaire, tous les participants sont intéressés aux bénéfices. Comme aux pertes, naturellement.

— Ne parle pas de pertes avant qu'on ait commencé ! »

Je suis venue sans m'annoncer à la conserverie.

« Madame Delaunay, on vous a vue dans les journaux ! s'est exclamée la secrétaire en m'accueillant. Je vais prévenir votre papa que vous êtes là. »

Il arrive d'oublier que l'on est célèbre...

Mon papa est assis à côté de moi sur un petit canapé de cuir fauve : choix de sa femme. C'est maman qui, il y a un quart de siècle environ, a décoré le bureau du nouveau directeur : goût et sobriété. On reconnaît sa patte aux voilages qui apportent une note d'intimité inattendue dans un lieu de travail. Derrière, une sale pluie têtue déferle. Le noroît s'y ajoutant, aucun bateau n'est sorti aujourd'hui.

« Qu'attends-tu exactement de moi, Marie ?

— D'abord que tu me dises si je suis complètement folle...

— Si je te le dis, est-ce que ça changera quelque chose ? »

Je réprime un sourire :

« Je crains bien que non.

— Alors continue, veux-tu.

— J'attends que tu m'éclaires dans... ma folie. Je ne sais pas très bien par où commencer. J'ai un lieu fabuleux et probablement une tout aussi fabuleuse cuisinière. Maintenant, qu'est-ce qu'on fait ? »

M. le directeur se lève et passe derrière son bureau. Nous y sommes représentés en photo : maman, moi, ses petits-enfants. Peut-être aurait-il été content de me voir de temps à autre lui rendre visite ici, en chair et en os. Je n'y ai même pas songé. Il a fallu que j'aie besoin de lui, à la veille de son départ en retraite.

« L'endroit fabuleux dont tu parles, si j'ai bien compris, c'est la ferme de Yann Morvan ?

— Celle de son grand-père, il en a hérité. »

Papa se racle la gorge.

« Annaïs m'a appris pour vous deux.

— Quelle pipelette, quand même ! »

Je n'ai pu retenir mon exclamation. Pourtant, je ne devrais pas en vouloir à ma fille. Ça m'arrange plutôt qu'elle ait mis mon père au parfum : autant de moins à lui asséner.

« Ne lui en veux pas. Je m'inquiétais de te savoir seule, elle a voulu me rassurer.

— Et elle a aussi rassuré maman ?

— Elle n'a pas été jusque-là… Nous avons pensé que c'était à toi de le faire, répond papa. Ne tarde pas trop : je n'aime pas lui cacher des choses. »

Et moi j'adore qu'il dise ça ! Tout emmerdeuse que soit maman, ça n'empêche qu'ils forment un couple. Ça se fait rare.

« Yann est un homme bien, papa ! »

J'avais dû lui dire à peu près la même chose, toute jeunette, en lui annonçant, ici même, que j'allais épouser un pêcheur. J'avais senti son inquiétude.

Comme aujourd'hui.

« Je ne doute pas que ce soit un homme bien. Cela n'empêche qu'il est marié.

— C'est terminé. Sa femme a fichu le camp. Elle l'a plaqué.

— Il ne semble pas qu'il ait divorcé pour autant. Crois-tu qu'il en ait l'intention ? »

L'irritation monte en moi : de quoi se mêle-t-il ?

« Aucune idée. Et cela ne me regarde pas. »

Papa se relève, revient vers moi.

« Tu m'as demandé de t'éclairer, Marie, c'est ce que j'essaie de faire. Que ton... ami t'offre d'utiliser sa ferme est une chose. Il en a le droit. Je suppose qu'elle lui appartient en propre. Pour le reste, s'il pense mettre de l'argent dans l'affaire, attention ! Il pourrait s'agir de celui de la communauté. Imagine que sa femme revienne lui demander des comptes... »

Voilà donc ce qui le tourmentait !

« Yann ne mettra pas un sou dans le restaurant. Il a tout dépensé pour son entreprise et pour sa maison.

— Alors, n'en parlons plus. »

Il en a de bonnes, mon père ! « N'en parlons plus... » Après avoir introduit une horrible inquiétude dans ma tête : « Imagine qu'elle revienne... » Jamais l'idée ne m'en avait effleurée. Et puis sa femme, maintenant, c'est moi !

Il repasse derrière son bureau, prend une feuille de papier, un stylo. Quand je ne savais que lui offrir pour sa fête, un stylo faisait toujours l'affaire. Il prétendait les adorer à condition qu'ils soient à cartouches. Retraité ou non, s'il est d'accord, je vais lui donner l'occasion de sortir ses plumes.

« Avez-vous évalué les futurs travaux ?

— Pas encore. J'attendais de savoir si Marguerite était partante. »

Il la connaît, évidemment. Maman a utilisé ses services.

« Eh bien, puisqu'elle n'a pas dit non, la première chose à faire, c'est de tout chiffrer. Après quoi, tu verras ce que tes amis sont prêts à mettre dans la coopérative. Restera à obtenir un prêt de ton banquier. Tu as un atout : ta *Sonate*. Éventuellement, il pourra la prendre en gage. »

Ma *Sonate* en gage ? Mon cœur se serre. Mais, après tout, ne l'était-elle pas déjà avec ces foutues traites à rembourser ? Je payais pour le toit de Madeleine, je continuerai pour celui du restaurant. Y a du progrès.

Penché sur son papier, papa inscrit je ne sais quoi. Je regarde ses cheveux blancs. J'ai du remords et du regret : que de soucis lui aurai-je apportés ! Côté joie ? Ses petits-enfants, malgré tout. Bien qu'ils soient tous deux au loin, sans doute à cause de moi. La tendresse m'étouffe. Comme à Yann, j'ai envie de lui dire : « Ne meurs pas. »

« Papa ! »

Il lève le nez, repousse ses lunettes, m'interroge du regard.

« Mettons que tu acceptes de m'aider, le feras-tu pour le plaisir ou pour m'éviter de couler ?

— Mais pourquoi compliques-tu toujours tout ? Si j'avais simplement envie d'aider ma fille à réussir ? »

Je saute sur mes pieds, passe côté directeur et l'embrasse comme du bon pain. D'ailleurs, ça devrait toujours être ça, les parents : du bon pain bien nourrissant et qui vous tient au cœur.

« Alors, j'ai une excellente nouvelle pour toi ! Tu es engagé comme gérant. Tu m'as bien dit qu'il en fallait un dans toute coopérative ? Si tu refuses, je laisse tout tomber. »

On pourra l'appeler le « restaurant du chantage », notre auberge ! Yann pas sans moi, Marguerite pas sans le port, moi pas sans Marguerite et Papino...

« Il me faudra d'abord l'accord de ta mère. »

Papino pas sans Mamina !

« Elle va commencer par râler, mais au fond elle sera aux anges. Elle meurt de peur d'avoir son retraité sans arrêt dans les pattes. »

Nous rions. L'angoisse se dissipe, la vie devient légère, la pluie tombe moins dru, mon père ne mourra jamais.

« Et toi ? interroge-t-il. Tu ne m'as pas dit où tu te voyais dans l'histoire. À la caisse ? Au service ?

— À l'accueil ! Je guiderai nos innombrables clients dans leurs choix. J'apprendrai l'anglais, l'allemand, le japonais et l'œnologie. Je prendrai les commandes et veillerai à ce que tout le monde soit satisfait.

— Et, bien sûr, tu seras vêtue en noir et blanc ?

— Mais quelle idée, pourquoi ?

— Parce que, sauf pour le japonais, tu viens de me décrire un "maître d'hôtel" ! »

Il a un petit sourire.

« Encore un métier qui n'a pas de féminin dans le dictionnaire.

— Tu sais bien que c'est ma spécialité : contester les dictionnaires », a répondu le patron pêcheur armateur.

Il a été plutôt surpris, M. Baudoin, mon banquier, en voyant débarquer le commando dans son bureau : papa, Yann, moi. En prenant rendez-vous, je n'avais annoncé que sa cliente.

Il était toujours le même : strict et policé. Avec cette fois le sourire en plus. Il tenait à me féliciter.

« Dans trois semaines, la *Sonate* sera à vous, madame. Bravo !

— Bravo ! ont renchéri mes hommes, et je n'ai pu m'empêcher de penser à Abel. M'étonnerait qu'il se soit joint au chœur.

— Vous allez pouvoir à présent naviguer l'esprit léger, s'est réjoui le banquier.

— J'arrête la navigation pour ouvrir un restaurant, ai-je annoncé. Je suis venue vous demander un prêt. »

À bâbord, côté Yann, j'ai perçu la houle d'un rire rentré. À tribord, plutôt un vent de consternation. Mon père m'avait recommandé d'y aller en douceur, par paliers. Mais, lorsque je ne suis pas sûre du résultat, je fonce, j'ai toujours fonctionné comme ça. Et, entre mes anges gardiens, les ailes me poussaient.

« Un restaurant ? a répété Baudoin, incrédule.

— En coopérative avec les pêcheurs de Kersaingilles. Spécialité : poisson et fruits de mer. Vous êtes invité. »

J'ai désigné Yann.

« M. Morvan nous fournit le local et les algues. »

Puis je me suis tournée vers mon père.

« Je vous présente le gérant de la future coopérative. »

Sans laisser le temps au malheureux de reprendre souffle, Yann a sorti le dossier de sa serviette. Il nous avait fallu presque trois semaines pour le ficeler, et encore, en activant l'ami architecte auquel il s'était adressé. Travaux et matériel étaient chiffrés. La somme m'avait fait bondir.

Baudoin a tourné les pages de ses longs doigts blancs. Bien qu'il porte une alliance, aucune photo de famille sur son bureau à lui, rien que de l'électronique. On ne mélangeait pas les genres ? Finalement, j'adorais mélanger les genres : le piano, la pêche, l'amour, l'algue, la restauration… En pensant : « le piano », mon cœur s'est alourdi. Toujours pas vendu ! J'ai soudain eu envie d'avoir un clavier sous les doigts. Saurais-je encore ?

« Il s'agit d'une somme importante ! » a constaté le banquier.

La réaction était prévue.

« Je vous propose mon bateau en gage.

— Mais je ne suis pas prêteur sur gages ! s'est-il rebiffé.

— Nous n'en avons jamais douté, monsieur, est intervenu mon père sèchement. Des banques telles que la vôtre, à vocation maritime, ont un devoir de solidarité vis-à-vis de leurs partenaires. Et aujourd'hui, s'ils veulent survivre, les partenaires ont besoin d'innover, vous le savez mieux que tout autre. Encourager la création est le côté noble de votre métier… »

Il s'est interrompu quelques secondes, le visage rougi par la colère.

« J'ajouterai que la créatrice a fait ses preuves ! »

Mon père prenant la mouche : une première ! J'aurais voulu que maman soit là. Annaïs aussi, qui reprochait parfois à son grand-père de filer trop doux. Et pourquoi pas Quentin, qui, malgré ses efforts, n'était jamais parvenu à sortir celui-ci de ses gonds. Il fallait vraiment que ce soit pour moi !

Baudoin a eu un soupir résigné.

« Combien serez-vous de partenaires dans votre coopérative ?

— Aucune idée pour le moment. »

Les sourcils du banquier se sont relevés.

« Aucune idée ? Vous devez au moins en avoir une de la somme qui sera apportée par vos amis.

— Pas davantage : ils ne sont pas encore au courant.

— Vous voulez dire… (le banquier s'étranglait) que vous ne leur avez pas parlé de votre projet ? »

À nouveau, j'ai senti du rire à ma gauche, du souci à ma droite.

« J'attendais de savoir si la chose était possible. Vous comprenez, les pêcheurs ont besoin de concret : du noir sur blanc pour les changer du bleu marine. Et le rêve, ils l'ont tous les matins en embrayant les moteurs. »

Atterré, Baudoin a cherché du secours du côté de mes anges gardiens. Ceux-ci avaient prudemment replié leurs ailes. Il est revenu à moi.

« Et quand avez-vous l'intention de leur demander leur coopération ?

— Dès demain si j'ai votre accord, ai-je répondu avec mon meilleur sourire.

— Mais c'est le monde à l'envers ! s'est exclamé Baudoin.

— Hélas, est intervenu papa d'un ton faussement attristé, ma fille s'est fait une spécialité de renverser le monde. Ce qui n'est pas toujours une mauvaise chose lorsqu'il a tendance à s'endormir. »

Le banquier a regardé l'industriel comme un traître à sa cause ; j'étais proche du fou rire.

« Eh bien, nous allons étudier ce dossier, a-t-il capitulé. Il me faudra visiter le local... si toutefois il existe bien. Puis nous étudierons la possibilité d'un prêt et ses modalités. Je devrai, bien entendu, en référer à mon supérieur. Entre-temps, sans doute aurez-vous mis vos amis au courant, madame.

— Bien entendu, monsieur. Et je suis certaine qu'ils vous feront pleinement confiance. D'ailleurs, ne sont-ils pas déjà tous clients de votre banque ? »

« T'es-tu seulement rendu compte que tu te livrais à un véritable chantage en suggérant que lesdits clients pourraient aller voir ailleurs en cas de refus ? » m'a demandé mon père un peu plus tard.

Quoi qu'il en soit, en me serrant la main, Baudoin a remarqué avec un gros soupir :

« Décidément, vous n'avez peur de rien.

— Oh que si, monsieur, ai-je répondu. Ça m'empêche même parfois de dormir. Mais j'ai appris en mer que, si l'on cédait à la peur, au mieux on faisait du surplace, au pis on se noyait. »

* * *

« Et s'ils refusent ? Marguerite affirme que ça va forcément commencer par là : un grand "non" de méfiance. Leurs sous, tu comprends, ils ont eu trop de mal à les gagner, alors, nous les confier... Et puis ils diront que c'est des idées de bonne femme. Même les femmes diront que c'est des idées de bonne femme.

— Veux-tu que le bonhomme t'accompagne ? » propose Yann.

La réunion a lieu ce soir, dimanche, à dix-huit heures chez Marguerite. Seul Alain a été mis au courant : il fallait bien à cause de la *Sonate*.

« Surtout pas ! C'est une affaire entre gens de mer.

— Alors, je ne suis pas un "gens de mer" ? » interroge Yann, faisant mine de se vexer.

Mes lèvres parcourent son épaule, douce, forte.

« Si, mais pas comme nous. »

Et puis, justement, j'ignore ce qu'ils pensent de Yann et de moi. Yann et moi ensemble. Tout à l'heure, lorsque je parlerai de la ferme, des algues, j'officialiserai en quelque sorte. Comment réagiront-ils ? Cela fait tout juste un an que Pierre a disparu. Et lui était « gens de mer » à part entière...

La main de mon ingénieur me caresse sous le gros édredon, un vrai, recouvert de satin vieux rose, pas une couette qui dispense de draps et de couverture. Quand bien même toute la literie est neuve et avons-nous, affirme Yann, la bénédiction d'Honoré, cela me fait drôle d'occuper les bois de son lit. De quel côté dormait Katrina ? Celui que j'ai adopté ?

Car c'est dans la chambre d'Honoré, chauffée par un radiateur électrique, que nous nous rencontrons à présent pour nous aimer. Le contraire du motel : des odeurs de racines à vous faire rebrousser de siècle, des souvenirs dans chaque fleur du papier mural, et, même si elle n'est plus là, on ne m'empêchera pas d'entendre craquer l'armoire aux « draps qui grattent ».

Le temps de chien s'entête. Poussée par le vent, la pluie jette des poignées de sable aux carreaux. Il faudra y mettre des rideaux. Des rideaux ? À quoi je pense ? Ici seront les fourneaux de Marguerite.

Si le port dit oui.

Dans deux heures.

« Arrête de te faire du souci, ordonne Yann. Tu verras, ça marchera. Et puis qui oserait dire non à ma "pêcheuse"... »

Celle, sans accent circonflexe, qui vient de se donner à lui sans retenue et sans pudeur, s'étonnant que le plaisir ait tant duré, et se prolonge encore, en tièdes vaguelettes, sous ses doigts.

C'est nouveau pour moi de m'attarder ainsi dans les senteurs, les moiteurs de l'étreinte. Il fallait voir mon Pierre, sitôt l'amour accompli, se lever d'un bond, vite cacher sa nudité et courir à la fenêtre, l'œil soupçonneux sur le ciel : imaginez que celui-ci ait fait des siennes pendant qu'il avait la tête ailleurs ? Et, avant de quitter la chambre, il fallait le voir, si j'avais laissé à l'air un peu de sein, de cuisse ou d'autre chose de plus compromettant encore, me recouvrir du drap. Et, pour ne pas dire : « Veux-tu me cacher ça », faire semblant de s'inquiéter : « Tu vas prendre froid. »

Il devait rester dans sa tête des bouts de coiffes bretonnes, de jupons noirs et de dentelle.

« Existe-t-il au monde rien de plus doux que ces régions protégées des intempéries ? s'amuse Yann en promenant sa main le long de la face intérieure de mes cuisses. Interdiction de m'exposer ça au soleil. Je veux le garder tout blanc et frémissant pour moi seul. »

Il repousse l'édredon et son regard sur le plus intime de la « pêcheuse » fait reverdir au fond de mon ventre les restes d'un désir que je croyais assouvi. Ce sont ses paroles aussi, venant tantôt du plus tendre des poètes, tantôt de l'homme sauvage.

Avec Pierre, nous faisions l'amour en silence. Un « je t'aime », et tout était dit. Il se méfiait des mots, craignant de ne pas connaître les bons. Si « notre morceau » le touchait tant, n'était-ce pas qu'il exprimait ce qu'il ne savait pas me dire ? Alors, il avait appelé son bateau la *Sonate* et, sur la mer, le compositeur c'était lui.

Est-ce indigne de penser à lui dans les bras de Yann ? Mais comment s'empêcher de penser ? L'indigne serait de prononcer son nom.

« Regarde, dit l'homme sauvage avec des yeux de cannibale. Vois comme je te désire à nouveau. »

Il me le montre en venant en moi. J'ai fermé les yeux, je sens, j'accompagne, je voyage, je me perds.

« En même temps, gronde-t-il. Ensemble… »

Oui.

Je ne dirai jamais à Yann que la femme de Pierre, pudique et silencieuse, est en train de donner naissance à une autre, mûre pour la lumière, les mots et le temps d'aimer.

La salle des Kervélec est pleine. Toutes les femmes ont accompagné leurs maris. Ne manque que Jean-Yves. Il le sait pourtant, mon patron sauveteur, qu'avec le Capitaine ils sont mes deux piliers. Son neveu assure ignorer où il est passé ; il ne devrait pas tarder.

On a ordonné aux enfants d'aller jouer ailleurs. La venue de tout ce monde les déchaînait. Ils sentaient bien que quelque chose se tramait du côté des grandes personnes. Derrière la porte, on entend leurs chuchotements et parfois la poignée tourne. Sans plus.

Marguerite et Denise ont servi du café et du cidre. Sur la table, il y a aussi deux beaux fars aux pruneaux. Jusque-là, ce sont surtout les femmes qui se sont servies. Ma gorge est trop serrée, je ne pourrai rien avaler.

J'ai parlé la première, exposé mon idée pour le restaurant, avec Marguerite aux fourneaux. Lorsque j'ai dévoilé l'endroit où j'espérais l'ouvrir, il y a eu des sourires chez les femmes, quelques mines gênées du côté des hommes.

Marguerite a pris le relais pour parler, elle, de la coopérative : un mot que tous connaissent ici. Elle a dit que l'important serait moins la somme que chacun y mettrait que de faire route ensemble. D'ailleurs, ne serions-nous pas forcément associés puisque tout le produit viendrait de nos chaluts ?

Je regarde ses mains croisées sur la table, des mains qui n'ont jamais possédé quoi que ce soit de vraiment à elle. Tout ce qui est ici et sur la mer, c'est de l'héritage Kervélec. Ce restaurant serait son premier bien « en propre », comme dirait mon père.

« Si vous êtes partants, on essaiera d'ouvrir à Pâques, conclut-elle. Ça devrait pouvoir se faire. Si ça vous dit pas, on laisse tomber tout de suite. »

Et elle ajoute, d'une voix un peu brouillée :

« Moi, ça me dirait d'essayer. J'aime pas trop bien travailler chez les autres. »

On n'entend plus que les cuillères qui tournent dans les tasses et quelques toux gênées. Je regarde du côté du Capitaine. M'en veut-il de ne pas l'avoir mis au courant avant les autres ? Mais on avait décidé ça comme ça : « Faut pas leur laisser le temps de se retourner, affirmait Marguerite. Faut les attraper au vol. »

J'en veux à Jean-Yves de n'être pas là.

C'est son neveu qui pose la première question.

« Sa ferme, il vous la prête comme ça, Morvan ?

— Il "nous" la prête à tous, à charge de faire connaître ses algues.

— Mais pas dans tous les plats, quand même ! » intervient Marguerite.

Je suis la seule à rire. Le silence retombe. Il me fait peur. J'interroge : « Savez-vous combien le touriste paie sa douzaine de langoustines-mayonnaise, au Duc de Keroualle ?

— Vous frappez pas, dit Marguerite d'une voix crispée. Les demoiselles du Duc, c'est la marotte de Marie. »

N'empêche que, lorsque j'en dévoile le prix, aucun ne veut y croire. Je continue.

« Il paraît que c'est à cause des intermédiaires. Là, ça sera nous, les intermédiaires. Alors, même en divisant le prix par deux, on y gagnera encore. Pareil pour le poisson. Et puisque la ressource manque et qu'ils nous étranglent à Bruxelles avec leurs plans et leurs quotas, autant prendre les devants. On pêchera moins, mais on vendra mieux.

— L'autre marotte de Marie : Bruxelles ! dit Marguerite en essayant de rire.

— C'est-il que tu voudrais sauver le port ? » ironise quelqu'un.

Aussitôt foudroyé par le regard du Capitaine.

« Quand tu dis "on" : "On vendra mieux", tu parles de qui ? » interroge soudain Catherine.

C'est la femme d'Albert, patron de la *Diane*, le bateau au vivier visité par Quentin. La voix était hostile : tel fils, telle mère ? Nous avons longtemps vendu côte à côte sous la halle. Elle était jalouse que Le Duc se fournisse de préférence à mon étal.

« Mais "on", ça veut dire "nous", bien sûr ! Nous tous !

— Pas si sûr que ça, répond-elle. Je veux bien croire que pour ton restaurant la banque aura besoin de nos sous, mais, pour le reste, avec ta *Sonate*, Alain dessus et Marguerite aux fourneaux, sans compter les Morvan, ça sera une affaire de famille, finalement. Nous, on viendra en complément, les jours où vous aurez pas ramené assez. »

De quoi nous accuse-t-elle ? De vouloir nous servir en premier ? À mon côté, je sens bouillir Marguerite. Garces de femmes ! Elle avait raison. Mais Catherine a bel et bien éveillé une inquiétude, des murmures courent.

« La *Sonate* arrêtera de pêcher au printemps ! »

J'ai lancé ça de ma voix la plus forte et le silence retombe d'un coup, la stupeur.

« La *Sonate* arrêtera ?

— J'ai décidé de poser le sac, Alain prend sa retraite dans six mois, vous voyez que, sans vous, on ne pourrait pas l'ouvrir, ce restaurant.

— Tu ne vas quand même pas le vendre, ton bateau ? proteste le Capitaine.

— Ça, jamais ! »

Là, c'est plutôt l'incompréhension. Dans mon cri, ils ont entendu « Pierre »… Et Yann, alors ? On peut garder des fidélités…

« Avec Alain, on pense à faire continuer la *Sonate* autrement : en bateau-promenade, par exemple. »

Une idée de mon père. Initiation à la pêche au chalut. Cela se fait déjà ici ou là avec un gros succès. On fera la pub au restaurant.

Les visages sont tournés à présent vers Alain.

« Alors, tu vas balader les vermeils ? plaisante quelqu'un.

— D'ici que j'en repêche un dans mon chalut », répond-il.

Un rire court autour de la table. Enfin ! Les visages s'éclairent. Je croise le regard du Capitaine, un regard que je connais par cœur. « Marie, Marie, tu nous en fais voir ! » me dit-il. Mais c'est avec un sourire et en inclinant la tête. D'accord pour lui ? Soudain, j'ai faim. Je tends la main vers le far aux pruneaux.

« Quand est-ce que vous nous la faites visiter, votre gargote ? » demande Albert.

Un second oui ? Mon cœur explose. Les mots en sortent sans que je les aie prévus. C'est la phrase de Catherine, aussi ! Cette méchante phrase sur l'affaire de famille, qui me brûle encore.

« Dès que tu veux, Albert, et le plus tôt sera le mieux. Et il y a autre chose que je voulais te dire : ça marche pour Quentin aux Fusiliers Marins. Tu as été un frère de ne pas porter plainte. Il ne s'en serait jamais remis.

Ma voix a flanché. Je les regarde tous, avec arrêt prolongé sur Catherine. « C'est vous, ma famille ! »

Alors là, la catastrophe. Les rires étouffés sous un gros brouillard de gêne. Est-ce que cela se fait d'ouvrir son cœur comme ça ? Pourquoi, pendant que j'y étais, ne leur ai-je pas trompeté que je les aimais, malgré leur méfiance, leur caractère de cochon, leurs mains serrées autour de leurs sous…, que je ne me sentais vraiment bien qu'avec eux dans le secteur ? D'ailleurs, c'est ça qu'ils sont : mon secteur, ma zone, mon cantonnement. Toi, Albert, le généreux, Alain, le fidèle, et mon Capitaine au cœur d'or. Et même ce salaud de Jean-Yves qui trouve moyen de me faire faux bond un jour pareil.

Faux bond ?

Au contraire, il va me sauver !

Le brouillard se dissipe, comme la porte s'ouvre à toute volée sur lui, et Abel, et Louise. Abel, le bonnet dégoulinant de pluie, qui brandit vers Marguerite et moi l'une de ses béquilles.

« Alors, paraît que tout le monde était invité sauf moi ? »

Le Capitaine s'est levé, les autres suivent.

« Mais on te croyait à l'hôpital. Depuis quand t'es sorti ?

— On sort quand on vient vous chercher, surtout lorsqu'on n'a plus qu'une patte ! »

Il envoie valser son bonnet. Les femmes entourent Louise, les questions fusent. Les enfants n'attendaient que le signal pour débarquer : une belle foire. Le regard confus d'Alain m'indique que c'est par lui qu'Abel a été mis au courant. Puis-je le lui reprocher ? Sur la *Sonate*, mes deux grognards ont appris à s'apprécier.

« Attendez voir ! » ordonne le bosco d'une voix tonitruante.

Tous s'immobilisent.

Tranquillement, il retire ses lunettes et les confie à Louise. D'une main, il se masque un œil, ne laissant au travail que celui, tout rouge encore, qui vient d'être opéré de la cataracte. Il tend le doigt vers la cheminée, à l'autre bout de la salle.

— La photo de droite, c'est celle du mariage de ce pauvre Jean-Louis, commence-t-il. Juste à côté, il y a la Sainte Vierge : elle aurait pu mieux le protéger, lui aussi. »

Un rire court, un peu tremblant. Il s'accentue, comme Abel continue à nommer un à un les objets que son cristallin tout neuf lui permet de voir à présent.

« Là, un chaton en porcelaine, ici, un vase avec du buis dedans. Et là… et là… »

« Attendez voir… » Le cran !

Lorsque Abel a terminé l'énumération, il se tourne vers moi. Je crois bien que je pleure et que je ne suis pas la seule.

« On me fait l'autre œil dans trois mois, annonce-t-il. Il paraît qu'après j'y verrai comme un jeune homme. Je m'inscris pour la promenade sur ta *Sonate*, patron. Il en faudra bien un pour chanter aux touristes ce qu'il ne faut pas faire si on veut rester entier. »

⋆ ⋆ ⋆

Pour Noël, Yann m'a offert une grosse boule rouge orange, brillante comme un soleil. Cette « boule de pardon », achetée lors de la fête du même nom, Honoré en avait fait cadeau à Katrina alors qu'ils commençaient à se fréquenter. Cadeau de fiançailles. J'ai voulu y voir un signe.

Nous avons décidé de la suspendre au plafond de Chez le Bosco. Ainsi avons-nous baptisé notre futur restaurant. Personne n'y a trouvé à redire. Pas même Abel, pour une fois à court de mots pour protester.

Sur les huit chalutiers restant à Kersaingilles – on en comptait une douzaine au temps où le poisson bleu fréquentait nos côtes –, six sont partants pour la coopérative. La *Sarcelle* de Jean-Yves et l'*Intrépide* du Capitaine ont été les premiers à s'inscrire. Un pêcheur a préféré s'abstenir. Restait la *Pastourelle* de Loïk. On ne lui a pas proposé.

Avant de donner leur accord, les uns et les autres sont venus visiter la ferme. Yann était là, discret, souriant. Le contact a été bon. Même si, ce jour-là, le ciel n'était pas de notre côté. La pluie s'entêtait, transformant le chemin qui menait à la longère en ornières boueuses. Tous ceux qui entraient chez l'Honoré, où Marguerite et moi avions fait le grand ménage, laissaient leurs empreintes sur les carreaux du sol.

« Comme les stars à Hollywood, a remarqué Jean-Yves.

— Faut croire qu'il est allé là-bas », s'est moqué André.

Chaque rire me semblait être un « oui » au bas du contrat.

Découvrant la superficie de la salle, le Capitaine a plaisanté :

« Il y aurait la place pour un piano, ici. Qu'est-ce que vous diriez, les femmes, d'organiser des dîners dansants ? »

À propos de piano…

Nous n'arrivions pas tout à fait à la somme fixée par Baudoin pour la coopérative. Papa avait proposé de compléter, mais cela m'ennuyait. Attention à l'« affaire de famille », citée par Catherine. C'est alors que j'ai reçu un appel de Brest : le magasin à qui j'avais confié mon instrument avait enfin trouvé un amateur. J'ai accepté l'offre, non sans un gros pincement au cœur. Annaïs n'avait pas tort : ce piano, je n'avais pas envie qu'il parte. Mais il permettrait de signer au bas du contrat. L'acquéreur, un particulier, le voulait pour sa fille. Le clavier allait sortir de son silence, ce serait une consolation.

Le jour de la signature avec la banque, Yann nous a tous invités à boire du champagne chez l'Honoré. Lorsque Marguerite a embrassé mon ingénieur sur les deux joues et que tout le monde a applaudi, j'ai su qu'il était accepté. J'ai eu droit, moi, à un gros baiser de mon Indien, enthousiaste dès la naissance du projet. La *Sonate* arrêtant de pêcher, Yann espérait qu'il reprendrait ses études à la rentrée prochaine.

Annaïs et Quentin sont venus pour les fêtes de fin d'année. Noël s'est passé à la Roseraie. Thibaut participait au déjeuner. Vêtue en citadine, coiffée de façon plus classique, Annaïs resplendissait. Elle ne tarissait pas d'éloges sur la famille qui l'hébergeait à Brest : père avocat, mère secrétaire médicale. Sa tâche consistait à mener les deux enfants à l'école et à s'en occuper le soir jusqu'au retour des parents. Les cours de théâtre la passionnaient.

Le bonheur !

Lorsque ma fille clamait qu'elle quitterait un jour Kersaingilles, son port, ses mouettes et ses pêcheurs, je voulais n'y voir qu'une révolte passagère. Il me fallait me rendre à l'évidence : Annaïs se sentait mieux dans sa famille bourgeoise de Brest que dans notre modeste maisonnette. Finalement, elle tenait davantage de sa grand-mère que de moi. Et pourquoi pas ?

Quant à mon fils, son visage avait perdu sa lumière d'enfance. Je l'ai trouvé durci. Il m'a assuré qu'il se plaisait aux Fusiliers Marins, il s'y était fait un ami.

Je les ai emmenés visiter le futur restaurant. Les gros travaux étaient en train : plomberie, chauffage.

« Mais on pourra y donner des spectacles, c'est géant ! » s'est exclamée Annaïs avec gourmandise.

Cela allait avec le piano du Capitaine… Nous finirions en café-théâtre.

Quentin n'a pas fait de commentaires. Il savait à qui appartenait la ferme. S'il était resté à Kersaingilles, sans doute n'aurais-je pu accepter la proposition de Yann. Il est banal de dire que d'un malheur peut naître un bonheur, c'est si vrai, pourtant.

À la retraite depuis le 24 décembre, mon père supervise le chantier avec l'architecte. Il s'occupe aussi intégralement des finances. Maman se plaint de ne plus voir son mari.

Elle s'est mis en tête de prendre en charge le linge de table. J'avais prévu nappes et serviettes en papier, du moins pour commencer ; elle a poussé des hauts cris et descendu du grenier sa machine à coudre. En plus de la table d'hôte, que nous avons limitée à une douzaine de convives, nous en avons prévu trois autres. Complets, nous ferons une vingtaine de couverts. Davantage aux beaux jours où nous projetons d'utiliser la cour. À cet effet, des parasols ont été commandés.

Les coopérateurs se sont chargés de la peinture. Les jours de tempête, nous avions parfois trop de bras. Heureusement qu'un blanc chaulé avait été décidé partout. Sinon, toute la palette de l'arc-en-ciel aurait été représentée.

Un couple de jeunes a été recruté pour le service et l'aide en cuisine : Yasmina et Renaud. Ils logeront sur place et nous serviront de gardiens. Sans emploi jusque-là, leur bonheur fait plaisir à voir.

Et moi, hôtesse ! Un nom au féminin dans le dictionnaire, que je préfère à maître d'hôtel. Je tiendrai aussi la caisse, ce qui fait trembler mon gérant. Je n'ai malheureusement pas encore eu le temps de me mettre au japonais, mais Yann m'initie à l'œnologie. Au moins, je connaîtrai les vins que nous proposerons.

Les bois du lit de l'Honoré sont montés au premier, dans la chambre des parents de Yann. C'est là que je retrouve les bras de mon ingénieur ; il nous arrive d'y rester la nuit. Noël nous a fait l'affectueuse surprise de nous demander, un soir, la permission de rester avec nous à la ferme. Il a dormi dans la chambre de son père, contre la nôtre.

C'est bien simple, de peur de le troubler, à peine si nous osions respirer.

Mars déjà ! Et mes dernières pêches. Les journées me semblent plus dures depuis que je sais que ce sera bientôt fini. Il m'arrive de me demander comment j'ai pu tenir tous ces mois. Pas un métier de femme ? Alain Kervélec se pose la même question. Mais lui, il a tenu trente-cinq ans.

« On a beau s'en défendre, c'est parce que chaque jour on vise le trésor », explique-t-il.

La pêche m'a donné Yann. Ne dit-on pas « prendre un homme dans ses filets » ?

Nous avons reçu des subsides de la mairie pour refaire le chemin : notre restaurant participera à la vie du port. Abel a planté tout du long des massifs de genêts. Il s'est également occupé des marguerites. Il s'amuse à dire qu'il a trois prothèses : une pour sa jambe, les deux autres dans les yeux avec ses cristallins artificiels. N'empêche qu'il se débrouille comme un chef.

Ouverture dans trois semaines.

Je ne sens pas arriver la tempête.

* * *

Le soleil brille ce samedi matin sur la longère où nous en sommes aux finitions.

Dans sa cuisine, Marguerite s'organise, heureuse et excitée devant ses fourneaux à l'ancienne, sa batterie de cuivres, la braisière et la poissonnière familiales dont elle a décidé de faire présent au Bosco.

« Ce qui se fait dans du beau est meilleur, décrète-t-elle.

— Le meilleur, dégusté dans du superbe, est incomparable », renchéris-je devant ma vaisselle flambant neuve.

Yann et moi sommes en train d'installer la vitrine où seront exposées ses algues alimentaires : verts la laitue et les haricots de mer, rouges le *dulce* et le *carrageen*, brun, le très cher *wakamé*, lorsqu'un petit garçon en larmes déboule dans la salle, galope vers moi et s'agrippe à mes genoux.

Derrière lui, traînant un sac de marin plein à craquer, sa mère, Madeleine. Avant d'entrer, elle se retourne comme si elle craignait d'avoir été suivie, puis referme la porte sur elle. Cheveux dans les yeux, trop courte jupe et corsage mal boutonné, elle donne comme d'habitude l'impression de sortir du lit : ce qui est peut-être le cas, il est dix heures.

« C'est le facteur qui m'a amenée, bredouille-t-elle. Je peux plus rester là-bas. »

Le beau cadeau ! En moi, un seul cri : Non !

Le gamin cherche à grimper dans mes bras. Sa mère tombe sur une chaise.

« J'y retournerai jamais, jamais, jamais », répète-t-elle avec un sanglot.

Yann ne connaissait Madeleine que par ce que je lui en avais raconté, le moins possible. Il découvre le ravissant visage souillé de larmes, le regard implorant, la bouche gonflée d'une petite fille-poupée qui sans doute ne grandira jamais. Il a l'air incrédule.

C'est l'effet qu'elle produit, Madeleine : l'incrédulité. On se demande : « Mais d'où tombe-t-elle ? » Si jolie et délicate, dans un entourage trop grossier pour elle.

Je m'approche à contrecœur.

« Qu'est-ce qui s'est passé encore ?

— Loïk vient toutes les nuits, hoquette-t-elle en écartant ses cheveux de son visage. Je refuse de lui ouvrir, alors il pleure. Ou il crie qu'il se tuera, ou nous. C'est un malade. Pourquoi ils l'ont pas gardé, à l'hôpital ? »

La porte de la cuisine s'ouvre et Marguerite nous rejoint, essuyant nerveusement ses mains sur son tablier. Son visage est fermé : pas plus que moi, elle n'est d'accord pour qu'on lui gâche sa fête. J'ai fini par prendre le petit dans mes bras. Au poisson que j'apporte à sa mère deux fois la semaine, j'ajoute toujours des sucreries pour lui, voilà le résultat ! D'ailleurs, il répète : « Bonbon… bonbon… » Au moins un qui ne perd pas le nord.

« Et Flavie ? interroge Marguerite d'une voix brusque. Elle s'en occupe donc pas de son fils ? Elle surveille pas ce qu'il fait la nuit ?

— Flavie est méchante, tranche Madeleine. Elle dit que tout est de ma faute. Elle dit que j'ai tué Antonin et que je suis en train de faire pareil avec Loïk. Elle veut que je le reprenne à la maison. »

« Reprenne ? » Elle l'y avait donc « pris » ? À l'idée que Flavie veut pour son cadet la veuve de son fils aîné, le dégoût me submerge.

« Eh bien, je vais aller la trouver, moi, Flavie. Et, au besoin, j'irai aussi trouver les gendarmes. »

Jamais je n'aurais dû écouter Benoît. Dès le départ, l'incendie de ma *Sonate*, il fallait avertir les gendarmes, donner une leçon à Loïk. Impuni, jouant de la mauvaise conscience du port, il se croit tout permis. Antonin ou non, pour moi c'est terminé.

« Ça servira à rien d'appeler les gendarmes, dit Madeleine en haussant les épaules. Je leur ai téléphoné la nuit passée, j'avais peur que Loïk casse les volets. Il criait qu'il avait un fusil. Quand ils sont arrivés, il avait filé et ils m'ont pas crue. Ils ont dit qu'ils avaient autre chose à faire qu'à écouter mes imaginations.

— Moi, ils m'écouteront ! »

Sans répondre, elle regarde autour d'elle. Un timide sourire éclaire brièvement son visage.

« C'est joli, ici. Est-ce que je peux rester ?

— Ah, ça, sûrement pas ! bondit Marguerite. Pas question ! Tu n'es pas dans un asile mais dans un restaurant, figure-toi.

— Je travaillerai, promet Madeleine. Vous serez pas obligés de me payer. Je ferai tout ce que vous voudrez. »

À nouveau, les larmes coulent sur ses joues, des vraies, de la vraie détresse. Car où peut-elle aller ? À part les Labbé, elle n'a aucune famille, aucun refuge. Émue, Yann me consulte du regard. Voyant pleurer sa mère, Maximou s'y met aussi. Et puis il n'a pas eu son bonbon.

« De toute façon, je rentrerai jamais à la maison, déclare Madeleine entre deux sanglots. J'aime mieux mourir. »

Elle montre le petit.

« Et lui, il ira à la DDASS, comme sa mère.

— Mais est-ce qu'on dit des choses pareilles devant son gamin ? s'indigne Marguerite. Elle nous fait le coup du chantage, en plus. »

Elle attrape mon bras.

« Toi, viens voir par là. »

Nous laissons le cadeau postal à Yann et passons à la cuisine. Sur la table de bois, la braisière qu'elle était en train d'astiquer. Le soleil qui entre à plein par les fenêtres ouvertes se charge de la faire resplendir. Quand les clients pointeront le nez, si la cuisinière y consent, ils pourront la voir à l'œuvre. Ce sera gai !

Elle va se calmer avec quelques bouffées d'air frais, puis revient vers moi.

« Garde-la ici seulement une heure et on a Loïk sur le dos. »

J'ai refermé la porte pour que le petit n'entende pas.

« Je n'ai pas plus que toi envie de la garder, Marguerite. J'en ai par-dessus la tête des Labbé. Mais Maxime est le fils de Pierre, quand même.

— Il n'avait qu'à pas le faire.

— Ça, je dirai pas le contraire. Mais, en attendant, il existe. »

Je montre la dépendance, retapée elle aussi. Dans l'une des deux pièces, on a décidé d'installer la machine à laver et le congélateur. L'autre servira au séchage et au repassage.

« On ne pourrait pas les mettre là, juste le temps de voir ?

— De voir quoi ? Ce fou débarquer et tout démolir ? s'enflamme Marguerite. Ce n'est peut-être pas de sa faute, mais elle rend les hommes fous, cette fille. Flavie n'a pas tort. Probable que, s'il était pas tombé sur elle, Antonin serait encore là et que Loïk tiendrait pas du chien enragé. Tu l'as vue ? Elle n'a même pas besoin de se débarbouiller pour leur mettre tout à l'envers. Il n'y a qu'à la regarder. »

Je ne réponds pas. La beauté du diable, je sais ! Mais je sens encore, autour de mes genoux, les bras de Maximou. Je vois sa tignasse blonde, ses yeux suppliants.

« Je vais aller trouver Flavie, je...

— Tu ne vas pas recommencer ? » m'interrompt Marguerite d'une voix glacée.

Mon cœur se crispe : de quoi suis-je accusée ?

« Recommencer quoi ?

— À décider de tout toute seule... À pas te soucier de l'avis des autres. Je croyais que ce serait notre restaurant ici, celui de nous tous...

— Mais bien sûr ! »

Elle a rouvert la plaie : Annaïs, Quentin, me suis-je souciée d'eux lorsque j'ai décidé de partir en pêche ?

« Alors, tu dois savoir une chose : si Madeleine reste, moi, je m'en vais. »

Avant que j'aie pu lui répondre que, sans elle, rien ne pourra se faire, que je me rends à ses raisons, un bruit de vieille guimbarde retentit dans le chemin, une voiture s'arrête dans la cour. Nous fonçons à la fenêtre.

« Eh bien, voilà, soupira Marguerite. Ça commence. Toi qui voulais lui parler... »

Toute de noir vêtue, foulard sur la tête, Flavie sort d'une antique camionnette. Laissant la portière ouverte, elle marche d'un pas décidé vers la ferme. Nous revenons dans la salle au moment où elle y fait irruption. Madeleine est recroquevillée sur sa chaise comme une gamine qui craint les coups. Derrière elle, Yann porte le petit dans ses bras. Je ne peux pas dire que le spectacle me fasse plaisir.

« Je savais bien que je te trouverais là ! » triomphe Flavie en lançant un regard noir à sa belle-fille.

Nous ignorant, elle s'approche de Madeleine.

« Tu rentres à la maison avec celui-là. Et plus vite que ça. »

« Celui-là » a caché son visage dans l'épaule de Yann. Ce petit-là n'a pas l'air d'aimer trop Flavie, lui non plus. Madeleine lève vers nous un regard implorant : « Vous voyez comme elle est méchante ! » dit-il.

« Si tu surveillais un peu mieux ton fils, probable qu'elle serait encore à la maison », attaque Marguerite.

Comme un serpent, Flavie se tourne vers elle. Puis elle montre la salle.

« Et toi, si tu t'occupais un peu plus de ton Jean-Louis, au lieu d'avoir des idées de grandeur… »

Marguerite s'est figée. D'une phrase, Flavie vient de salir son rêve. Jean-Louis est son remords. Elle s'en veut de le laisser. Elle s'en veut d'avoir tant de bonheur avec notre projet alors que lui ne fait que regarder vers la mer comme un désespéré.

Flavie attrape le bras de Madeleine.

« Allez, viens, toi. Sinon, tu sais ce que je dirai à l'assistante sociale : que t'es pas capable de garder ton petit.

— Ne pourrait-on essayer de discuter calmement ? » intervient Yann.

Il s'est approché de Flavie et lui sourit. Celle-ci lâche le bras de Madeleine et se tourne vers lui.

« Vous, monsieur Morvan, vous mêlez pas de ça, s'il vous plaît. C'est pas vos affaires. »

Ils se sont parlé comme s'ils se connaissaient. Et tel est bien le cas, je l'apprendrai tout à l'heure. Du temps de la femme de Yann, Flavie s'occupait du linge de la maison. Ils s'étaient croisés plusieurs fois alors qu'elle venait chercher ou livrer celui-ci. Ne connaissant pas son nom, Yann n'avait jamais fait le lien entre cette ombre noire qui passait et le Loïk, la Madeleine, dont je lui parlais.

Cette ombre noire...

« Je reviendrai pas, décide Madeleine. Je reviendrai jamais. Je veux plus de Loïk. Même Maximou a peur de lui. Il pleure sitôt qu'il entend son vélomoteur.

— Et comment que vous vivrez ? siffle Flavie. Qui vous donnera à manger ? T'as jamais su rien faire, t'es jamais restée plus d'un mois chez les mêmes. »

Madeleine s'est tournée vers Marguerite, comme si elle avait deviné que son salut viendrait de là.

« Je m'appliquerai, madame, promet-elle comme une petite fille. Je peux faire l'épluchage, la vaisselle, laver par terre et tout. »

Marguerite se tait, K.-O. depuis l'attaque sournoise de Flavie. C'est vers nous, Yann et moi, que Madeleine s'est tournée à présent. Laisser Flavie l'emmener, c'est la livrer à Loïk. Flavie déteste sa belle-fille mais la veut pour son fils, dont chacun sait qu'il en est fou. Yann cherche mon regard et, du menton, me désigne la dépendance. Nous avons eu la même idée.

Sans nous douter qu'elle est mortelle. Le mot n'est pas trop fort.

« Tu peux rester, cède soudain Marguerite d'une voix sombre. Mais faudra t'habiller autrement, et pas question de te voir dans la salle. C'est juste le temps qu'on te trouve un endroit, imagine pas que c'est pour toujours. »

Elle se tourne à présent vers Flavie. Son regard est impitoyable, sa voix tremble de colère tandis qu'elle menace :

« Ici, c'est pas des idées de grandeur. C'est un restaurant qui appartient à tous les pêcheurs, à ceux qui vont pas piller les viviers des autres, à ceux qui font leur boulot, c'est tout. Alors, tu peux dire à ton fils que, si on le voit seulement une fois dans les parages, on ira chercher les gendarmes et qu'on en aura long à leur raconter. »

Flavie a blêmi. Elle reste un moment sans mots, la bouche ouverte sur une absence de dents. Dans son « long à raconter », Marguerite a-t-elle inclus la mort d'Antonin ? « On n'a jamais su exactement ce qui s'était passé », m'a-t-elle confié.

Le regard de la femme en noir fait le tour de la salle, passe sur notre groupe, s'arrête sur Yann et sur moi. Je ne peux réprimer un frisson. Yann a posé la main sur mon épaule. Flavie a comme un sourire.

« Je vois ce qu'il me reste à faire », dit-elle.

* * *

Elle portait un tailleur léger, beige très doux, du lin, je crois. Noué autour de son cou, un foulard sous lequel apparaissait l'or fin d'un collier. Aux pieds, des espadrilles à lanières bleu marine qui laissaient voir des ongles faits, rosés comme une rangée de coquillages. Ses cheveux mi-longs, blond cendré, frôlaient ses épaules.

Fine, longue, parfaite.

En entrant dans la salle, elle a retiré ses lunettes de soleil. J'étais seule, admirant le spectacle : les tableaux aux murs, œuvres de peintres locaux, les trois tables rondes, recouvertes des jolies nappes exécutées par maman, et le « clou » : notre table d'hôte, ornée de sets en paille dorée qui mettaient en valeur le luisant du bois de chêne. Venu m'aider comme chaque soir après son travail, Yann prenait une douche à l'étage. Nous avions projeté d'emmener Noël dîner dans une auberge voisine.

J'ai tout de suite su que c'était elle.

Me voyant, elle s'est dirigée vers moi avec un grand sourire.

« Êtes-vous Marie ? a-t-elle demandé d'une voix claire. Je suis Anne Morvan. On m'a dit que je pourrais trouver Yann ici. »

J'ai serré machinalement la main qu'elle me tendait. J'éprouvais un sentiment d'irréalité : cela ne pouvait être, tout simplement. La femme de Yann ne pouvait se trouver là, en face de moi.

Il a crié :

« Qui est-ce ? J'ai bien entendu une voiture ? »

Je n'ai pas pu répondre.

Sa serviette de bain autour du cou, sa chemise ouverte sur la fine forêt de son torse encore humide, il est apparu en haut de l'escalier. Il s'était fait un shampoing et ses cheveux étaient tout ébouriffés.

Découvrant Anne, il s'est immobilisé.

« Bonjour, Yann ! a-t-elle dit.

— Que fais-tu là ? a-t-il demandé d'une voix altérée.

— Je n'avais pas de nouvelles de Noël depuis un moment. J'ai eu l'idée de venir en prendre. »

Il est descendu très lentement tout en boutonnant sa chemise. J'avais envie de passer la main dans ses cheveux pour les remettre en ordre.

« Et pour être franche, a poursuivi Anne, j'étais curieuse de voir ton fameux restaurant.

— Ce n'est pas *mon* restaurant, a rectifié Yann d'une voix rude. C'est celui de Marie. Comment as-tu appris ?

— La rumeur... »

Elle a désigné avec un sourire la vitrine, éclairée de l'intérieur, où les algues étaient exposées. Elles étaient comme le clin d'œil lumineux de la mer.

« Et bien sûr que c'était ici qu'il devait être, ce restaurant dont tu rêvais ! C'est drôle, je n'y avais jamais pensé.

— Cela sentait trop la vache et le goémon ? » ai-je demandé.

À l'incrédulité succédait la colère. La grande fête d'inauguration avait lieu dans cinq jours, il me semblait qu'elle n'était venue que pour nous la gâcher. Yann a posé la main sur mon épaule. Elle nous a regardés tous les deux.

« Quoi qu'il en soit, je vous souhaite un grand succès.

— Nous y comptons bien », a répondu Yann en appuyant sur le « nous ».

Il a jeté sa serviette-éponge sur une chaise. J'avais eu du mal à les trouver, ces chaises. Je les voulais confortables sans être trop modernes et doutais de mon choix. Me souvenant qu'Anne était décoratrice, elles m'ont soudain semblé minables.

« Et maintenant, qu'as-tu l'intention de faire ? a interrogé Yann de la même voix rude.

— Eh bien, voir mon fils ! Je suis passée par la maison en arrivant, mais il n'était pas là. Il habite toujours avec toi, n'est-ce pas ?

— À ton avis, avec qui d'autre pourrait-il habiter ? » a ironisé Yann.

Il a consulté sa montre.

« Il ne devrait pas tarder à rentrer, vas-y. Je vous rejoins là-bas. »

C'était un ordre. Pendant l'amour, il lui arrivait de m'en donner et j'aimais ça ; cela allait avec l'homme sauvage. Autrement, je ne me souvenais pas qu'il m'ait jamais rien imposé.

Anne s'est tournée vers moi. Elle souriait. Si au moins elle s'était montrée désagréable, si elle avait manifesté de la jalousie. N'avait-elle pas vu apparaître son mari à demi dévêtu ? Ne voyait-elle pas sa main sur mon épaule ? Son calme m'effaçait. Je comptais pour du beurre.

« À plus tard », a-t-elle dit.

Je l'ai suivie des yeux tandis qu'elle traversait la cour. Elle avait une démarche souple, harmonieuse, celle de quelqu'un à l'aise en toute circonstance, devant qui nulle porte ne s'est jamais fermée. Pas une démarche de « nouveau riche », ai-je pensé. Et Yann était pareil : autant chez lui dans les fastes du Duc de Keroualle que dans la modeste maisonnette d'un pêcheur.

La voiture rouge, très basse, décapotable, a démarré. Yann m'a prise contre lui.

« Je t'aime, Marie, je t'aime. »

J'ai caché mon visage dans son épaule. Les sanglots plombaient ma gorge. Ils descendaient jusque dans mon ventre.

« Pourquoi est-elle revenue ?

— Je n'en sais fichtre rien, a-t-il répondu sombrement. Peut-être tout simplement comme elle a dit : pour voir Noël.

— Elle a dit : "À plus tard." Si elle décidait de rester ?

— Certainement pas, a protesté Yann. Anne a détesté sa vie ici. Elle était à deux doigts de la dépression lorsqu'elle est partie. »

Je me suis arrachée à lui. Mon corps pesait une tonne. Moi, je portais jean, tee-shirt, tennis. Moi, je ne m'étais jamais fait les ongles des pieds. Mes cheveux trop longs étaient rassemblés en queue de cheval comme lorsque je pêchais.

« Pourquoi n'as-tu pas demandé le divorce ? »

Cent fois la question m'avait brûlé les lèvres, mais je craignais, si je la posais, que Yann n'y lise une demande en mariage. J'ai toujours eu la hantise de forcer la main aux gens, de m'imposer. Ce fameux virus d'enfance.

« Cela te paraîtra sans doute curieux, a-t-il expliqué d'une voix accablée, mais nous n'avons jamais abordé le sujet. Anne n'en exprimait pas le désir. J'ai laissé courir pour éviter à Noël un choc supplémentaire. N'oublie pas que... jusqu'à peu, il espérait son retour.

— Eh bien, voilà, il va être content, elle est là !

— Je ne suis pas sûr du tout qu'il sera content », a dit Yann.

Un toc-toc à la porte et, sans attendre de réponse, Maximou, dans un ancien pyjama de Quentin, a couru vers nous : l'heure du bonsoir. Depuis qu'elle occupait la dépendance, Madeleine se montrait discrète. On ne la voyait pratiquement pas. Elle emmenait le petit à l'école sur le vélomoteur laissé par Annaïs.

Je lui donnais un peu d'argent pour ses courses. Marguerite lui cherchait activement une place, mais l'enfant compliquait les choses. J'avais eu l'idée, si elle était encore là, de la charger du repassage après l'ouverture du restaurant. Depuis son arrivée, nous dormions ici, Yann et moi, de crainte de la laisser seule à cause de Loïk.

« Samedi, c'est les vacances, a claironné l'enfant, tout heureux. J'irai à la plage avec maman.

— Eh bien, tu en as de la chance ! a constaté Yann.

— Oui », a répondu le petit.

Il s'est tourné vers moi.

« Laver les dents après », a-t-il déclaré avec sérieux.

Cela voulait dire la promesse de se brosser les dents après le bonbon du soir. Il a mis longtemps à le choisir. C'était son plaisir : hésiter entre les couleurs, faire semblant d'avoir décidé et se raviser au moment où j'allais refermer la boîte.

Ce soir, la dame aux bonbons n'avait pas envie de jouer.

« Sais-tu ce que je viens de penser ? m'a demandé Yann lorsque Maximou a eu rejoint sa mère. Cela pourrait bien être cette garce de Flavie qui a averti Anne pour le restaurant. Je ne vois pas qui d'autre.

— Je l'ai pensé moi aussi. »

« Je vois ce qu'il me reste à faire », avait-elle lancé haineusement. Introduire du poison dans l'endroit où Madeleine s'était réfugiée ?

À nouveau, Yann a consulté sa montre. Nous avions prévu d'aller chercher Noël vers cette heure-là. Anne n'allait pas tarder à arriver. Quelle serait la réaction de son fils ? Regretterait-il d'avoir brûlé la bûche ? Ou rejetterait-il celle qui les avait plantés là, son père et lui ?

« Vas-y. Rentre vite. Noël risque d'avoir besoin de toi. »

Il a eu l'air soulagé : il n'attendait que mon feu vert.

« Je reviens dès que je peux », a-t-il promis.

Il m'a prise à nouveau dans ses bras et m'a embrassée longuement. J'aurais préféré qu'il me redise qu'il m'aimait, encore, encore et encore. Mais me l'eût-il répété cent fois que cela n'aurait pas apaisé mon angoisse.

Anne et lui étaient du même monde. Un monde qui n'était pas le mien.

La voiture a disparu. Je me suis effondrée sur une chaise. Pourquoi en voulais-je à mon ingénieur ? N'avait-il pas été parfait ? Sec, précis, solide. Il n'avait pas cherché à cacher nos liens, au contraire. Pouvait-il chasser Anne sans l'entendre ? « Je ne veux plus te voir, rentre à Rennes, j'aime Marie… » Je savais bien que c'était impossible. La maison leur appartenait à tous les deux. Elle était encore sa femme.

Et il y avait Noël.

« À plus tard »…

Était-ce vraiment pour son fils qu'elle était revenue ou parce qu'elle avait pris conscience, avec l'histoire du restaurant, qu'elle risquait de perdre tout à fait son mari ?

« Elle n'a pas exprimé le désir de divorcer. »

Pourquoi ?

Et si elle l'aimait toujours ?

Il m'appellera vers huit heures trente. À voix très basse, lèvres collées à l'appareil, il me dira que ça ne s'est pas trop mal passé entre Noël et sa mère mais que, de toute évidence, le choc a été important pour son fils. Celui-ci passait du rire aux larmes, du reproche à la démonstration d'amour. Il avait un peu forcé sur l'apéritif. Dans ces conditions, il lui paraissait difficile de les planter là. Verrais-je un inconvénient à ce qu'il ne revienne pas ce soir ? Il passerait demain matin avant d'aller à son travail.

Il passerait.

« Je pense que tu as de quoi dîner ? » s'efforcera-t-il de plaisanter.

Frigidaire et congélateur pleins en prévision de l'ouverture prochaine.

Je ne dînerai pas. Je grignoterai un morceau de fromage avec un verre de cidre, devant la vitrine aux algues et sa secrète lumière, me souvenant d'un film où, devant la table des noces somptueusement décorée, une jeune femme attendait en vain son promis.

Plus tard, je monterai dans notre chambre, notre « résidence secondaire », s'amusait à l'appeler Yann, et moi je répondais qu'en ce qui me concernait ce serait bientôt la principale. Il y avait installé un petit poste de télévision que j'allumerai pour combattre le silence, qui me fera paraître la solitude plus grande encore.

J'aurai l'impression de ne pas fermer l'œil de la nuit.

Yann passera comme promis avant d'aller au travail. Il m'apprendra qu'Anne est venue avec une valise et que, lorsqu'elle a demandé si elle pouvait rester un peu, Noël s'est mis à rire sans pouvoir s'arrêter, un rire qui faisait peur car on ne savait ce qu'il recouvrait. Elle s'est installée dans la chambre d'amis.

Avais-je cru un seul instant que mon Indien rejetterait sa mère ? Je savais, moi, ce qu'exprimait son rire : l'un de ces bonheurs si brutaux qu'ils vous déchirent le cœur, comme trop de nourriture d'un coup à un affamé. Je connaissais.

Nous ferons l'amour. En silence pour la première fois. On aurait dit que la venue d'Anne avait changé la donne, qu'en prononçant les mots d'hier nous n'aurions fait que nous copier. Pour nous rassurer ? Je ne sais. Tout ce que je sais, c'est que le plaisir n'est pas venu, juste une pâle chaleur, là en bas, quelques faibles rayons, que ce que j'avais, là en haut, dans la tête, refusait de se changer en soleil. Comme si je ne le méritais plus.

Yann m'a gardée longtemps contre lui pour me dire qu'il avait compris.

Plus tard, me quittant, il a cherché à me rassurer.

« C'est l'affaire de quelques jours. Anne va vite s'apercevoir que ça sent de plus en plus l'algue ici. Je lui ai dit que je t'aimais. »

À peine sera-t-il parti que Marguerite débarquera, à croire qu'elle guettait sur la route. Elle m'apprendra que, dès hier soir, tout Kersaingilles était au courant : la bien connue petite voiture rouge décapotable.

La femme de Yann est revenue, pauvre Marie !

Elles pourront s'en donner à cœur joie, les langues de vipère ! Ils pourront se vautrer dans de faux airs apitoyés, ceux pour qui, dans le désert de leur vie, le malheur d'autrui est pain bénit.

« Dis donc, on continue quand même, nous ? s'inquiétera Marguerite. Ça change rien pour ici ?

— Qu'est-ce que tu veux que ça change ? Tu crois que je vais vous laisser tomber ? »

L'autre matin, elle m'avait accusée de ne penser qu'à moi. Depuis hier, je m'efforçais de ne plus penser qu'au port. Et lorsqu'elle avait dit que je décidais de tout, toute seule, eh bien, pas pour l'amour ! On ne décide jamais seul pour l'amour.

Me voyant retenir mes larmes, elle tentera de me consoler.

« Elle repartira aussi vite qu'elle est venue : ce n'est pas une femme pour Yann ! »

Cela ne les avait pas empêchés de vivre ensemble durant vingt ans.

Je réintégrerai ma maisonnette.

Viendra le dimanche de l'inauguration.

★ ★ ★

Une quinzaine auparavant, j'étais allée acheter une robe en prévision du grand jour. J'avais demandé à maman de m'accompagner. Je ne voulais pas me tromper dans mon choix. Il me faudrait faire honneur à Yann et à l'Honoré.

Nous avions poussé jusqu'à Brest, l'occasion d'inviter Annaïs à déjeuner. Puis, dans une petite boutique appelée Couture, nous nous étions décidées pour une robe finement rayée bleu et blanc.

« Comme tu es mince ! » avait remarqué maman dont la taille s'épaississait d'année en année.

Cela m'avait fait plaisir.

Ce qui m'avait fait également plaisir était qu'elle soit partante à fond pour le restaurant, bien que j'en subodore la raison : tout était préférable pour sa fille au métier de patron pêcheur ! Yann, qu'elle avait rencontré en venant prendre la mesure des tables pour exécuter ses nappes, lui était apparu comme un excellent partenaire. Tout maman, ça ! Partenaire sonnait mieux qu'amant. Et puis ne lui avait-il pas baisé la main ?

Ce dimanche des Rameaux, le ciel est sans nuages. Un vent léger rafraîchit l'atmosphère, vent de sud-ouest qui nous garantit en principe du beau temps pour la journée.

La fête débutera à midi dans la cour de l'Honoré où l'enseigne sera dévoilée avant que nous sablions le champagne. M. le maire a promis de passer. J'ai tenu à inviter le brigadier de gendarmerie et son épouse. Bien entendu, mes parents et Benoît seront présents, mais ni Annaïs ni Quentin, retenus, l'une à Brest, l'autre à Lorient. Hier encore, je le regrettais. Aujourd'hui, j'en suis soulagée. Anne est toujours là ; cela fait cinq jours.

Après réflexion, nous avons décidé, Yann et moi, qu'il passerait juste prendre une coupe de champagne. Sa présence au déjeuner, même sans sa femme, risquerait de gêner les gens, de troubler la fête.

Quelle fête ?

« Marie, comme tu es belle ! »

Sous prétexte que ma fourgonnette n'était pas à la hauteur, Jean-Yves est venu me chercher dans sa belle étrangère. Il regarde ma robe avec admiration. J'ai resserré la ceinture car elle flottait un peu autour de ma taille. C'est que, ces derniers jours, l'appétit a manqué.

« Et puis cette coiffure..., on dirait une jeune fille ! »

« Vous êtes certaine de vouloir les couper ? » a déploré le coiffeur lorsque je le lui ai demandé.

Certaine. Des envies de changer de tête. C'est aussi pourquoi je me suis maquillée. Annaïs ne reconnaîtrait plus sa mère.

« C'est toi qui es superbe, Jean-Yves. »

Blazer marine, cravate, pantalon blanc, un vrai notable ! Nous montons dans sa voiture. J'ordonne, la voix un peu cassée :

« Aujourd’hui, pas question de sortir ton canot, tu restes avec nous. »

Cela veut dire : « Tu ne me quittes pas. » Tout en démarrant, il jette un œil vers le ciel.

« Premier jour de vacances, dimanche, le soleil en plus… Les Parisiens vont tous vouloir sortir. Faudrait pas que le vent forcisse. »

Sont surnommés les « Parisiens » tous ceux qui nous empruntent la mer, seulement pour le plaisir, sans toujours bien regarder la météo. Il arrive que ces Parisiens-là ne parlent pas un mot de français.

Les genêts d’Abel commencent à fleurir le long du chemin refait à neuf. Le parking a été installé dans l’ancien champ de pommes de terre, derrière la longère. Parmi les nombreuses voitures, je remarque tout de suite celle de Yann et mon cœur se serre.

Nous aurions dû arriver ensemble.

Beaucoup de monde déjà dans la cour, du monde qui sait, mais n’en laissera rien paraître. Je me suis promis de sourire. Ce qui ne m’empêche pas d’avancer quasiment collée au blazer de mon patron sauveteur. Aucune jalousie féminine à craindre de ce côté-là : sa femme s’appelle l’*Hirondelle*.

« Ça va aller, Marie ? murmure-t-il.

— Un petit supplément d’oxygène ne serait pas superflu. »

Il serre brièvement mon coude.

L'enseigne est voilée au-dessus de la porte d'entrée. Coupes et seaux à champagne sont alignés sur la table, dressée pour l'occasion sous la fenêtre de la cuisine. Mon père fonce dès qu'il me voit et glisse à mon oreille un « on pense à toi, Marie », qui me scie les jambes. Arrête, papa, ou je vais craquer. Ma mère se contente de rectifier la position d'un col qui n'en a nul besoin. Elle sent bon la poudre. Je veux redevenir petite, maman ! Yann se tient un peu plus loin avec Noël. Je ne pensais pas que mon Indien viendrait. Cela me fait plaisir, quand même. Allons-y ! Suivie par tous les regards, je m'approche de mes Morvan.

« Merci d'être venu, Noël. Tu me manques. »

Il baisse le nez, comme honteux de m'avoir préféré sa mère, la vraie, celle qui l'a porté dans son ventre mais n'est pas allée en prison pour lui.

La dernière fois que je l'ai embrassé, c'était juste avant qu'il enflamme la bûche. La dernière fois que Yann m'a embrassée, ce n'était pas sur les joues, comme maintenant.

« Mais qu'as-tu fait de tes cheveux ? demande-t-il, décontenancé.

— Ça ne te plaît pas ? »

Ce soupçon d'agressivité dans ma voix, c'est le souci que me donnent mes yeux... Voici, pour me sauver, mon brigadier de gendarmerie. Il me présente sa femme qui semble douce et timide. Ce ne serait pas elle qui canarderait les Espagnols. Bonjour, la nostalgie ! Finalement, monsieur le militaire, c'était le bon temps dans votre cage. Mes enfants n'étaient pas partis, j'avais tous mes amis derrière moi et j'allais rencontrer dans votre bureau un merveilleux ingénieur au visage d'homme de mer.

Ce matin, je suis seule à actionner ma corne de brume.

Marguerite m'entraîne à l'écart :

« Madeleine voulait venir, mais j'ai pensé que tu préférerais pas ; je lui ai dit d'emmener le petit à la plage. »

Comme moi, elle soupçonne Flavie d'avoir alerté Anne Morvan.

Collé au carreau d'une fenêtre de la dépendance, j'aperçois le nez de Maximou. Et, soudain, je me décide et vais ouvrir leur porte. Toute grande.

« Qu'est-ce que vous attendez pour venir ? »

Madeleine ne se fait pas prier. Elle avait dû prévoir l'invitation de dernière minute. Jupe à la cheville, corsage correctement boutonné. Elle, c'est tout ou rien ! Quant au petit, il porte la célèbre tenue « Buckingham Palace ».

Et que fait-il sitôt dans le grand monde ? Il se jette sur Benoît avec un « papa » retentissant qui jette la confusion, avant de déclencher un fou rire général. Nul n'est obligé de savoir que tous les hommes sont des « papa » pour Maximou.

Le grand moment est arrivé. Abel et moi dévoilons l'enseigne. Et comme apparaît, œuvre d'un artiste du cru, un beau « Chez le Bosco », dessiné sur la coque d'un chalutier, les applaudissements retentissent. Le héros y va de sa larme. L'héroïne pourrait même y aller de la sienne sans qu'on y voie autre chose que de l'amitié. Mais un serment est un serment : je garderai les yeux secs. Jusqu'à cette nuit.

Et sautent les bouchons de champagne. Et se heurtent les coupes, à la santé de l'aventure à venir. Un coup de vent plus fort gonfle les jupes. « La marée », remarquent les hommes, l'œil au loin. En plus, ce soir, c'est pleine lune.

Marguerite fait passer le cahier des réservations. Pour l'ouverture, plusieurs tables sont déjà retenues et, vent ou pas, les pêcheurs sont priés de rapporter demain du beau et du bon. Yann et Noël se sont déjà éclipsés. Anne les attend à la maison. Une autre coupe de champagne, s'il vous plaît.

Puis Marguerite a annoncé par la fenêtre de sa cuisine que la soupe de poisson était prête. J'ignore pourquoi, on avait fermé à clé la porte de la salle où nul n'avait eu jusque-là l'autorisation de pénétrer.

Le Capitaine s'est approché de moi.

« Passe la première, Marie », a-t-il ordonné.

Il y avait soudain un curieux silence. Il a ouvert la porte et je suis entrée. Les autres se pressaient derrière, retenant leur souffle. Que me mijotait-on encore ?

Toutes les tables étaient garnies de fleurs. La salle était éclairée par une belle lumière, à laquelle participaient le blond du bois, le roux du cuivre, les chatoiements des algues. C'était vraiment un endroit digne de l'Honoré, des fées et de Merlin l'Enchanteur !

Puis je l'ai vu.

Là-bas, à l'endroit où Annaïs avait dit qu'elle donnerait bien un spectacle.

Et, le reconnaissant, reconnaissant mon piano, j'ai eu comme un étourdissement, l'impression de partir, c'était trop, ça me tuait.

« C'est de la part de nous tous, a dit le Capitaine. Tous ceux que tu appelles tes frères. »

Je suis tombée sur sa poitrine, y allant des larmes et des poings.

« Alors, comme ça, c'était un particulier qui le voulait pour sa fille ?

— Même que les particuliers l'ont fait accorder, a répondu le Capitaine d'une voix qui n'aurait rien perdu à être accordée elle aussi. Tu veux peut-être l'essayer tout de suite ? »

J'ai montré mes mains qui tremblaient.

« Mais comment veux-tu, André ? Plus tard, s'il te plaît, plus tard. »

Il a fallu que je sois devant mon assiette pour m'apercevoir que je n'avais même pas dit merci. Il arrive que les larmes que l'on s'est juré de ne pas verser servent à ça.

Le déjeuner a duré jusqu'à plus de quatre heures. Mon brigadier était parti assez vite : le devoir. C'est bête, mais j'aime ce mot. Maximou ne quittait pas maman et, pour changer, appelait papa « papa » ! Quelques-uns ont poussé la chansonnette.

Nous en étions au pousse-café quand un jeune couple est entré, vingt-cinq ans à tout casser, pas tellement l'air mariés. Le garçon a demandé :

« Est-ce que vous faites aussi des chambres ? »

À mon avis, il lui faudra du temps pour se remettre des rires qui lui ont répondu et ce ne sera pas demain qu'il renouvellera sa demande : tant pis pour les concurrents.

Vers six heures, Alain Kervélec, qui était allé prendre son tour de garde auprès de Jean-Louis, est revenu. Il a glissé deux mots à l'oreille de Jean-Yves, qui a froncé les sourcils et s'est levé aussitôt. Après avoir parlé au Capitaine, ils sont sortis tous les trois.

« Il paraît que Loïk traîne dans les parages, m'a appris Marguerite. Cette fois, ils ont décidé de lui donner une leçon. »

Peu après, ils étaient de retour : mission accomplie ?

« Alors, Marie, c'est pour quand ? »

Le Capitaine désigne le piano : il va falloir m'exécuter. Nul ici ne se doute que je n'ai pas touché un clavier depuis la disparition de Pierre.

« Si tu nous jouais un petit quelque chose ? » demandait mon pêcheur quand nous avions de la visite.

Il me semble que c'est une autre qui attaque les premières notes de la *Sonate au clair de lune*, une femme plus mûre, qui n'a plus tellement envie de mettre le monde à l'envers. Et puis, l'envers, l'endroit, c'est du pareil au même finalement : des larmes, du rire, de l'espoir et du désespoir.

Et tandis que cette femme joue pour le port de Kersaingilles, sur le quai de ce même port, un parfait salaud, un désespéré total, ivre de bière, assoiffé de vengeance, marche vers l'*Hirondelle*.

Loïk Labbé n'a jamais été admis dans l'équipe de Jean-Yves, celui-là qui vient de lui promettre de le livrer aux gendarmes s'il le reprenait à rôder autour de la ferme du malheur, où se trouve celle dont il est possédé, la femme de sa vie, comme on dit, qui est plutôt celle de son agonie. Ce soi-disant patron sauveteur qui, le jour où Antonin est passé à l'eau, n'est pas venu l'aider à le réanimer, peut-être le sauver, et l'a condamné, lui, Loïk, à confondre le jour et la nuit dans un remords sans fond.

Loïk Labbé sort un couteau de sa poche.

On appelle ici la pleine lune le « soleil des loups ». Je distingue, tout en jouant, sa face blafarde derrière les carreaux de Chez le Bosco. Je peux voir aussi le visage de Jean-Yves, soudain inquiet, se tourner vers le port où le suroît souffle à présent en tempête.

Où, d'un geste sec, Loïk Labbé tranche les aussières qui retiennent l'*Hirondelle* au quai.

Le canot hésite, la bien-aimée du patron sauveteur tangue comme un marin en goguette.

« Fous le camp, salope ! » hurle le loup.

Un coup de vent plus fort et l'*Hirondelle* se décide. D'une bourrade l'autre, d'une gifle l'autre, gémissant de toute sa vieille carcasse, elle fait route vers la mer franche.

« Soyez prudents pour que l'eau de mer n'ait jamais le goût des larmes », disent les sauveteurs.

Mes larmes, tandis que s'égrène sous mes doigts la musique du souvenir, ont le goût de l'eau de mer. Il n'y a pas d'« avant » et d'« après », les « toujours » sont là pour empêcher le trait de se tirer et vous relier aux pages anciennes du passé. Tout mon amour pour Pierre est revenu. Mon amour pour Yann me déchire le cœur.

Tandis que retentissent les dernières notes de la sonate, l'*Hirondelle* explose contre les rochers.

Quatrième partie

Ce n'était plus qu'un grand oiseau déchiqueté, entrailles au vent. Un canot qui, fidèle à sa vocation de « tout temps », avait refusé de couler sous les coups de boutoir de la mer et était, si l'on peut dire, mort debout.

Des canots de cette taille, longs de quatorze ou quinze mètres, on n'en voyait pratiquement jamais dans de petites stations comme Kersaingilles : un vieux de la vieille que Jean-Yves, patron sauveteur et président de la station, maintenait vaille que vaille en état de marche.

Si vous vouliez l'entendre gueuler, Jean-Yves, il suffisait de lui dire que son *Hirondelle* était bonne pour la retraite. Alors là, il se retenait de vous fiche à la baille, quitte à vous repêcher après, rien que pour vous prouver. Mais, le jour où l'inspecteur de navigation passait, il ne pavoisait plus car il se pouvait bien en effet qu'on le lui déclare hors service, son bateau. Et, ce jour-là, tous les mauvais plaisants se retrouvaient derrière lui, l'œil fixé sur l'homme descendu de la capitale, que nul n'aurait eu l'idée d'appeler un « Parisien » car il connaissait la mer et avait droit de vie et de mort sur la fierté d'un port : sa station de sauvetage.

L'inspecteur envoyé par la SNSM[1] est arrivé quelques jours après la catastrophe. Jean-Yves est allé le chercher au train et l'a directement conduit à

1. SNSM : Société nationale de sauvetage en mer.

l'épave. Un homme d'une cinquantaine d'années qui a serré la main de tous les marins présents. Quelques plaisanciers étaient là aussi qui, sans bien savoir pourquoi, se sentaient orphelins depuis que le port avait perdu son canot.

Les deux hommes, celui à cravate et porte-documents, celui à pull marin et aux mains vides, ont regardé la carcasse en silence. Chaque blessure de son *Hirondelle*, Jean-Yves la connaissait par cœur. Il avait glissé le doigt dans chaque trou du bois. Pas besoin d'inspection pour comprendre qu'elle ne prendrait plus jamais la mer à la recherche d'âmes à sauver.

« Où en est l'enquête ? a interrogé l'inspecteur.

— Il s'agit bien d'un acte criminel, a répondu Jean-Yves, les mâchoires serrées. On a trouvé des bouts d'aussières sur les bittes mais personne n'a rien vu. »

Ce jour-là, c'était la fête Chez le Bosco.

Le nom du criminel, tous l'avaient sur les lèvres et, le soir même de l'assassinat, conduits par le patron sauveteur, les gendarmes s'étaient présentés chez les Labbé. Pour trouver Flavie debout et Loïk au lit, incapable de parler, soûl à mort. Convoqué le lendemain à la gendarmerie sur plainte de Jean-Yves, il n'avait pas nié avoir « eu des mots » avec ce dernier, mais, promis-juré, il était ensuite rentré directement chez lui pour n'en plus bouger. La mère avait confirmé. Bien sûr, il avait un couteau. Tous les hommes ici en ont un dans la poche pour couper le pain ou un bout.

Que faire ?

Sinon écumer de colère, de douleur, d'impuissance.

L'inspecteur s'est mis en rapport avec Paris. Il a annoncé à Jean-Yves que la SNSM octroyait une vedette de réserve à Kersaingilles en attendant la décision de remplacer ou non l'*Hirondelle*. Si la réponse était négative, la station de sauvetage serait fermée.

« Impossible ! a répondu Jean-Yves.

— Comptez sur moi pour plaider en votre faveur », a promis l'inspecteur en voyant la couleur de ses yeux.

Le malheur des uns…

La presse locale a parlé de l'accident. Le mot « sabotage » a été prononcé à la radio. Cela a amené des curieux au port. Et des clients Chez le Bosco.

Le restaurant marche bien. Mieux même que nous ne l'espérions, les vacances de Pâques terminées. Je n'arrive pas à m'en réjouir ; voici maintenant trois semaines qu'Anne Morvan est revenue. Yann se débrouille pour passer chaque jour. Il m'a même accordé une nuit. En repartant dès l'aube comme un voleur. Lorsqu'il affirme que sa femme ne restera pas, le croit-il encore ?

« Est-ce qu'elle t'en parle ? Est-ce qu'elle dit quand elle va partir ?

— Elle ne dit rien. Elle mène sa vie. Elle a repris sa palette, elle a toujours aimé peindre.

— Et toi, tu ne lui dis rien non plus ? Tu ne lui demandes pas quelles sont ses intentions ? Elle vous plante là, elle revient comme si de rien n'était et tu trouves ça normal ?

— Non, bien sûr, mais... »

Mais Noël ! Noël transformé depuis le retour de sa mère. Yann peut-il gâcher son bonheur en parlant de départ ? Il a eu si peur que son fils ne fasse une grosse bêtise lorsque Anne les a plaqués : la drogue. Il a été à deux doigts.

Il prend mes mains dans les siennes.

« Imagine que tu sois à ma place, Marie. Qu'il s'agisse de ton Quentin... Prendrais-tu le risque de le laisser s'enfoncer à nouveau ? »

Non !

Il n'y a pas si longtemps, je me disais que si mon fils était resté à Kersaingilles, s'il ne m'avait pas, en quelque sorte, rendu ma liberté en s'engageant aux Fusiliers Marins, je n'aurais probablement pas ouvert le restaurant. Dans la ferme du grand-père de mon amant...

Mais cela m'écorcherait les lèvres de le reconnaître.

À la fois, je comprends Yann, je lui en veux et je m'en veux de lui en vouloir. Un beau gâchis ! « J'aime ce qui dure », m'avait-il dit le premier soir, dans l'affreux motel qui est devenu pour moi le palais des mille et un délices. Je sens se défaire la belle ouvrage qui se tissait entre nous, faite d'épreuves surmontées, de paix retrouvée, de but commun.

Et de fils à protéger.

« Elle n'a personne à Rennes ?

— D'après ce que j'ai compris, elle y vit seule. »

Il me serre contre lui.

« Ma femme, c'est toi ! »

« Alors, prouve-le ! » crie une voix en moi.

Il essaie. À la façon des hommes, avec son désir. Mais, son désir, je le veux en plus du reste, de l'assurance d'être la première dans sa tête comme dans son cœur. Est-ce pour cela que mon corps me joue des tours ? Ses caresses ne provoquent plus en moi qu'un petit feu qui refuse de prendre. Parfois, c'est presque là, ça couve, j'attends, j'espère. Et puis cela s'éteint, la rivière se tarit, le moment est passé.

Alors, je lui dis : « Laisse », et il me laisse à mi-chemin, lui qui aimait tant que nous nous envolions ensemble. Et après il me serre longtemps contre lui pour me demander pardon d'avoir été heureux sans moi. Mais peut-on dire « heureux » ?

Les vacances de l'Ascension pointent déjà. À en croire la météo, c'est un mois de mai comme on n'en avait pas vu depuis des années. Certains jours, on se croirait en été, les plages se peuplent de retraités ou de toutes jeunes mamans. Des voiliers de toutes couleurs font chanter la mer.

La vedette de réserve est arrivée hier par la route. Elle s'appelle l'*Espérance*. Il fallait voir l'air dégoûté de Jean-Yves : vedette de troisième classe, huit mètres de long, de la place pour trois canotiers seulement.

« Tout juste bonne à aller ramasser les véliplanchistes ! » a-t-il laissé tomber.

La décision de mettre en chantier un nouveau canot n'a pas encore été prise en haut lieu.

On n'est pas marin si on n'est pas sauveteur.

Comment être sauveteur sans canot ?

Kersaingilles retient son souffle.

⋆ ⋆ ⋆

Ce samedi 15 mai, week-end de l'Ascension, bien que le temps soit radieux, nous n'avons pu mettre de tables à l'extérieur : le vent aurait emporté les nappes.

Nous sommes complets. Il semble que le bouche à oreille fonctionne à plein sur le cadre et les prix doux. Il nous amène des jeunes qui profitent de la table d'hôte pour faire connaissance. Ce sont eux les plus désireux de découvrir l'algue alimentaire. Chez les plus âgés, on sent de la méfiance : chères habitudes, on tient à vous ! Et quoi de plus savoureux qu'une pomme de terre avec sa peau à la façon de Marguerite ? Sous la braise de l'âtre d'Honoré, fourrée de crème, et de ciboulette venue de son coin de jardin. Et on est prié de manger la robe ! Quant à ses crustacés, elle s'assure elle-même auprès du client qu'il les déguste correctement. C'est par la pince qu'il faut commencer, affirme-t-elle, et garder pour la fin la partie la plus goûteuse.

Les succès de la cuisinière l'ont portée à l'indulgence : elle a embauché Madeleine pour l'aider en cuisine. Puisque la calamité est là, au moins qu'elle serve à quelque chose. Mais pas question de la montrer en salle et la tenue vestimentaire est strictement contrôlée. Madeleine file doux. Quant à Loïk, aucune nouvelle. Sa *Pastourelle* est en sommeil sur le port. Plus que la peur des gendarmes, celle de Jean-Yves doit être cause de sa discrétion.

Aujourd'hui, mes parents sont venus déjeuner avec des amis. Seuls ou accompagnés, nous les voyons au moins deux fois par semaine. À peine Maximou aperçoit-il la « belle dame » qu'il se précipite. La ferveur qu'il lui manifeste a fini par attendrir maman. D'ici qu'elle le considère comme un petit-fils à part entière… Et la voici fière du métier qu'exerce sa fille ! Où va-t-on si c'est elle qui se mêle de mettre le monde à l'envers ?

Il est près de trois heures, la plupart des clients en sont au café lorsque le téléphone sonne : une réservation pour ce soir ? Depuis le matin, je ne cesse de refuser : plus un napperon de libre pendant le week-end.

C'est la voix du patron sauveteur :

« Tu peux venir, Marie ? On a besoin de toi. »

J'ai reconnu le ton, à la fois grave et impératif. Instinctivement, mon regard vole vers le ciel, bleu pur, bleu dur. Malgré le vent, il doit y avoir foule sur la mer.

« Tout de suite, Jean-Yves. Le temps d'arriver. »

Une joie soudaine gonfle ma poitrine. Je fonce vers mon père qui déguste son dessert : un « gâteau Honoré », à base d'algue rouge, le *carrageen*, accompagné de glace à la vanille.

« Papa, tu peux prendre ma place ? »

Il est déjà debout.

« Mais enfin, proteste maman. Ton père est venu se détendre, tu ne crois pas que tu l'emploies assez comme ça ? Tu ne peux pas le laisser déjeuner tranquille ?

— Jean-Yves a besoin de moi sur l'*Espérance* ! »

Elle lève les yeux au ciel, se tourne vers ses amis, mi-fière, mi-indignée.

« Et voilà ! Les patronnes de restaurant se mêlent de sauvetage, maintenant ! »

J'ai attrapé l'assiette de mon gérant qui me suit vers la pile d'additions. J'avais un père-passant, il ne demandait qu'à devenir un complice. Je pose son dessert sur la caisse, montre la vanille qui coule sur le *carrageen*.

« Mange pendant que c'est chaud... Et tu pourras prévenir Marguerite ? Pas envie de me faire engueuler. »

Et surtout pas le temps.

Le moteur de l'*Espérance* tourne lorsque j'arrive. Alain Kervélec et Albert sont déjà à bord. Je saute sur le pont.

« En tenue, patronne ! » lance Jean-Yves en appareillant.

J'enfile en hâte l'équipement ciré.

« De quoi s'agit-il ?

— Le CROSS a reçu l'appel d'un portable. Il y aurait un voilier en difficulté du côté de la Griffe du diable. »

Ainsi sont appelés quatre morceaux de rocher qui pointent dans une zone de haut-fond, à environ trois milles de la côte.

La visibilité est bonne, mais le nordet a forci : vingt-cinq-trente nœuds. On devrait y être dans une petite demi-heure. Je regarde le visage de Jean-Yves. L'ai-je vu vraiment sourire depuis le massacre de son *Hirondelle* ? Cela n'empêche pas l'amitié : en faisant appel à moi plutôt qu'à un autre, il a voulu me la manifester. Solidarité des âmes meurtries ? À cet instant, sur cette mer bleu indifférence, ne comptent plus pour nous que ces inconnus que nous allons lui soustraire. On va voir qui va gagner, ma belle ! J'ai envie de risque, d'action, de me dépasser. Le courage ne serait-il que cela pour certains ? Un défi au désespoir. Comme l'humour.

Albert nous a rejoints dans la cabine. Il désigne d'un geste blasé la cardinale qui indique la zone de danger.

« Bon Dieu, qu'est-ce qu'ils ont été fiche par là ? Comme s'ils n'avaient pas assez de place comme ça. »

Aucune voile dans les abords immédiats de la balise. Nous aurait-on dérangés pour rien ? Jean-Yves saisit ses jumelles, les dirige vers un bateau qui file vers le large, puis les baisse, l'air inquiet.

« Marie, tu me remplaces une minute ? »

Je prends la barre. Il sort sur le pont et passe les jumelles à Albert.

« Je vois personne sur ce bateau. On dirait bien qu'il se conduit tout seul. »

Albert regarde à son tour. Les voiliers, c'est son hobby. Il participe chaque année aux régates de marins pêcheurs et assure qu'à tout prendre il aurait préféré « faire » plaisancier que matelot.

« C'est un de location, annonce-t-il. Neuf mètres cinquante, dernier modèle. »

À trente mille francs la semaine ! Le gars qui a tiré cette somme de sa poche a envie d'amortir. Alors, il sort par n'importe quel temps et sans toujours avoir les qualifications nécessaires.

« Là-bas ! crie soudain Alain. Regardez ! »

De l'orange bouchonne dans la vague. Un homme agite les bras. Sans doute crie-t-il, mais nous ne pouvons l'entendre. Nous lui faisons signe que nous l'avons vu. Jean-Yves reprend la barre, modifie le cap.

« Tiens bon, on est là ! » bougonne-t-il.

La voilà, finalement, la devise du sauveteur : de nuit, de jour, de tempête ou d'accalmie, pour n'importe quel chaland, parfois la rage au cœur, on est là !

Alain prépare le bout. Le naufragé aura-t-il la force de s'en saisir ? Albert enfile sa tenue de plongée. Il y a aussi le pneumatique qu'on pourra mettre à l'eau au cas où.

Dans la bouée, on distingue à présent un visage plus tout jeune. Jean-Yves s'approche au plus près, bateau sous le vent. Alain lance le bout. L'homme parvient à s'en saisir. On le ramène contre la coque, on le guide jusqu'à l'échelle de pilote. Les canotiers l'agrippent, le hissent à bord. Une cinquantaine d'années, plutôt replet, short et chemisette, un pied chaussé, l'autre plus, transi, épuisé, du sang dans le gris des cheveux. Ses mains ont saisi les miennes, serrent si fort que la chevalière qu'il porte au petit doigt s'enfonce dans ma chair.

« Mon fils…, bredouille-t-il. Mon fils, là-bas… »

Il montre le voilier que nous avions repéré il y a un instant.

« On y va », le rassure Jean-Yves.

Notre patron s'est bien gardé de dire que nous n'avions vu personne à bord. La vedette prend son élan, moteur à fond. Nous avons tous le cœur serré : où es-tu passé, le fils ? Alain aide le père à retirer sa brassière de sauvetage, le soutient jusqu'à la cabine. Le sang se mêle à l'eau sur son visage.

« Laissez-le-moi. »

D'abord, le rhabiller de sec, on a ce qu'il faut à bord. L'enrouler dans une couverture. Le tout sans cesser de parler, rassurer, vérifier la pupille : normale. Puis chercher là où c'est déchiré dans les cheveux. La plaie est nette, profonde. Ça, c'est un coup de bôme ! Je nettoie et applique un pansement compressif. Maintenant, une boisson chaude. Branchons la cafetière électrique.

« Ça va ? s'enquiert Jean-Yves.

— Pas trop mal. À vérifier à l'hôpital. »

Dès qu'il a vu le naufragé dans sa brassière, le patron a commandé l'ambulance. Son regard s'attarde sur moi, qui prépare le sachet de thé dans le gobelet.

« Et toi, Marie, tu es sûre que ça va ? T'es toute blanche ! »

Mon rire sonne faux.

« Je ne sais pas ce qui se passe, voilà que j'ai mal au cœur comme un mousse. Ça doit être le sang. Depuis Abel, tu sais… »

Je passe la tête à l'extérieur pour prendre une bolée de vent. Ça va tout de suite mieux. Je suis vexée : moi qui me croyais amarinée pour la vie ! Côté naufragé, la chaleur a fait son effet. À phrases hachées, qui le libèrent tout en lui labourant la poitrine, il raconte son aventure. Parti du Guilvinec en début d'après-midi pour une balade avec son fils, ils ont vu soudain la bouée devant eux. Alors, il modifie sa route, branche le pilote automatique et demande à son équipier de le régler, le temps d'aller chercher la carte. Il ignore ce que celui-ci fabrique, mais quelques secondes plus tard c'est l'empannage, le coup de bôme, la flotte. Le gamin a eu la présence d'esprit de lui lancer la bouée.

Il se redresse pour tenter de voir le voilier sur lequel la vedette gagne peu à peu. Par bonheur, le vent a faibli, sinon il aurait fallu demander l'hélico.

« Vous allez le rattraper, n'est-ce pas ? Tout seul, il s'en tirera jamais. Vous allez le sauver ?

— On est là pour ça. »

À condition qu'il ne soit pas passé à l'eau lui aussi. On ne peut s'empêcher de chercher dans ce bleu, ce bleu qui meurt en blanc. Ce bleu qui ne m'a pas rendu Pierre.

Il n'était mort que de trouille, recroquevillé dans le cockpit, tête entre les genoux. Et en découvrant sa tignasse, nous, on riait de bonheur. Le père pleurait pour la même raison.

Jean-Yves a mis l'*Espérance* à couple avec le voilier, les quelques secondes nécessaires pour qu'Albert saute sur le pont. Peut-être notre patron sauveteur le traitait-il avec mépris, son canot de réserve, mais les quinze mètres de son *Hirondelle* auraient rendu la manœuvre autrement difficile.

Une fois sur le voilier, Albert a réduit la voilure, puis il s'est penché sur le gamin. Le vent rendait tout transbordement impossible. Il nous a fait signe que ça pourrait aller et il a mis cap sur le port. Le nordet le poussait plus vite que nous au moteur. On le voyait, tout en barrant, parler au garçon. Celui-ci n'avait toujours pas montré sa bouille et le père, qui ne lâchait pas les jumelles, s'inquiétait. N'était-il pas blessé lui aussi ?

« S'il l'était, Albert nous l'aurait dit. Il est seulement sous le choc. L'ambulance a été avertie, ne vous en faites pas. »

L'ambulance ne l'a pas trop rassuré, il faisait peine.

« Comment s'appelle-t-il ? ai-je demandé.

— Arthur, a-t-il répondu d'une voix tremblante. Sa maman l'appelle Arturo. »

Sa maman l'appelait Maximou…

Dans la cabine, la radio n'arrêtait pas : le CROSS, les copains, le Capitaine, furieux de ne pas avoir été convié à la fête. Une fois dans la baie, c'est Albert qui a appelé, après avoir amené les voiles pour que nous puissions le rejoindre.

« Y a rien à faire. Il veut pas croire que papa est vivant. Pour un peu, il se jetterait à l'eau.

— On va arranger ça », a décidé Jean-Yves.

Il a approché la vedette le plus près possible du voilier et le père a appelé le fils. Comme ça ne suffisait pas, Albert a pris le visage du gamin et l'a tourné de force vers lui.

Alors, toute la mer a retenti de son cri de délivrance : il était sûr d'avoir tué papa.

Quel âge, Arturo ? Dix-huit, vingt ans ? Dans la zone d'âge de deux que je connaissais, celle où, qu'on le veuille ou non, fils et père marchent à couple. Et si l'un flanche, l'autre suit. C'est cela, Yann ? Sale lâcheur, mon amour…

Nous arrivions, escortés de quelques voiliers. À l'un d'eux, notre passager, tout ragaillardi, a adressé de grands signes. Le drame était en train de devenir aventure. Un jour sans doute, puisque tout s'était bien terminé, il l'évoquerait avec de pas si désagréables frissons. Oubliés, la peur, les larmes, et sans doute ceux qui les auraient aidés, son fils et lui, à se tirer du mauvais pas.

« Alors, vous vous êtes bien amusé ? »

Ma voix a claqué. Mon monsieur à chevalière me regarde sans comprendre.

« Ça vous a excité d'aller vous balader avec votre gamin, là où c'est pas permis ? C'est le frisson que vous cherchiez ? Vous l'avez eu ? Vous êtes content ? »

Silence et regard gêné du côté de mon Kervélec. « Sauve ton frère et tais-toi ? » Pas envie de me taire. Plus qu'assez de l'inconscience, de la légèreté de certains. Et puis les pères, les fils, j'en ai jusque-là !

« C'était une erreur, reconnaît l'homme. J'ai vu la balise trop tard.

— Elle est pourtant indiquée sur la carte, la balise. Elle a même un nom : la Griffe du diable. Et elle en a attrapé plus d'un. »

Il baisse le nez.

« Je ne savais pas », murmure-t-il.

J'ignore le regard d'Alain, je continue :

« Et le vent, vous ne saviez pas non plus ? Vous vous étiez pas renseigné avant de sortir ? Nordet force six, vous n'avez pas pensé qu'avec un gamin débutant c'était peut-être pas indiqué d'aller vous balader aujourd'hui ? Ni pour vous ni pour ceux qui auraient à venir vous chercher ? La mer, ce n'est pas seulement du bleu, du soleil par-dessus et du poisson dedans, c'est aussi du danger. Même sur le plus cher des voiliers. »

Ça y est ! Dans sa cabine, Jean-Yves a souri. Rien que pour ça, la sortie valait la peine. Le rescapé se fait tout petit. Nous apprendrons bientôt qu'il s'agit d'un gros industriel, plus habitué à engueuler les autres qu'à se voir rappelé à l'ordre.

Raison de plus.

Pour l'heure, nous arrivons. La lumière bleue de l'ambulance tourne, les pompiers sont là eux aussi, les copains, la petite foule de circonstance. Des bras se tendent pour aider Arturo à mettre patte sur le quai. Une femme se précipite vers lui : la mère ? Belle, longue, fine et en larmes. Le père descend sans aide après avoir serré nos mains. Il les rejoint. Ils forment un joli trio. Ne manquent que les caméras. Mais non, ne manquent même pas ! Des touristes immortalisent la scène. D'autres applaudissent quand nous mettons pied à terre. Inutile. On n'a fait que notre boulot. On touchera chacun quatre-vingts francs pour le déplacement.

À présent, Jean-Yves va aller remplir de la paperasse sous l'œil furibard du Capitaine, pas près de lui pardonner de l'avoir laissé en plan. Alors que les deux camarades se dirigent vers le bureau du port, on les entend se disputer.

« Mais Colette m'avait dit que tu dormais, André. Ta sieste !

— Tu sais bien qu'il faut jamais écouter Colette. La sieste, elle me verrait bien la faire toute la vie, c'est pas une vie. »

Alain ira retrouver la *Sonate* qu'il achève, avec Abel, de mettre aux normes pour les futures balades.

Albert s'occupera de ses casiers. Le crustacé marche très fort depuis l'ouverture du Bosco. Il s'en est payé des nouveaux, des perfectionnés et plus difficiles à piller.

Moi, j'irai à la ferme de l'Honoré me faire houspiller par la cuisinière.

* * *

La fille du boulanger, à Rennes, était une camarade de classe. Lorsque j'allais avec maman chercher mon pain au chocolat ou mon chausson aux pommes pour le goûter et que je la voyais trônant de l'autre côté du comptoir, l'envie m'étouffait. Ainsi, elle n'avait qu'à tendre la main et se servir ? Et sans payer ? Et autant qu'elle voulait ? Pareil privilège était-il acceptable ?

Maman riait : « Elle en voit trop, ça ne lui fait même plus envie. »

J'avais, Chez le Bosco, à portée de main, tout le salé et le sucré que l'on pouvait désirer, et du meilleur. Cela ne me faisait plus envie. Le seul repas que j'éprouvais encore quelque plaisir à prendre était le petit déjeuner : tartines de pain bis et café au lait.

À la maison.

Désormais, j'y rentrais chaque soir pour dormir. Yann en avait été blessé.

« Tu n'aimes plus notre chambre ? »

La « nôtre » ? Il n'y venait qu'à la sauvette, pour quelques heures volées à Anne.

Presque deux mois qu'elle était là.

J'avais cru être sa femme, je n'étais que sa maîtresse. D'unique, j'étais passée seconde, comme tant d'autres.

« Mais puisque je ne la touche plus. Je ne pourrai plus jamais la toucher. Cela m'apparaîtrait comme un acte de haute trahison », protestait-il.

Un jour, j'avais serré cet homme dans mes bras en le suppliant de ne pas mourir. Il étranglait mon cœur et s'étonnait que je ne puisse plus respirer normalement.

« C'est toi que j'aime. »

Je n'en doutais pas. Et connaissais toutes les bonnes raisons qu'il avait de ménager Anne, les très bonnes raisons. Mais j'avais connu un « homme sauvage », libre et joyeux, et ne supportais pas de le voir devenu agneau attaché au piquet, attendant qu'on le libère.

Si j'étais rentrée à la maison, c'était aussi pour ne plus faire avec lui un amour désormais silencieux. Comme si nous avions peur, en parlant, de nous mentir.

Ce soir, lundi, mon jour de relâche, Jean-Yves nous a convoqués au Poisson Bleu : le Capitaine, Alain, Albert, les autres. Il y a encore peu de temps, Noël n'aurait pas manqué la réunion pour un empire.

Mai s'achève. La soirée est douce. Sur la terrasse, un groupe de jeunes étrangers converse joyeusement devant des bières. Sans doute viennent-ils de l'un des voiliers qui, chaque printemps, choisissent de mouiller dans notre port. Nous nous sommes installés à la table habituelle, dans la salle du fond. Le patron vient lui-même prendre la commande.

D'abord, il nous en a voulu d'ouvrir un restaurant : n'y perdrait-il pas de la clientèle ? Il s'est vite aperçu qu'il n'en était rien : ses œufs durs, ses croque-monsieur, ses francforts et ses sandwichs partent tout comme avant. Et, du monde, il en aura bientôt davantage puisque les rendez-vous pour les promenades sur la *Sonate* seront donnés devant son établissement : un cadeau que nous lui faisons.

Sitôt que tout le monde est servi, Jean-Yves va droit au but.

« J'ai reçu ce matin la réponse de Paris pour le canot neuf. »

La voix était funèbre.

« Alors, c'est non ? demande Alain.

— C'est oui ! Une vedette de deuxième classe, dix mètres cinquante. Ils sont prêts à la mettre en chantier tout de suite à Locmiquélic.

— Elle te plaît pas ? s'étonne le Capitaine. C'est pour ça que tu fais cette tête-là ?

— Elle coûte un million trois, répond Jean-Yves d'un ton brusque qui ne lui est pas habituel. Là-dessus, l'État apporte trois cent mille, *idem* pour le conseil régional et le conseil général. À nous de trouver le reste. »

Quatre cent mille francs ! Le silence tombe. Une sacrée somme. Et là, ce ne sera pas comme pour le restaurant, ceux qui y mettront leurs sous n'en reverront jamais la couleur.

« La mairie ? demande Alain.

— Elle a promis de faire un effort. Mais on sera loin du compte quand même. »

Ma gorgée de cidre passe de travers. Dans ma poitrine soufflent des vents contraires : quatre cent mille francs, c'est beaucoup trop, jamais on n'y arrivera ! Et pourtant, il le faut. Je regarde les visages accablés. Un soir d'hiver, à cette même table, alors que je me trouvais dans la détresse, ces hommes m'avaient acceptée patron pêcheur comme eux. Et, plus récemment, ils m'ont à nouveau fait confiance pour le restaurant. Une dette de confiance ; voilà ce que j'ai envers eux.

« J'ai une idée ! La *Sonate* est prête pour les balades. On n'attend que le feu vert de l'inspection. On va essayer d'accélérer. Ma part, je la mettrai pour le canot, je n'en ai pas besoin.

— Tu pourras mettre aussi la mienne, décide le généreux Alain. Après tout, maintenant que la retraite tombe chaque mois et que Marguerite roule sur l'or...

Le salaire de notre cuisinière, fixé par mon père, rend la vie plus douce à la ferme. La seule à n'y pas trouver son compte, c'est la pauvre Denise, préposée à la surveillance de Jean-Louis.

« On pourrait ouvrir une souscription, propose le Capitaine. Et voir avec les associations, les clubs, tout ça. Faut trouver l'argent pour quand ?

— Sitôt qu'un tiers est assuré, la vedette est mise en chantier. Il y a largement de quoi démarrer, explique Jean-Yves d'une voix moins sombre. Nous, on viendra pour les derniers acomptes, dans quatre, cinq mois. »

Fin septembre.

« Alors, tu peux dire oui. On aura trouvé bien avant ! »

J'ai mis dans ma voix toute l'assurance dont je suis capable. Je veux y croire.

Le patron sauveteur baisse le nez.

« C'est déjà fait, avoue-t-il piteusement. Je leur ai dit qu'ils pouvaient y aller, qu'il n'y aurait pas de problèmes de notre côté. C'est depuis que je galère. »

Un rire court. La voilà donc, la raison de ses airs d'enterrement : il n'a pu s'empêcher d'accepter sans demander l'avis des copains.

« Si on trouve pas, tu pourras toujours hypothéquer ta maison, rigole le Capitaine, un peu inquiet quand même.

— Et on l'aura pour quand, le canot ? demande Albert.

— Vers Noël. Faudra réfléchir à un nom. »

On peut en proposer trois. La SNSM donne le feu vert. Surtout pas le nom d'un brave encore en vie. Il risquerait de la perdre dans l'année. Comme si la mer prenait le parrain du canot en otage pour se venger de tous ceux qu'il lui arrachera.

« Il fera pas chaud pour le baptême », remarque Alain.

Le visage de Jean-Yves s'est tout à fait détendu. Parler nom, baptême, c'est quasiment avoir gagné. Il termine sa bière avec un sourire en coin.

« Au moins, j'ai pas de bonne femme à la maison pour me dire que je suis fou !

— Tu es fou », ai-je dit.

Quand nous avons quitté le Poisson Bleu, la nuit n'était pas loin, les jeunes encore plus nombreux sur la terrasse. Ils ont suivi notre groupe des yeux. Comment se seraient-ils doutés que nous venions de faire pour eux un pari insensé ? Pour aller chercher celui-là, par exemple, agrippé à la coque de son catamaran retourné. Pour récupérer ce voilier perdu dans les brisants, ou celui-ci, victime d'une voie d'eau, en danger de couler, avec, à bord, des petits hurlant de terreur. De le savoir, nous, de le prévoir sans bien sûr le souhaiter, et encore, pour Jean-Yves, personne n'aurait pu en jurer, il voyait des noyés en puissance dans chaque vague, nous ne pouvions nous empêcher de sortir la tête des épaules.

Allez, peut-être à bientôt, les amis. On sera là !

La *Sonate* rutilait comme un bateau d'exposition. C'était de ne plus pêcher et cela m'a quand même serré le cœur. Bancs, brassières, cirés, extincteurs et deux bombards, tout était en place. Un bel investissement. Mon père avait avancé la somme et fait imprimer à ses frais les affiches proposant les balades. Puisque c'était lui qui avait eu l'idée…

À l'horizon, le soleil se donnait en spectacle avant de disparaître : toutes les couleurs de fin du monde. Jean-Yves s'est arrêté. Tournant lentement sur lui-même, il a fait de l'œil le tour du propriétaire : les maisons visant le port, le port visant l'aventure, et aussi le parking où les touristes ne se gênaient pas pour prendre nos places, et enfin le terre-plein où, de ses os brisés, l'*Hirondelle* inscrivait sur le ciel la mémoire de la mer.

« Vous comprenez, a-t-il dit d'une voix sourde, un port comme celui-là, presque trop joli, qu'on vient admirer de partout, qu'est-ce qu'il sera sans canot ? Une carte postale, un point c'est tout. Pareil à ces moulins qu'on leur fait tourner les ailes rien que pour la photo, sans grain à moudre dedans ni farine à la sortie. On n'existera plus pour de vrai. »

Le grain, le pain, la vie, tout y était.

« Non seulement tu es fou, mais en plus tu es poète, ai-je remarqué pour casser l'émotion. Mais, après tout, il paraît que ça va ensemble.

— Marie, Marie, a protesté le Capitaine avec un rire un peu brouillé, tu ne vois pas que tu le fais rougir ? »

Quand même pas autant que le soleil, là-bas. Presque.

* * *

Sept heures venaient de sonner, je m'apprêtais à me lever, un rien paresseuse ce matin, quand un bruit de vélomoteur a retenti sur le chemin. Il s'est arrêté dans la cour.

Annaïs ? Quentin ? Il y a quelques mois, cela n'aurait pu être que l'un ou l'autre, rentrant d'une soirée chez des copains où ils avaient terminé la nuit.

C'était Noël.

J'ai enfilé un peignoir et je suis descendue lui ouvrir la porte.

« Pardon de vous réveiller », a-t-il dit.

Il avait cet air à la fois intimidé et résolu que je connaissais bien. Qui vous lançait : « Je sais ce que je veux », pour mieux cacher qu'il n'était vraiment certain ni de le savoir ni de le vouloir.

Je n'avais pas revu mon Indien, ou seulement de loin, depuis l'inauguration du restaurant et jamais, même au temps où nous pêchions ensemble, il n'était venu à la maison : inutile qu'il y croise Quentin...

« Je ne dormais pas, l'ai-je rassuré. As-tu pris ton petit déjeuner ? »

Il a fait « non » de la tête.

« Alors entre, je t'invite. »

Il m'a suivie dans la cuisine. Son visage s'était détendu. Avait-il craint que je le « jette » ? Il devait bien se douter que, si j'avais délaissé la chambre que je partageais avec son père chez l'Honoré, il y était pour quelque chose.

« Café ?

— S'il vous plaît. »

Contrairement à Quentin, lui, il aimait. Au temps où nous pêchions, ils en buvaient, Abel et lui, des litres sur la *Sonate* : leur façon de communiquer. « Au temps où nous pêchions... » Nous avions eu de bons moments, quand même. La mer m'a manqué.

Tandis que je mettais la cafetière en route, Noël regardait autour de lui d'un air curieux. C'était certainement moins beau, moins étudié que dans la maison de sa mère. Moi, je n'étais pas décoratrice et je n'avais sûrement pas disposé des mêmes moyens quand nous avions repris la maison du père.

Je lui ai montré le buffet.

« Choisis donc ton bol. Et sors le mien : il s'appelle Marie.

— Je m'appelle Annaïs », a-t-il plaisanté après avoir hésité entre les autres noms masculins.

Dans son café, il a ajouté du lait et plusieurs morceaux de sucre.

« Tu veux du pain ?

— Non merci. »

Il a attendu que je sois servie et assise en face de lui pour se jeter à l'eau. Je savais ce qu'il était venu me demander : Abel m'avait avertie.

« Il paraît que les promenades vont bientôt démarrer. Est-ce que vous pouvez me prendre ? J'expliquerai aux gens comment ça se passe.

— Comment on canarde les Espagnols, par exemple ? Pan, pan, pan, pan, pan ? »

Il m'a regardée avec reproche. Je lui ai souri.

« Évidemment que je te prends ! Tu as seulement été un peu long à me le demander. Tu sais bien qu'il faut trois personnes pour les sorties. Tu voulais que j'embauche quelqu'un d'autre ?

— Vous serez pas obligée de me payer, a-t-il annoncé, tout content. Ça fera ça de plus pour le canot de Jean-Yves.

— Tope là, ai-je dit. Tu le lui annonceras toi-même. Il t'a à la bonne, tu sais ?

Il a bu quelques gorgées de café. Je voyais bien qu'il avait autre chose en tête, mais là je ne devinais rien.

« J'ai décidé de reprendre mes études, a-t-il annoncé. Je suis allé hier avec papa m'inscrire à une école d'informatique.

— Alors là, c'est formidable ! Rien ne pouvait me faire plus plaisir. »

Mon enthousiasme était sincère. S'arrêter au bac alors qu'il était brillant à l'école était un vrai gâchis et Yann s'en désolait. Il devait être fou de joie.

« Vous comprenez, a-t-il poursuivi avec ardeur, papa est nul en informatique. S'il agrandit sa boîte, il faudra qu'il s'équipe. Je pourrai l'aider. D'ailleurs, vous aussi, je pourrai vous aider, si un jour vous avez besoin de moi.

— J'ai toujours besoin de toi, Noël, mais pas pour Internet. Ces trucs-là, je n'aime pas trop. Tu verras qu'un jour on nous fera manger avec les yeux. »

Il a éclaté de rire. Lorsque je l'avais embauché sur la *Sonate*, sa mère venait de partir et il m'avait fallu des jours avant de l'entendre rire. La première fois, cela m'était apparu comme une victoire personnelle.

« Eh bien, moi, j'adore ces trucs-là ! a-t-il trompeté. C'est comme naviguer, mais sur les ondes. En un sens, c'est aussi l'aventure. Sans se mouiller…

— Et où se trouve cette fameuse école qui fera de toi un grand informaticien ?

— À Brest.

— Décidément, j'aurai deux de mes enfants là-bas ! »

L'exclamation m'était venue naturellement. Le regard de Noël s'est illuminé. C'était encore mieux que son rire.

« Finalement, je crois que je vais prendre une tartine, a-t-il déclaré en soulevant la serviette qui enveloppait mon pain bis. D'habitude, je peux rien avaler le matin, mais aujourd'hui…

— Tu prends tout ce que tu veux. »

J'ai sorti le beurre et, pendant que j'y étais, la confiture d'abricots d'Annaïs et le miel aux mille fleurs de Quentin. Il s'est taillé une énorme tranche. Je lui avais peut-être quand même manqué un peu ! On dit que l'idéal de beaucoup d'hommes est d'avoir deux femmes. Pourquoi pas deux mères pour lui ?

« L'école ne m'empêchera pas de continuer les promenades, a-t-il promis en croquant dans son pain à belles dents. Je reviendrai tous les week-ends et bien sûr pour les vacances. De toute façon, l'hiver, on sera obligés d'arrêter. »

Annaïs avait également dit qu'elle reviendrait souvent et je ne la voyais presque plus. J'ai terminé mon café. Ce léger écœurement, c'était de naviguer, moi aussi. Mais ni sur la mer ni sur les ondes. Entre des sentiments contraires : le bonheur de voir Noël reprendre ses études, le dépit de constater que cette décision était due au retour d'Anne, la tristesse de découvrir que Yann ne m'avait pas tenue au courant de ce voyage à Brest. N'était-ce pas la preuve que le dialogue était rompu entre nous ? Il avait dû craindre que je n'en prenne ombrage.

La tendresse que j'éprouvais pour Noël piquetait l'ombrage de soleil, comme sous certains feuillages où l'on passe du froid au chaud.

« Est-ce que vous pensez que je devrais couper mes cheveux ? a-t-il demandé soudain en tirant sur sa queue de cheval.

— Mais pourquoi ? Cela te va très bien. Et si tu les coupes, je ne reconnaîtrai plus mon Indien. »

Il a eu un sourire en coin.

« Ce n'est pas l'avis de ma mère.

— Je me fous de l'avis de ta mère. »

Comment ?

Dans la salle de bains, je regarde l'objet, dont l'une des fenêtres, incolore quelques secondes plus tôt, vient de virer au bleu, un beau bleu franc, incontestable.

La voici donc, la raison de mes nausées matinales, ce besoin accru de sommeil, mes seins plus sensibles.

Je suis enceinte.

La pilule ne m'étant pas conseillée, nous nous sommes contentés, Yann et moi, de faire attention. Huit jours de retard pour mes règles ne m'avaient pas inquiétée ; après la disparition de Pierre, et aussi l'accident d'Abel, cela m'était déjà arrivé. L'écœurement inhabituel sur l'*Espérance* avait éveillé la première interrogation. Alors, le test. En me moquant de moi-même. Eh bien, voilà : positif !

Quand ?

Dans ma tête défilent des images : l'amour dans les bois de lit de l'Honoré et de Katrina. Cela s'était-il passé ce soir-là, après avoir bu le champagne pour fêter la coopérative, l'attention s'étant relâchée ? Ou cet autre, les travaux terminés, la peinture encore fraîche, quand nous nous étions aimés dans la salle, sous la boule de pardon, à la santé des futurs clients ? Et à la dure…

Mais qui dit que l'enfant n'a pas été conçu après le retour d'Anne ? Avant que je me réfugie ici ? Grande question : est-il le fruit de l'enthousiasme, du plaisir partagé, ou celui de la souffrance et du doute ?

Un jour, Yann m'avait confié qu'il aurait souhaité donner un frère ou une sœur à Noël mais qu'Anne avait refusé. Elle commençait à réussir dans la décoration et prétendait que cela risquerait de remettre ce succès en question. La vérité était qu'elle n'avait aucun goût pour la maternité. « C'est ensemble que nous devrions en faire un », avait-il plaisanté.

C'est fait !

Je me débarrasse du test dans la poubelle de la salle de bains. Me débarrasserai-je de l'enfant de la même façon ? Cela ne doit être qu'un petit œuf de rien du tout. Je prononce le mot à voix haute. Pour mieux le rejeter. Avorter ? Pas question. Cet enfant est celui de l'homme que j'aime, même si parfois je le déteste. Il est nous.

Alors ?

Alors, décrocher le téléphone ? Appeler Yann et tout lui dire ? Pour le coup, j'en suis certaine, il prendra sa décision. Il videra Anne ou viendra s'installer avec moi. « Je t'aime, c'est toi ma femme. » Il me l'a tant et tant répété. Mais ce serait lui forcer la main.

Et Noël ? Noël dont le rire résonne encore à mes oreilles, qui va reprendre ses études. Une nouvelle séparation ne remettra-t-elle pas sa décision en question ?

Alors, décider de me taire pour l'instant, aller consulter un médecin, pas la gynécologue du Guilvinec, à laquelle s'adressent toutes les femmes de pêcheurs, une à Brest, puisque la famille y est abonnée, à Brest !

M'entendre annoncer que je porte un bébé d'un mois et demi. La conception a donc eu lieu vers la mi-avril, Anne venait de débarquer, Yann me rejoignait chaque jour Chez le Bosco : « Elle ne restera pas, elle va repartir d'un jour à l'autre. » Je le croyais. L'amour dans l'inquiétude, le malaise, mais pas encore dans la souffrance.

M'entendre demander : « Cet enfant, madame, l'avez-vous souhaité ? Parce que, avec les deux premiers déjà grands… » Parvenir à sourire, répondre qu'il s'agirait plutôt d'un accident. « Votre mari est-il au courant ? » Et, là, avoir le cœur dans la gorge, faire seulement « non » de la tête et m'enfuir.

Des examens sont prévus. Le bébé devrait arriver au début de l'année. Comme le canot de sauvetage de Jean-Yves.

* * *

« Eh bien, bravo ! s'exclame Annaïs. Ma mère fait la manche, maintenant ? »

Elle désigne d'un air goguenard le tableau noir fixé au mur près de la caisse. Y est inscrite la somme à trouver pour le canot de Jean-Yves : les quatre cent mille francs. Dessous, ce qu'on peut appeler les « recettes » : cinquante mille francs accordés par la mairie, les sommes provenant des promenades sur la *Sonate*, et enfin les dons des clients trouvés chaque soir dans la grosse tirelire fixée au-dessous du tableau, ornée de la photo d'une vedette semblable à celle qui sera la nôtre.

« Tous les moyens sont bons lorsque le but est noble !

— Corneille ? » rigole ma fille.

Des yeux, elle fait le tour de la salle, calcule.

« On pourrait caser une bonne quarantaine de personnes ici. Qu'est-ce que tu dirais d'une "soirée-cabaret" au profit de votre cher bateau de sauvetage ?

— Impossible de fermer le restaurant en pleine saison, les pêcheurs ne s'y retrouveraient pas.

— Qui t'a parlé de fermer ? Vous faites plat unique ce soir-là, c'est tout. Allons-y pour un “dîner-spectacle”, si tu préfères.

— Et ce sera quoi, le spectacle ?

— On nous a demandé d'écrire quelque chose, à l'école. Je travaille en atelier avec deux copains : une chouette comédie. Thibaut nous aide. On est presque au point. Une super-première ici, qu'est-ce que t'en penses ? »

J'en pense que c'est bon d'avoir retrouvé ma fille : une fabuleuse bouffée d'air au moment où je commençais à étouffer. Comment ai-je pu me passer d'elle ?

« Quarante balles la place, le prix d'un hors-d'œuvre, poursuit-elle. On frappe les trois coups à neuf heures pour que le dîner soit servi. Ceux qui se rajoutent ont droit à une boisson. Imagine la recette… »

Prudemment, je montre la cuisine.

« Il faudra voir avec les autorités.

— J'en fais mon affaire, des autorités. »

Toute fine dans sa courte jupe, elle danse jusqu'au piano. Je n'ai pas ouvert le cadeau de mes amis depuis le jour de l'inauguration. Les deux dernières fois que j'ai interprété la sonate, un malheur est arrivé, j'ai peur, c'est tout. Si Annaïs me demande de jouer pour accompagner son spectacle, ce sera non !

Elle ne demande rien, se dirige à présent vers la vitrine aux algues. Elle est au courant pour le retour d'Anne. Qui n'est pas au courant ?

« Quand est-ce qu'elle va se décider à dégager le terrain, celle-là, râle-t-elle. C'est pas trop glauque, maman ? »

Instinctivement, ma main s'est portée sur mon ventre. Oh si, c'est glauque ! Il a presque trois mois, les nausées sont passées, mais mes seins gonflent et j'ai du mal à fermer mes pantalons. Il m'arrive de m'asseoir près du téléphone, la main sur l'appareil, le numéro de Yann me brûlant les doigts. Et puis je pense à Noël, je me dis : « Attends, attends encore un peu. » Je me dis aussi, tout en me l'interdisant, qu'elle finira bien par « dégager le terrain, celle-là » !

« Tu veux que j'aille lui dire ce que je pense ? » propose ma fille.

Elle a un air gourmand. C'est qu'elle en serait capable.

« Surtout pas. C'est quand même la femme de Yann.

— Erreur. Sa femme, c'est toi. »

Elle montre les algues :

« Et tu partages avec ces dames. »

Ce soir-là, la table d'hôte a été réservée par un dénommé Lalonde. Seize couverts, seize homards du même coup. Une chance que les casiers soient pleins !

À vingt et une heures, toujours personne et nous n'avons cessé de refuser du monde. Marguerite s'énerve. Enfin, un quart d'heure plus tard, les voilà.

Huit couples de quarante-cinquante ans, sans aucun doute des « Parisiens », et davantage le genre à fréquenter les restaurants à étoiles que le Bosco. Où donc ai-je vu l'homme qui, un grand sourire aux lèvres, se dirige droit sur moi, les mains tendues ? C'est à la gauche que je le reconnais, ou plutôt à la chevalière qu'il porte au petit doigt. Mon naufragé ! Je n'avais pas fait le lien avec le nom inscrit sur le cahier.

Le cheveu sec et lissé, le ventre gommé par un pantalon de bonne coupe, rosette à la boutonnière, c'est bien lui. Pourtant, j'en avais fait mon deuil : un de plus qui s'efforcerait d'oublier qu'un jour il avait appelé au secours, pleuré, s'était, dans tous les sens du terme, « montré tout nu ».

« Madame mon sauveteur. »

Aucun complexe. Il me présente à la ronde et c'est moi qui rougis. Une chance que je porte le beau tailleur que maman m'a obligée à acheter et qu'à sa grande déception je suis allée choisir sans elle afin d'échapper à son œil vigilant sur mon tour de taille. C'est surtout l'an prochain qu'il me fera usage.

« Vous avez les amitiés du Duc de Keroualle, dit Lalonde. Le chef m'a appris qui avait été mon bon ange. »

Sa femme s'avance, prend brièvement ma main avec un sourire lumineux.

« Quand je pense que je ne vous ai même pas remerciée.

— Vous savez, je n'ai pas tout fait toute seule ! Et comment va Arturo ?

— Nous doutons qu'il remonte un jour sur un bateau, répond la femme en posant brièvement sa tête sur l'épaule de son mari. N'est-ce pas, mon chéri ? »

Ils ont commandé du champagne et insisté pour que j'en boive une coupe avec eux. Ils ont raffolé du homard et aussi de la cuisinière, venue leur expliquer que l'algue est au poisson ce que la truffe est aux œufs brouillés ou à la rate : faite pour réveiller les goûts et les renforcer. Ils ont demandé ce que signifiaient les chiffres inscrits sur le tableau.

Je leur ai expliqué.

Au moment de partir, Lalonde m'a attirée à l'écart.

« J'ai appris pour votre mari… Veuillez accepter mes excuses, madame. L'engueulade était plus que méritée. »

Plus tard, très tard – j'avais envoyé mes employés se coucher –, en vidant la tirelire pour le canot, j'ai trouvé un chèque.

Cinquante mille francs.

La carte de Lalonde l'accompagnait ainsi que la signature de ses invités.

Et me voici en larmes sous les poutres de l'Honoré. Cela existe donc, la reconnaissance, la générosité ? Et cela existe, l'affection : Annaïs et ses projets de dîner-théâtre ? Et l'amitié du côté de la mer ? Tout cela est magnifique, mais moi je m'en fous. Moi, je veux Yann. Je veux dire : « N'est-ce pas, mon chéri » en posant ma tête sur l'épaule de l'homme que j'aime.

Est-ce qu'il croit, ce salaud, que j'aurais accepté de passer les trois quarts de ma vie le nez dans ses souvenirs d'enfance, si j'avais su qu'il ne viendrait plus ici qu'en visiteur, en fournisseur ? Est-ce qu'il croit qu'elle me fait plaisir à regarder, cette boule de pardon au plafond, cadeau de fiançailles du goémonier à Katrina ? Et en plus ils veulent tous savoir d'où elle vient, il y a même un antiquaire qui voulait l'acheter à prix d'or, jamais il n'en avait vu de si grosse, si brillante !

« Mais qu'est-ce qui t'arrive, Marie ? »

Marguerite ! Je la croyais rentrée chez elle. Mais s'il reste une larme de sauce dans un coin de casserole, une arête sur son plan de travail, elle se sentirait déshonorée de quitter le champ de bataille.

Elle vient s'asseoir à la table d'hôte, tout contre moi, lasse, lourde, rassurante. Je pousse le chèque devant elle.

« Regarde… c'est pour le canot.

— Cinquante mille…, souffle-t-elle. Eh bien… Faut croire que mon homard leur a plu ! Et c'est ça qui te fait pleurer, Marie ?

— Elle ne s'en ira jamais, Marguerite. Je n'ai plus d'espoir. »

Sinon dans mon ventre, je crois qu'on appelle ça comme ça : des « espérances ». Comme pour un futur héritage. Le bel héritage que voilà !

« Bien sûr que si, elle s'en ira ! Mais c'est le genre qui aime pas être mise au pied du mur, alors elle prend son temps. »

Je regarde ses yeux sous les lunettes qui les grossissent.

« Marguerite… J'attends un bébé. »

Le bébé lui fait encore plus d'effet que le chèque. Ça lui cloue complètement le bec. J'en profite pour tout déballer, dates, maux de cœur et maux d'âme.

« Tu n'es pas en train de me dire que Yann n'est pas au courant ?

— Il ne l'est pas.

— Et qu'est-ce que tu attends ?

— Qu'il vire cette garce.

— C'est pour le coup qu'il la virera.

— Je sais. Mais ce sera contraint et forcé.

— Et qu'est-ce que ça changera ? Il t'aime, Marie. Si tu le voyais quand il livre et que t'es jamais là.

— Je serais là s'il avait le courage de choisir. »

Marguerite se tait. De la tranche de la main, elle rassemble les croûtes de pain, les grosses miettes, et les laisse tomber dans une assiette ; ce sera pour ses bêtes. Quels gaspilleurs, ces touristes ! Avec ce qu'elle rapporte chaque soir à la ferme, il y aurait de quoi nourrir une famille de goémoniers.

« Les hommes sont comme ça, remarque-t-elle. Ils ont de la difficulté à casser. Il faut presque toujours leur donner un coup de main.

— Pas moi. Jamais.

— Orgueilleuse ! »

Elle l'a dit sans méchanceté ; pour elle, une évidence. Comme ce jour où elle m'avait fait remarquer que je décidais de tout toute seule, sans penser aux autres. Mais là, tu te trompes, Marguerite. Ce n'est pas par orgueil que je me tais, au contraire. C'est parce que, si je force Yann à se séparer d'Anne, un jour, c'est sûr, il regrettera, il m'en voudra.

Je ne fais pas le poids, je ne suis pas de taille.

« Jure-moi de ne rien lui dire, Marguerite, c'est un secret.

— Un secret que tu pourras plus garder longtemps, pauvrette. »

Mes larmes coulent à nouveau. C'est si bon de voir quelqu'un s'inquiéter pour vous. Elle éloigne le chèque.

« À force de pleurer dessus, tu vas finir par nous effacer un zéro. »

* * *

Les choses ne viennent jamais comme on l'a imaginé, pas plus les bonnes que les mauvaises. Les astres nous avertissent seulement d'un grand mystère que nous tentons de percer avec des yeux d'aveugle et qui s'appelle l'avenir, et que nous nommons le destin. Le soir, vous vous couchez sans vous douter une seconde que, demain, votre vie connaîtra une soudaine poussée de fièvre. C'est mieux. Sinon, qui dormirait ?

Cette avant-veille de 14-Juillet, je me suis réveillée dans une maison pleine. Annaïs était là depuis le début du mois. Quelques jours plus tard avaient débarqué les deux amis qui participeraient au « dîner-spectacle », eux aussi élèves de l'école de théâtre. Et, comble de bonheur, Quentin nous était arrivé pour une longue permission.

Ce qui avait le plus changé en lui, depuis bientôt dix mois qu'il s'était engagé dans les Fusiliers Marins, c'était la démarche. Avant son départ, il avançait comme à regret, fatigué d'avance, épaules courbées et pas traînant. Il s'était, comment dire, « déployé ». Ses cheveux en brosse lui donnaient un visage plus décidé. Et voici qu'il faisait le beau devant une amie d'Annaïs, une Kersaingillaise, nommée pompeusement « régisseur » du spectacle. Celle-ci ne paraissait pas insensible aux charmes virils du futur plongeur de combat.

Tout arrive.

Le spectacle était, paraît-il, fin prêt. Je n'avais eu le droit de rien voir et n'en connaissais que le titre : « AH BON ? ou l'art de vivre ».

Durant les répétitions, auxquelles Thibaut, promu, lui, metteur en scène, assistait le plus souvent, des éclats de rire fusaient du salon. Restait à espérer qu'il en serait de même chez le Bosco.

Il était deux heures de l'après-midi lorsque Anne Morvan est entrée dans la salle du restaurant. Nous avions peu de clients. Pour déjeuner, lorsque le temps s'y prête, les gens préfèrent pique-niquer sur la plage, ou bien ils se contentent d'un sandwich au café. C'est le soir que nous sommes pleins.

Elle portait le même tailleur de lin qu'à sa première visite, les mêmes élégantes espadrilles à lanières bleu marine. Je les avais gravés dans ma mémoire.

Je suis venue au-devant d'elle, comme je le fais avec tous les clients. Moi, je portais un corsage de soie ample qui me permettait de ne pas fermer mon pantalon à la taille.

« Est-il encore temps de prendre quelque chose ? a-t-elle demandé. De toute façon, ce sera juste un plat.

— Ça ira. »

Je l'ai conduite à une table près d'une fenêtre. Je marchais avec des jambes d'automate. Yasmina a retiré les couverts inutiles tandis que j'allais chercher le menu. Je me sentais anormalement calme. Anesthésiée ? Pas un instant l'idée ne m'avait effleurée de refuser ma rivale. Depuis plus de trois mois, elle était au centre de mes pensées, mon malheur. Finalement, l'avoir en face de moi était presque un soulagement. Mais aussi une interrogation angoissée : pourquoi était-elle venue ? Yann savait-il qu'elle était là ?

Elle a regardé le menu très attentivement et il m'a semblé qu'aucun plat ne lui échappait. Plusieurs portaient le nom d'Honoré. Elle a pointé le doigt sur la « Salade ouessane » : langoustines tièdes, praires, tomates, avocat et *wakamé*.

« Je prendrai seulement cette salade, a-t-elle décidé. Si vous le voulez bien, sans algues. Et aussi un peu de champagne. »

Elle avait prononcé « algues » du bout des lèvres.

« Nous n'avons pas de champagne en demi-bouteille, ai-je répondu en contrôlant ma voix.

— Eh bien, ce sera une entière. »

J'ai transmis la commande à Renaud pour qu'il la porte à la cuisine. Marguerite avait-elle vu Anne arriver ? Elle ne quitte jamais complètement la cour de l'œil, heureuse de soupeser ses futurs dégustateurs. Il arrive qu'elle déclare : « Ceux-là, on pourrait aussi bien leur donner de la bouillie pour chats, ils ne verraient pas la différence. »

Deux tables en étaient au café. Après leur départ, il ne resterait que quatre convives. Sans compter la dernière arrivée. Renaud a posé le seau à champagne sur la table. Yann m'avait appris à faire sauter les bouchons. Au départ, cela me terrorisait. Il prétendait qu'il me faudrait prendre une assurance spéciale au cas où j'éborgnerais un client. Que de fous rires avions-nous piqués !

J'ai ouvert sans mal la bouteille commandée par sa femme et je l'ai servie.

« Prendrez-vous une coupe avec moi ?

— Je vous remercie, c'est l'heure des additions.

— L'heure des additions, tiens donc... », a-t-elle relevé avec ironie.

Je suis passée à la cuisine voir Marguerite. Bien sûr, elle avait vu Anne arriver. Elle semblait inquiète.

« Qu'est-ce qu'elle nous veut encore ? a-t-elle grommelé. Faire tourner mes sauces ?

— Si je le savais ! Tu ne l'aurais pas acceptée, toi ? »

Elle a haussé les épaules sans répondre.

Je suis revenue dans la salle. Des chaises pliantes, prévues pour le spectacle, avaient été empilées près du piano. La première fois qu'Anne s'était « invitée » ici, c'était avant l'inauguration du restaurant. Cette fois, avant la représentation d'Annaïs. Comme par un fait exprès.

Pour nous gâcher la fête ?

Les derniers clients demandaient leurs additions. J'ai eu droit à des compliments. Naïvement, j'espérais qu'Anne les entendrait. Nous avons bientôt été seules dans la salle.

« Marie ? » a-t-elle appelé.

Je l'ai rejointe à sa table. Elle n'avait fait que picorer sa salade et tremper ses lèvres dans le champagne. Renaud n'avait pas eu à la resservir.

« J'ai fini, a-t-elle dit en repoussant son assiette. Vous prendrez bien une tasse de café avec moi ? »

J'ai fait signe à Yasmina de desservir et commandé les cafés, puis je me suis assise en face d'elle.

Mon cœur battait. S'en doutait-elle ? Certainement oui.

Elle a levé les yeux vers la poutre, là-haut.

« La fameuse boule de pardon de Katrina..., a-t-elle remarqué avec un rire bref. Yann me l'avait offerte pour la maison, mais elle n'allait nulle part. Je vois qu'elle a retrouvé sa place.

— Si elle vous appartient, vous pouvez la reprendre, ai-je proposé. Les antiquaires s'y intéressent. »

Ses yeux sont revenus sur moi.

« Non merci, vous pouvez la garder. Et gardez aussi Yann, je m'en vais. Mes bagages sont dans la voiture. »

Ma respiration s'est bloquée. C'était impossible. Cela ne pouvait se passer comme ça. J'avais tant espéré ce départ que je n'arrivais pas à y croire. C'était trop simple, trop facile.

« Je vous le laisse », a-t-elle insisté.

Ce ton, ce regard... J'ai compris qu'elle n'était venue que pour ça : pour me signifier que c'était elle qui décidait, ni Yann ni moi. Qu'il n'aurait tenu qu'à elle de rester.

Elle avait le même regard que mes camarades de classe, autrefois, à Rennes, dans l'école privée très chic où ma mère m'avait inscrite. Elles devinaient tout de suite mon manque d'assurance, ma timidité et, devant certaines qui étaient conquérantes et orgueilleuses, ma peur.

Anne réveillait le virus. Anne *était* le virus.

Et moi qui m'étais battue comme sans doute jamais elle n'aurait à le faire, qui tenais tête à la tempête et parfois à la mort, face à cette femme sans autre mérite que d'être belle, sûre d'elle et sans doute bonne décoratrice, voilà que je me sentais redevenir la gamine d'autrefois, sans mots pour me défendre.

La révolte est montée. Plus maintenant ! Pas aujourd'hui. À mon tour, j'ai montré la boule de pardon.

« Vous avez eu tort de la refuser, vous qui connaissez le langage des objets. Elle dit l'amour. »

Une flamme de colère a brûlé dans ses yeux. J'avais l'audace de me défendre ? Elle a eu son rire méprisant.

« Je n'en doute pas, a-t-elle acquiescé. Et si vous voulez savoir, à propos d'amour, même au lit, Yann n'est plus vraiment là. Et moi, les ménages à trois... »

« Même au lit. » La nuit est tombée, le souffle m'a manqué.

« Madame a été satisfaite ? » a demandé la grosse voix de Marguerite.

Elle s'était plantée dans mon dos comme un garde du corps. Le ton était si plein d'ironie, si supérieur, que la femme de Yann a détourné les yeux.

« C'était excellent. Je vous enverrai des clients, a-t-elle fini par répondre.

— Ici, ce n'est pas le client qu'on cherche, c'est l'ami », a lancé Marguerite.

Anne a repoussé brutalement sa chaise. Elle s'est tournée vers moi.

« L'addition, s'il vous plaît. »

J'ai soutenu son regard.

« Vous êtes mon invitée. »

Nous l'avons regardée s'éloigner. Elle n'a pas fermé la porte et un coup de vent a soulevé les nappes. Il sentait la pluie.

« Elle s'en va, ai-je bredouillé. Elle retourne à Rennes… »

Marguerite est tombée à la place qu'elle venait de laisser.

« Apporte-nous donc deux coupes ! » a-t-elle ordonné à Renaud.

Elle les a emplies elle-même avec le champagne de « madame ». Marguerite à qui nul n'en contait, fière de ce qu'elle était : fille de marin, femme de pêcheur et cordon-bleu.

Elle a levé sa coupe.

« À la santé d'un bon débarras ! »

Je n'ai pas répondu. Je continuais de tomber. « La toucher serait un acte de haute trahison », avait dit Yann. Il avait trahi.

« Qu'est-ce qui t'arrive ? s'est étonnée Marguerite. Je croyais qu'elle était partie ? On dirait que tu n'es pas contente ? »

Elle a montré mon ventre.

« Tu vas enfin pouvoir lui dire pour le petit ! »

J'ai pris une grande inspiration.

« Pas pour l'instant. Je dois réfléchir. »

Les yeux de mon amie se sont arrondis.

« Mais réfléchir à quoi ? Tu n'as pas attendu assez comme ça ? Tout le monde va le savoir avant lui. »

Je me suis levée. Pour rien au monde, je n'aurais bu de ce champagne. Il fêtait ma défaite.

« J'ai mes raisons, Marguerite, ai-je crié. Et tu ne t'en mêles pas, s'il te plaît. Si tu t'en mêles, je plaque tout ! »

Moi, j'ai claqué la porte. Le vent avait dit vrai : il commençait à pleuvoir.

⋆ ⋆ ⋆

Il a sonné à la maison vers cinq heures, ma plage de repos, il le savait.

J'étais prête.

Je l'ai reçu au salon, transformé en scène de théâtre depuis l'arrivée des enfants : un vrai capharnaüm ! Cela ne durerait pas. Trop vite, tout serait à nouveau en place, bien rangé. Je serais redevenue une femme seule.

Je lui ai proposé de boire quelque chose. Il a refusé « pour l'instant ». Visiblement, il avait hâte de parler. Il m'a pris les mains.

« Anne est partie ce matin. Elle ne reviendra plus. »

Je me suis dégagée.

« Je sais. Elle est venue me faire ses adieux au restaurant. »

Il s'est figé. Il m'a semblé que son visage avait pâli.

« Elle est venue ? a-t-il répété d'un ton incrédule. Mais pourquoi ? Que te voulait-elle ?

— Elle voulait me dire qu'elle te laissait, que je pouvais te reprendre. »

Il a eu un rire crispé.

« C'est bien elle, cette façon de présenter les choses ! Ma pauvre chérie, cela n'a pas dû être agréable. »

Pas « agréable », le mot était faible. Il a tenté de m'entraîner sur le canapé. J'ai résisté.

« Elle a décidé de demander le divorce, m'a-t-il appris. Je vais mettre très vite la maison en vente.

— Et où habiteras-tu ? »

Il me regardait sans comprendre. Qu'avait-il prévu ? Chez le Bosco ? Ici ?

« Et Noël, comment a-t-il pris ça ? » ai-je interrogé, le cœur serré.

Son visage s'est un peu éclairé.

« Anne lui a proposé de venir vivre avec elle à Rennes, de reprendre ses études là-bas. Il a refusé. Alors, elle s'est mise dans une colère noire. Elle n'a pas l'habitude qu'on lui résiste.

J'en avais fait l'expérience : si on lui résistait, elle devenait mauvaise, presque vulgaire.

« Je suis heureuse du choix de Noël, ai-je dit. Imagine qu'il soit parti avec sa mère, qu'il t'ait laissé après tout ce que tu as fait pour lui. »

A-t-il senti l'ironie dans ma voix ? J'avais voulu dire aussi : « Après que tu m'as sacrifiée. Et trahie. »

« Mais c'est grâce à toi qu'il est resté, Marie ! Il a pu voir la différence entre une bonne et une mauvaise mère.

— Pas si bonne que ça, tu me flattes. »

Son air incrédule m'a fait mal.

« Marie, qu'est-ce qui t'arrive ? Elle est partie, enfin... Ne peux-tu essayer de comprendre ? Si je l'avais fichue dehors comme j'ai été cent fois tenté de le faire, jamais Noël n'aurait décidé de reprendre ses études. Et sans doute l'aurait-il suivie à Rennes. Ces trois mois lui ont donné le temps d'ouvrir les yeux, de voir qui Anne était. Il a pu choisir. »

Il a eu un gros soupir.

« Mais, bien sûr, c'était terriblement injuste pour toi. »

Tout ce qu'il venait de dire était vrai. Vrai pour Noël, vrai pour l'injustice. Restait ce qu'il me cachait : il avait repris Anne dans son lit malgré sa promesse. Qu'attendait-il pour me l'avouer ? Alors, j'aurais pu essayer de comprendre, pardonner. Comment pouvait-il envisager de reconstruire quoi que ce soit d'authentique entre nous sur un tel mensonge ? J'y penserais chaque fois que nous ferions l'amour. Le « ménage à trois » continuerait.

Il s'est approché de moi, il a tenté de me prendre dans ses bras.

« Pourquoi ne dis-tu rien ? Tu ne veux plus de moi ? »

Je n'ai pas répondu. Son visage était ravagé. À la fois, il avait l'air vieux, très vieux soudain, et une expression de petit garçon perdu. Le petit garçon me brisait le cœur. Je me suis détournée pour ne pas capituler et il a baissé les bras. Un homme qui baissait les bras ? J'aurais préféré qu'il crie, se batte : la vérité aurait bien fini par sortir.

La deux-chevaux d'Annaïs a fait une entrée en fanfare dans la cour, une portière a claqué.

« Maman, t'es là ? »

Je me suis retournée vers Yann.

« Laisse-moi un peu de temps. J'ai besoin de réfléchir. »

Annaïs a déboulé dans le salon, brandissant l'affiche du spectacle : « AH BON ? ou l'art de vivre ».

L'art de vivre...

« On en a mis partout. Qu'est-ce que tu en penses ? Ça claque, non ? »

Découvrant Yann, elle a eu un sourire ravi.

« Justement, on voulait vous inviter. Après tout, le local, c'est vous ! Huit heures pile, vendredi, ça colle ? Vendredi 13, si ça ne porte pas bonheur ! On prend aussi Noël, bien sûr ! »

Elle avait, élégamment, omis d'inviter Anne. Elle ignorait encore que « celle-là avait dégagé le terrain ». Après l'avoir miné.

« Ce sera volontiers. Si Marie est d'accord, a dit Yann d'une voix éteinte.

— Marie n'a jamais rien su refuser aux artistes », a tranché ma fille.

Plus tard, j'ai remarqué que le nom de Thibaut était mentionné sur l'affiche avec ceux des auteurs de la comédie. Thibaut ! Ne cachais-je pas, moi aussi, quelque chose d'important à Yann ?

Un secret que je ne trahirais jamais.

⋆ ⋆ ⋆

C'est une vieille paysanne bigouden, Corentine, restée miraculeusement en dehors des révolutions du monde. Très tôt veuve, sans enfants, elle a vécu entre sa vache, ses poules et son champ de pommes de terre. La télévision ? Ça lui fait mal aux yeux et elle préfère admirer le paysage. De toute façon, elle se couche avec le soleil : elle ne suit pas le changement d'heure. Pour améliorer l'ordinaire, plus que frugal, un voisin lui a conseillé de mettre une pancarte : « Chambre à louer », à une fenêtre de sa ferme. Il paraît que ça marche, et des chambres, elle n'en manque pas.

C'est un couple de jeunes brocanteurs qui viennent d'arrêter leurs « gros cubes » devant la pancarte. Blouson clouté, short à franges, bottes de cow-boy. Le spectacle commence lorsqu'ils frappent trois coups énergiques à la porte de Chez le Bosco.

La salle est pleine. Bien qu'ayant rajouté les tables de la terrasse et serré au maximum, on a dû refuser du monde. Le plat unique est un plateau de fruits de mer.

Mes parents sont là, bien sûr. Et Benoît que, pourtant, on ne voit guère en cette saison, avec ses paroisses remplies. J'ai eu la surprise d'accueillir Baudoin, notre banquier, et sa femme. Yann et Noël sont venus comme prévu.

La scène est devant la cheminée où un feu a été allumé. Corentine est interprétée par Annaïs, cheveux blancs, haute coiffe de dentelle, jupes noires qui lui battent les chevilles.

Les brocanteurs « gays » sont les adorables jeunes gens qui logent à la maison... dans deux chambres séparées.

« Entrez et que Dieu vous bénisse », chevrote la paysanne en ouvrant la porte à ses visiteurs.

Leur apparence la cloue sur place : d'où lui tombent des oiseaux pareils ? Sur le blouson de l'un d'eux, elle peut lire « Anges de l'enfer ». Est-ce le bon Dieu ou le diable qui les lui envoie ? Cependant, elle les laisse entrer. Si ce sont des bandits, il n'y a rien à voler chez elle.

Nos brocanteurs sortent d'un sac deux homards bien vivants qu'ils demandent à Corentine de leur cuisiner pour le dîner. C'est volontiers ! Le spectacle durera le temps de la cuisson et de la préparation de la sauce, dans l'âtre d'Honoré près duquel s'agite la vieille tandis que ses hôtes, bottes sur la table, attendent leur repas.

« Dans la chambre à louer, avertit Corentine en épluchant les légumes pour son court-bouillon, il n'y a qu'un grand lit : elle attendait un couple. S'ils le souhaitent, elle ouvrira une autre pièce. »

« Mais pas du tout, un grand lit fera l'affaire ! » rétorquent les jeunes gens qui ne cherchent aucunement à cacher leur homosexualité. C'est bien un couple qu'elle va héberger.

Et de s'embrasser à pleine bouche pour ne laisser aucun doute à leur hôtesse.

« Ah bon ? s'exclame notre bigouden. C'est donc permis, ça, aujourd'hui, de s'aimer entre garçons ? »

Permis, accepté et inscrit dans la loi. Sécurité sociale, allocations, réduction « couple » dans les trains, bientôt dans les avions. On ne fait plus de différence avec les couples prétendus « normaux », expliquent nos brocanteurs.

« Et les enfants ? s'enquiert la vieille.

Ils auront bientôt le droit d'en adopter.

— Ah bon ? Mais auquel le petit ange dira-t-il "maman", ce mot que les chérubins connaissent avant de savoir parler ? » demande Corentine en regardant avec de grands yeux ses hôtes de cuir clouté.

Et ainsi de suite...

Passionnément curieuse, à la fois naïve et rouée, la vieille ne se permet jamais de juger. Son premier « Ah bon ? » a déclenché les rires. Il est inimitable. C'est Annaïs. Et voici que, sans état d'âme, elle précipite les homards dans le court-bouillon en ébullition. Les rires se transforment en petits cris d'horreur, partagé par les « anges de l'enfer » dont les blousons sont pourtant décorés de nombreux crânes et ossements.

« Ah bon ? Vous vouliez peut-être les manger sans les faire cuire ? » demande la vieille non sans malice.

La voilà à sa sauce à laquelle, pour la plus grande joie du public, elle mêle toutes sortes d'ingrédients qui parfument la salle. Dans cette partie de la mise en scène, Marguerite est intervenue.

Et tandis que cuisent les crustacés et mijote la sauce, l'échange entre présent et passé se poursuit.

Ah bon ? Le bien et le mal, ça n'existe pas et les méchants sont plus à plaindre que les gentils ?

Ah bon ? Le bon Dieu a été remplacé par les ps quelque-chose et le confessionnal par un canapé ?

Ah bon ? On peut être en dix minutes à la ville voisine alors qu'à elle il lui faut la journée ?

Mais à quoi sert tout ça puisque le soleil continue de se coucher à la même heure pour tout le monde et que les fruits n'en viennent pas plus vite aux arbres ?

Poétique ou percutant, tendre et insolent, le texte fait mouche à tous coups. Les auteurs n'ont pas cherché à donner de leçon, mais peu à peu une question se dégage : de quel côté se trouve l'art de vivre ?

À chacun d'apporter sa réponse.

Les homards sont cuits, habilement décortiqués par Corentine, disposés dans les assiettes, nappés de sauce onctueuse ; la salive monte à la bouche des spectateurs, et le cri d'indignation est général lorsque nos pensionnaires répandent sur le festin des flots de ketchup tiré de leur sac à dos

« Ah bon ? C'est meilleur comme ça ? Il faudra que j'essaie » conclut la vieille.

C'est fini. Les applaudissements crépitent, les artistes saluent bien bas. Lorsque Annaïs arrache coiffe et perruque, libérant son jeune visage, c'est la tempête. Il semble un instant que passé et présent se réconcilient en une même sagesse.

Il faut voir les regards adorateurs de mes parents sur leur petite-fille. Dans le giron de Mamina, Maximou bat des mains. Benoît est au ciel. Sur les joues de Marguerite coulent des larmes de rire. Appelé sur scène, Thibaut salue, la main dans celle de la vedette.

À un moment, alors que je comptais mentalement les dîneurs... et la recette pour le canot, mes yeux sont tombés sur Madeleine. Debout dans un coin, elle regardait son fils qu'enveloppaient les bras de maman. Il y avait sur son visage quelque chose de nouveau, comme une lumière supplémentaire. Avant, elle était seulement ravissante. Ce soir, je l'ai trouvée belle. Une idée saugrenue m'est venue : elle est amoureuse. Je ne m'y suis pas attardée. Madeleine ne sortait pratiquement jamais d'ici où elle était sous bonne surveillance. Elle devait tout simplement se sentir enfin en paix. Au calme.

« Alors, Marie, il paraît que ça a marché du tonnerre ?

— Mieux que ça, Jean-Yves. Tellement bien qu'on va recommencer. Et cette fois tu seras aux premières loges. »

J'ai posé sur la table de la cuisine du patron sauveteur l'enveloppe contenant la recette : deux mille six cents francs ! Pas peu fière, dès huit heures ce matin, j'ai couru chez lui pour être sûre de le trouver. Il habite une maison sur le port, guère plus vaste que celle de Benoît mais autrement coquette. Living et cuisine en bas, chambre et salle d'eau en haut.

Il montre la cafetière sur le gaz.

« Une tasse ?

— Plutôt un verre d'eau, s'il te plaît. »

Nous nous attablons l'un en face de l'autre. Il fait beau, bleu, mais frisquet aujourd'hui. Jean-Yves a pourtant ouvert la fenêtre à deux battants et les passants peuvent admirer notre duo : une façon de protéger ma réputation ? Aucun vent ne va plus vite que les langues par ici.

Il montre l'enveloppe.

« Pourquoi tu fais tout ça, Marie ?

— Pour ce que tu as dit l'autre jour : pour que Kersaingilles ne soit pas juste une carte postale. »

Il a un soupir, son front se ride.

« Tu crois qu'on va y arriver ? L'été avance et on est encore loin du compte. »

Sur le tableau noir restent près de deux cent cinquante mille francs.

« La saison ne fait que commencer, Jean-Yves. Deux ou trois généreux donateurs comme Lalonde et on n'aura plus à s'en faire. »

Ma plaisanterie ne le déride pas.

« À propos de Lalonde... si je te redemande plus sur l'*Espérance*, tu m'en voudras pas, au moins ? interroge-t-il d'un ton gêné.

— Et pourquoi tu ne me redemanderais plus ? »

Il se racle la gorge. Décidément, ça a l'air difficile à passer.

« J'ai trois belles-sœurs, se lance-t-il. Elles ont fait chacune quatre marmots et même une cinq. Au début qu'elles étaient enceintes, elles tiraient toutes la même tête que toi, l'autre jour, sur le canot avec Lalonde. »

Il désigne mon verre d'eau.

« Et elles qui buvaient du café en veux-tu en voilà, elles pouvaient plus en voir la couleur. »

Je ne réponds pas. C'est avouer. Ainsi, il a deviné ? Quel œil, mon ami !

À nouveau, il se racle la gorge. Je tends le dos.

« Et si Yann Morvan n'en veut pas, de ton gamin, moi, je vous prends tous les deux », lance-t-il.

Et il regarde ailleurs.

La stupéfaction me laisse sans voix. C'est donc ainsi qu'il a interprété le fait que je ne sois pas revenue à Yann après le départ de sa femme ? Un refus de l'enfant. Et, en bon sauveteur qu'il est, il me tend la main.

Je regarde, sur la table, cette main qui en a tant tiré de l'eau. Elle a un peu avancé vers la mienne mais sans oser aller jusqu'au bout.

« Peut-être bien que, si je vous ai, j'en ferai moins une maladie de ce foutu canot », bougonne-t-il.

L'émotion me noue la gorge. Je le regarde au fond de ses yeux, mélange de ciel et d'eau. Je n'ai pas le droit de le laisser rêver.

« Merci, Jean-Yves. Mais Yann ignore encore que je suis enceinte. J'ai préféré me taire tant que sa femme était là. Je suis sûre qu'il sera très heureux quand il apprendra. Et certainement preneur.

— Mais elle est partie, oui ou non, sa femme ? » tonne-t-il soudain.

Le sang me monte aux joues ; je crois bien que j'ai honte.

« Il l'a gardée trois mois, j'ai le droit de le faire maronner quelques jours !

— Je ne sais pas, répond Jean-Yves. Quand on aime, on aime, c'est tout. »

Le grain, le pain, la vie, l'amour. Si pas l'amour, la mort. Je prends sa main dans les miennes, maintenant, je peux.

« Tu as raison, Jean-Yves. D'ailleurs, les poètes ont toujours raison. »

Il baisse la tête. Avait-il espéré que j'accepterais ? Est-il secrètement soulagé de mon refus ? Allez lire dans un cœur de vieux garçon ! Certains ne se privent pas, au port, de le blaguer sur son célibat. On raconte que, dans le temps, celle qu'il aimait en avait préféré un autre. D'autres chuchotent qu'il s'est consolé avec une commerçante de Quimper, mais pas question pour elle de venir s'enterrer à Kersaingilles, ni pour lui de quitter le port

Et son canot.

« Dis-moi, Jean-Yves. Pourquoi t'es resté seul ? Tu es un homme… magnifique. »

Il reste d'abord interloqué. Ce sont des choses qui ne se demandent pas, en tout cas pas comme ça. J'aurais sorti le plus gros des jurons que ça l'aurait moins choqué. Ses joues sont toutes colorées. Pas pour ce que je crois.

« Tu sais ce qu'on dit ici des gars qui visent trop haut pour eux, Marie ? On dit qu'ils imaginent qu'ils font se lever le soleil. Moi, il me l'aurait fallu courageuse comme un marin et douce comme une femme. Peut-être bien jouant du piano et conduisant un chalutier. Une qui n'existe qu'à un seul exemplaire. »

Mon cœur chavire. Est-il plus belle déclaration d'amour ? Il se lève. Il regarde vers la mer, mais c'est dans sa vie qu'il lit.

« Et on dirait bien qu'aujourd'hui encore le soleil s'est levé sans moi », conclut-il.

★ ★ ★

Quand on aime, on aime, c'est tout.

Alors comment j'aimais, moi ?

Depuis plus de quatre mois, je portais l'enfant de Yann et lui en avais caché l'existence. Et pourtant, que oui, il aurait été preneur ! Mais Anne... Un amour sans élan, au rabais.

Et à présent qu'elle était partie : sans générosité, sans grandeur d'âme, nul ! Le véritable amour n'était-il pas le pardon ?

Yann avait couché avec Anne ? Et après ? Ne l'avais-je pas, en quelque sorte, cherché, en me refusant à lui, en me réfugiant chez moi pour n'avoir plus à lui ouvrir mes bras ? Et l'aurait-il fait s'il avait su que je portais son enfant ?

Quand on aime, on aime.

Marguerite disait vrai. Chez moi, l'orgueil l'emportait sur l'amour. C'était être la première ou rien, l'unique ou pas.

J'ai couru à la maison et, sans prendre le temps de retirer ma veste, j'ai décroché le téléphone et formé le numéro de Yann au bureau. J'allais lui demander de me rejoindre ici ce soir. Et lui dirais tout. Et éclairerais tout.

« M. Morvan n'est pas là. Il est parti en plongée, m'a appris la secrétaire. Puis-je lui laisser un message ?

— Non merci, je rappellerai. »

J'ai raccroché. Ma déception était à la mesure du temps perdu par mon silence. À présent que j'avais décidé de parler, il me semblait ne plus pouvoir attendre une minute de plus. J'avais été folle ! Je ne me comprenais plus. Et, à propos de silence, ne l'avais-je pas gardé, moi, pour Thibaut ?

L'enfant a bougé dans mon ventre, cela faisait comme des vaguelettes. Je prendrais la main de mon amour et la poserais sur ce miracle. Comprendrait-il tout de suite ?

Onze heures. Il était grand temps d'aller au travail ! Ainsi, Yann était parti en plongée ? L'*undaria*, autre nom du *wakamé*, est d'abord cultivée en laboratoire, puis transférée en mer sur un réseau de cordages où elle croît rapidement. En quatre mois, l'algue peut être cueillie. Deux ou trois fois l'an, mon cultivateur descendait vérifier ses plantations, faire un peu de propreté dans son champ marin.

De ma fenêtre, je lui ai souri : vivement ce soir !

Ce soir ? Si j'avais pu lire dans la mer...

Vers neuf heures, ce matin, alors que j'étais avec Jean-Yves, Yann avait poussé la porte du club de plongée et demandé quelqu'un pour descendre avec lui ; ainsi procédait-il chaque fois. Une main s'était levée tout de suite.

Celle de Quentin.

Ils avaient pris la mer vers dix heures, sur l'*Honoré*, ce beau bateau que Yann m'avait fait découvrir un jour de Pardon. Le temps était propice, très clair et sans vent, sinon ils n'y auraient pas vu assez pour travailler. Cependant la température était fraîche.

Ne l'avais-je pas constaté chez Jean-Yves ? Et le froid accroît les risques en plongée.

La concession de Yann, trois hectares délimités par des bouées rouge et orange, se trouvait à un peu plus d'un mille de la passe. Ils avaient jeté l'ancre et revêtu leurs équipements. Celui de Yann comportait une seule bouteille. Celui de Quentin, deux.

L'*undaria* pousse sur des cordes immergées à un mètre cinquante de profondeur. Les mouillages, eux, descendent jusqu'à quinze mètres. C'est là qu'il y avait du boulot : des orins mélangés, des bouts à dégager de grappes de moules ou de grosses algues parasites. Yann avait fourni un couteau à Quentin.

Tout plongeur connaît obligatoirement le langage des signes, seule façon de communiquer dans le monde du silence. Il en existe pour toute situation. Les deux hommes travaillaient depuis un peu plus d'une heure lorsque Yann a attiré l'attention de Quentin. Il montrait tour à tour ses poumons, indiquant qu'il s'essoufflait, et sa tête, signe qu'il en souffrait.

Quentin savait ce qu'il avait à faire. Il s'est approché de son compagnon et lui a passé l'embout de son détendeur afin qu'il y puise de l'air. Tandis que Yann inspirait, il le fixait droit dans les yeux, lui enjoignant de rester calme, de ne plus bouger, lui affirmant, avec toute la force de son regard, que les choses allaient s'arranger, qu'il n'y avait pas lieu de s'inquiéter.

Le regard est, avec les signes, l'autre façon de communiquer sous l'eau, au besoin d'enrayer un début de panique. Lorsque vous étouffez, le premier réflexe n'est-il pas de remonter au plus vite ? La dernière chose à faire ! Remonter sans respecter les paliers – temps d'arrêt obligatoires –, c'est risquer de prendre dans le sang de petites bulles d'air qui gêneront la circulation, et parfois arriveront au cerveau.

Yann a fait signe à Quentin qu'il était prêt à y aller.

Il a respecté le premier palier, à neuf mètres de la surface. Arrêtés face à face, les deux hommes ont attendu les quelques minutes nécessaires, durant lesquelles Quentin a continué à donner de l'air à Yann.

Que s'est-il passé ensuite ? Oui, la mer était froide et sans doute Yann a-t-il eu une crampe car il a, à nouveau, fait signe que cela n'allait pas, cette fois en montrant sa jambe. Et, avant que Quentin ait pu réagir, il est remonté précipitamment, brûlant le second palier, à trois mètres.

Pour l'aider à se hisser sur l'échelle et atteindre le pont, il a fallu à Quentin toute l'énergie de l'espoir que l'on dépense sans compter à cet âge. Yann avait des fourmillements dans les jambes, il tremblait, ses gestes n'étaient plus coordonnés. Il faisait ce que l'on appelle un « accident de décompression ». Perdre du temps pouvait lui être fatal.

Sur le port, c'était l'heure de l'apéritif. Le ciel, si pur ce matin lorsque j'avais rendu visite à Jean-Yves, commençait à se couvrir, le vent à souffler.

Mon patron sauveteur, le Capitaine et quelques autres retraités de la pêche venaient de s'installer sur les banquettes du Poisson Bleu quand le bip de Jean-Yves s'est manifesté. Si on ne pouvait même plus boire son muscadet tranquille !

Il n'a pas fallu plus de quinze minutes à l'*Espérance*, armée par son patron, André et deux gars, arrachés à leur belote, pour se mettre à couple avec l'*Honoré*.

Quentin avait déséquipé l'accidenté. Il l'avait enveloppé dans une couverture hypothermique et fourni en oxygène à l'aide d'une petite bouteille en réserve dans le bateau.

Trente minutes plus tard, à Kersaingilles, l'*Espérance* passait le relais au SAMU.

* * *

En arrivant Chez le Bosco, j'avais trouvé les comédiens occupés à remettre de l'ordre. Après quoi, Thibaut avait emmené la troupe faire une grande virée je ne sais où. Annaïs rayonnait.

Alors qu'à ma satisfaction le déjeuner s'annonçait plutôt calme, le ciel brusquement couvert et un début de pluie avaient vidé les plages et précipité les gens chez nous.

Une tablée de six joyeux lurons et luronnes s'était incrustée jusqu'à près de quatre heures. Je ne cessais de regarder ma montre, brûlant de rejoindre Yann. Sitôt les comptes bouclés, je l'appellerais et lui demanderais de venir le plus vite possible me rejoindre à la maison. Comme j'avais hâte à présent d'être dans ses bras ! Ne voilà-t-il pas que le désir me taraudait, là, sur mon tabouret, derrière la caisse. C'était du beau ! Qu'en pensait notre petiot ?

« Ça a l'air d'être la super-forme, aujourd'hui », a remarqué le délicieux Renaud, notre serveur.

J'ai confirmé par un rire.

Ils étaient enfin tous partis. Marguerite était rentrée chez elle. Plutôt qu'appeler Yann, j'hésitais à passer le prendre à son entreprise, lorsque André et Quentin ont fait irruption dans la salle.

André et Quentin ! Ensemble ?

Le visage de mon fils était gris et il semblait frigorifié. Sous la casquette, le Capitaine faisait sa gueule des plus sales jours.

« Il est arrivé quelque chose, a annoncé Quentin.

— Annaïs ? »

Elle avait eu un accident de voiture... Thibaut et elle avaient pris la deux-chevaux dont les freins étaient défaillants.

Tout futur plongeur de combat qu'il était et porteur du béret vert, mon cri a paralysé Quentin. André a continué.

« Non ! Pas ta fille, Marie, Yann ! Il a eu un ennui en plongée. Il est...

— Il est mort ? ai-je crié à nouveau.

— Mais qui t'a dit une chose pareille ? a protesté le Capitaine. Si tu me laissais aller jusqu'au bout ?

Il est à l'hôpital, en caisson de décompression, c'est tout. Sinon qu'on a pensé que, si on te le disait pas, tu nous tuerais. »

Je suis tombée sur un siège. C'était moi que j'avais envie de tuer. Quentin a posé la main sur mon épaule.

« Il va s'en sortir, maman. Il va s'en sortir, je te le promets. »

Qu'est-ce qu'il en savait ?

Je l'ai repoussé.

« Où est-il ? Quel hôpital ?

— À Brest.

— On y va.

— Bien sûr, qu'on y va, a grommelé André. Pourquoi crois-tu qu'on est là ? J'ai fait le plein sur le chemin pour qu'on n'ait pas à s'arrêter. »

J'ai appelé Marguerite. J'arrivais à peine à parler. C'était que mon amie, elle, était au courant pour l'enfant et devait comprendre que l'orgueilleuse était en mille morceaux. Et elle n'ignorait pas, Alain étant plongeur, que l'accident de décompression pouvait mener à tout, même à la paralysie, même à l'infarctus.

« Reste tant que tu veux là-bas, petiote, je m'occupe de tout. »

Je n'ai pas eu la force de dire « merci ». Quentin a raccroché pour moi.

Dehors, la pluie tombait plus dru. Levé sans l'aide de Jean-Yves, le soleil n'aurait tenu que la matinée.

« On va prendre par l'autoroute, a décidé le Capitaine en m'ouvrant la portière de sa voiture. On aura peut-être un peu moins de monde. »

Nous avons d'abord roulé en silence. Il y avait foule en effet. Lorsqu'il pleut, les vacanciers, privés de plage, se jettent sur les routes pour visiter ou faire leurs courses.

J'ai passé la main par-derrière. Quentin l'a saisie aussitôt.

« C'est bien que tu sois venu avec nous, ai-je dit.

— Ce qu'il t'a pas raconté, c'est que sans lui Yann serait peut-être plus là », est intervenu André.

Sans comprendre, je me suis tournée vers mon fils.

« On a plongé tous les deux, m'a-t-il appris. Ce matin, Yann est venu demander quelqu'un au club. Et depuis le temps que j'avais envie de voir vos algues ! »

J'ai fermé les yeux. C'était bien le moment de me dire qu'il avait fini par nous accepter ensemble.

« Raconte-moi ce qui s'est passé. Et sans rien me cacher, surtout. »

Il a raconté la descente, le travail côte à côte, les signes de détresse de Yann, le palier brûlé. Je ne voyais plus rien alentour. J'étouffais sous la mer avec mon amour. Je le sauvais avec mon fils.

« J'avais tout de suite vu qu'il n'était pas trop en forme, a remarqué Quentin. Mais il avait décidé d'y aller et ça n'aurait servi à rien de discuter. »

Pour plonger, il est impératif d'être en bonne condition physique et morale, l'une comptant autant que l'autre. Depuis quatre mois, en partie par ma faute, Yann vivait dans le stress et l'angoisse.

« Ton garçon l'a remonté et il a appelé direct Jean-Yves, a continué le Capitaine. Tu penses si on n'a pas traîné. Il était fou, Jean-Yves. »

Le patron sauveteur avec qui, quelques heures plus tôt, nous parlions de Yann, nous parlions d'amour.

« Et quand on est arrivés, ton fils, il avait tout bien fait comme il faut, et sans s'affoler encore. Je te le dis, Marie, tu as un gars à la hauteur. »

J'ai serré la main de mon pilleur de casiers.

« Je n'en ai jamais douté. »

L'entrée dans Brest a été infernale. Cette fois, c'étaient les traînards que j'avais envie de tuer.

Il était plus de sept heures lorsque nous sommes arrivés à l'hôpital et nous avons encore perdu du temps à chercher le bon service. Là, une infirmière nous a donné des nouvelles.

« M. Morvan a été sorti du caisson il y a deux heures. Il se repose. Son fils est avec lui. »

Noël était en faction devant la porte numéro 15.

« Jean-Yves m'a amené, j'ai pu parler avec papa, ça va, nous a-t-il tout de suite rassurés. On lui a donné quelque chose pour dormir. Il paraît qu'il est crevé. »

Il s'est tourné vers Quentin et il lui a tendu la main.

« Merci.

— Il n'y a pas de quoi », a répondu cet idiot.

Pourquoi pas : « De rien » ?

« Est-ce qu'on peut le voir ? » ai-je demandé.

Noël m'a regardée sombrement. Son regard répondait : « Il est bien temps. » Comme il avait raison de m'en vouloir ! Avais-je pensé à lui en repoussant son père ? Alors que c'était peut-être en partie à cause de moi qu'il n'avait pas suivi sa mère.

« Il ne faut pas le fatiguer », a-t-il dit d'une voix sombre.

J'ai jeté un coup d'œil alentour : aucune blouse blanche à l'horizon. Je suis entrée dans la chambre.

Un seul des deux lits était occupé. Les visages hâlés sur le blanc hôpital, je connaissais, merci ! Yann respirait profondément, amplement. Je me suis approchée.

« Pourquoi vous ne voulez plus de nous ? » a demandé Noël derrière moi.

J'ai serré, à me faire mal, les barreaux du lit. Du fond de la peur au soulagement, de l'espoir au remords, je brûlais les paliers et c'était moi qui étouffais.

« Oh que si, je veux de vous, ai-je bégayé. Et tu vas voir ce que tu vas voir. »

Noël a eu comme un sanglot. Yann a bougé. Il a bredouillé quelque chose dans son sommeil. Nous sommes ressortis.

« Ça va ? a demandé André.

— Dur, dur, la décompression », a répondu Noël en essuyant ses yeux.

La surveillante était dans son bureau, remplissant des papiers. J'ai passé la tête.

« Pourrais-je voir le docteur qui s'est occupé de M. Morvan ?

— Ce sera difficile, a-t-elle répondu sèchement. Il a plusieurs urgences. Il repassera sûrement, mais quand ? »

J'ai rejoint les autres. Je leur ai annoncé mon intention d'attendre le médecin. Cela risquait d'être long. Nous n'avions pas besoin de rester tous.

« Mais comment tu feras pour rentrer ? » s'est inquiété le Capitaine.

Je voyais bien qu'il n'avait pas trop envie de s'attarder ici. Malgré sa manche vide, il jurait dans le décor. Le sien, c'était le bleu marine, un point c'est tout.

« Ne t'en fais pas pour moi, André. Je me débrouillerai. »

Je me suis tournée vers mes garçons.

« Allez-y, vous aussi, j'aimerais rester seule avec lui. »

Noël a souri.

Le médecin n'a fait sa tournée qu'une bonne heure plus tard. J'attendais dans une petite pièce avec une pauvre femme dont le mari avait été victime d'une crise cardiaque. Le docteur Bassoud avait une quarantaine d'années et roulait copieusement les « r ».

« Il a récupéré très vite, a-t-il observé. Mais nous allons quand même le garder quelques jours. Il s'est plaint de maux de tête en arrivant. Il faut surveiller tout ça. Et puis... »

Il s'est interrompu, comme gêné.

« Et puis ? »

L'agressivité de ma voix l'a fait sourire. C'était l'angoisse. Il le savait.

« Et puis votre mari n'a pas l'air d'avoir trop le moral. Et s'il veut se remettre, il faut qu'il nous aide. »

Mon mari... Un peu d'air est revenu dans mes poumons.

« Docteur, puis-je vous demander une faveur ?

— S'il est en mon pouvoir de vous l'accorder...

— Je voudrais rester près de lui cette nuit. L'autre lit est vide. Je ne ferai pas de bruit, je ne le fatiguerai pas. Juste pour qu'il me trouve là en se réveillant. »

Il a hésité. Cela devait être contraire au règlement. J'ai revu le visage revêche de la surveillante.

« Je vous en supplie, docteur. Le moral, je sais comment le lui redonner.

— Je vais avertir l'infirmière de garde, a-t-il cédé. C'est une gentille. Mais vous, demain, faites-vous discrète lorsque vous repartirez. »

* * *

Dix heures du soir s'égrènent au clocher de l'église Saint-Louis. Chez le Bosco, cela doit être le coup de feu. Depuis mon départ en catastrophe du restaurant, je n'y ai pas pensé une seule fois. Pauvre Marguerite : elle est bien lotie avec moi !

Seul compte cet homme étendu dans le lit voisin du mien. Et ce que je lui apprendrai lorsqu'il se réveillera.

L'infirmière de garde, martiniquaise, une « gentille » en effet, m'a apporté une serviette pour que je puisse faire un brin de toilette. Ayant appris que je n'avais pas dîné, elle m'a également offert quelques gâteaux secs. Je n'ai pas faim. Mais une soif intense qui durera, me semble-t-il, jusqu'à ce que cet homme, dans le lit voisin, me prenne dans ses bras.

Mon ventre me pèse. Il m'a fait un peu souffrir dans la voiture d'André, quand nous n'avancions pas : des sortes de pincements. Nul ne m'ôtera de l'idée que le bébé sentait ma peur. Il est vraiment temps que j'annonce ta présence, petit. Lorsque je retire les chemises amples que je porte depuis quelques semaines, on ne peut plus t'ignorer. Quelle folle j'ai été ! Marguerite, Jean-Yves..., voulais-je que ton père soit le dernier averti ?

Sous la porte passe un rai de lumière. Je soulève de temps en temps mes paupières, lourdes, si lourdes, pour m'assurer qu'il est bien là. J'ai toujours adoré la lumière sous la porte, les bruits furtifs dans le couloir et les voix étouffées qui disent que le monde est là.

Et moi près de celui que j'aime.

« Marie ? »

Le jour pointe derrière les stores. Ai-je dormi si longtemps ? Redressé sur un coude, Yann me regarde, l'air effaré. Je mets pied à terre, m'approche de lui, pose mes lèvres sur son front.

« Mon amour, comment te sens-tu ? »

Il lui faut un moment pour digérer le « mon amour », puis il esquisse un pâle sourire.

« Mieux. Bien mieux. Mais qu'est-ce que tu fais là ?

— Tu me le demandes ? J'ai eu tellement peur, Yann ! »

Sa tête retombe sur l'oreiller.

« Ton Quentin m'a sauvé, affirme-t-il.

— Je sais. »

Son regard revient vers moi.

« Non, tu ne sais pas. J'en avais vraiment marre, plus envie de vivre. Il m'y a obligé. Avec son foutu regard. »

Les larmes brouillent le mien. Dans le couloir, un chariot circule. Est-ce déjà l'heure de la température, la prise de tension ? La gentille infirmière de nuit a dû être remplacée par celle de jour. « Faites-vous discrète lorsque vous repartirez », a recommandé le médecin. Est-il l'heure de repartir ? Risque-t-on de me mettre à la porte avant que j'aie pu parler ?

Je prends la main de Yann et la pose sur mon ventre. Mon cœur bat à tout rompre.

« Tu n'avais plus envie de vivre, dis-tu ? Eh bien, tu as intérêt à changer d'avis. Pour notre enfant… »

Son front se plisse.

« Notre enfant ? demande-t-il, incrédule.

— Je suis enceinte, Yann. »

Il secoue négativement la tête.

« Ce n'est pas possible, Marie. Tu dois te tromper. »

J'avais espéré un cri de joie : la folle ! L'inconsciente ! Comment comprendrait-il ? Nous n'avons pas fait l'amour depuis trois mois. Et c'est presque honteusement que j'avoue :

« Le bébé a été conçu en avril. »

Le visage de Yann se ferme. Il me retire sa main.

« Et tu ne m'as rien dit ?

— J'attendais qu'Anne soit partie.

— Mais tu n'avais pas le droit. Comment as-tu pu ?

— Je ne voulais pas te compliquer les choses. »

Son rire est d'une profonde tristesse, il me déchire.

« Me compliquer les choses ? Tu vois, moi je crois plutôt que ça les aurait facilitées. »

Et puis il observe un silence. Et je sais ce qu'il va dire. Et il le dit.

« Et quand elle est partie ? Quand je suis venu te voir chez toi. "J'ai besoin de réfléchir..." Et tu me cachais que tu portais notre enfant. C'est dégueulasse, Marie !

— Tu ne m'as jamais rien caché, toi ? »

Je n'ai pu retenir mon cri. Je ne peux retenir mes larmes. Certes, j'ai des torts, mais lui en a aussi. Il a trahi. À nouveau, il me regarde sans comprendre.

« Te cacher quelque chose ? Non, je ne crois pas. Je crois au contraire avoir toujours été parfaitement clair. Trop, même. Au risque que tu cesses de m'aimer.

— Mais je t'aime ! »

Il montre mon ventre. Il fait « non ». J'enfonce mes ongles dans ma paume, ravale ma fierté.

« Anne m'a dit que vous aviez couché ensemble.

— Anne t'a dit ? »

Il laisse retomber sa tête sur l'oreiller, assommé. Il passe sa main sur son front. Moi qui avais promis de ne pas le fatiguer. Et pour le moral, bravo !

« Yann, je m'en fous, c'est oublié, je t'aime. »

A-t-il entendu ? Un siècle s'écoule. Il ne veut plus de moi. Je ne sais pas si j'aurai assez de force pour continuer à vivre.

« Viens là », ordonne-t-il.

Il a écarté le drap. Il se pousse sur le côté. Est-ce vraiment ce qu'il veut ? Que je monte près de lui ?

Dans le couloir, les bruits s'intensifient. J'en connais qui vont avoir une drôle de surprise en entrant dans la chambre de l'accidenté. Tant pis, j'y vais. Il étend le bras pour recevoir ma tête. La joue de l'homme sauvage pique délicieusement mon front.

« Moi, je ne m'en fous pas, gronde-t-il. Et il y a une chose que je ne suis pas près d'oublier ! C'est que tu aies pu croire une seule seconde cette garce. »

* * *

Première réunion de famille : Yann, Noël, moi.

Chez mon ingénieur.

Yann à Noël : « Une petite sœur, ça te dirait ? »

Noël : « Une seule ? Pourquoi pas deux ? »

Deuxième réunion de famille, même jour, très vite après la première par crainte de fuites : Annaïs, Quentin, Yann et moi.

À la maison.

Moi : « Eh bien, voilà… faut que vous sachiez… Nous allons avoir une petite fille. »

Annaïs : « Une fille ? Ça y est ? T'as passé l'échographie ? Marguerite me l'avait pas dit. »

Quentin : « Il fallait bien une bonne raison pour remonter Yann. »

Faites confiance aux amies !

Troisième réunion de famille : toutes les personnes déjà citées, plus Benoît, mes parents et Thibaut.

À la Roseraie.

Annaïs : « Pour maman et Yann, je suppose que tout le monde est au parfum. Alors, la question à mille francs : fille ou garçon ? »

Papa : silence et perplexité.

Maman : « Puis-je te demander de me rappeler ton âge, Marie ? »

Benoît : « Une petite sœur pour Maximou ! »

Re-Annaïs : « C'est ce qu'on appelle la "famille patchwork". »

Elle prend la main de Thibaut : « Je vous présente mon bientôt premier mari. »

Champagne.

Chaque nuit, je dors dans les bras de Yann. Tantôt chez lui, dans le lit où, m'a-t-il raconté, il avait à plusieurs reprises trouvé Anne l'attendant. Alors il descendait au salon avec son oreiller et cela la rendait folle. Tantôt Chez le Bosco. Jamais à la maison où le seul lit double se trouve face à un coffre sacré.

Le week-end du 15-Août vient de s'achever en beauté : le plein au restaurant, le plein sur la *Sonate*. Gérant et banquier se frottent les mains.

Jean-Yves galère.

Il reste cent quatre-vingt mille francs à trouver pour son canot et, l'Assomption passée, les plages se vident, les maisons des estivants ferment les unes après les autres. Pas de problème pour payer la traite prévue début octobre. Gros problème pour les deux dernières. Nous avons placé des tirelires dans tous les commerces.

Je ne parviens pas à m'inquiéter vraiment. Comme me le reproche mon patron sauveteur, j'attends le miracle. Mais c'est tellement bon de souffler enfin ! J'ai même réussi à chasser Loïk de ma tête. D'ailleurs, on ne le voit plus : dépression, alcool, il passe, paraît-il, autant de temps à l'hôpital que chez sa mère. Voici plus d'un mois que la *Pastourelle* rouille à son anneau.

J'oublie.

Que, si certains cultivent l'art de vivre, pour d'autres, c'est l'art de détruire…

Aujourd'hui, permission terminée, Quentin retourne aux Fusiliers Marins. J'ai tenu a passer sa dernière nuit à la maison avec lui. Il est huit heures trente. Nous avons dégusté ensemble un copieux petit déjeuner, puis il est parti à son club dire au revoir aux copains. Je suis heureuse puisqu'il l'est. Tiens, si j'avais un piano sous la main, je jouerais bien une petite valse. À défaut, dansons-la !

Le téléphone interrompt mes voltes d'éléphant. Marguerite

« Cette garce nous a bien eus ! aboie-t-elle sans préambule. Elle a filé avec Renaud. En nous laissant le petit sur les bras, évidemment. Yasmina est dans tous ses états. Tu viens ? »

Non ! Tout mon être le crie tandis que je m'habille en hâte. Non ! Je n'en peux plus des « Viens ! » autoritaires, des appels sans appel. Et comment ai-je pu ignorer le danger ? Que de signes, pourtant ! Les mines d'enterrement de Yasmina, ses prises de bec avec son ami. Et Madeleine ! Cette lumière sur son visage le soir de la représentation. Je m'étais dit : « Elle est amoureuse. » J'avais chassé l'idée : cela ne se pouvait, elle ne sortait jamais.

Pardi ! Elle avait ce qu'il fallait à domicile.

La beauté du diable. L'art de détruire.

Piètre consolation, Marguerite n'a rien vu, elle non plus.

Elles m'attendent toutes deux dans la cour caressée d'un délicieux soleil, léger comme un sourire, Yasmina, son sac bouclé à ses pieds. Je viens à elle et l'embrasse. C'est la première fois, c'est pour dire « pardon ». Elle se laisse aller quelques secondes contre mon épaule.

« Je le sentais venir, hoquette-t-elle. Il était plus le même, Renaud. Il voulait plus faire de projets. Et il fallait voir comment il la regardait.

— Pourquoi ne nous as-tu rien dit ?

— Il promettait qu'il y avait rien. Il disait que, si je parlais, il s'en irait. J'avais pas envie de le perdre. »

Marguerite fixe ses pieds d'un air vengeur. Telle que je la connais, elle ne se pardonnera pas de sitôt son aveuglement.

Je demande :

« Mais qu'est-ce que tu vas faire, Yasmina ? Tu ne veux pas rester un peu ici ? »

Elle tourne un œil noir vers la dépendance. Dire que nous l'appelions la « maison de Madeleine »... Montrez-vous généreux...

« Je veux rentrer chez moi. »

Une ferme délabrée dans un hameau près du Guilvinec, une famille de chômeurs. C'était formidable pour eux que la petite ait trouvé du travail.

« Donne-lui son mois que je la raccompagne », tranche Marguerite.

Tout son mois, bien sûr, même si elle n'a pas été jusqu'au bout. Et une somme supplémentaire, comme si l'argent pouvait faire pardonner l'indifférence. La voiture disparaît.

« Où est maman ? »

Je l'avais oublié, celui-là ! Pieds nus, en pyjama rayé, il trottine vers moi. Cinq ans : un grand garçon maintenant, très indépendant, parfois difficile à tenir et qui a trois passions dans la vie : une maman jolie comme une fée, la « belle dame », et les bateaux, de préférence à moteur bien bruyant. Il est arrivé à Noël, durant les vacances, de l'inviter sur la *Sonate*.

Je m'accroupis devant lui et l'entoure de mes bras. L'enfant de Yann embrasse l'enfant de Pierre. Famille patchwork... Parfois, on préférerait l'uni.

« Ta maman est partie se promener. Tu vas déjeuner et peut-être bien qu'après tu iras chez Mamina. »

Ses yeux brillent :

« Je pourrai regarder la télé avec un Coca et du pop-corn ? »

Voilà donc comment elle l'apprivoise ?

Lorsque je l'ai appelée, mon histoire ne l'a pas autrement étonnée. Il y avait même dans sa voix une petite nuance de « Je te l'avais bien dit ». Elle n'avait jamais fait confiance à Madeleine.

Au fond, qui avait raison ?

« Peux-tu me prendre Maximou ?

— Mais j'ai Quentin à déjeuner, m'a-t-elle rappelé. Il vient nous faire ses adieux.

— Tu n'auras qu'à rajouter un couvert. Et ne parle pas d'adieux, j'ai horreur de ça.

— Et, cet après-midi, j'ai rendez-vous chez le coiffeur pour ma couleur !

— Tu emmèneras le petit. Il adorera. »

Maman a capitulé. Je n'avais pas douté une seconde de son « oui », mais elle aime à se faire prier. Surtout lorsque la situation ne lui semble pas catholique. Là, elle était servie !

« J'envoie ton père le chercher. Fais-lui un sac correct, au moins. Je suppose qu'il restera coucher ? »

Papa est arrivé comme le vent.

« Admirez le retraité le plus actif de la région, ai-je essayé de plaisanter. Tu ne veux pas remplacer Renaud au service, par hasard ? »

Cela ne l'a pas fait rire. Chez mon père, l'amour inquiet l'emporte toujours sur l'humour.

« Comment vas-tu t'en sortir sans tes aides ?

— De toute façon, la saison se termine. On n'aurait pas pu garder les deux. On trouvera bien une solution. »

Marguerite l'avait trouvée en partie. Elle est revenue avec sa cadette, celle qui étudiait la coiffure et passait ses vacances à la ferme. Mathilde avait aidé ici le soir de la représentation et cela lui avait beaucoup plu.

« Je me débrouillerai aux fourneaux, a dit ma cuisinière. Si tu lui donnes un coup de main en salle, on devrait y arriver. »

On y est arrivées sans mal pour le déjeuner.

Lorsque je suis rentrée à la maison, Flavie m'attendait.

⋆ ⋆ ⋆

Elle était assise dans son vieux tacot, côté passager, portière ouverte. Elle en a jailli avant même que j'arrête le moteur de ma fourgonnette et s'est précipitée pour en inspecter l'arrière. Elle a reculé, l'air déçu.

« Je suis venue chercher le petit », a-t-elle annoncé.

Mon cœur a bondi dans ma poitrine.

« Il n'est pas là. Il est chez mes parents en attendant que sa mère revienne. »

Elle a eu un rire grinçant.

« Parce que tu crois ça, toi ? Tu crois qu'elle reviendra ? »

Je n'ai pas répondu. À vrai dire, je n'en savais rien : Madeleine aimait son fils, mais moins qu'elle-même, et plus en grande sœur qu'en mère.

Flavie a fait quelques pas dans la cour. Par qui avait-elle appris si vite la fuite de sa bru ? Par Denise, probablement. La belle-sœur de Marguerite, jalouse de tout ce qui concernait notre restaurant, avait dû faire marcher sa langue, trop heureuse de nos ennuis. Et Flavie s'était bien gardée de venir Chez le Bosco, craignant davantage Marguerite que moi.

Dans les bas noirs opaques, ses jambes étaient comme des bouts de bois mort. Elle avait un visage couleur de cire, de profonds cernes sous les yeux. Un instant, elle m'a fait pitié.

« Loïk est rentré de l'hôpital hier, m'a-t-elle appris d'une voix sombre. Il ne sait pas encore que Madeleine est partie. Et avec un autre, encore ! Quand il va savoir… »

La peur ! Je la lisais dans son regard, comme le frémissement d'une aile noire. Instinctivement, j'ai posé la main sur mon ventre.

« Il faut que tu me donnes le petit, Marie, a-t-elle dit d'une voix farouche. Si Loïk l'a, ça lui fera au moins quelque chose d'elle. »

La pitié m'a quittée aussi vite qu'elle était venue.

« C'est impossible, Flavie. Madeleine me l'a confié ; à moi et à ma mère. Tu sais combien maman y est attachée. »

Un demi-mensonge seulement : le regard de Madeleine sur son fils, dans les bras de maman, le soir du spectacle, m'apparaissait maintenant comme un regard d'adieu.

« Mais Loïk aussi y est attaché ! s'est exclamée Flavie. Il voulait même que le petit l'appelle "papa".

— Ça ne l'empêchait pas de cogner dessus.

— Une seule fois, je te jure, une seule. Et il avait l'intention de le reconnaître. »

J'ai sursauté : le reconnaître ? Et puis quoi encore ? Quant à Flavie, si elle le voulait, c'était uniquement pour son fils, comme elle avait voulu Madeleine et quoi qu'il leur en coûte. J'ai su que je ne le lui donnerais jamais. Quoi qu'il m'en coûte.

Un bruit de mobylette sur le chemin : Quentin revenait. Il avait déjeuné avec Maximou à la Roseraie, il savait donc tout. Comment allait-il réagir face à la demande de Flavie ? Il avait longtemps considéré l'enfant de son père comme une sorte de voleur.

Il a appuyé son véhicule au mien et il est venu vers nous. Flavie le dévorait des yeux, incrédule. C'est vrai qu'il avait changé, mon fils à moi. Plus rien du gamin honteux qui, le soir des casiers pillés, tambourinait des poings contre la poitrine d'un Loïk triomphant.

Finalement, c'était lui qui avait gagné.

« Flavie est venue chercher Maximou, lui ai-je appris sans pouvoir empêcher ma voix de trembler.

— C'est un Labbé ! a-t-elle lancé avec défi.

— C'est un Delaunay, a répliqué Quentin du ton le plus calme du monde, et j'ai fermé les yeux pour remercier le ciel.

— On verra ça avec l'assistante sociale, a menacé Flavie.

— Très bien. Nous aussi on aura des choses à lui raconter, ai-je attaqué à mon tour, forte du soutien de mon fils. Tu pourras nous l'envoyer quand tu en auras fini avec elle. »

Elle est restée comme tétanisée. Qu'avais-je dit de si terrible ? Elle s'est tournée vers Quentin, sa mâchoire tremblait.

« Faut pas croire ce qu'il t'a raconté, a-t-elle bégayé. C'est tous ces médicaments qu'on lui donne. Il a plus sa tête. Il dit n'importe quoi. »

Quentin s'est détourné sans répondre. Flavie m'a regardée. Ce n'était plus qu'une vieille femme misérable.

« Et toi, faut y penser, a-t-elle averti. Faut y penser avant de dire non. »

Elle a trottiné jusqu'à sa voiture et a fait grincer les vitesses en démarrant. Nous l'avons suivie des yeux jusqu'à ce qu'elle disparaisse.

« Si on m'avait dit ça, a remarqué Quentin avec un rire. Si on m'avait dit qu'un jour je défendrais le bâtard de papa... »

La sueur coulait sur son visage, jusque dans son cou. J'ai pris sa main et l'ai appuyée à ma joue. « Papa », c'était la première fois que j'entendais ce mot dans sa bouche depuis qu'il avait appris pour Pierre et Madeleine. Jusqu'à ce soir, c'était « le salaud », ou « lui », ou rien.

« Il faut que j'appelle mon papa à moi, ai-je dit. Imagine que Flavie aille le réclamer à la Roseraie.

— Qu'elle essaie ! J'en connais une qui n'en fera qu'une bouchée. »

Mon père m'a rassurée. Si Flavie se présentait, il ne la laisserait pas entrer. À part ça, maman avait profité de la présence de Quentin, à midi, pour descendre tout un tas de jouets du grenier et le petit était aux anges. Il n'avait pratiquement pas réclamé sa mère. Papa ne m'a pas demandé combien de temps ils devraient le garder. Il savait que je n'aurais pu lui répondre.

Mon Quentin, mon généreux fils, m'attendait à la cuisine. Il s'était passé le visage à l'eau. Le haut de sa chemise était trempé. Il a sorti du réfrigérateur un jus de fruits pour moi et une bière pour lui. Plus qu'une heure avant que je le conduise au car Comme il allait me manquer ! Tout autant qu'Annaïs.

« Cette histoire d'assistante sociale... Si Madeleine ne revient pas, est-ce que Flavie peut vraiment prendre le gosse ? a-t-il demandé.

— Je n'en sais rien. Tout ce que je sais, c'est que Pierre ne l'avait pas reconnu. »

Il a avalé quelques gorgées de bière et cela a fait un drôle de bruit dans sa gorge.

« Tu crois qu'il l'aurait fait, qu'il l'aurait reconnu, s'il n'était pas mort ?

— Peut-être bien un jour ou l'autre. Mine de rien, il était plutôt du genre responsable, ton père.

— Ah bon ? »

Il l'avait dit du même ton qu'Annaïs dans sa pièce. Son humour aurait dû me faire sourire. Je n'ai pu qu'esquisser une grimace. Mes mains tremblaient, tandis que je portais mon verre à mes lèvres.

« Ça ne va pas, maman ? a-t-il demandé, inquiet.

— Pas très bien, ai-je avoué. Voir Flavie avoir une telle frousse… Ça m'a… terrifiée.

— Elle a ses raisons », a répondu sombrement Quentin.

Je me suis souvenue de leur bref échange.

« Qu'est-ce que Loïk t'a raconté que tu ne dois pas croire ? » ai-je demandé.

Il a hésité avant de répondre.

« Ce que tout le monde sait, maman. Et que personne n'ose dire tout haut : Loïk a fichu Antonin à l'eau pour avoir Madeleine. Et même si, après, il a tout tenté pour le sauver, il sait bien par qui il est mort. »

Le regard de Quentin est allé sur une photo de Pierre, son père que ce soir, en quelque sorte, il avait reconnu.

« Et le pire, c'est qu'il l'a tué pour rien. »

* * *

Pour que Pierre lui prenne Madeleine.

Pour que je lui prenne Maximou.

« Faut y penser, avait répété Flavie. Faut y penser avant de dire non. »

Penser qu'au bout du désespoir Loïk était capable de tout ?

La *Sonate* incendiée, les attaques contre mes enfants, le massacre de l'*Hirondelle*, il me semblait que nous parvenions au terme de l'histoire qui mêlait les Labbé et les Delaunay. Et ceux-ci au port. Et le port à la mer.

Deux jours ont passé.

On avait vu Loïk au Poisson Bleu. On l'avait vu arpenter sa *Pastourelle.* Il ne pouvait plus ignorer le départ de Madeleine. L'inquiétude ne me laissait pas de répit. Seul soulagement : mes enfants étaient repartis.

« Arrête donc de te ronger les sangs, m'implorait Yann. Que veux-tu qu'il arrive ? Tout le monde a l'œil fixé sur Loïk, y compris tes amis les gendarmes. Flavie ne le laissera pas faire une nouvelle bêtise. »

« Faut y penser avant de dire non... »

Huit autres jours ont passé. Madeleine avait écrit pour demander pardon et annoncer qu'elle viendrait chercher Maximou sitôt qu'elle le pourrait. Elle ne donnait aucune adresse. C'était quand même une bonne nouvelle. Les volets des résidences secondaires étaient pratiquement tous fermés et moi je ne pouvais m'empêcher de penser que les spectateurs quittaient le théâtre pour nous laisser vivre entre nous le dernier acte du drame.

Les trois coups ont été frappés quand maman a appelé.

Il était onze heures du matin, je venais d'arriver au restaurant, elle pleurait tant que j'ai mis un moment à reconnaître sa voix.

« Parle, maman, mais parle, je t'en prie. Qu'est-ce qui est arrivé ? »

— Maximou, a-t-elle hoqueté. Je l'ai perdu. »

L'angoisse a explosé dans ma poitrine. J'ai enfoncé mes ongles dans ma paume pour ne pas crier.

« Comment cela, tu l'as perdu ? Explique-toi.

— On était au supermarché. Il a disparu. Ça fait une demi-heure qu'on le cherche.

— Quel supermarché, maman ? »

Elle a cité le nom d'une grande surface dans la banlieue du Guilvinec.

« Ne bouge pas surtout, je viens. »

Cette fois, nul n'avait eu besoin de me l'ordonner.

Une voix résonnait dans les haut-parleurs lorsque les portes vitrées ont coulissé devant moi.

« Le petit Maxime Labbé, âgé de cinq ans, est attendu par sa grand-mère à l'accueil. Il porte un tee-shirt décoré d'éléphants roses, un short marine et des baskets blanches. »

Les gens remplissaient leurs caddies, ils s'en fichaient bien. À l'accueil – une grande pièce vitrée au fond du magasin – le directeur, un homme d'une cinquantaine d'années, se tenait près de maman, effondrée sur un siège. Découvrant mon ventre rond, il a eu un soupir de compassion : maman la grand-mère, moi, la mère ? C'est lui qui a raconté.

Après être passée à la caisse livraison, maman avait laissé Maximou sur un cheval à bascule, le temps de s'arrêter à la boulangerie du supermarché, à deux pas. Il y avait la queue. Lorsqu'elle était revenue, l'enfant n'était plus sur sa monture. Elle avait d'abord pensé à une farce. Dieu sait qu'il aimait à lui en faire, des farces ! Ne le retrouvant pas, elle s'était affolée. Les appels, répétés toutes les cinq minutes, n'avaient rien donné. Un tour dans les environs non plus.

« C'est ma faute, a-t-elle dit, en larmes. C'est ma faute. Je n'aurais jamais dû le laisser. Mais c'était si près. »

J'ai remarqué qu'elle tenait sur ses genoux une baguette et un petit paquet de gâteaux. Pour Maximou, les gâteaux ?

« Est-ce que je peux téléphoner ? » ai-je demandé.

Le directeur a poussé l'appareil vers moi et j'ai formé le numéro de la gendarmerie. Je le connaissais par cœur. Mon brigadier n'était pas là. J'ai insisté pour qu'on l'avertisse dès que possible de la disparition de Maximou et donné le numéro de la Roseraie. Le plus difficile était de cacher ma panique à maman, de ne pouvoir citer le nom qui me torturait. Si Loïk était venu, s'il avait proposé à Maximou d'aller voir sa mère, l'enfant était tout à fait capable de l'avoir suivi.

« Vous savez, a raconté le directeur, cherchant à nous rassurer, une maman qui égare un petit, ça arrive chaque semaine ici, surtout le samedi avec la foule. Il suffit qu'un copain passe par là et l'autre le suit sans penser à avertir. La dernière fois, on en a retrouvé deux de six ans planqués dans la réserve. »

Aurais-je dû donner le signalement de Loïk au directeur ? À quoi bon… S'il s'agissait de lui, il devait être loin. J'ai tendu la main à maman. Il fallait faire vite.

« On y va ! Il faut que tu sois à la maison lorsque les gendarmes appelleront. »

Elle s'est levée lourdement. Le masque de la « belle dame » s'était complètement lézardé ; elle n'était plus qu'une pauvre grand-mère accablée. Le directeur nous a raccompagnées jusqu'à la sortie du magasin. Un enfant se balançait sur le cheval à bascule. Il n'y avait aucun gamin aux cheveux blonds, portant un tee-shirt décoré d'éléphants roses, sur le parking. Nous sommes arrivées à la voiture de maman.

« Tu te sens en état de conduire ? »

Elle a incliné la tête.

« Papa doit être rentré maintenant, ai-je dit. Il faut vite l'avertir. Éventuellement, il reviendra ici. »

Elle est montée dans sa voiture. À l'arrière, il y avait un petit blouson que je ne connaissais pas. En beau velours doré. Maman habillait Maximou comme un prince.

« Mais où peut-il être allé ? a-t-elle gémi. On ne l'a quand même pas enlevé ! »

Je n'ai pas répondu. Elle a démarré.

Vite !

J'ai couru à ma voiture. Tant pis pour les « stop » et autres feux rouges. Vite ! Vite ! Le garage attenant à la maison de Flavie était vide. Il y avait du verre brisé dans la cour : le carreau d'une fenêtre. La porte était ouverte. Elle se trouvait dans la salle de séjour. Dévastée. Meubles, objets, papiers, tout était par terre. Debout, en robe de chambre, les cheveux épars, les yeux rouges, elle m'a regardée entrer sans surprise.

« Où est Loïk ?

— Parti.

Quand ?

— Ce matin vers huit heures.

— Dans ta voiture ? »

Elle a acquiescé. Était-il allé guetter devant la Roseraie ? Avait-il suivi maman jusqu'au supermarché ?

J'ai montré les dégâts.

« Et ça ?

— C'était cette nuit. Il savait plus ce qu'il faisait.

— Il le savait en enlevant Maximou ! » ai-je crié.

Flavie a mis la main devant sa bouche.

« Il a enlevé Maximou ?

— Le petit faisait les courses avec maman. Il a disparu depuis plus d'une heure. »

Elle a fermé les yeux.

« Je t'avais prévenue, Marie. Je t'avais pourtant prévenue. »

Je me suis fait violence pour ne pas la prendre aux épaules et la secouer. On pourrait avoir besoin d'elle.

« Si Loïk ramène Maximou ici, tu appelleras la gendarmerie ? Ils sont au courant. »

Elle a fait « oui ». Je me suis appuyée au dossier d'une chaise encore debout. Ma tête tournait. Mon ventre me pesait.

« Tu veux t'asseoir ?

— Il faut que j'y aille », ai-je répondu.

Alors que j'étais sur le chemin menant à la barrière, elle m'a rejointe.

« Il a emporté le fusil de son père », a-t-elle murmuré.

Il était midi trente lorsque je suis arrivée au port. J'appellerais les gendarmes du bateau, puis avertirais les amis.

Tous les chalutiers étaient sortis.

Mon cœur a bondi : *tous ?*

La *Pastourelle* aussi.

Sur la *Sonate*, Abel se livrait aux derniers préparatifs avant d'embarquer un groupe de « vermeils » pour une balade-pique-nique. Un beau jour de début septembre, aucun vent, une mer d'huile, l'idéal ! Une caisse contenant sandwichs et boissons était posée sur un banc. Il paraît qu'ils dévoraient.

« Tiens, t'es là, Marie ?

— As-tu vu partir la *Pastourelle* ? ai-je demandé.

— On l'a tous vue, a-t-il dit.

— Il y a combien de temps ?

— Vers les onze heures, onze heures trente, je ne sais plus bien. Je venais d'embarquer le pique-nique, toujours. »

Les horaires collaient. Maximou avait disparu vers dix heures trente. Le temps de venir ici et de préparer le bateau…

« Loïk était seul ? »

Abel m'a regardée, effaré.

« Avec qui il aurait pu être ? Tu sais bien que plus personne ne lui parle. »

C'était peut-être aussi ça, le malheur !

Remontant de la cale, Noël et Alain sont apparus sur le pont.

« Maximou a disparu, ai-je annoncé. J'ai peur que Loïk l'ait emmené sur sa *Pastourelle*. Il a tout démoli chez lui. »

Ils se sont figés. Ma voix avait dérapé. C'est bien beau de s'empêcher de pleurer ! Avec maman, j'avais réussi à peu près. Avec Flavie, la colère aidant… Mais ici, avec mes amis, mes hommes…

« On l'a vue quand elle sortait, a dit Alain. On s'est même fait la remarque qu'il était temps que Loïk s'y remette. Le petit n'était pas avec lui, Marie.

— Et quand Loïk est arrivé au port, vous l'avez vu ?

— Non, a répondu Noël.

— Alors, on y va. »

Tous les trois se sont figés. Abel a désigné le groupe de « vermeils » qui attendait près du Poisson Bleu, au lieu du rendez-vous.

« Et eux, on en fait quoi ?

— Eux, je m'en fous ! ai-je crié. C'est moi le patron et j'ai dit : "On y va."

— O.K., O.K. », a dit Noël.

Il a sauté sur le quai pour m'aider à embarquer. La tenue d'hôtesse ne facilitait pas les choses. Ni ce qu'elle recouvrait. Sans commentaires, Alain est descendu mettre les moteurs en route. Le bosco me fixait comme si j'avais perdu l'esprit. J'ai pris sa main : une motte de terre rugueuse.

« Toi, tu restes, Abel. J'ai besoin de toi à terre. Il faut que tu avertisses tes touristes. Après, débrouille-toi pour trouver mon brigadier. Dis-lui que Loïk est armé. Laisse-moi le temps de faire un peu de route avant d'alerter Jean-Yves et les autres. »

Je savais trop bien que mon patron sauveteur m'interdirait d'y aller. Les gendarmes aussi, d'ailleurs. Et Yann, et tous.

Abel hésitait encore.

« C'est le fils de ton copain, ai-je dit. Et il est entre les mains d'un fou. »

* * *

« Vous le croyez vraiment ? Vous croyez que Loïk a enlevé le môme ? demande Noël, incrédule.

— S'il y a une petite chance qu'il l'ait fait, faut y aller ! »

Je me suis changée avec ce que j'ai trouvé dans la cabine : des bottes bien trop grandes, une salopette imboutonnable à la taille, le pull de je ne sais qui. Je retrouve les odeurs de mon bateau, le bon vieux bois de ma barre. Je me retrouve.

« Deux garçons, ça vous suffisait donc pas ? remarque Noël avec un rire. Il vous en fallait un troisième ?

— Des garçons comme Quentin et toi, j'en redemande. Mais si tu veux savoir, celui-là, c'était surtout pour Pierre que je m'en occupais. Je n'étais pas si sûre de l'aimer. Maintenant, je sais ! »

Je le revois contre moi, le matin du départ de sa mère : « Je pourrai regarder la télé avec un Coca et du pop-corn ? »

L'aventure comme à la télé, mais sans Coca ni pop-corn, il est peut-être en train de la vivre.

Nous franchissons la passe et, comme chaque fois, il me semble entrer en scène. Aujourd'hui, celle-ci est déserte, un décor paisible, de moire et soie, des couleurs d'automne, de gros chagrin.

« Et la petite ? s'inquiète Noël, le regard sur mon ventre de presque six mois. C'est pas mauvais pour elle, tout ça ?

— Il faut bien qu'elle s'amarine… »

Le ton n'y était pas. Il fronce les sourcils. M'en veut-il de n'avoir pas averti son père ? Je me le reproche moi aussi. Mais Yann aurait tout fait pour me dissuader d'y aller et j'y serais allée quand même. Au moins, à l'heure qu'il est, il ne se tourmente pas.

Je m'efforce de plaisanter, mais le ton n'y est toujours pas.

« J'en connais un qui ferait une drôle de tête s'il nous voyait là tous les deux.

— J'en connais deux qui risquent de prendre la dégelée en rentrant », soupire Noël.

Mais, dans ce soupir, si je ne me trompe pas, perce la fierté de vivre cette aventure avec moi.

Au loin, on distingue les chalutiers. Quelle direction choisir ? Laquelle a prise la *Pastourelle* ? C'est bien beau de crier « faut y aller », mais aller où ? Je décroche mon téléphone.

« Ici la *Sonate*. T'es là, la *Diane* ? »

Albert répond tout de suite, stupéfait.

« Marie ? Mais qu'est-ce que tu fais là ? »

Je lui raconte pourquoi je ne suis pas en train d'accueillir les clients au restaurant. Non, il n'a pas vu passer la *Pastourelle*, mais il va alerter les autres et, si quelqu'un l'a repérée sur son chemin, il me le fera savoir aussitôt.

« Fais attention à toi, Marie. »

Ça, je n'ai pas fini de l'entendre.

J'ai à peine raccroché qu'une voix inconnue jaillit dans la VHF. Elle vient d'un voilier. A-t-il bien été question de la *Pastourelle* ? demande le skipper. Il y a une vingtaine de minutes, le chalutier a failli l'aborder.

Je me suis précipitée pour prendre la communication.

« Ici la *Sonate*, répondez, je vous en prie, où cela est-il arrivé ? »

Le son est détestable, il faut tendre l'oreille. Alain nous a rejoints. L'interlocuteur donne la zone, loin de celles de pêche, du côté des Roches blanches. Pas étonnant que personne n'ait repéré le chalutier.

« Il m'est quasiment passé sous le nez, s'indigne le skipper. J'en ai encore des sueurs froides. »

La gorge sèche, je demande :

« Combien étaient-ils à bord ?

— Le plus fort, c'est que j'ai vu personne.

— Personne ?

— Comme je vous le dis. »

Je remercie et raccroche. Mes jambes flageolent dans mes inutiles bottes de sept lieues.

« Ça se peut pas, "personne" », remarque Noël.

Je mets le cap sur la zone indiquée par le voilier. Mes hommes sortent avec les jumelles. Personne... Et si Maximou n'était pas avec Loïk ? Si on l'avait retrouvé ? Sans y croire, d'une main tremblante, je forme le numéro de la Roseraie.

On ne l'a pas retrouvé. Papa s'efforce de parler calmement. Sans doute maman tient-elle l'écouteur. Mon brigadier les a appelés. Il me cherchait. Il a promis de les tenir au courant. Mais, jusque-là, aucune trace de l'enfant.

« Si tu passais ? propose papa. Cela ferait du bien à ta mère : elle s'en veut tellement. Je t'entends très mal. Nous aussi on t'a cherchée. Tu te sers d'un portable ? »

Je promets de passer plus tard et raccroche avant qu'il devine d'où je l'appelle.

Voilà maintenant vingt-cinq minutes que nous avons quitté le port. Abel a dû avertir le brigadier, tout le monde, Jean-Yves... Au moment où j'évoque le patron sauveteur, sa voix emplit la passerelle.

« Mais qu'est-ce qui t'a pris, Marie ? Y aller dans l'état que t'es ! Tu pouvais pas nous faire confiance ?

— Il fallait que j'y aille, Jean-Yves, c'est tout. Et maintenant, au moins, on sait de quel côté il navigue ; il a failli aborder un voilier »

Je lui communique les renseignements fournis par celui-ci. Il ne tique pas lorsque je dis que le skipper n'a vu personne.

« Fais rien sans nous, surtout. On arrive. »

« On arrive »... Cette voix, je l'aime, je l'aime vraiment. Et bien sûr que je te fais confiance. Tellement que les larmes noient mes yeux. Revoilà Noël près de moi.

« On a pensé avec Alain qu'on pourrait peut-être appeler la *Pastourelle*. Si ça se trouve, Loïk entend tout ce qu'on dit. »

J'y ai songé, moi aussi. Mais je ne suis pas sûre que Loïk soit à l'écoute. S'il l'était, tel que je le connais, il aurait déjà réagi. Et, d'après Quentin, le matériel électronique du bateau est complètement délabré.

« Si le petit est avec lui, on ne doit prendre aucun risque. On attend l'*Espérance.* »

Je me croyais forte, je suis terrassée, sans idée, sans élan. Comment ai-je pu partir comme ça ?

Qu'est-ce que j'espérais faire toute seule contre un homme fou et armé ? Orgueilleuse, inconsciente. Si je le lui avais demandé, Yann serait venu avec moi. Je l'aurais tout près.

« Elle est là ! hurle tout à coup Alain du pont. Je la vois. »

Noël sort en trombe. Je mets le pilote automatique et les rejoins. L'Indien a arraché les jumelles à Alain.

« Il bouge pas ! hurle-t-il. Ma parole, il est en panne. Le miracle !

— C'est vrai qu'on l'a pas vu faire le plein de gasoil », remarque Alain, épanoui.

Noël me tend les jumelles.

« Vous voulez pas regarder, patron ? »

Je fais « non ». La force manque au patron. Pas de miracle, pour lui. Une preuve supplémentaire que Loïk a bien enlevé Maximou. C'est pour qu'on ne le voie pas avec lui, qu'on ne le lui reprenne pas, qu'il est parti sans rien vérifier.

Parti pour aller où ? Pour faire quoi ?

« Regardez, dit soudain Alain d'une voix troublée. Les voilà. »

L'*Espérance* ? Non. Les amis. Tous. La *Diane* en tête, suivie par l'*Amazone, l'Intrépide*, les autres. Ils ont remonté leurs chaluts, pleins ou non, pour nous rejoindre. Sans doute sentent-ils, eux aussi, que le moment est venu de régler leurs comptes avec Loïk. Et avec eux-mêmes. Car si tous savent qu'il a passé Antonin à l'eau, ils savent également que, le jour du drame, aucun n'a répondu aux appels désespérés du frère meurtrier.

Le téléphone sonne. Noël se précipite. Il me fait signe : « La gendarmerie. » Reconnaissant la voix de mon ami brigadier, un peu de chaleur me revient au cœur. Avant la douche glacée.

« Ce n'est pas une bonne nouvelle, madame Delaunay. On a retrouvé la voiture de M. Labbé garée non loin du quai. Sur la banquette arrière, il y avait un petit bateau à moteur encore dans son emballage. Votre maman affirme qu'elle l'avait acheté à l'enfant ce matin même au supermarché. Nous sommes en contact avec l'*Espérance*. Ils ne veulent pas entendre parler d'hélico. Nous vous attendrons au port. »

Je ne parviens pas à dire merci. Un petit bateau à moteur… Pauvre Mamina ! Elle sait tout maintenant. Et sans doute aussi où je suis. Noël me fixe en silence. Jusqu'au bout, il a voulu espérer que Loïk avait embarqué seul.

« J'ai très peur », lui dis-je.

Je pense à ces phrases qu'on lit dans les journaux, à la rubrique « Faits divers ». « Un forcené prend un homme en otage. » Il arrive que cela se termine par des morts. Je pense au fusil.

« Marie, appelle la voix du Capitaine. Ici l'*Espérance*. On arrive. Tu peux ralentir ? Jean-Yves va monter te voir. »

L'*Espérance* a mis son Zodiac à l'eau. Le patron s'y trouve, accompagné d'un canotier. Il grimpe l'échelle de la *Sonate*, échange quelques mots avec Alain, qui disparaît dans la cale, puis me rejoint. Il regarde mon visage, pose la main sur mon épaule, la serre. Nous étions si bien chez toi, Jean-Yves, l'autre matin, à compter la recette de la représentation d'Annaïs.

« Écoute-moi, Marie, dit-il. Même si ça te paraît absurde, on est plusieurs à penser que Loïk doit dormir. On a eu Flavie. Avec tout ce qu'il a bu, ça serait pas étonnant. C'est pour ça qu'on veut pas de l'hélicoptère. Voilà ce qu'on a décidé de faire… »

Il m'expose son plan. A-t-il dit que Loïk dormait pour me rassurer ?

Alain réapparaît en tenue de plongée. Il descend avec Jean-Yves dans le Zodiac. Un à un, les chalutiers arrivent. Ainsi que l'a décidé le patron sauveteur, nous nous dirigeons tous, à vitesse réduite, vers la *Pastourelle* et formons un demi-cercle à tribord de celle-ci. Pont désert. Aucun signe de vie. Si Loïk dort, qu'a-t-il fait de l'enfant ?

Le Zodiac entame un grand tour pour arriver à bâbord. C'est là que Jean-Yves a décidé d'aborder pendant que, si besoin est, nous distrairons l'attention de Loïk.

Je pose mon front sur l'épaule de Noël qui suit la manœuvre en retenant son souffle.

« Promets-moi quelque chose si le petit s'en tire.

— Tout ce que vous voudrez.

— Tu ne me vouvoieras plus jamais, jamais, jamais. »

Tant de fois le lui ai-je demandé. Il prétend qu'il n'y arrive pas.

« Maximou me tutoie bien, lui ! dis-je d'une voix brisée.

— Promis. »

Le Zodiac a disparu derrière la *Pastourelle.* D'un peu partout, amis me font signe. Je me sens dans un brouillard glacé.

« T'es là, la *Sonate* de mes deux ? »

Furieuse, pâteuse, la voix de Loïk a éclaté dans la cabine et c'est bien de soulagement que mes jambes ploient. Qu'étais-je allée imaginer ?

Je décroche l'appareil d'une main tremblante.

« Ici Marie, sur la *Sonate.*

— Te fais pas de souci pour le gosse. Il est tout content d'être avec l'oncle Loïk. »

D'une voix chevrotante, j'implore :

« Passe-le-moi. Je voudrais lui parler. »

Le voir surtout, le voir !

Il rit, un rire horrible, dément.

« Fallait pas appeler les autres, Marie. Pourquoi t'as fait ça ? On n'avait pas besoin d'eux. »

Mes pensées vont à toute vitesse : sans doute dormait-il, en effet. Puis il s'est réveillé et a vu tout ce monde. Il faut détourner son attention de ce que fait Jean-Yves à bâbord. Jean-Yves qui ignore qu'il est réveillé.

« Loïk, écoute... »

Mais il a raccroché. Je crie en vain : « Loïk, Loïk... » Et, soudain, je le vois. Tous, nous le voyons, titubant, brandissant son fusil, sur le pont de sa *Pastourelle*.

Il regarde les chalutiers et, à nouveau, il a son rire de fou.

« On peut dire que vous y aurez mis le temps, hurle-t-il. Mais c'est trop tard, ça sert plus à rien. »

Trop tard pour qui ? Pour Antonin ? Pour Maximou ?

« Restez là, Marie, ordonne Noël. Sortez pas, surtout. »

Je le bouscule et monte sur le pont. Sur l'*Espérance*, le Capitaine brandit le porte-voix.

« On sait que t'es en panne, Loïk. On va te remorquer.

— Je veux parler à ton salaud de patron, crie Loïk. Où il est ?

On dirait que la mer se tait.

Jean-Yves vient d'apparaître à bâbord arrière de la *Pastourelle*.

« Il est pas venu, ment le Capitaine avec force. On l'a pas trouvé. »

Et soudain, de la passerelle, surgit un petit garçon en tee-shirt décoré d'éléphants roses. Il ne porte rien d'autre. Il doit mourir de froid. Il est en larmes. Sur ses lèvres distendues, je lis « maman ». Je crie son nom. Mais comme dans un cauchemar, ma voix ne sort pas. Le regard de Maximou s'arrête sur la

Sonate. À force d'entendre parler de « vermeils », il l'a baptisée : le bateau-merveille.

Prudemment, Jean-Yves progresse vers Loïk. De tous les ponts fusent des appels, toute la mer crie pour qu'il ne se retourne pas. Je vacille. Noël me serre contre lui.

« N'aie pas peur, dit-il. Je te jure que tout va s'arranger. »

Et puis Maximou nous voit et il crie en nous tendant les bras. Et Loïk se retourne au moment où le patron sauveteur arrive près du petit. Jean-Yves et lui se figent, se fixent. La mer suspend son souffle. Loïk épaule. Jean-Yves plonge sur Maximou. Le coup part. Alain fonce. Loïk jette son arme à l'eau, il fait un bras d'honneur à la marine, bascule sur le bastingage et rejoint Antonin.

* * *

On commence à voir le jour à travers les haies. La mer est gris argent, couleur de vent. L'automne s'installe.

Benoît a fait savoir qu'il voulait une église remplie pour l'enterrement de Loïk Labbé, mort d'hydrocution brutale. Tout le port est venu. Il y avait aussi, et ceux-là on s'en serait passé, des curieux appâtés par les articles parus dans les journaux : un enfant enlevé, un désespéré repêché *in extremis* par un plongeur, les vains efforts tentés pour le ramener à la vie… On en avait également parlé à la radio.

Ce que ricanaient les mouettes, ces commères, à l'oreille des Kersaingillais, en tournoyant autour du clocher, c'est que le bouche à bouche pratiqué durant plus d'une heure sur Loïk l'avait été par ceux-là même qui, autrefois, avaient dédaigné ses appels. Comme s'ils avaient voulu se racheter.

L'homélie a porté essentiellement sur le pardon. Pardon à ton frère, pardon à toi-même. À tort ou à raison, ce frère-là avait été la mauvaise conscience du port ; le temps était venu d'une absolution générale. Ce matin-là, Benoît a procédé au nécessaire lessivage des âmes.

Flavie m'a fait pitié. La voici désormais sans personne. Moi qui porte un enfant, je refuse d'ajouter ma voix au chœur de ceux qui chuchotent qu'au fond elle doit se sentir délivrée. La délivrance est lorsqu'on met un enfant au monde, pas lorsqu'on ferme son cercueil.

La balle tirée par Loïk avait seulement effleuré le ciré de Jean-Yves. C'est en tombant qu'il s'est fait une sérieuse entorse Le voilà dans le plâtre pour quelque temps. Un plâtre de marche qui lui permet de retrouver les amis au Poisson Bleu, mais pas de piloter son *Espérance*. Alain a pris la relève.

Trois maisons sont à vendre à Kersaingilles et aux environs. Celle de Yann et la mienne, dont nous espérons tirer assez pour nous offrir un toit à nous et à notre nombreuse famille : la petite fille à venir, Noël, Quentin et Annaïs. Avec ou sans Thibaut.

L'autre maison à vendre est celle de Madeleine.

Elle est venue chercher son fils la veille de la rentrée des classes. Renaud et elle avaient trouvé du travail dans un lieu de restauration rapide à Douarnenez. Apprenant la mort de Loïk, elle s'est contentée de hausser les épaules : « Il est mieux là où il est. »

Maman a pleuré en rendant Maximou, mais je la sens soulagée. Elle a passé l'âge d'élever un enfant et, malgré les paroles apaisantes de Benoît, elle ne s'est pas encore pardonnée de l'avoir laissé sur son cheval. Après le drame, le petit faisait des cauchemars chaque nuit. Il est préférable que sa mère l'ait repris.

Les balades sur la *Sonate* ne sont plus proposées qu'en fin de semaine, et Noël, qui a commencé ses études à Brest, revient passer tous ses week-ends ici comme promis. C'est calme au restaurant. Sur le tableau noir reste la somme de cent soixante-trois mille francs. Nous avons beau nous creuser la tête, on ne voit pas où les trouver et Jean-Yves broie du noir. Si la dernière traite n'est pas honorée, le canot ira à un autre port et la station sera fermée.

C'est au piano – car il m'arrive de m'y remettre – que l'idée m'est venue.

Depuis une semaine, on ne parlait dans la presse locale que de la visite du ministre à Quimper pour inaugurer un Salon de l'agriculture. Le ministre de l'Agriculture est également celui de la Mer et il se flatte d'être breton.

Lorsque j'ai soumis mon projet à Yann, il a commencé par rire : « Une idée pareille, c'est bien toi ! » Puis il a fait mine de s'étonner : « Tu avertis avant de partir en guerre, maintenant ? » Lui ne m'a pas encore pardonné de m'être lancée à la poursuite de Loïk à son insu.

« Décidément, tu n'as peur de rien », a-t-il conclu.

Oh si, j'ai peur. Mais c'est l'avantage des virus inguérissables, qu'ils vous condamnent à vous dépasser.

J'ai eu plus de mal du côté de Jean-Yves et d'André. Ils affirmaient que nous allions nous ridiculiser. Et pour rien ! Afin de les convaincre, il m'a fallu employer les grands moyens : traiter mes braves de froussards ! Ils ont fini par accepter de m'accompagner à condition de n'être, en quelque sorte, que deux gardes du corps muets.

Par mon ami brigadier, j'ai eu le programme détaillé du ministre. Arrivé en hélicoptère en fin de matinée, il inaugurerait le Salon. Puis, dans la salle d'honneur de la mairie, il remettrait quelques décorations. Un banquet suivrait. Enfin, si son emploi du temps le lui permettait, il visiterait sur le chemin du retour une école d'agriculture où l'un de ses neveux étudiait.

Et nous voilà, mon patron sauveteur, mon capitaine et moi, plus quelques centaines de badauds et à peine moins de journalistes, coincés derrière des barrières près de la mairie : seconde partie du programme. Il pleut. J'aurais préféré la chaleur de l'inauguration, mais il fallait des invitations pour entrer au Salon.

Arrivée bruyante des motards, précédant les voitures officielles. Le ministre sort de la première, suivi par le maire. La pluie tombe dru. Ils montent rapidement les marches, protégés par de grands parapluies noirs. Je me suis placée le plus près possible de la porte, mes gardes du corps derrière moi.

« Monsieur le Ministre ! »

Saleté de temps, de pluie et de parapluie, mon cri n'a pas été entendu. Ils disparaissent dans le bâtiment.

« Tu vois, c'était foutu d'avance », soupire le Capitaine.

Je l'étranglerais.

Jean-Yves et lui voudraient rentrer tout de suite à Kersaingilles. Eh bien, rentrez ! Ce sera sans moi. Nous nous retrouvons devant une assiette de charcuterie, dans un café où la télévision retransmet le discours d'inauguration du ministre. Il parle d'Europe verte, de guerre commerciale, d'esprit d'entreprise, de courage.

« Bla, bla, bla, bla, bla ! » ricane sombrement Jean-Yves.

« Pan, pan, pan, pan, pan ! » ai-je envie de rétorquer.

Et l'Europe bleue, alors ? Notre restaurant, le courage des marins ?

Dehors, la pluie a cessé et même un peu d'azur déchire les nuages. Nous avons terminé les cafés.

Reste une dernière chance : l'école d'agriculture où s'arrêtera le ministre « si son emploi du temps le permet ». Le Capitaine accepte à contrecœur de s'y rendre. À l'arrière, Jean-Yves ne cesse de râler. Bien qu'il m'ait répété cent fois que notre équipée ne servirait à rien, il est déçu. Chiendent d'espoir !

L'école se trouve en pleine campagne entre Quimper et l'aéroport. Nous nous perdons copieusement avant de la trouver, mais, lorsque nous arrivons, une bonne surprise nous attend : les voitures officielles sont là. Un car de gendarmerie et quelques journalistes également. Ni badauds ni barrières, la visite n'ayant pas été annoncée dans la presse.

J'ai une idée.

« C'est bien toi ! » dirait Yann.

J'abandonne pour un instant mes compagnons et m'approche d'une jeune femme qui porte en bandoulière un gros sac d'où dépasse un micro. Kersaingilles, elle connaît : n'est-ce pas là qu'il y a eu récemment un marin noyé ? Tu vois, Loïk, tu finiras par nous aider

Mon histoire semble intéresser la journaliste. Cela pourrait donner du sel à son reportage. À condition que nous réussissions.

Je rejoins mes amis. Elle me suit avec les siens. Il était temps. Bruits de talkies-walkies du côté des gendarmes, les chauffeurs retournent à leurs voitures pour mettre les moteurs en route : la visite est terminée.

La porte du collège s'ouvre. Mon cœur bat à cent à l'heure. C'est maintenant ou jamais.

« Monsieur le Ministre ! »

L'homme au complet bleu et à la Légion d'honneur s'immobilise. Que voit-il ? Une femme enceinte, plutôt bien mise, ma foi, qui l'implore du regard. Rien d'une contestataire enragée. Il voit aussi, sous son nez, un petit buisson de micros, tendus par les journalistes. Et même une caméra qui tourne.

« Madame ?

— Vous avez parlé de courage, tout à l'heure, dis-je d'une voix défaillante. Le plus grand courage n'est-il pas de risquer sa vie sans rien demander en échange ?

— Mais certainement ! » répond le haut fonctionnaire, convaincu.

Je me tourne vers mes gardes du corps pétrifiés.

« Nous sommes sauveteurs en mer, monsieur le Ministre. Voulez-vous nous aider ? »

Que voit-il à présent ? En dehors de la femme toujours enceinte, un manchot et une jambe plâtrée. En fait de sauveteurs, la cour des miracles. Un sourire amusé flotte sur ses lèvres. J'aimerais bien avoir son humour ! Le maire, lui, me regarde d'un œil noir.

« Madame, voyons... »

Les micros se rapprochent un peu plus.

« De quoi s'agit-il ? interroge le ministre.

— D'honneur, dis-je, de désintéressement, de bravoure..., des mots ringards, je sais, mais... »

Mais l'émotion me vole les belles phrases que j'avais préparées. Je sors de ma poche la lettre écrite par mon père. Il y parle du malheur de l'*Hirondelle*, de la somme restant à trouver pour le nouveau canot, la station qui risque de fermer, la fierté perdue du port.

Le maire tend la main.

« Donnez-moi cette lettre, madame. Je m'en occuperai. M. le Ministre est pressé. »

La lui donner pour qu'il l'enterre ? Certainement pas. Je cache l'enveloppe derrière mon dos. Le ministre hésite : des requêtes, il doit en recevoir des centaines par jour à Paris. Mais voilà, ici, aucun lambris doré pour le protéger. Sous un ciel gris bigouden, la France profonde, des micros insistants, une caméra têtue.

Et une journaliste qui vole à mon secours.

« Monsieur le Ministre, vous êtes du Finistère, je crois. »

Il incline la tête. Et soudain, trois mots me reviennent en mémoire, prononcés par les anciens, qui définissent cette région, belle comme un rêve, dure comme ses rochers, nez tourné vers le grand large.

« Pen ar bed ! »

Et mon ministre de traduire, tout fier de montrer qu'il est bien breton, et même bretonnant.

« Le Finistère : la tête du monde pour le paysan… À ne pas dépasser au risque de perdre la sienne, énonce le fils d'agriculteur.

— Et, pour le marin, le début de l'aventure, la chasse au trésor... Ce monde-là, que serait-il sans sauveteurs ? » interroge la femme du pêcheur.

Touché !

Je le vois à son regard. À cet instant, l'enfant des grèves bretonnes l'emporte sur le ministre. Il tend la main, j'y remets la lettre.

Ce n'est pas tout !

« Si vous me teniez compagnie jusqu'à l'aéroport, madame ? propose-t-il. J'avoue n'avoir pas compris grand-chose à ce que vous me racontiez. Vous m'expliquerez tout ça de vive voix. »

C'est ainsi que, sous l'œil radieux de ma journaliste, médusé de mes amis, furibard du maire, j'ai pris place dans la voiture officielle.

Finalement, son talent de comédienne, c'est-à-dire son pouvoir de convaincre, Annaïs pourrait bien l'avoir hérité de sa mère

⋆ ⋆ ⋆

Ils claquent au vent, les drapeaux de toutes couleurs qui ornent les bateaux, venus assister à la bénédiction du nouveau canot de sauvetage de Kersaingilles : bleu et orange sous le grand pavois.

Elles tremblent de froid, en ce 28 décembre, les personnalités présentes : l'amiral, président de la SNSM, M. le préfet de région, M. le maire.

L'amiral a parlé en premier :

« Tant que des hommes iront sur la mer, a-t-il dit, il en faudra d'autres pour les sauver. Et qui, mieux que le pêcheur, connaît la côte et ses pièges : le rocher qui affleure, le haut-fond, les courants ? Qui, mieux que lui, sait tenir debout dans la tempête, faire face à la détresse, pour les avoir côtoyées plus souvent qu'à son tour. Marin et sauveteur ne font qu'un par vocation. »

J'en ai vu plus d'un qui avait la larme à l'œil. Les autres se contentaient de se désencombrer la gorge en toussant discrètement derrière leurs mains de paysans.

Le préfet a pris ensuite la parole pour raconter l'histoire d'un petit port breton, têtu comme un cheval d'orgueil, qui avait livré bataille pour continuer à avoir le droit d'affronter la mort en sauvant son prochain.

Et qui avait remporté la victoire.

Le tour du recteur est venu.

Dans le surplis blanc qui lui faisait des ailes, il ressemblait à un ange barbu venu apporter la paix.

Il a dit que les héros étaient souvent des hommes sans histoires et sans prétention : ce canot porterait le nom de l'un d'eux. Grâce à lui, qui les avait tirés de l'eau, des dizaines d'hommes et de femmes continuaient chaque matin à ouvrir leurs yeux sur la beauté du monde. C'était un pêcheur dur à la tâche, gai comme un enfant et qui avait répondu « présent » jusqu'au jour où la mer l'avait gardé.

Cet homme s'appelait Pierre Delaunay et il était son frère.

Puis il a procédé à la bénédiction. Des chants se sont élevés.

Astre béni du matin,
conduis ma barque au rivage,
garde-moi de tout naufrage...

Les voix dérapaient un peu : celles rudes et enrouées des hommes, celles parfois criardes des femmes. Il y avait des larmes dans les yeux de Marguerite : son Jean-Louis.

On est si loin et si seul,
là-bas sur la mer immense,
si petit dans le silence,
où le flot tend ses linceuls...

Mon tour était venu, à moi la marraine, de briser sur la coque la bouteille de champagne. Comme j'aurais voulu que le héros, l'homme gai comme un enfant, puisse voir ça ! C'était idiot puisque, s'il avait été encore là, on n'aurait pas pu donner son nom au canot. Le champagne s'est répandu, j'ai senti Pierre en moi comme une bienveillante et lumineuse présence, un peu de ces bulles dorées, se mêlant à l'écume, qui me ramenaient à une jeunesse plutôt bourgeoise, plutôt monotone, qu'il avait étoilée en me donnant la mer.

Jean-Yves a ensuite présenté son équipage : Alain Kervélec, Albert, un petit nouveau tout rouge de fierté : Noël Morvan. Lorsqu'il a cité mon nom, il y a eu des rires : c'était toi, ma fille. Les rires masculins devant notre différence, il ne faudra pas, plus tard, que tu en prennes ombrage : ils peuvent être une façon de cacher la tendresse.

Les binious se sont déchaînés.

« Ton ministre, il aurait pu se déplacer, quand même ! » a chuchoté le Capitaine à mon oreille.

La nouvelle plaisanterie du port ! Ce que j'ai pu raconter ou faire à « mon ministre » sur les coussins de sa belle voiture... Seul Yann est au courant. Je n'ai fait que pleurer, il m'a prêté son mouchoir, il a promis de s'occuper de nous.

Puis le cortège prend la mer, le *Pierre-Delaunay* en tête. À son bord, autour du patron rayonnant de bonheur, les personnalités, Benoît, le Capitaine et moi.

Mes parents ont, eux, embarqué sur l'*Honoré* avec Yann et Noël, Annaïs et Thibaut. Quentin n'a pu, hélas, se libérer. Comme il aurait été fier de son père !

Puis viennent les canots de sauvetage des ports avoisinants. Enfin les chalutiers, mes amis.

La mer pavoise.

Nous franchissons la passe. Quelques bateaux, venus du Guilvinec, nous font escorte. Tous forment le cercle autour de nous. C'est le moment de rendre hommage aux sauveteurs péris en mer, aux marins disparus.

La gerbe est faite de lys immaculés, de roses de Noël, de ces tulipes dont Pierre disait qu'elles étaient femmes à la nuque souple et fragile. Pierre, mon poète, mon musicien. Benoît et moi lançons la gerbe.

La mer se fleurit.

Puis c'est la minute de silence, et j'ai fermé les yeux pour mieux voir.

Tu te souviens, Benoît, de ce soir où j'avais échoué chez toi, le désespoir au cœur ? Un beau salaud, ton frère ! Il m'avait trompée avec Madeleine. Il lui avait fait un enfant.

Tu te souviens, Jean-Yves, cette nuit de grand frais où tu m'avais refusée sur ton *Hirondelle ?* Ne compte pas sur moi pour jamais oublier ta si belle déclaration d'amour.

Te rappelles-tu, le Capitaine, de ce jour où j'étais prête à abandonner la pêche, et tu m'avais dit que, la *Sonate* et moi, nous manquerions à la mer.

Et toi, le bosco, quand tu criais : « J'aime pas les piqûres », et que nous avions ri aux larmes alors que la mort rôdait autour de ta jambe broyée.

Et toi, Noël, c'était hier, ce « tu » flamboyant qui m'a rendu espoir.

Brisant le silence, éclate à présent un festival de sirènes. Et je me souviens d'une nuit en prison.

J'ouvre les yeux pour me régaler du spectacle et les referme aussitôt.

Du plus profond de mon ventre monte une houle, impérieuse, poignante, qui me coupe le souffle, me plie en deux. Avant de s'évanouir, ne laissant qu'un friselis douloureux.

Je fais signe au Capitaine. Il me suit dans la passerelle où Jean-Yves a repris la barre. Mi-sourire, mi-souffrance, je lance mon SOS.

« T'es là, Jean-Yves ? Qu'est-ce que tu dirais d'étrenner ton canot en accélérant un peu ? Il semblerait que ma fille ait décidé d'arriver plus tôt que prévu. »

Mes compagnons me regardent, incrédules, choqués, dirait-on. André ouvre la bouche pour parler. Je la referme du doigt. Ne dis rien, je t'entends : « Marie, Marie, tu ne feras donc jamais rien comme tout le monde ? »

Crois-tu que j'aie choisi ?

« Pas avant une dizaine, m'avait affirmé la gynécologue avant-hier. Ne partez pas trop loin quand même. »

Un ou deux milles sur la mer, c'est trop loin ?

À nouveau monte la houle, plus prononcée, durant un peu plus longtemps. Ne manquerait plus que je perde les eaux, dans toute cette eau et devant tout ce monde !

« André, peux-tu appeler Yann, s'il te plaît ? »

Je profite de l'accalmie pour annoncer à mon amour que Katrina est en route. Si possible, qu'il ne prévienne maman que lorsque nous serons toutes deux arrivées à bon port.

Le patron est allé avertir le pont qu'on allait faire un peu de vitesse et que tous avaient intérêt à boucler les cirés jusqu'au menton et à visser les bonnets sur la tête.

On m'a installée sur la banquette, sous une couverture toute neuve, toute belle et qui en verra d'autres. Benoît me tient la main. Sois tranquille, ma fille, tu peux venir, ils sont là.

Ils ont appelé l'ambulance. Ils plaisantent pour ne pas chialer, en prédisant que l'*Honoré* va griller ses moteurs. Est-ce que je ne sens pas l'odeur ?

Je ne sens que celle du vent. Si une odeur pouvait parler, elle me dirait ceci : « Tout ce long, beau et douloureux voyage, pour apprendre à lire un peu mieux dans les mers intérieures de mon cœur. »

Imprimé en France par CPI
en juin 2017

Composition réalisée par Patrick Leleux PAO
14730 Giberville

Dépôt légal : juillet 2017
N° d'impression : 2028817
ISBN : 9782365591829